Grandes Aventuras

SIR ARTHUR CONAN DOYLE

Nació en Edimburgo en 1859. Fue educado por los jesuitas en Stonyhurst durante un año en Austria; estudió medicina en Edimburgo y se licenció en 1885. Conan Doyle ejerció la medicina y para completar sus pequeños ingresos escribió una novela policiaca, *Estudio en escarlata*. Su única distinción es que en ella aparece por primera vez Sherlock Holmes, la creación que diera enorme fama a Doyle.

A partir de 1891, con *Un escándalo en Bohemia*, colaboró regularmente en el Strand Magazine con narraciones de Sherlock Holmes. En 1893 decidió poner fin a Holmes (que moría junto con el supercriminal profesor Moriaty) en una aventura en Austria. Las narraciones se recogieron en *Las aventuras de Sherlock Holmes* y *Las memorias de Sherlock Holmes*. Una narración más larga, *The hound of the Baskervilles*, apareció en 1902 por entregas en el Stand, después que la demanda del público había obligado a Conan Doyle a anunciar que Holmes había sobrevivido a la lucha en el desfiladero austriaco. El proporcionarle un amigo médico, digno y experimentado, pero tardo en ideas, el doctor Watson, fue un rasgo genial al componer la fórmula narrativa.

Conan Doyle escribe con claridad; su narrativa es también clara y sus relatos evocan un tardío mundo victoriano maravillosamente estilizado que despierta la nostalgia. Doyle escribió sobre diversos temas políticos y del imperio británico de la época; le fue concedido el título de *Sir* en 1902 por su defensa de la política británica en la guerra de los Boers.

Tras la muerte de su hijo, a consecuencia de una herida en la primera guerra mundial, se convirtió al espiritismo, que informa toda su obra posterior, libros, conferencias e incluso novelas. Doyle murió en 1930.

ARTHUR CONAN DOYLE

EL REGRESO
DE SHERLOCK HOLMES

EDITORIAL
ANDINA S.A.

Título original: THE RETURN OF SHERLOCK HOLMES
Traducción: Pufo G. Salcedo
Dirección Editorial: R.B.A. Proyectos Editoriales, S.A.

Traducción cedida por Editorial Fontamara, S.A.

ISBN: 84-8280-700-5 (Obra completa)
ISBN: 84-8280-709-9

Editado por Editorial Andina S.A.;
La Concepción 311 - Santiago 9
Impreso en los Talleres de
Editorial Lord Cochrane S.A.

LA CASA VACÍA

Fue en primavera del año 1894 cuando todo Londres se interesó, y toda la buena sociedad se sintió consternada, por el asesinato del honorable Ronald Adair en circunstancias sumamente inusuales e inexplicables. El público conoce ya aquellos detalles del crimen que salieron a luz con la investigación policial; pero muchas cosas se omitieron en aquella ocasión, porque el ministerio fiscal poseía ya pruebas tan abrumadoramente fuertes que no era necesario dar a conocer todos los hechos. Solamente ahora, al cabo de casi diez años, se me permite dar a conocer los eslabones que faltan para completar aquella cadena tan notable. El crimen tuvo interés en sí mismo, pero este interés no fue nada para mí comparado con la inconcebible secuela que me produjo mayor impresión y sorpresa que cualquier otro acontecimiento de mi azarosa vida. Incluso ahora, después de este largo intervalo, me siento estremecer cuando pienso en ello, y siento una vez más aquella súbita oleada de alegría, asombro e incredulidad que me inundó por entero la mente. Quisiera decir, para la parte del público que ha manifestado cierto interés por los esbozos que de vez en cuando les he ofrecido del pensamiento y los actos de un hombre notabilísimo, que no deben censurarme por no haber compartido con ellos mis conocimientos; ya que hubiera considerado como mi primer deber el haberlo hecho de no habérmelo impedido una categórica prohibición salida de sus propios labios, prohibición que sólo fue levantada el día tres del mes pasado.

Como es de suponer, mi íntima amistad con Sherlock Holmes me había interesado profundamente en el crimen, y, después de su desaparición, jamás dejé de leer atentamente los distintos problemas que eran presentados al público; e incluso intenté, en más de una ocasión, para mi satisfacción privada, utilizar sus métodos en su solución, aunque con mediocres resultados. Ninguno me atrajo tanto, sin embargo, como esa tragedia de Ronald Adair. Cuando leí las pruebas del juicio, que condujeron a un veredicto de asesinato voluntario contra persona o personas desconocidas, comprendí con mayor claridad que nunca la pérdida que había sufrido la comunidad con la muerte de Sherlock Holmes. Había en aquel extraño asunto puntos que, estaba seguro, le hubieran interesado especialmente, y los esfuerzos de la policía se hubieran visto complementados, o, más probablemente, anticipados, por la experta observación y la mente alerta del primer agente criminal de Europa. Durante todo el día, mientras hacía en coche mi ronda, le di vueltas mentalmente al caso, y no di con ninguna explicación que me pareciera adecuada. A riesgo de repetir una historia ya conocida, voy a recapitular los hechos, tal como los conocía el público a la conclusión del juicio.

El honorable Ronald Adair era el segundo hijo del conde de Maynooth, por entonces gobernador de una de las colonias australianas. La madre de Adair había vuelto de Australia para ser operada de cataratas, y ella, su hijo Ronald y su hija Hilda vivían juntos en el número 427 de Park Lane. El joven se movía dentro de la mejor sociedad; no tenía, que se supiera, ningún enemigo, ni tampoco vicios señalados. Había estado comprometido con la señorita Edith Woodley, de Carstairs, pero el compromiso se había disuelto por mutuo acuerdo algunos meses antes, y no había signos de que hubiera dejado detrás ningún sentimiento profundo. Por lo demás, la vida de aquel hombre se movía en un círculo estrecho y convencional, ya que sus hábitos eran tranquilos y su temperamento frío. Sin embargo, fue sobre aquel joven aristócrata acomodado que la muerte cayó de la forma más extraña e inesperada, entre las diez y las once de la noche del 30 de marzo de 1894.

Ronald Adair era aficionado a las cartas y jugaba continuamente, pero nunca con apuestas tan altas como para dañarle. Pertenecía a los clubs de naipes Cavendish y Bagatelle. Se probó que, después de cenar, el día de su muerte, había jugado una partida de whist en el último de estos clubs. También había jugado allí por la tarde. Las declaraciones de los que habían jugado con él (el señor Murray, Sir John Hardy y el coronel Moran) establecieron que se había jugado al whist, y que la suerte había estado muy repartida. Adair había perdido quizá cinco libras, pero no más. Su fortuna era considerable, y una pérdida como aquella no podía afectarle de ningún modo. Había jugado prácticamente todos los días en alguno de los clubs, pero era un jugador prudente, y habitualmente terminaba ganando. Salió en las declaraciones que, haciendo pareja con el coronel Moran, había llegado a ganar en una sola sesión de juego hasta 420 libras, hacía algunas semanas, contra Godfrey Milner y Lord Balmoral. Esto, por lo que se refiere a su historia reciente según salió a luz en las investigaciones.

La noche del crimen volvió del club a las diez en punto. Su madre y su hermana estaban pasando la velada con unos parientes. La criada declaró que le oyó entrar en la habitación delantera del segundo piso, que utilizaba habitualmente como sala de estar. La criada había encendido fuego allí, y, como él se puso a fumar, abrió la ventana. No se oyó ningún ruido procedente de la habitación hasta las once y veinte, cuando regresaron Lady Maynooth y su hija. La señora había tratado de entrar en la habitación de su hijo para desearle las buenas noches. La puerta estaba cerrada con llave por dentro, y sus gritos y golpes no recibieron ninguna respuesta. Pidió ayuda, y se forzó la puerta. El infortunado joven fue encontrado tendido junto a la mesa. Tenía la cabeza horriblemente mutilada por una bala explosiva de revólver, pero no se encontró en la habitación ningún arma de ninguna clase. Encima de la mesa había dos talones bancarios, ambos de diez libras, y dieciséis libras con diez chelines en monedas de plata y oro. Este dinero estaba en montoncillos de diversa magnitud. Había también algunas cifras en una hoja de papel, y frente a ellas los nombres de varios amigos suyos de los clubs, en base a lo cual se conjeturó que, antes de su muerte, estaba tratando de aclarar sus ganacias y pérdidas en el juego.

Un minucioso examen de las circunstancias sirvió solamente para hacer más complejo el caso. En primer lugar, no pudo darse ninguna razón de por qué el joven había cerrado la puerta con llave por dentro. Existía la posibilidad de que el asesino lo hubiera hecho, escapando luego por la ventana. La distancia de la ventana al suelo era, sin embargo, de por lo menos veinte pies, y había debajo una mata de azafrán en plena floración. Ni las flores ni la tierra mostraban ninguna señal de haber sido revueltas, ni había huellas de ninguna clase en la estrecha franja de hierba que separaba la casa del camino. Aparentemente, por lo tanto, había sido el joven en persona el que había cerrado la puerta. Pero, entonces, ¿cómo se había producido la muerte? Nadie había podido trepar hasta la ventana sin dejar huellas. Suponiendo que un hombre hubiera disparado a través de la ventana, muy notable sería realmente un disparo de revólver capaz de infligir aquella herida mortal. Además, Park Lane es una calle muy concurrida, y hay una parada de coches de alquiler a menos de cien yardas de la casa. Nadie había oído ningún disparo. Y, sin embargo, allí estaba el cadáver, y allí la bala de revólver, que se había abierto, como ocurre con las balas de cabeza blanda, y había producido una herida que debió causar una muerte instantánea. Tales eran las circunstancias del misterio de Park Lane, complicadas, además, por la entera ausencia de motivos, puesto que, como he dicho, no se sabía que el joven Adair tuviera enemigos, y nadie había hecho nada por llevarse el dinero o los objetos valiosos de la habitación.

Durante todo el día di vueltas mentalmente a todos estos hechos, tratando de dar con alguna teoría que pudiera hacerlos encajar a todos, y de encontrar esa línea de menor resistencia que, según decía mi pobre amigo, era el punto de partida de toda investigación. Confieso que no hice grandes progresos. Por la tarde, fui a pasear por el parque, y me encontré, hacia las seis, en el extremo de Oxford Street que da a Park Lane. Un grupo de ociosos en la acera, que miraban hacia una cierta ventana, me indicó la casa que había ido a ver. Un hombre alto, con gafas oscuras, que me produjo fuertes sospechas de ser un detective de paisano, estaba exponiendo una teoría de su propia cosecha, mientras los demás se aglomeraban a su alrededor para escuchar lo que decía. Llegué todo lo cerca que pude, pero sus observaciones me parecieron absurdas, de modo que me alejé, un tanto fastidiado. Al hacerlo choqué con un hombre entrado en años y deforme que estaba detrás mío, y le hice caer varios libros que llevaba. Recuerdo que, al recogerlos, observé el título de uno de ellos, *El origen del culto a los árboles*, y supuse que aquel tipo debía ser algún bibliófilo pobre que, por negocio o por diversión, coleccionaba volúmenes extraños. Empecé a disculparme por el accidente, pero era evidente que aquellos libros que yo tan desafortunadamente había maltratado eran objetos preciosísimos a ojos de su poseedor. Con un gruñido despectivo, me dio la espalda, y vi sus hombros cargados y sus patillas blancas desaparecer entre la multitud.

Mis observaciones del número 427 de Park Lane contribuyeron en muy poco a esclarecer el problema que me interesaba. La casa estaba separada de la calle por un vallado bajo y unas rejas, con una altura total que no debía superar los cinco pies. A cualquiera le resultaría perfectamente fácil, por lo tanto, entrar en el jardín. Pero la ventana era absolutamente inaccesible, puesto que no había ningún tubo de desagüe ni ninguna otra cosa que pudiera permitir ni siquiera al hombre más ágil subir hasta allí. Volví sobre mis pasos a Kensington, más desconcertado que nunca. No hacía ni cinco minutos que estaba en mi estudio cuando entró la doncella a decirme que había una persona que deseaba verme. Ante mi asombro, se trataba ni más ni menos que del extraño anciano coleccionista de libros, con su cara afilada y marchita asomando de un marco de cabellos blancos y con sus preciosos volúmenes, al menos una docena de ellos, sujetos bajo su brazo derecho.

– Le sorprende verme, caballero –me dijo, con una extraña voz cascada.

Admití que así era.

– Bueno, tengo conciencia, caballero, y cuando le vi entrar en esta casa, porque le seguía con mi andar cojeante, pensé para mí: voy a entrar a ver a ese amable caballero y a decirle que si fui un poco áspero en mis modales no fue con mala intención, y que le estoy muy agradecido por haberme recogido los libros.

– Le da usted demasiada importancia a la cosa –le dije–. ¿Puedo preguntarle cómo supo quién era yo?

– Bueno, señor, si no es excesiva libertad, soy vecino suyo, ya que puede encontrar mi pequeña librería en la esquina de Church Street, y si va allí estaré encantado de verle, puede estar seguro. Puede que usted mismo sea coleccionista, caballero; aquí tengo *Las aves inglesas*, y *Cátulo*, y *La guerra santa*... Todos ellos son auténticas gangas. Con cinco volúmenes le bastará para llenar ese hueco del segundo estante. Da una sensación de desorden, ¿no es cierto, señor?

Volví la cabeza para mirar la estantería detrás mío. Cuando volví a mirar enfrente, Sherlock Holmes me estaba sonriendo desde el otro lado de la mesa de mi estudio. Me puse en pie, le miré durante unos segundos en el colmo del asombro, y entonces, según parece, me desmayé por primera y última vez en mi vida. Ciertamente, una bruma gris se arremolinaba delante de mis ojos, y cuando se disipó tenía desabrochado el cuello de la camisa y una copa de coñac en los labios. Holmes estaba inclinado sobre mi silla, con la botella en la mano.

– Mi querido Watson –me dijo aquella voz tan recordada–, le debo mil disculpas. No había supuesto en absoluto que se afectara tanto.

Le así del brazo.

– ¡Holmes! –grité–. ¿De veras es usted? ¿Realmente es posible que esté vivo? ¿Cómo pudo salir de aquel abismo espantoso?

– ¡Espere un momento! –dijo él–. ¿Está seguro de que está en condiciones de conversar? Le he causado una seria impresión con mi innecesariamente dramática aparición.

– Estoy perfectamente. Pero lo cierto, Holmes, es que me cuesta creer a mis ojos. ¡Santo cielo! ¡Pensar que usted... usted, entre todos los hombres... está aquí, en mi estudio!

De nuevo le así de la manga, y sentí debajo de ella su brazo delgado y nervudo.

– Bueno, lo seguro es que no es usted ningún espíritu –dije–. Mi querido amigo, la alegría de verle me desborda. Siéntese, y cuénteme cómo salió con vida de aquel abismo horrible.

Se sentó frente a mí y encendió un cigarrillo con su estilo despreocupado de siempre. Iba vestido con la levita andrajosa del comerciante de libros, pero el resto de aquel individuo estaba encima de la mesa, en forma de una pila de pelo blanco y libros viejos. Holmes parecía todavía más flaco y enjuto que en otro tiempo, pero había en su rostro aquilino un toque de blancura lívida que me dijo que su vida reciente no había sido saludable.

– Estoy encantado de poder estirarme, Watson –dijo–. No es ninguna broma para un hombre alto el tener que acortar en un pie su estatura durante varias horas seguidas. Ahora, mi querido amigo, en lo que se refiere a estas explicaciones, nos espera, si es que puedo pedir su colaboración, un trabajo nocturno duro y peligroso. Puede que lo mejor sea que le exponga en conjunto de la situación cuando ese trabajo esté terminado.

– Estoy muerto de curiosidad. Preferiría, desde luego, enterarme ahora.

– ¿Vendrá conmigo esta noche?

– Cuando usted quiera, y donde quiera.

– Exactamente igual que en los viejos tiempos. Nos dará tiempo a tomar un bocado antes de ponernos en marcha. Bueno, ahí va lo del abismo. No tuve ninguna dificultad seria para salir de él, por la sencillísima razón de que en ningún momento estuve dentro.

– ¿No se cayó en él?

– No, Watson, no me caí. La nota que le dejé era absolutamente auténtica. Tenía pocas dudas de que había llegado al final de mi carrera cuando percibí la figura un tanto siniestra del difunto profesor Moriarty en el estrecho sendero que conducía a la salvación. Leí una resolución inexorable en sus ojos grises. Cambié con él, por lo tanto, algunas impresiones, y obtuve su cortés permiso para escribir la breve nota que usted recibió posteriormente. La dejé con mi pitillera y mi bastón, y caminé por el sendero con Moriarty pisándome los talones. Cuando llegué al final me quedé a la espera. Él no iba armado, pero se arrojó contra mí y me rodeó con sus largos brazos. Sabía que su juego estaba perdido, y lo único que quería era vengarse de mí. Nos bamboleamos juntos en el borde mismo de la catarata. Tengo, sin embargo, ciertos conocimientos de baritsu, el sistema de lucha japonés que más de una vez me ha resultado muy útil. Escapé de su presa, y él, con un horrible grito, pataleó enloquecidamente durante unos pocos segundos, asiéndose con las manos al aire. Pero a pesar de sus esfuerzos no pudo recobrar el equilibrio, y cayó. Asomándome sobre el borde le vi caer un buen trecho. Luego dio contra una roca, rebotó, y cayó al agua.

Yo escuchaba con asombro esta explicación que Holmes me ofrecía entre bocanada y bocanada de su cigarrillo.

– Pero, ¿y las huellas? –exclamé–. Vi con mis propios ojos que eran dobles sendero adentro, y que no las había de vuelta.

– La cosa fue así. En cuanto el profesor desapareció, se me ocurrió que la suerte había puesto en mi camino una oportunidad realmente extraordinaria. Sabía que Moriarty no era el único hombre que había jurado mi muerte. Había por lo menos otros tres cuyos deseos de venganza contra mí no harían más que aumentar tras la muerte de su jefe. Todos ellos eran hombres sumamente peligrosos. Uno u otro, sin duda, acabaría conmigo. Pero si todo el mundo se convencía de que estaba muerto, esos hombres se permitirían ligerezas, saldrían a campo abierto, y, tarde o temprano, podría destruirles. Entonces habría llegado para mí el momento de anunciar que estaba todavía en el mundo de los vivos. El cerebro actúa con tanta rapidez que creo que había pensado todo esto antes de que el profesor Moriarty hubiera alcanzado el fondo de las cataratas de Reichenbach.

»Me erguí, y examiné la pared rocosa que tenía detrás. En su pintoresco relato del asunto, que leí con gran interés algunos meses después, usted afirmaba que la pared era lisa. Esto no era literalmente cierto. Ofrecía algunos asideros, y había ciertos indicios de un reborde. Esa pared es tan alta que escalarla entera era una obvia imposibilidad, y me resultaba igualmente imposible recorrer el sendero húmedo sin dejar algunas huellas. Hubiera podido, ciertamente, ponerme los zapatos al revés, como he hecho en ocasiones similares, pero el ver tres series de pisadas en una misma dirección hubiera sugerido indudablemente alguna clase de engaño. En definitiva, pues, lo mejor era intentar la escalada. No fue cosa agradable, Watson. La catarata rugía detrás mío. No soy persona impresionable, pero le doy mi palabra de que me parecía oír la voz de Moriarty chillándome desde el abismo. Cualquier error hubiera sido fatal. En más de una ocasión, cuando alguna mata de hierba cedía bajo mi mano, o cuando el pie me resbalaba en las húmedas ranuras de la roca, pensé que todo se había acabado. Pero fui ascendiendo pese a las dificultades, y por fin llegué a una repisa de varios pies de profundidad, cubierta de blando musgo verde, donde podía permanecer sin ser visto con absoluta comodidad. Allí estaba tendido cuando usted, mi querido Watson, y todos los que le acompañaban, investigaron de un modo tan conmovedor como ineficaz las circunstancias de mi muerte.

»Por fin, cuando todos hubieron llegado a sus inevitables y totalmente erróneas conclusiones, partieron hacia el hotel, y quedé solo. Pensé que había llegado al final de mis aventuras, pero un acaecimiento totalmente inesperado me demostró que todavía quedaban sorpresas para mí. Una gran roca cayó de encima mío, atronó junto a mí golpeó el sendero y rebotó al abismo. Por un instante pensé que aquello era accidental, pero al cabo de un momento miré hacia arriba y vi una cabeza humana recortada contra el cielo crepuscular, y otra roca golpeó el borde mismo de la repisa donde yo estaba, a menos de un pie de mi cabeza. Naturalemente, el significado de aquello era obvio. Moriarty no había venido solo. Un aliado suyo (y un solo vistazo me dijo lo peligroso que era ese aliado) había montado guardia mientras el profesor me atacaba. Sin que yo le viera, había presenciado desde lejos la muerte de su amigo y mi fuga. Esperó, y luego, dando un rodeo hasta la cima de la pared rocosa, trató de triunfar allí donde su camarada había fracasado.

»No llevó mucho tiempo pensar todo esto, Watson. De nuevo vi aquel rostro siniestro asomado en la cima de la pared, y supe que aquello era el preludio de otra roca. Descendí al sendero. Creo que no lo hubiera logrado a sangre fría. Era cien veces más difícil que subir. Pero no tuve tiempo de pensar en el peligro, porque otra roca resonó detrás mío en el momento en que me sostenía con las manos del borde de la repisa. Resbalé a mitad del trayecto, pero, gracias a Dios, aterricé, magullado y sangrante, en el sendero. Eché a correr, recorrí diez millas de montaña en la oscuridad, y al cabo de una semana estaba en Florencia, con la seguridad de que nadie en el mundo sabía qué había sido de mí.

»Tenía un solo confidente: mi hermano Mycroft. Le debo mil disculpas, mi querido Watson pero era esencial que se pensara que estaba muerto, y estaba completamente seguro de que no hubiera escrito tan convincentemente la historia de mi desdichado fin si usted mismo no hubiera creído que era cierto. Varias veces, en el curso de los pasados tres años, tomé la pluma para escribirle, pero siempre temí que su afectuoso interés por mí pudiera tentarle a alguna indiscreción que traicionara mi secreto. Fue por esto que me alejé de usted esta tarde cuando me tiró los libros. En aquel momento estaba en peligro, y cualquier signo de sorpresa o emoción de su parte hubiera podido atraer la atención sobre mi identidad, conduciendo a los más deplorables e irreparables resultados. En cuanto a Mycroft, tuve que confiar en él para obtener el dinero que necesitaba. El curso de los acontecimientos en Londres no discurrió todo lo bien que yo esperaba, porque el juicio de la banda de Moriarty dejó en libertad a dos de sus miembros más peligrosos, que eran precisamente mis más encarnizados enemigos. En consecuencia, viajé durante dos años por el Tibet, y me entretuve visitando Lhasa y pasando algunos días con el Dalai Lama. Quizá haya leído algo acerca de las notables exploraciones de un noruego llamado Sigerson, pero estoy seguro de que en ningún momento se le ocurrió que estaba recibiendo noticias de su amigo. Luego crucé Persia, le eché un vistazo a la Meca, e hice una visita breve, pero interesante, al califa de Jartúm, visita cuyos resultados he comunicado al ministerio de asuntos exteriores. Volví a Francia, pasé algunos meses investigando los derivados del alquitrán de hulla, cosa que hice en un laboratorio de Montpellier, en el sur de Francia. Al terminar esto a mi satisfacción, al enterarme de que en Londres ya sólo quedaba uno de mis enemigos, estaba a punto de volver cuando mis movimientos se vieron acelerados por las noticias de este notable misterio de Park Lane, que no sólo me atraía por su interés intrínseco, sino que me parecía ofrecer algunas oportunidades realmente especiales. Me vine en seguida a Londres, me presenté con mi auténtica imagen en Baker Street, produje en la señora Hudson una violenta histeria, y descubrí que Mycroft había conservado mis habitaciones y mis papeles exactamente tal como había estado siempre. Así fue, mi querido Watson, cómo a las dos de esta tarde me encontré en mi viejo sillón de mi propia habitación, deseando tan sólo tener a mi viejo amigo Watson en el otro sillón, que tan a menudo ha honrado.

Este fue el notable relato que escuché aquella tarde de abril, un relato que me hubiera resultado absolutamente increíble de no haberse visto confirmado por la visión real de aquella figura alta y seca y aquel rostro afilado y vivo que había pensado que no volvería a ver. De algún modo, Holmes se había enterado de mi profunda aflicción, y su simpatía se manifestaba en sus maneras antes que en sus palabras.

– El trabajo es el mejor antídoto para las penas, mi querido Watson –me dijo–, y tengo un trabajillo para ambos esta noche. Si conseguimos llevarlo a buen término, justificará por sí solo la entera vida de un hombre en este planeta.

Le rogué en vano que me diera más información.

– Antes de mañana habrá usted oído y visto muchas cosas –me respondió–. Tenemos que hablar de los últimos tres años. Baste con lo dicho hasta las nueve y media, momento en que iniciaremos la notable aventura de la casa vacía.

Era realmente como en los viejos tiempos cuando, a esa hora, me encontré sentado junto a él en un coche de alquiler, con mi revólver en el bolsillo y el estremecimiento de la aventura en el corazón. Holmes estaba impasible, severo y silencioso. Cuando el resplandor de las farolas daba en sus austeras facciones, veía que estaba cejijunto y tenía apretados sus delgados labios. Yo no sabía a qué bestia peligrosa íbamos a dar caza en la sombría jungla del Londres criminal, pero estaba completamente convencido, por la actitud de aquel maestro de la caza del hombre, que la aventura era muy seria, mientras que la sonrisa sardónica que de vez en cuando asomaba a través de su ascética expresión no le presagiaba nada bueno al objeto de nuestra búsqueda.

Yo había imaginado que nos dirigíamos a Baker Street, pero Holmes hizo que el coche se detuviera en un extremo de Cavendish Square. Observé que al saltar a tierra arrojaba una mirada muy inquisitiva a derecha e izquierda, y que en cada nueva esquina se tomaba las más extremas molestias para asegurarse de que no le seguían. Nuestro itinerario era ciertamente singular. Holmes tenía un conocimiento extraordinario de las callejuelas de Londres, y en esta ocasión avanzaba rápidamente, con paso firme, por un laberinto de establos y cuadras cuya misma existencia yo desconocía. Emergimos finalmente en una calle estrecha encajada entre casas viejas y lóbregas que nos condujo a Manchester Street, y de allí fuimos a Blandfonrd Street. Allí giró velozmente por angosto pasaje, entró por una puerta de madera en un patio desierto, y abrió con una llave la puerta trasera de una casa. Entramos juntos, y cerró la puerta detrás.

Reinaba allí la más profunda oscuridad, pero me resultaba evidente que se trataba de una casa vacía. Nuestras pisadas hacían rechinar y crujir el suelo desnudo, y mis manos tendidas tocaron una pared de la que colgaba a tiras el empapelado. Los fríos y delgados dedos de Holmes se cerraron alrededor de mi muñeca y me guiaron por una larga sala hasta que, por fin, vi tenuemente el oscuro abanico de encima de una puerta. Allí, Holmes giró súbitamente hacia la derecha, y nos encontramos en una amplia habitación cuadrada, vacía, densamente sumida en la sombra en los rincones, pero débilmente iluminada en el centro por las luces de la calle a la que daba. No había cerca ninguna farola, y la ventana tenía una gruesa capa de polvo, de modo que apenas si podíamos vernos el uno al otro allí dentro. Mi compañero me pudo la mano en el hombro, y me acercó la boca al oído.

– ¿Sabe dónde estamos? –susurró.

– Esta calle es sin duda Baker Street –respondí, mirando por la sucia ventana.

– Exacto. Estamos en Camden House, justo en frente de nuestros viejos cuarteles.

– Pero, ¿por qué estamos aquí?

– Porque de aquí se domina un excelente panorama de ese pintoresco edificio. ¿Quiere hacerme el favor, mi querido Watson, de acercarse un poco más a la ventana, tomando todas las precauciones para que no le vean, y mirar nuestras viejas habitaciones... punto de partida de tantas de nuestras pequeñas aventuras? Veremos si mis tres años de ausencia han acabado por completo con mi capacidad de sorprenderle.

Avancé cautamente y miré al otro lado la ventana familiar. Cuando mi mirada dio con ella, me quedé boquiabierto y se me escapó una exclamación de sorpresa. La persiana estaba bajada, y dentro de la habitación había una luz intensa. La sombra de un hombre sentado en una silla dentro de la habitación se proyectaba, recortándose en una silueta nítida y negra, contra la luminosa pantalla de la ventana. La posición de la cabeza, la robustez de los hombros, lo afilado de los rasgos, no dejaban margen de error. Tenía la cara de medio perfil, y el efecto era como el de una de esas siluetas negras que a nuestros abuelos les gustaba enmarcar. Era una perfecta reproducción de Holmes. Yo estaba tan atónito que tendí la mano para asegurarme de que el hombre auténtico estaba junto a mí. Holmes temblaba de risa silenciosa.

– ¿Qué le parece? –dijo.

– ¡Santo cielo! –exclamé–. Es pasmoso.

– Espero que la edad no haya marchitado, ni la costumbre esterilizado, mi infinita variedad –dijo, e identifiqué en su voz la alegría y el orgullo que siente el artista ante su creación–. Es bastante idéntico a mí, ¿no es cierto?

– Yo hubiera podido jurar que era usted mismo.

– El mérito de la realización pertenece a Monsieur Oscar Meunier, de Grenoble, que empleó varios días en preparar el molde. Es un busto en cera. Lo demás lo he dispuesto yo durante mi visita a Baker Street de esta tarde.

– Pero ¿por qué?

– Porque, mi querido Watson, tengo las razones más poderosas del mundo para desear que cierta gente piense que estoy allí mientras estoy en otra parte.

– ¿Y suponía usted que las habitaciones estaban vigiladas?

– *Sabía* que lo estaban.

– ¿Por quién?

– Por mis viejos enemigos, Watson. Por la encantadora sociedad cuyo jefe yace en el fondo de la catarata de Reichenbach. Como recordará, ellos sabían, y sólo ellos sabían, que yo estaba vivo todavía. Pensaron que tarde o temprano volvería a mis habitaciones. Las han vigilado continuamente, y esta mañana me han visto llegar.

– ¿Cómo lo sabe?

– Porque reconocí a su centinela cuando miré por la ventana. Es un tipo bastante inofensivo, llamado Parker, estrangulador de oficio, y un notable intérprete del arpa judía. El no me preocupó. Pero sí me preocupó muchísimo la persona mucho más temible que está detrás suyo, el amigo del alma de Moriarty, el hombre que arrojó las rocas en el abismo, el criminal más astuto y peligroso de Londres. Este es el hombre que viene a por mí esta noche, Watson, y el hombre que desconoce por completo que nosotros vamos *a por él.*

Se iban revelando gradualmente los planes de mi amigo. Desde aquel adecuado refugio, los que vigilaban eran vigilados, y los acosadores acosados. Aquella sombra angulosa, al otro lado, era el cebo, y nosotros éramos los cazadores. Permanecimos en silencio en la oscuridad, vigilando a las figuras que pasaban apresuradamente una y otra vez ante nosotros. Holmes estaba silencioso e inmóvil, pero puedo afirmar que estaba agudamente alerta y que su mirada se mantenía obstinadamente fija en la corriente de los transeúntes. Era una noche gélida y borrascosa, y el viento silbaba fuertemente en la larga calle. Mucha gente iba y venía. La mayoría iban arrebujados en sus abrigos y bufandas. Una o dos veces me pareció que ya había visto antes a la misma figura, y observé en especial a dos hombres que aparentemente se protegían del viento en el portal de una casa a cierta distancia calle arriba. Traté de atraer hacia ellos la atención de mi compañero, pero emitió una breve observación de impaciencia y siguió mirando la calle. En más de una ocasión frotó en suelo con los pies y tamborileó con los dedos en la pared. Me resultaba evidente que estaba poniéndose inquieto y que sus planes no funcionaban del todo tal como él había esperado. Finalmente, cerca ya de medianoche, y con la calle despoblándose gradualmente, se puso a pasearse de un lado para otro en la habitación, incontrolablemente nervioso. Yo estaba a punto de dirigirle alguna observación cuando alcé la mirada hacia la ventana iluminada, y experimenté de nuevo una sorpresa casi tan fuerte como antes. Así a Holmes del brazo y señalé hacia arriba.

– ¡La sombra se ha movido! –exclamé.

Y, realmente, no estaba ya de perfil, sino con la espalda vuelta hacia nosotros.

Era indudable que aquellos tres años no habían suavizado las asperezas de su humor ni su impaciencia ante una inteligencia menos activa que la suya.

– Claro que se ha movido –dijo–. ¿Acaso, Watson, soy yo un farsante tan chapucero como para dejar ahí tieso a un monigote y esperar que algunos de los hombres más agudos de Europa se vean engañados por él? Hace dos horas que estamos en esta habitación, y la señora Hudson ha cambiado de algún modo esta figura ocho veces, o sea, cada cuarto de hora. Lo hace por delante, para que su sombra no se vea en ningún momento. ¡Ah!

Aspiró aire con una inhalación sonora y excitada. En aquella luz turbia vi que adelantaba la cabeza y que su actitud se hacía rígida por la atención. Puede que aquellos dos hombres siguieran acurrucados en el portal, pero yo ya no les veía. Todo estaba silencioso y oscuro, salvo aquella brillante pantalla amarilla frente a nosotros, con la imagen negra delineada en su centro. De nuevo, en el profundo silencio, oí aquella leve nota silbante que expresaba una intensa excitación contenida. Instantes después me empujó hasta el rincón más negro de la habitación, y sentí su mano en mi boca, advirtiéndome de silencio. Los dedos que me tenían asido estaban temblando. Nunca había visto a mi amigo tan emocionado, y, sin embargo, la oscura calle seguía solitaria e inmóvil frente a nosotros.

Pero de pronto percibí aquello que sus sentidos, más finos, habían ya distinguido. Llegaba a mis oídos un sonido bajo y furtivo, no de la dirección de Baker Street, sino de la parte trasera de la misma casa en que nos ocultábamos. Una puerta se abrió y se cerró. Instantes después, se oyó el roce de pasos en el pasillo, de unos pasos que querían ser silenciosos, pero que repercutían ásperamente en la casa vacía. Holmes se acurrucó contra la pared, y yo hice lo mismo, con el puño cerrado en el mango de mi revólver. Escudriñando en la oscuridad, vi la difusa silueta de un hombre, en forma de una sombra más negra que la negrura de la abertura de la puerta. Se detuvo un instante, y luego avanzó lentamente por la habitación, agachado, amenazador. Aquella figura siniestra estaba a menos de tres yardas de nosotros, y yo me había tensado para responder a su acometida, cuando comprendí que él no tenía ni idea de nuestra presencia. Pasó muy cerca de nosotros, se deslizó hasta la ventana, y, muy despacio y silenciosamente, la levantó medio pie. Cuando se agachó al nivel de aquella abertura, la luz de la calle, ya no oscurecida por el polvo del vidrio, le dio de lleno en la cara. El hombra parecía fuera de sí de excitación. Sus ojos brillaban como estrellas, y sus facciones se movían convulsivamente. Era un hombre entrado en años, de nariz delgada y prominente, medio calvo, y con un gran bigote gris. Llevaba un clac echado hacia atrás en la cabeza, y por el abrigo desabrochado brillaba la pechera de una camisa de etiqueta. Su rostro era flaco y atezado, rayado por surcos profundos y salvajes. Llevaba en la mano lo que parecía ser un bastón, pero cuando lo dejó en el suelo produjo un sonido metálico. Luego se sacó del bolsillo del abrigo un objeto abultado, y puso manos a la obra en una tarea que terminó con un fuerte y brusco chasquido metálico, como si algún resorte o cerrojo hubiera encajado en su sitio. Arrodillado todavía en el suelo, se inclinó hacia adelante y aplicó todo su peso y su fuerza en alguna palanca, con el resultado de que se produjo un ruido prolongado, arremolinado y rechinante, que terminó en un fuerte chasquido. Entonces se incorporó, y vi que lo que tenía en la mano era una especie de rifle con una culata curiosamente deforme. Abrió la recámara, puso algo dentro, y de un cerrojazo montó el arma. Luego se agachó, apoyó la punta del cañón en el borde de la ventana abierta, y vi su largo bigote caer sobre la caja del arma y brillar su ojo al mirar por el alza y el punto de mira. Oí un leve suspiro de satisfacción cuando se apretó la culata contra el hombro, y vi que aquel blanco asombroso, el hombre recortado en negro sobre fondo amarillo, se encontraba claramente en su línea de tiro. Durante unos momentos permaneció rígido e inmóvil. Luego su dedo tiró del gatillo. Hubo un zumbido extraño, fuerte, y un retiñir argentino de vidrio roto. En aquel instante, Holmes saltó como un tigre sobre la espalda del tirador, y le derribó de bruces. Se levantó en seguida, y asió a Holmes del cuello con una fuerza convulsiva; pero yo le golpeé en la cabeza con la culata de mi revólver, y cayó de nuevo al suelo. Me arrojé sobre él, y, mientras le sujetaba, mi camarada hizo una penetrante llamada con un silbato. Se oyó un repiqueteo de pies en la acera, y dos policías de uniforme y un detective de paisano se precipitaron por la puerta de entrada y luego en la habitación.

– ¿Es usted, Lestrade? –dijo Holmes.

– Sí, señor Holmes. Me hice cargo del trabajo personalmente. Es agradable verle de nuevo en Londres, señor.

– Creo que necesitan ustedes un poco de ayuda no oficial. Tres asesinatos sin resolver en un solo año es demasiado, Lestrade. Pero llevó usted el misterio de Molesley con menos de su habitual... Bueno, lo llevó bastante bien.

Nos habíamos puesto en pie. Nuestro prisionero jadeaba, y tenía un fornido agente a cada lado. Unos pocos ociosos se empezaban ya a reunir en la calle. Holmes fue hasta la ventana, la cerró, y bajó las persianas. Lastrade había sacado dos velas, y los agentes habían encendido sus linternas. Por fin pude mirar detenidamente a nuestro prisionero.

El rostro que estaba vuelto hacia nosotros era tremendamente viril, aunque siniestro. Aquel hombre tenía la frente de un filósofo y las mandíbulas de un sensualista, y debió partir en la vida con grandes capacidades para el bien o para el mal. Pero era imposible observar sus crueles ojos azules, con unos párpados cínicamente entrecerrados, o su nariz fieramente agresiva y sus cejas pobladas y amenazadoras, sin leer los más claros signos de peligro de la Naturaleza. No concedió ninguna atención a ninguno de nosotros, sino que su mirada estaba clavada en el rostro de Holmes con una expresión en la que se mezclaban, en dosis iguales, el odio y el asombro.

— ¡Es usted un diablo! —musitaba—. ¡Un diablo inteligente, muy inteligente!

— ¡Ah, coronel! —dijo Holmes, poniendo en orden el arrugado cuello de su camisa— «Los viajes terminan en encuentros de enamorados», según dice el viejo drama. Creo que no había tenido el placer de verle desde que me favoreció con sus atenciones cuando estaba tumbado en la repisa de la roca, sobre la catarata de Reichenbach.

El coronel seguía mirando a mi amigo como si estuviera hipnotizado.

— ¡Un diablo! ¡Un diablo astuto, muy astuto! —era cuanto podía decir.

— Todavía no les he presentado —dijo Holmes—. Caballeros, éste es el coronel Sebastian Moran, que perteneció al ejército de Su Majestad en la India, y fue el mejor rifle de caza mayor que nuestro imperio oriental haya dado hasta ahora. Creo que acierto, coronel, si digo que su historial de caza de tigres sigue inigualado.

Aquel hombre feroz no dijo nada, y siguió mirando a mi compañero. Con su mirada salvaje y su erizado bigote, él mismo se asemejaba sorprendentemente a un tigre.

— Me preguntaba si mi simple estratagema podría engañar a un veterano *sikhari* —dijo Holmes—. Debe serle familiar. ¿Es que nunca ha atado a un corderillo de un árbol, se ha apostado con su rifle, y ha esperado a que el cebo atrajera al tigre? Esta casa vacía es mi árbol, y usted mi tigre. Usted, posiblemente, tenía otros rifles de reserva para el caso de que hubiera varios tigres, o por si se daba el improbable supuesto de que usted fallara. Éstos —y señaló a su alrededor— son mis otros rifles. El paralelo es exacto.

El coronel Moran se abalanzó hacia adelante con un rugido de rabia, pero los agentes le contuvieron. Era terrible contemplar la furia en su rostro.

— Confieso que me ha dado usted una pequeña sorpresa —dijo Holmes—. No había previsto que usted también utilizara esta casa vacía y su adecuada ventana delantera. Había pensado que operaría usted desde la calle, donde mi amigo Lestrade y sus alegres muchachos le estaban esperando. Con esta salvedad, todo ha ido según previsto.

El coronel Moran se volvió hacia el detective oficial.

— Puede que tenga, y puede que no tenga motivos para detenerme —dijo—, pero al menos no puede haber ninguna razón para que deba someterme a las burlas de esta persona. Si estoy en manos de la ley, hagamos las cosas legalmente.

— Bueno, esto es bastante razonable —dijo Lestrade—. ¿No tiene usted nada más que decir, señor Holmes, antes de que nos vayamos?

Holmes había recogido del suelo el potente rifle de aire comprimido, y examinaba su mecanismo.

— Un arma admirable y única —dijo—. Silenciosa, y tremendamente potente. Conocí a Von Herder, el mecánico alemán ciego que la construyó para el difunto profesor Moriarty. Hace años que tengo noticias de su existencia, pero hasta ahora no había tenido oportunidad de observarla. La recomiendo muy especialmente a su atención, Lestrade, y también las balas que encajan en el arma.

— Puede confiar en que examinaremos todo esto, señor Holmes —dijo Lestrade, mientras todo el grupo se dirigía hacia la puerta—. ¿Tiene algo más que decir?

— Solamente preguntarle qué acusación piensa usted elegir.

— ¿Qué acusación, señor? Bueno, naturalmente, la de tentativa de asesinato contra el señor Sherlock Holmes.

— No, no, Lestrade. No quisiera verme mezclado en absoluto con el asunto. A usted, y solamente a usted, le corresponde todo el mérito de la notable detención que ha efectuado. ¡Sí, Lestrade! ¡Le felicito! Le ha capturado con su acostumbrada y feliz combinación de astucia y audacia.

— ¿Le he capturado? ¿A quién he capturado, señor Holmes?

— Al hombre al que toda la fuerza policíaca ha estado buscando en vano... Al coronel Sebastian Moran, que mató al honorable Ronald Adair con una bala expansiva disparada con un rifle de aire comprimido a través de la ventana abierta de la habitación frontal del segundo piso del número 427 de Park Lane, el día 30 del pasado mes. Ésta es la acusación, Lestrade. Y ahora, Watson, si es usted capaz de soportar la corriente de aire de una ventana rota, creo que media hora en mi estudio, con un cigarro, pueden proporcionarle una fructuosa diversión.

Nuestras viejas habitaciones no habían sufrido cambios con la supervisión de Mycroft Holmes y bajo el cuidado inmediato de la señora Hudson. Al entrar vi, eso es cierto, una pulcritud inesperada, pero todos los viejos puntos de referencia seguían en sus puestos. Allí estaba el rincón destinado a la química, con su mesa manchada de ácidos y atestada de objetos. Allí, en un estante, estaba la formidable hilera de álbumes de recortes y de libros de consulta a los que a tantos de nuestros conciudadanos les hubiera encantado prender fuego. Los diagramas, el estuche del violín, el soporte de las pipas... Incluso la zapatilla persa con tabaco dentro... Todo aquello encontró mi mirada al pasearla a mi alrededor. Había dos ocupantes en la habitación. Uno era la señora Hudson, que se puso radiante al vernos entrar. El otro era el extraño monigote que había desempeñado tan importante papel en las aventuras de aquella noche. Era una imagen de mi amigo en cera coloreada, tan admirablemente hecha que era un perfecto facsímil. Estaba sobre una mesita de un solo pie, envuelta con una vieja bata de Holmes de tal manera que la ilusión, desde la calle, era absolutamente perfecta.

— Espero que haya usted observado todas las precauciones, señora Hudson —dijo Holmes.

— Me movía de rodillas, señor, tal como usted me dijo.

— Excelente. Lo hizo usted todo muy bien. ¿Ha podido ver dónde se alojaba la bala?

— Sí, señor. Me temo que haya estropeado su hermoso museo, porque le atravesó la cabeza y se estrelló contra la pared. La recogí en la alfombra. Aquí está.

Holmes la sostuvo en alto para que yo la viera.

— Una bala blanda de revólver, como ve, Watson. Hay genio en esto...

ya que, ¿quién supondría que una cosa así ha sido disparada por un rifle de aire comprimido? Muy bien, señora Hudson. Le estoy muy agradecido por su ayuda. Y ahora, Watson, deje que le vea una vez más sentado en su viejo sillón, porque hay varios puntos que me gustaría debatir con usted.

Se había quitado la grasienta levita, y ahora volvía a ser el Holmes de siempre, con la bata color ratón que le había quitado a su efigie.

– Los nervios del viejo *sikhari* no han perdido su firmeza, ni sus ojos su agudeza –dijo, riéndose, mientras inspeccionaba la frente destrozada de su busto–. Justo en mitad de la parte posterior de la cabeza, machacando el cerebro a su paso. Era el mejor rifle de la India, y pienso que pocos los hay mejores en Londres. ¿Le conocía usted de nombre?

– No, no le conocía.

– Bueno, ¡así es la fama! Pero, si no recuerdo mal, no había usted oído nombrar nunca al profesor James Moriarty, que tenía uno de los cerebros privilegiados de este siglo. Haga el favor de acercarme mi índice de biografías de la estantería.

Fue volviendo perezosamente las páginas, recostado en su sillón y sacando grandes nubes de humo de su cigarro.

– Mi colección de emes es magnífica –dijo–. El propio Moriarty bastaría para hacer ilustre cualquier letra. Y aquí tenemos a Morgan, el envenenador, y a Merridew, de abominable memoria, y a Matthews, que me hizo saltar el canino izquierdo en la sala de espera de Charing Cross, y, finalmente, aquí está nuestro amigo de esta noche.

Me tendió el libro, y leí:

«*Moran, Sebastian, coronel.* Sin empleo. Perteneció al Primero de Exploradores Bengalíes. Nacido en Londres en 1840. Hijo de Sir Augustus Moran, C.B. (*), que fue embajador en Persia. Educado en Eton y en Oxford. Sirvió en la campaña de Jowaki, en la campaña afgana, en Charasiab (comunicaciones), en Sherpur y en Cabul. Autor de *Caza mayor en el Himalaya oriental,* 1881; *Tres meses en la jungla,* 1884. Dirección: Conduit Street. Clubs: el Angloindio, el Tankerville, el Club de naipes Bagatelle.

En el margen estaba escrito, con la precisa escritura de Holmes: «El segundo hombre más peligroso de Londres.»

– Esto es pasmoso –dije, devolviéndole el volumen–. La carrera de este hombre es la de un honorable soldado.

– Cierto –respondió Holmes–. Hasta cierto punto, su comportamiento fue excelente. Fue siempre un hombre de nervios de acero, y todavía se cuenta en la India la historia de cómo persiguió por una acequia a un tigre comedor de hombres herido. Hay ciertos árboles, Watson, que crecen hasta cierta altura, y luego desarrollan cierta excentricidad imprevista. Verá esto a menudo entre los humanos. Tengo la teoría de que el individuo representa en su desarrollo toda la procesión de sus antepasados, y que los giros súbitos de esta clase hacia el bien o hacia el mal responden a cierta influencia que procede de la línea de su ascendencia. La persona se convierte, por así decirlo, en el epítome de la historia de su propia familia.

– Esto, desde luego, es bastante fantasioso.

– Bueno, no voy a insistir en el tema. Por el motivo que fuera, Moran empezó a ir por mal camino. Aun sin ningún escándalo abierto, India se le puso demasiado cálida para seguir allí. Se retiró, vino a Londres, y de nuevo se hizo una mala reputación. Fue por entonces cuando fue en su busca el profesor Moriarty, del que Moran fue por un tiempo jefe de estado mayor. Moriarty le proporcionaba dinero liberalmente, y le utilizó solamente en uno o dos trabajos de primera envergadura que ningún criminal ordinario hubiera podido llevar a cabo. Puede que conserve usted algún recuerdo de la muerte de la señora Stewart, de Lauder, en 1887. ¿No? Bueno, estoy seguro de que Moran estaba detrás de aquello. Pero no se pudo probar nada. El coronel estaba tan inteligentemente a cubierto que ni siquiera cuando la banda de Moriarty fue destruida se le pudo incriminar. Recordará usted que en aquella época, cuando fui a visitarle, subí las persianas por miedo a los rifles de aire comprimido. Sin duda me consideró fantasioso, pero yo sabía exactamente lo que me hacía, porque conocía la existencia de ese rifle notable, y sabía también que detrás del arma estaba uno de los mejores tiradores del mundo. Cuando estuvimos en Suiza, Moran nos siguió con Moriarty, y fue él, sin duda alguna, el que me hizo pasar aquellos malos cinco minutos junto a la catarata de Reichenbach.

»Como supondrá, durante mi estancia en Francia leía los periódicos con bastante atención, en busca de la oportunidad de tenderle alguna trampa. Mientras él anduviera libre por Londres, mi vida no merecería la pena de ser vivida. Noche y día su sombra hubiera planeado sobre mí, y tarde o temprano hubiera tenido su oportunidad. ¿Qué podía yo hacer? No podía abatirle a tiros así que le viera, porque entonces hubiera sido yo el que habría ido a la cárcel. De nada servía recurrir a algún magistrado. Los magistrados no pueden intervenir en base a algo que podría parecerles una sospecha descabellada. Así que no podía hacer nada. Pero estaba atento a las noticias criminales, sabiendo que tarde o temprano le cazaría. Entonces vino la muerte de ese Ronald Adair. ¡Por fin había llegado mi oportunidad! Sabiendo lo que sabía, ¿cómo podía no estar seguro de que era Moran el autor del hecho? Había jugado a cartas con el muchacho; le siguió a su casa desde el club, y le disparó por la ventana abierta. No cabía ninguna duda. Las balas, por sí solas, bastan para ponerle una soga al cuello. Vine de inmediato. Fui visto por el centinela, y sabía que éste informaría al coronel de mi presencia. Moran no podía dejar de relacionar mi repentino regreso con su crimen y de sentirse terriblemente alarmado. Yo estaba seguro de que intentaría de algún modo quitarme de en medio *inmediatamente*, y que con este objeto utilizaría su arma asesina. Le puse un blanco excelente en la ventana, y, tras advertir a la policía de que quizá se la necesitara (a propósito, Watson, detectó su presencia en aquel portal con infalible precisión), elegí un puesto de observación que me pareció juicioso, sin soñar siquiera que él elegiría aquel mismo punto para su ataque. Y ahora, mi querido Watson, ¿hay algo más que deba explicarle?

— Sí —dije yo—. No ha aclarado usted qué motivo tenía el coronel Moran para asesinar al honorable Ronald Adair.

— ¡Ah, mi querido Watson! ahí llegamos a ese reino de la conjetura donde hasta la mente más lógica puede errar. Cada cual puede formarse su propia hipótesis en base a los datos disponibles, y su hipótesis tiene tantas posibilidades como la mía de ser correcta.

– Entonces, ¿tiene usted alguna hipótesis?

– Pienso que no es difícil explicar los hechos. En el curso de la investigación salió a luz que el coronel Moran y el joven Adair habían ganado juntos una suma de dinero considerable. Ahora bien, Moran, indudablemente, hacía trampas; esto lo sé desde hace tiempo. Pienso que el día del asesinato el joven Adair había descubierto que Moran jugaba sucio. Muy probablemente había hablado con él en privado, y le había amenazado con delatarle a menos que voluntariamente renunciara a su condición de miembro del club y prometiera no volver a jugar a cartas. Es improbable que un jovencito como Adair montara de inmediato un feo escándalo, poniendo en evidencia a un hombre conocido y mucho mayor que él. Probablemente actuó tal como sugiero. La exclusión de sus clubs hubiera significado la ruina para Moran, que vivía de sus ganancias mal obtenidas en el juego. En consecuencia, asesinó a Adair, en el momento en que éste trataba de averiguar cuánto dinero debería devolver él mismo, puesto que no podía beneficiarse de las trampas de su pareja de juego. Cerró la puerta con llave para que las damas no le soprendieran e insistieran en averiguar qué estaba haciendo con aquellos nombres y aquellas monedas. ¿Le sirve la explicación?

– No me cabe la menor duda de que ha dado usted con la verdad.

– Esto se comprobará o se desmentirá en el juicio. Pero ocurra lo que ocurra, el coronel Moran no volverá a molestarnos, el famoso rifle de aire comprimido de Von Herder embellecerá el museo de Scotland Yard, y de nuevo el señor Sherlock Holmes tiene libertad para dedicar su vida a examinar esos interesantes problemillas que la compleja vida de Londres nos ofrece tan profusamente.

EL CONSTRUCTOR DE NORWOOD

– Desde el punto de vista del experto en crimen –dijo el señor Sherlock Holmes–, Londres se ha convertido en una ciudad singularmente poco interesante desde la muerte del difunto y llorado profesor Moriarty.

– Me cuesta imaginar que pueda usted encontrar a muchos ciudadanos decentes que coincidan con usted –respondí.

– Bueno, bueno, no debo ser egoísta –dijo él, sonriendo y apartando su silla de la mesa del desayuno–. Es indudable que la comunidad sale ganando, y que nadie sale perdiendo; nadie, salvo el pobre especialista inocupado que ha perdido el objeto de su trabajo. Con aquel hombre en el campo de batalla, el periódico matutino ofrecía posibilidades infinitas. A menudo, Watson, había solamente la más ínfima de las pistas, la más tenue de las indicaciones, y, sin embargo, aquello bastaba para decirme que la gran mente maligna estaba allí, y los más leves temblores de los bordes de la telaraza le recordaban a uno la perversa araña que acechaba en su centro. Pequeños robos, ataques canallescos, delitos sin sentido... Para el hombre que tenía la clave, todo ello podía encajarse en un todo coherente. Para el estudioso científico del alto mundo criminal, ninguna capital de Europa ofrecía las ventajas que poseía entonces Londres. Pero ahora...

Se encogió de hombros en un cómico lamento ante el estado de cosas que él mismo había contribuido en tanto a producir.

En la época de la que hablo, hacía ya varios meses que Holmes había vuelto, y yo, a petición suya, había vendido mi consultorio para compartir de nuevo los viejos cuarteles de Baker Street. Un joven médico llamado Verner había comprado mi pequeño consultorio de Kensington, pagando, con asombrosa prontitud, el precio más alto que me había atrevido a pedir... incidente que no me expliqué sino al cabo de varios años, cuando supe que el tal Verner era pariente lejano de Holmes, y que en realidad había sido mi amigo el que había encontrado el dinero necesario.

Nuestros meses de convivencia no habían estado tan desprovistos de acontecimientos como él decía, porque veo, consultando mis notas, que aquel período incluye el caso de los documentos del ex presidente Murillo, y también el sorprendente asunto del vapor holandés *Friesland,* que estuvo a punto de costarnos la vida a ambos. El carácter frío y altivo de Holmes había sido siempre contrario, sin embargo, a cualquier cosa que se pareciera al aplauso público, y me tenía atado, en los términos más imperativos, a no decir ni una palabra más sobre él, sus métodos o sus éxitos, prohibición que, como ya he explicado, no ha sido levantada sino ahora.

El señor Sherlock Holmes estaba reclinado en su sillón después de aquella protesta extravagante, y desplegaba su periódico matutino despreocupadamente, cuando nos atrajo la atención un tremendo campanillazo, seguido inmediatamente por un sordo sonido retumbante, como si alguien estuviera golpeando la puerta de entrada con el puño. Cuando la puerta se abrió, alguien se abalanzó tumultuosamente en el vestíbulo, hubo un repiqueteo de pies en la escalera, y, a los pocos instantes, irrumpió en la habitación un frenético joven de mirada extraviada, pálido, desgreñado y jadeante. Nos miró a ambos alternativamente, y, ante nuestras miradas inquisitivas, cobró conciencia de que era precisa alguna explicación por aquella poco ceremoniosa entrada.

– Lo lamento, señor Holmes –gritó–. No debe censurarme. Estoy enloquecido. Señor Holmes, yo soy el desdichado John Hector McFarlane.

Anunció esto como si su solo nombre bastara para explicar tanto su visita como su comportamiento, pero me di cuenta, por la expresión neutra de mi amigo, que, como a mí, aquel nombre no le decía nada.

– Tome un cigarrillo, señor McFarlane –dijo Holmes, acercándole su pitillera–. Estoy seguro de que, en vista de sus síntomas, mi amigo el doctor Watson, aquí presente, le recetará algún sedante. El tiempo ha sido tan caluroso estos últimos días... Ahora, si se siente un poco más centrado, estaría encantado si se sentara usted en ese sillón y nos contara, muy lenta y pausadamente, quién es usted, y qué es lo que quiere. Ha dicho usted cómo se llamaba, como si yo tuviera que conocer su nombre, pero le aseguro que, aparte de que es usted soltero, procurador de los tribunales, francmasón y asmático, no sé absolutamente nada de usted.

Al estar familiarizado con los métodos de mi amigo, no me fue difícil seguir sus deducciones, y observé el desaseo personal, el paquete de documentos legales, el emblema del reloj y el modo de respirar que las habían inspirado. Nuestro cliente, sin embargo, le miró con asombro.

– Sí, señor Holmes, soy todo eso, y además soy el hombre más infortunado de Londres en este momento. ¡Por el amor de Dios, señor Holmes! ¡No me abandone! Si vienen a detenerme antes de que haya terminado de contarle mi historia, haga que me concedan tiempo, para que pueda decirle a usted toda la verdad. Iría feliz a la celda si supiera que usted está trabajando por mí en el exterior.

– ¡Detenerle! –dijo Holmes.– Esto es realmente muy grati... muy interesante. ¿Bajo qué acusación supone usted que van a detenerle?

– Bajo la acusación de haber asesinado al señor Jonas Oldacre, de Lower Norwood.

El expresivo rostro de mi compañero manifestó una simpatía que, me temo, no carecía de una mezcla de satisfacción.

– ¡Válgame Dios! –dijo–. Precisamente hace unos momentos, durante el desayuno, le estaba diciendo a mi amigo el doctor Watson que los casos sensacionales habían desaparecido de los periódicos.

Nuestro visitante alargó una mano temblorosa y tomó el *Daily Telegraph* que seguía sobre las rodillas de Holmes.

– Si ha mirado esto, señor, habrá visto en seguida cuál es el asunto que me ha traído aquí esta mañana. Me temo que mi nombre y mi infortunio deben estar en boca de todo el mundo.

Abrió el periódico y nos mostró la página central.

– Aquí está, y con su permiso voy a leérselo. Escuche esto, señor Holmes. Los encabezamientos son: «Misterioso asunto en Lower Norwood. Desaparición de un conocido constructor. Sospechas de asesinato e incendio. Una pista que conduce al criminal.» Esta es la pista que ya están siguiendo, señor Holmes, y sé que conduce infaliblemente hasta mí. He sido seguido desde la estación de London Bridge, y estoy seguro de que sólo esperan la orden judicial para detenerme. Esto le romperá el corazón a mi madre... ¡Se lo romperá!

Se retorció las manos en la extremidad de su miedo, y se balanceaba hacia adelante y hacia atrás en su asiento.

Miré con interés a aquel hombre que estaba acusado de ser el perpetrador de un crimen violento. Tenía el pelo lacio y era bien parecido en el estilo desleído y negativo, tenía los ojos azules temerosos y el rostro bien afeitado, con una boca blanca y sensitiva. Su edad debía rondar los veintisiete, y su ropa y su porte eran los de un caballero. Sé sacó del bolsillo de su ligero abrigo veraniego el montón de documentos que proclamaban su profesión.

– Debemos utilizar el tiempo de que disponemos –dijo Holmes–. Watson, ¿tendrá usted la amabilidad de tomar el periódico y leerme el párrafo en cuestión?

Debajo de los vigorosos encabezamientos que había citado nuestro cliente, leí el siguiente y sugerente relato:

«Ya muy entrada la pasada noche, o a primeras horas de esta mañana, ha tenido lugar en Lower Norwood un incidente que apunta, nos tememos, a un grave crimen. El señor Jonas Oldacre es un conocido vecino de ese barrio, donde ha desempeñado durante muchos años su profesión de constructor. El señor Oldacre es soltero, tiene cincuenta y dos años, y vive en Deep Dene House, en el extremo de Sydenham de la carretera de dicho nombre. Ha gozado de la reputación de ser un hombre de costumbres excéntricas, reservado y retraído. Lleva varios años prácticamente retirado de los negocios, en los que, según se dice, ha acumulado una fortuna considerable. Sigue habiendo, sin embargo, en la parte posterior de su casa, un pequeño taller de maderas, y la pasada noche, hacia las doce, se dio la alarma de que uno de los rimeros se había incendiado. Acudieron al poco rato los bomberos, pero la madera seca ardía furiosamente, y fue imposible contener el incendio hasta que el rimero quedó consumido por entero. Hasta ese punto, el incidente tenía las apariencias de un accidente ordinario, pero nuevos indicios parecen apuntar que se trata de un grave crimen. Hubo sorpresa ante el hecho de que el dueño del establecimiento estuviera ausente de la escena del incendio, y se llevó a cabo una indagación que demostró que había desaparecido de su casa. El examen de su habitación reveló que no había dormido en su cama, que una caja fuerte que había allí estaba abierta, que numerosos documentos de importancia estaban desparramados por toda la habitación, y, finalmente, que había signos de una lucha asesina, pudiendo verse en la habitación algunos rastros de sangre, así como un bastón de paseo de madera de roble que mostraba también manchas de sangre en el mango. Se sabe que el señor Jonas Oldacre había recibido esa noche a un tardío visitante en su habitación, y el bastón que se encontró ha sido identificado como propiedad de esa persona, que es un joven procurador londinense llamado John Hector McFarlane, socio menor de Graham y McFarlane, en el número 426 de Gresham Buildings, E.C. La policía cree tener en sus manos pruebas que aportan un motivo muy convincente para el crimen, y, en definitiva, es indudable que sobrevendrán sensacionales secuelas.»

»Ultima hora.– Se rumorea, cuando ya nos dirigimos a la redacción, que el señor John Hector McFarlane ha sido ya detenido, acusado del asesinato del señor Jonas Oldacre. Es seguro, por lo menos, que se ha emitido una orden de detención. Han aparecido nuevos y siniestros datos en la investigación de Norwood. Además de las señales de lucha en la habitación del infortunado constructor, se sabe ahora que la puerta ventana de su dormitorio, que está en el segundo piso, estaba abierta, y que había indicios de que un objeto voluminoso había sido arrastrado hasta el rimero de madera. Finalmente, se asegura que entre las cenizas del carbón de leña se han encontrado unos restos calcinados. La teoría de la policía es que se ha cometido un crimen realmente sensacional, que la víctima fue muerta a bastonazos en su propio dormitorio, sus documentos robados, y su cuerpo sin vida arrastrado hasta la pila de madera, que luego fue incendiada para ocultar el rastro del crimen. La conducción de la investigación del crimen ha sido puesta en las expertas manos del inspector Lestrade, de Scotland Yard, el cual está siguiendo las pistas con su energía y sagacidad acostumbradas.»

Sherlock Holmes escuchó este relato con los ojos cerrados y las yemas de los dedos juntas.

– Este caso tiene indudablemente algunos puntos de interés –dijo, con su manera lánguida–. ¿Puedo preguntarle, antes que nada, señor McFarlane, cómo es posible que esté usted todavía en libertad, cuando, según parece, hay pruebas suficientes para justificar su detención?

– Vivo en Torrington Lodge, en Blackheath, con mis padres, señor Holmes; pero la pasada noche, como tenía que trabajar hasta tarde con el señor Jonas Oldacre, me alojé en un hotel en Norwood, y desde allí salí hacia mi oficina. No supe nada de este asunto hasta que estuve en el tren, cuando leí esto que usted acaba de oír. Me di cuenta en seguida del horrible peligro de mi posición, y he venido corriendo a poner el caso en sus manos. No me cabe duda de que me hubieran detenido en mi despacho de la City o en mi casa. Un hombre me ha seguido desde la estación de London Bridge, y no dudo que...¡Santo cielo! ¿Qué es esto?

Era un campanillazo en la puerta, seguido inmediatamente después por pasos en la escalera. Un n momento después se mostró en la entrada nuestro viejo amigo Lestrade. Entreví, por encima de sus hombros, a uno o dos policías de uniforme detrás suyo.

– Señor John Hector McFarlane –dijo Lestrade.

Nuestro desdichado cliente se puso en pie, con la cara lívida.

– Le detengo por el asesinato premeditado del señor Jonas Oldacre, de Lower Norwood.

McFarlane se volvió hacia nosotros con un ademán de desesperación, y se derrumbó de nuevo en su sillón, como si le hubieran aplastado.

–Un momento, Lastrade –dijo Holmes–. Media hora más o menos no puede importarle, y este caballero estaba a punto de darnos una explicación de este interesante asunto que podría contribuir a su esclarecimiento.

– Creo que no será difícil esclarecerlo –dijo Lestrade, siniestramente.

– Sin embargo, con su permiso, me interesaría mucho escuchar su relato.

– Bueno, señor Holmes, me resultaría muy difícil negarle a usted nada, porque ha sido útil para la policía una o dos veces en el pasado, y Scotland Yard debe devolverle el favor –dijo Lestrade–. Pero debo quedarme junto a mi prisionero, y me veo obligado a advertirle de que cualquier cosa que diga puede ser empleada como prueba en contra suya.

– Por mí, magnífico –dijo nuestro cliente–. Todo lo que pido es que me oigan y conozcan la absoluta verdad.

Lestrade miró su reloj.

– Le concedo media hora –dijo.

– Debo explicar, ante todo –dijo McFarlane–, que no conocía en absoluto al señor Jonas Oldacre. Su nombre me era familiar. Durante muchos años mis padres habían tenido amistad con él, pero luego se distanciaron. Me sorprendió mucho, por lo tanto, que ayer, hacia las tres de la tarde, entrara en mi despacho de la City. Pero quedé todavía más asombrado cuando me contó el objeto de su visita. El señor Oldacre tenía en la mano varias hojas de un cuaderno de notas, cubiertas con una escritura garrapateada... Aquí están. Las puso sobre mi mesa.

»– Éste es mi testamento –dijo–. Quiero que usted, señor McFarlane, lo redacte en buena forma legal. Esperaré aquí sentado mientras lo hace.

»Me puse a copiarlo, e imaginen mi asombro cuando descubrí que, salvo algunos legados, me dejaba todas su propiedades. Era un hombre extraño, con aire de comadreja y cejas blancas, y cuando alcé la mirada hacia él vi que tenía la mirada fija en mí, con una expresión divertida. Apenas si podía creer en mis sentidos mientras leía las cláusulas del testamento. Pero me explicó que era soltero y que prácticamente no tenía parientes vivos, que había conocido a mis padres en su juventud, y que siempre había oído hablar de mí como un joven sumamente digno y estaba seguro de que su dinero estaría en buenas manos. Yo, naturalmente, no pude hacer otra cosa que balbucear mi agradecimiento. El testamento quedó debidamente copiado, y fue firmado con mi pasante como testigo. El testamento está en ese papel azul, y estas hojas sueltas, tal como he explicado, son el borrador. Luego, el señor Jonas Oldacre me informó de que había numerosos documentos (arrendamientos, títulos de propiedad, hipotecas, cédulas, y todo eso) que era preciso que yo viera y entendiera. Dijo que no estaría tranquilo hasta que todo quedara bien sentado, y me pidió que fuera a su casa de Norwood aquella noche, con el testamento, para arreglarlo todo.

»– Recuerde, muchacho, que no debe decir absolutamente nada a sus padres hasta que todo el asunto esté zanjado. Guardaremos la cosa como una pequeña sorpresa para ellos.

»Insistió mucho en ese punto, y me hizo prometerlo formalmente.

»Ya puede usted imaginar, señor Holmes, que yo no estaba en humor de negarle nada de lo que me pidiera. Era mi benefactor, y todo lo que yo deseaba era cumplir su voluntad en todos los puntos. En consecuencia, mandé un telegrama a mi casa, comunicando que tenía entre manos un importante negocio, y que me era imposible saber lo que tardaría. El señor Oldacre me había dicho que le gustaría que cenara con él a las nueve, porque él no podía estar en su casa antes de esa hora. Tuve alguna dificultad en encontrar su casa, sin embargo, y eran casi las nueve y media cuando llegué a ella. Le encontré...

– ¡Un momento! –dijo Holmes–. ¿Quién abrió la puerta?

– Una mujer de mediana edad, que supongo que era su ama de llaves.

– ¿Y fue ella, supongo, la que ha dado a conocer su nombre?

– Exactamente –dijo McFarlane.

– Siga, por favor.

El señor McFarlane se enjugó el sudor de la frente, y luego prosiguió su relato.

– Aquella mujer me hizo pasar a un saloncito donde fue servida una cena frugal. Después, el señor Jonas Oldacre me condujo a su dormitorio, donde había una pesada caja fuerte. La abrió y sacó de ella un montón de documentos, que examinamos juntos. Terminamos entre las once y las doce. Hizo la observación de que no debíamos molestar al ama de llaves. Me hizo salir por la puerta ventana, que había estado abierta todo ese tiempo.

– ¿Estaba bajada la persiana? –preguntó Holmes.

– No estoy seguro, pero me parece que sólo estaba medio bajada. Sí, recuerdo que él la subió para abrir la ventana. Yo no encontraba mi bastón, y él me dijo:

»– No importa, muchacho; espero verle a menudo a partir de ahora, y guardaré su bastón hasta que venga a recogerlo.

»Allí le dejé. La caja fuerte estaba abierta, y los documentos colocados en legajos sobre la mesa. Era tan tarde que no pude volver a Blackheath, y pasé la noche en el Anerley Arms. Y no supe nada más hasta que leí este horrible asunto por la mañana.

– ¿Hay algo más que quiera usted preguntar, señor Holmes? –dijo Lestrade, cuyas cejas se habían enarcado una o dos veces en el curso de aquella notable explicación.

– No hasta que haya estado en Blackheath.

– Querrá decir Norwood –dijo Lestrade.

– Oh, sí, sin duda era eso lo que debía querer decir –dijo Holmes, con su sonrisa enigmática. Lestrade había aprendido, a costa de muchas experiencias, que aquel cerebro podía cortar como una navaja de afevavaja de afeitar cosas que para él eran impenetrables. Vi que miraba con curiosidad a mi compañero.

– Creo que me gustaría hablar un rato con usted, señor Sherlock Holmes –dijo–. Ahora, señor McFarlane, dos de mis agentes están en la puerta, y hay un coche esperando.

El infeliz joven se puso en pie, y por fin, arrojándonos una última mirada suplicante, salió de la habitación. Los agentes le condujeron al coche, pero Lestrade se quedó.

Holmes había tomado las páginas que constituían el borrador del testamento, y las miraba con el más vivo interés pintado en el rostro.

– Este documento tiene algunas peculiaridades, Lestrade, ¿no es cierto? –dijo, entregándoselo.

El funcionario lo miró con expresión de desconcierto.

– Puedo leer unas pocas líneas del comienzo, y éstas en mitad de la segunda página, y una o dos al final. Éstas están tan claras como si estuvieran impresas –dijo–. Pero la escritura entre estos fragmentos es malísima, y hay tres sitios donde no puedo leer nada en absoluto.

– ¿Qué le sugiere esto? –dijo Holmes.

– Bueno, ¿qué le sugiere a usted?

– Que fue escrito en un tren. La escritura clara representa las estaciones, la confusa el tren en movimiento, y la malísima el paso por cruce de vías. Un experto científico dictaminaría de inmediato que esto fue escrito en una línea suburbana, puesto que en ninguna parte, salvo en las inmediaciones de una gran ciudad, puede haber una sucesión tan rápida de cruces. Si suponemos que empleó todo el trayecto en redactar el testamento, entonces es que el tren era un expreso que sólo se detuvo una vez entre Norwood y London Bridge.

Lestrade se echó a reír.

– Me desborda usted cuando empieza con sus teorías, señor Holmes –dijo–. ¿Qué tiene esto que ver con el caso?

– Bueno, esto corrobora la historia que cuenta ese joven en lo que se refiere a que el testamento fue redactado por Jonas Oldacre en su viaje de ayer. Curioso, ¿verdad? que un hombre redactara un documento tan important documento tan importante de un modo tan improvisado. Esto sugiere que no pensó que fuera a tener demasiada importancia práctica. Si un hombre redactara un testamento pensando que nunca tendría efecto, podría hacerlo de este modo.

– Bueno, redactó al mismo tiempo su propia sentencia de muerte –dijo Lestrade.

– ¡Oh! ¿Cree eso?

– ¿Usted no?

– Bueno, es perfectamente posible; pero el asunto no me queda claro todavía.

– ¿No le queda claro? Bueno, si esto no es claro, ¿qué cosa *podría* ser clara? Tenemos a un joven que se entera de pronto que si cierto anciano muere heredará su fortuna. ¿Qué hace entonces? No dice nada a nadie, y se las compone para ir con algún pretexto a visitar a su cliente aquella misma noche. Espera hasta que la única otra persona que hay en la casa está en la cama, y entonces, en la soledad de la habitación del hombre, lo asesina, quema su cadáver en una pila de madera, y se va a un hotel cercano. Las manchas de sangre en la habitación, así como el bastón, son muy leves. Es probable que se imaginara que su crimen había sido sin sangre, y esperaba que si el cuerpo se consumía en el fuego quedaran borradas todas las huellas de la forma de su muerte, huellas que, de algún modo, podían haber apuntado a su persona. ¿No es todo muy evidente?

– Me parece, mi buen Lestrade, que es precisamente un poco demasiado evidente –dijo Holmes–. Usted no completa con la imaginación todas sus demás grandes cualidades; pero si por un momento pudiera ponerse en el lugar de ese joven, ¿elegiría, para cometer su crimen, la noche misma del día del testamento? ¿No le parecería peligroso establecer una relación tan estrecha entre ambos incidentes? Por otra parte, ¿elegiría usted un momento en que se sabe que está usted en la casa, habiéndole recibido una sirvienta? Y, por último, ¿se tomaría usted todo el trabajo de ocultar el cadáver, dejándose el bastón como signo de que era usted el criminal? Admita, Lestrade, que todo esto es muy improbable.

– En cuanto al bastón, señor Holmes, sabe usted tan bien como yo que a menudo el criminal se aturulla y hace cosas que un hombre con la mente fría evitaría. Probablemente tenía miedo de volver a la habitación. Déme otra teoría que encaje con los hechos.

– Muy fácilmente podría darle media docena –dijo Holmes–. Aquí, por ejemplo, tiene usted una muy posible, e incluso probable. Se la doy completamente gratis. El hombre mayor está mostrando documentos evidentemente valiosos. Un vagabundo los ve casualmente por la ventana, cuya persiana está sólo medio bajada. El procurador sale. El vagabundo entra. Toma un bastón que ve por allí, mata a Oldacre, y se va después de quemar el cuerpo.

– ¿Por qué el vagabundo habría de quemar el cuerpo?

– Puesto en eso, ¿por qué había de hacerlo McFarlane?

– Para ocultar pruebas.

– Posiblemente el vagabundo quería ocultar el hecho mismo de que se hubiera cometido algún asesinato.

– ¿Y por qué el vagabundo no se llevó nada?

– Porque eran documentos no negociables.

Lestrade meneó la cabeza, aunque me pareció que su actitud era menos absolutamente segura que antes.

– Bueno, señor Sherlock Holmes, busque usted a su vagabundo, y mientras lo encuentra nosotros nos quedamos con nuestro hombre. El futuro demostrará quién tiene razón. Pero fíjese en una cosa, señor Holmes: por lo que sabemos, no desapareció ninguno de los documentos, y el detenido es precisamente la persona que menos razones tenía para hacerlos desaparecer, puesto que era el heredero legítimo y los obtendría de todos modos.

Mi amigo pareció impresionado por esta observación.

– No pretendo negar que las pruebas están en algunos aspectos muy en favor de su teoría –dijo–. Solamente quiero señalar que hay otras teorías posibles. Como usted dice, el futuro decidirá. ¡Adiós! Creo que en el curso del día me dejaré caer por Norwood para ver cómo le van las cosas.

Cuando el detective se fue, mi amigo se puso en pie e hizo sus preparativos para el trabajo del día con el aire alerta del hombre que tiene por delante una tarea agradable.

– Mi primer movimiento, Watson –dijo, poniéndose apresuradamente la levita– será, como he dicho, en la dirección de Blackheath.

– ¿Por qué no Norwood?

– Porque tenemos en este caso un incidente singular que le pisa los talones a otro incidente singular. La policía comete el error de concentrar su atención en el segundo, porque resulta ser el auténticamente criminal. Pero es evidente, a mi modo de ver, que la manera lógica de abordar el caso consiste en empezar por arrojar alguna luz sobre el primer incidente: el curioso testamento, tan repentinamente redactado, y tan inesperado para el heredero. Esto puede contribuir a simplificar lo siguiente. No, mi querido amigo, no creo que pueda usted ayudarme. No hay perspectivas de peligro; de no ser así, ni se me ocurriría hacer nada sin usted. Espero que cuando le vea esta noche pueda informarle de que he podido hacer algo por ese infortunado joven que se ha puesto bajo mi protección.

Mi amigo volvió tarde, y en seguida pude ver, por su expresión hosca e inquieta, que no se habían cumplido las faustas esperanzas con que había partido. Durante una hora hizo zumbar su violín, tratando de calmar la irritación de su ánimo. Por fin dejó bruscamente el instrumento y empezó un relato detallado de sus desventuras.

– Todo va mal, Watson, todo lo mal que puede ir. Mantuve el tipo frente a Lestrade, pero palabra que creo que por una vez es él el que está en la buena pista, y que nosotros estamos en la mala. Todas mis intuiciones van en un sentido, y todos los hechos en el sentido contrario, y me temo que los jurados ingleses no han alcanzado todavía esa cúspide de inteligencia en la que preferirán mis teorías a los hechos de Lestrade.

– ¿Fue a Blackheath?

– Sí, Watson, allá fui, y no tardé en descubrir que el difunto y llorado Oldacre era un notabilísimo bribón. El padre había salido en busca de su hijo. La madre estaba en casa. Es una mujer bajita, de cabello sedoso y ojos azules, y temblaba de miedo y de indignación. Naturalmente, no admitió ni siquiera la posibilidad de que su hijo fuera culpable. Pero no manifestó ni sorpresa ni pena por la suerte de Oldacre. Al contrario, hablaba de él con tanta amargura que, sin darse cuenta, fortalecía considerablemente las acusaciones de la policía; ya que, naturalmente, si su hijo la había oído hablar de Oldacre de aquel modo, se hubiera sentido predispuesto al odio y a la violencia en su contra. "Se parecía más a un simio maligno y astuto que a un ser humano," decía la mujer, "y siempre fue así, desde joven."

»– ¿Le conoció de joven? –dije yo.

»– Sí, le conocí bien. De hecho, fue pretendiente mío. Gracias a Dios, tuve el buen sentido de apartarme de él y de casarme con un hombre mejor, aunque más pobre. Estaba prometida con él, señor Holmes, cuando me enteré de la chocante historia de que había soltado a un gato en una pajarera, y me horrorizó tanto esta crueldad brutal que no quise volver a tener nada que ver con él.

»Rebuscó en un escritorio, y al poco rato sacó la fotografía de una mujer canallescamente desfigurada y mutilada con un cuchillo.

»– Ésta de la fotografía soy yo –me dijo–. Me puso en ese estado, y me maldijo, la mañana del día de mi boda.

»– Bueno –dije yo–, por lo menos ahora la ha perdonado, puesto que ha dejado todas sus propiedades a su hijo.

»– Ni mi hijo ni yo queremos nada de Jonas Oldacre, vivo o muerto –gritó ella, dignamente–. Hay un Dios en el cielo, señor Holmes, y ese mismo Dios que ha castigado a ese hombre malvado mostrará, en su debido momento, que las manos de mi hijo están limpias de su sangre.

»Bueno, probé de seguir una o dos pistas, pero no llegué a nada que ayudara a nuestra hipótesis, y sí en cambio a varios puntos que la contradicen. Me marché finalmente, y me fui a Norwood.

»Aquel sitio, Deep Dene House, es una gran casa moderna de reluciente ladrillo, construida en solar propio, y tiene delante un cuadro de césped con laureles. A la derecha, y un tanto alejado del camino, estaba el taller de maderas que fue el escenario del fuego. Aquí, en mi libreta de notas, tengo un plano rudimentario. Esta ventana, a la izquierda, es la de la habitación de Oldacre. Se puede ver desde el camino, como puede usted observar. Es el único detalle consolador que he conseguido en todo el día. Lestrade no estaba allí, pero el jefe de los agentes me hizo los honores. Acababan de encontrar un gran tesoro. Habían pasado la mañana hurgando entre las cenizas del rimero de madera incendiado, y aparte de los restos calcinados habían encontrado varios discos metálicos descoloridos. Los examiné cuidadosamente, y no cabía duda en cuanto a que eran botones de pantalón. Pude incluso distinguir en uno de ellos el nombre de «Hyams», que era el sastre de Oldacre. Luego examiné el césped muy cuidadosamente en busca de señales o huellas, pero esta sequía lo ha puesto todo duro como el hierro. No se veía nada, salvo que algún fardo había sido arrastrado por un seto bajo de alheña que está en línea con la pila de madera. Todo esto, naturalmente, encaja con la teoría oficial.

Repté por el césped, dándome en la espalda el sol de agosto. Pero me puse en pie al cabo de una hora sin saber nada más que antes.

»Bueno, después de este fracaso fui al dormitorio y lo examiné también. Las manchas de sangre eran muy tenues, simplemente tiznaduras y decoloraciones, pero indudablemente recientes. Se habían llevado el bastón, pero también en él las manchas eran tenues. Es indudable que el bastón pertenece a nuestro cliente. Él mismo lo admite. Se distinguían en la alfombra las huellas de los pies de ambos hombres, pero no las de ninguna otra persona, lo cual constituye también un tanto para la otra parte. Ellos iban marcándose puntos, y nosotros no avanzábamos.

»Solamente conseguí un leve destello de esperanza... aunque prácticamente no es nada. Examiné el contenido de la caja fuerte, la mayor parte del cual había sido recogido y colocado sobre la mesa. Los documentos estaban en sobres sellados, y la policía sólo había abierto uno o dos. Hasta donde pude ver, no eran de gran valor, ni el libro de bancos demostraba que el señor Oldacre anduviera muy boyante. Pero me pareció que no todos los documentos estaban allí. Había alusiones a ciertas escrituras, posiblemente las más valiosas, que no pude encontrar. Esto, naturalmente, si podemos demostrarlo sin margen de duda, volvería en contra de Lestrade su propia argumentación, ya que, ¿quién iba a robar una cosa que sabía que heredaría en breve plazo?

»Finalmente, después de registrar todos los rincones sin conseguir ninguna pista, probé suerte con el ama de llaves. Se llama señora Lexington, y es una personilla morena y taciturda, de mirada suspicaz y torva. Podría contarnos algo si quisiera, estoy convencido. Pero se cierra como una almeja. Sí, le había abierto al señor McFarlane a las nueve y media. Ojalá, dijo, se le hubiera secado la mano antes que haberle abierto. Se había ido a la cama a las diez y media. Su dormitorio estaba en el otro extremo de la casa, y no pudo oír nada de lo que ocurría. El señor McFarlane había dejado su sombrero, y, pensaba ella, también el bastón, en el vestíbulo. La despertó la alarma de incendio. Su pobre amo, su querido amo, había sido sin duda asesinado. ¿Que si tenía enemigos? Bueno, todo el mundo tiene enemigos, pero el señor Oldacre vivía muy retiradamente, y sólo trataba con la gente por cuestiones de negocios. Ella había visto los botones, y estaba segura de que pertenecían a la ropa que su amo llevaba aquella noche. La pila de madera estaba muy seca, porque no había llovido en un mes. Ardió como yesca, y cuando ella llegó al punto del incendio ya no se veía otra cosa que llamas. Ella, así como todos los bomberos, habían notado el olor a carne quemada procedente del incendio. Ella no sabía nada ni de los documentos, ni de los asuntos privados del señor Oldacre.

»Aquí tiene, pues, mi querido Watson, mi relato de un fracaso. Y, sin embargo... Sin embargo... —se estrujó las manos en un paroxismo de convicción—, sé que todo esto está mal. Lo noto en mis huesos. Hay algo que no ha salido a luz, y esa ama de llaves lo sabe. Había en su mirada esa especie de arisca desconfianza que sólo acompaña al conocimiento culpable. Sin embargo, de nada sirve seguir hablando del asunto, Watson. Pero a menos que surja en nuestro camino algún golpe de suerte inesperado, me temo que el caso de desaparición de Norwood no figurará en esa crónica de nuestros éxitos que, según preveo, el paciente público tendrá que soportar tarde o temprano.

– Sin duda –dije yo–, la apariencia del joven influirá mucho en el jurado.

– Es éste un argumento peligroso, mi querido Watson. ¿Recuerda a aquel terrible asesino, Bert Stevens, que quería que le sacáramos libre en el año 87? ¿Hubo jamás ningún hombre de modales tan dulces, con un aire tan de escuela dominical?

– Tiene razón.

– A menos que consigamos establecer una teoría alternativa, ese hombre está perdido. Difícilmente encontrará usted grietas en la acusación montada en su contra, y todas las investigaciones posteriores la han fortalecido. A propósito, hay un detalle curioso en el asunto de esos documentos que puede servirnos de punto de partida para una indagación. Mirando su libro de bancos, vi que lo bajo del saldo se debía principalmente a unos cheques por cantidades abultadas que habían sido entregados en el curso del pasado año al señor Cornelius. Confieso que me interesaría saber quién puede ser ese tal señor Cornelius, con el que un constructor retirado tenía tan considerables transacciones. ¿No es posible que tenga algo que ver con el asunto? Puede que ese Cornelius sea un corredor de bolsa, pero no hemos encontrado ninguna escritura que se corresponda con esos pagos de cantidades tan altas. A falta de otros indicios, mis investigaciones deben tomar ahora la dirección de una indagación en el banco acerca del caballero que ha cobrado esos cheques. Pero me temo, mi querido amigo, que nuestro caso terminará poco gloriosamente y que Lestrade ahorcará a nuestro cliente, lo cual será indudablemente un triunfo para Scotland Yard.

No sé si Sherlock Holmes llegó a dormir aquella noche, pero lo cierto es que cuando bajé a desayunar lo encontré pálido y fatigado, y que los ojos le brillaban más que de costumbre por las sombras que los cercaban. La alfombra, alrededor de su silla, estaba cubierta de colillas, y de ejemplares de periódicos matutinos. Sobre la mesa había un telegrama abierto.

– ¿Qué opina de esto, Watson? –me preguntó, tendiéndomelo.

Procedía de Norwood y decía lo siguiente:

«Nuevas pruebas importantes disponibles. Culpabilidad de McFarlane definitivamente establecida. Aconsejo abandone el caso.– LESTRADE.»

– Esto suena a cosa seria –dije.

– Es un pequeño cacareo triunfal de Lestrade –dijo Holmes, con una sonrisa amarga–. Sin embargo, sería prematuro abandonar el caso. Después de todo, las pruebas nuevas e importantes son un arma de dos filos, y es muy posible que su filo corte de un modo muy distinto al que se imagina Lestrade. Desayune, Watson. Luego iremos juntos a ver qué se puede hacer. Presiento que hoy puedo necesitar su compañía y su apoyo moral.

Mi amigo no desayunó, pero era una de sus peculiaridades el que en sus momentos más intensos no comiera, y le he visto abusar de sus fuerza férrea hasta el momento de caer desmayado de inanición. «Por el momento no puedo malgastar fuerzas ni energía nerviosa en la digestión,» solía decir, replicando a mis amonestaciones médicas. No me sorprendió, por lo tanto, que aquella mañana dejara intacto su desayuno y partiera luego conmigo hacia Norwood. Una muchedumbre de mirones morbosos estaba aglomerada todavía alrededor de Deep Dene House, que era una casa de las afueras exactamente igual a como me la había imaginado. Lestrade nos recibió en la puerta, con la cara coloreada por la victoria y con unos modales groseramente triunfales.

– ¿Qué, señor Holmes? ¿Todavía no ha demostrado que estábamos equivocados? ¿Ha encontrado a su vagabundo? –gritó.

– Todavía no he llegado a ninguna conclusión –respondió mi compañero.

– Nosotros, en cambio, llegamos ayer a la nuestra, y ahora resulta que era correcta. Así que tendrá que admitir, señor Holmes, que esta vez le hemos ido un tanto por delante.

– Desde luego, tiene usted todo el aire de que haya ocurrido algo fuera de lo común –dijo Holmes.

Lestrade se rió estruendosamente.

– No le gusta ser vencido. A nadie le gusta –dijo–. Nadie puede salirse siempre con la suya, ¿no es cierto, doctor Watson? Pasen por aquí caballeros, hagan el favor, y creo que podré convencerles de inmediato de que McFarlane fue el autor de este crimen.

Nos condujo por un pasillo hasta una sala oscura al otro extremo.

– Aquí es donde el joven McFarlane tuvo que venir, después de cometer el crimen, para recoger su sombrero –dijo–. Ahora, miren esto.

Con truculenta brusquedad, encendió una cerilla y nos mostró, a su luz, una mancha de sangre en la pared enyesada. Cuando acercó un poco más su cerilla, vi que era más que una mancha. Era la señal, claramente marcada, de un pulgar.

– Observe esta huella con su lente de aumento, señor Holmes.

– Sí, eso hago.

– ¿Sabe usted que no hay dos huellas digitales iguales?

– Algo de eso he oído.

– Bueno. Entonces, ¿quiere comparar esta huella con la impresión en cera del pulgar derecho del joven McFarlane, tomada por orden mía esta mañana?

Cuando colocó la impresión en cera junto a la mancha de sangre, no se necesitó ninguna lente de aumento para comprobar que ambas marcas procedían indudablemente del mismo pulgar. Me resultaba evidente que nuestro desdichado cliente estaba perdido.

– Esto es definitivo –dijo Lestrade.

– Sí, es definitivo –repetí, sin querer.

– Es definitivo –dijo Holmes.

Había algo en su tono que me llamó la atención, y me volví para mirarle. En su rostro se había producido un cambio extraordinario. Sus facciones se contorsionaban de alegría interna.

Sus ojos brillaban como estrellas. Me pareció que hacía esfuerzos desesperados para contener un ataque de risa convulsiva.

– ¡Válgame Dios! ¡Válgame Dios! –dijo, finalmente.– ¡Vaya! ¿Quién lo hubiera pensado? ¡Y qué engañosas pueden ser las apariencias! ¡Un joven de aspecto tan agradable! Es para todos nosotros una lección para que no nos fiemos ni de nuestro propio buen juicio, ¿no es cierto, Lestrade?

– Sí, algunos de nosotros tenemos una inclinación un tanto demasiado acentuada a ser jactanciosos, señor Holmes –dijo Lestrade. La insolencia de aquel hombre era asombrosa, pero no podíamos replicarle.

– ¡Qué cosa tan providencial que ese joven fuera a apretar su pulgar contra la pared al tomar su sombrero del colgador! Una acción muy natural, por lo demás, si uno piensa en ello –Holmes estaba tranquilo por fuera, pero en todo su cuerpo había un estremecimiento de excitación contenida mientras hablaba–. A propósito, Lestrade, ¿quién hizo este notable descubrimiento?

– Fue el ama de llaves, la señora Lexington, la que hizo observar esto al agente que estaba de guardia por la noche.

– ¿Dónde estaba ese agente?

– Estaba de guardia en el dormitorio donde se cometió el crimen, para evitar que se tocara nada.

– Pero, ¿cómo es que la policía no vio ayer esta huella?

– Bueno, no teníamos ningún motivo especial para realizar un examen cuidadoso del vestíbulo. Además, no es un punto demasiado visible, como puede observar.

– No, desde luego, no lo es. ¿Supongo que no cabe duda en cuanto a que la huella estuviera ayer ahí?

Lestrade miró a Holmes como si pensara que estaba perdiendo el juicio. Confieso que yo mismo estaba sorprendido, tanto de la hilaridad de su actitud como de su observación un tanto disparatada.

– No sé si puede usted imaginarse a McFarlane escapando de su celda en plena noche con objeto de venir aquí a fortalecer las pruebas en su contra –dijo Lestrade–. Acepto que todos los expertos del mundo vengan a comprobar si es o no es la huella de su pulgar.

– Es, incuestionablemente, la huella de su pulgar.

– Bueno, con eso me basta –dijo Lestrade–. Soy un hombre práctico, señor Holmes, y cuando tengo mis pruebas llego a mis conclusiones. Si tiene algo que decirme, me encontrará escribiendo mi informe en la sala de estar.

Holmes había recobrado su serenidad, aunque me parecía distinguir todavía signos de diversión en su expresión.

– ¡Válgame Dios! Es un lamentabilísimo desarrollo de los acontecimientos, Watson, ¿no es cierto? –me dijo.– Y, sin embargo, hay algunos puntos singulares que presentan ciertos asideros de esperanza para nuestro cliente.

– Me encanta oír eso –dije, de corazón–. Temía que ya no pudiera hacerse nada por él.

– Yo no llegaría al extremo de decir eso, mi querido Watson. Lo cierto es que hay una grieta realmente seria en esta prueba a la que nuestro amigo otorga tanta importancia.

– ¿De veras, Holmes? ¿En qué consiste?

– Solamente en esto: en que yo *sé* que esta huella no estaba ahí cuando ayer examiné el vestíbulo. Y ahora, Watson, vayamos a dar un paseo bajo el sol.

Con la mente confusa, pero con un corazón a que iba volviendo cierto calor de esperanza, acompañé a mi amigo en un paseo por el jardín. Holmes recorrió los cuatro lados de la casa, estudiando cada fachada con gran interés. Luego entró en la casa y visitó el edificio entero desde el sótano hasta los desvanes. La mayor parte de las habitaciones estaban sin muebles, pero, pese a ello, Holmes las inspeccionó todas minuciosamente. Finalmente, en el pasillo del piso superior, que daba acceso a tres habitaciones desocupadas, le dio un nuevo espasmo de risa.

– Hay realmente algunos rasgos absolutamente únicos en este caso, Watson –me dijo–. Creo que ahora ha llegado el momento de confiarle a nuestro amigo Lestrade lo que sabemos. Él ya se ha divertido un poco a nuestras expensas, y quizá podamos hacer otro tanto por él si mi forma de entender este problema se demuestra correcta. Sí, sí, creo que veo cómo debemos abordarlo.

El inspector de Scotland Yard seguía escribiendo en el saloncito cuando Holmes le interrumpió.

– Creí entender que iba usted a escribir un informe de este caso –dijo.

– Eso hago.

– ¿No cree que puede ser algo prematuro? No puedo dejar de pensar que sus pruebas no están completas.

Lestrade conocía demasiado bien a mi amigo para no prestar atención a sus palabras. Dejó la pluma y le miró con curiosidad.

– ¿Qué quiere usted decir, señor Holmes?

– Sólo que hay un testigo importante que usted no ha visto todavía.

– ¿Puede traerle?

– Creo que sí.

– Entonces, hágalo.

– Haré lo que pueda. ¿De cuántos agentes dispone?

– Hay tres a mano.

– ¡Excelente! –dijo Holmes–. ¿Puedo preguntarle si todos ellos son hombres altos, fornidos y de voz fuerte?

– No me cabe duda de que sí, aunque no entiendo qué tienen que ver sus voces con esto.

– Quizá yo pueda contribuir a que lo vea, y a que vea una o dos cosas más –dijo Holmes–. Tenga la amabilidad de llamar a sus hombres, y veremos qué se puede hacer.

Cinco minutos después se habían reunido en el vestíbulo tres policías.

– Por ahí fuera encontrarán ustedes una considerable cantidad de paja –dijo Holmes–. Quiero pedirles que me traigan dos haces. Creo que esto será utilísimo para hacer que comparezca el testigo que necesito. Muchísimas gracias. Supongo que tendrá usted algunas cerillas en el bolsillo, Watson. Ahora, señor Lestrade, le pediré que me acompañe al último piso.

Tal como he dicho, allí había un pasillo ancho que daba acceso a tres dormitorios vacíos. Sherlock Holmes nos condujo a uno de los extremos del pasillo. Los agentes sonreían, y Lestrade contemplaba a mi amigo con el asombro, la expectación y la burla luchando entre sí en sus facciones. Holmes se irguió ante nosotros con el aire de un hechicero que realiza uno de sus trucos.

– ¿Tendrá usted la amabilidad de enviar a uno de sus agentes a por dos cubos de agua? Pongan la paja en el suelo, aquí, separada de la pared a ambos lados. Creo que ahora lo tenemos todo dispuesto.

La cara de Lestrade empezaba a ponerse roja de enfado.

– No sé si es que está usted tratando de tomarnos el pelo, señor Sherlock Holmes –dijo–. Si sabe algo, sin duda puede decírnoslo sin todos estos juegos malabares.

– Le aseguro, mi buen Lastrade, que tengo un excelente motivo para todo lo que hago. Quizá recuerde que hace unas pocas horas se burló de mí, cuando el sol parecía brillar de su lado, de modo que no puede ahora quejarse si organizo un poco de pompa y ceremonia. ¿Puedo pedirle, Watson, que abra esa ventana, y que luego aplique una cerilla a un extremo de la paja?

Eso hice, y un torbellino de humo gris, arrastrado por la corriente de aire, se arremolinó en el pasillo, donde la paja seca ardía, crujiendo.

– Ahora veamos si podemos encontrarle ese testigo, Lestrade. ¿Puedo pedirles a todos ustedes que griten juntos: «Fuego»? Cuando diga tres. Ahora: uno, dos, tres...

«¡Fuego!» aullamos todos.

– Gracias. Quisiera que me hicieran el favor de repetir.

«¡Fuego!»

– Sólo una vez más, caballeros. Todos juntos.

«¡Fuego!»

El grito debió resonar en todo Norwood.

Apenas se había extinguido su eco cuando ocurrió una cosa pasmosa. De repente se abrió una puerta en aquello que había parecido ser la pared sólida del extremo del corredor, y un hombrecillo moreno salió por ella como un conejo de su madriguera.

– ¡Estupendo! –dijo Holmes, tranquilamente–. Watson, un cubo de agua sobre la paja. ¡Ya vale! Lestrade, permítame presentarle al testigo más importante que le faltaba, el señor Jonas Oldacre.

El detective miró al recién aparecido en el colmo del asombro. Este último pestañeaba por la brillante luz del pasillo, y miraba alternativamente hacia nosotros y hacia el rescoldo del fuego. Tenía una cara odiosa: taimada, depravada, maligna, con vivos ojos gris claro y cejas blancas.

– Pero, ¿qué significa esto? –dijo finalmente Lestrade–. ¿Qué ha estado usted haciendo todo este tiempo, eh?

Oldacre se rió desasosegadamente, alejándose de la cara roja del enfurecido detective.

– No he hecho nada malo.

– ¿Nada malo? Ha hecho todo cuanto ha estado en su mano para que un inocente fuera ahorcado. De no haber sido por este caballero, no estoy seguro de que no se hubiera salido con la suya.

Aquel desdichado se puso a sollozar.

– Se lo aseguro, señor, sólo ha sido una broma pesada.

– ¡Oh! Una broma, ¿eh? No será usted quien se ría, se lo aseguro. Llévenselo y ténganlo en la sala de estar hasta que yo vaya. Señor Holmes –prosiguió, cuando se hubieron ido–, no podía hablar delante de los agentes, pero no me importa decir, en presencia del doctor Watson, que ésta ha sido la cosa más brillante que ha hecho usted hasta ahora; aunque para mí es un misterio cómo lo ha hecho. Ha salvado la vida de un inocente y ha evitado un gravísimo escándalo que hubiera arruinado mi reputación en el cuerpo.

Holmes sonrió y le dio a Lestrade una palmada en la espalda.

– En vez de verse arruinado, mi buen señor, se encontrará con su reputación enormemente acrecentada. Haga tan sólo algunas modificaciones en el informe que estaba escribiendo, y todos comprenderán lo difícil que resulta engañar al inspector Lestrade.

– ¿Y no quiere usted que aparezca su nombre?

– En absoluto. El trabajo mismo es mi recompensa. Quizá también yo consiga cierto crédito en algún día lejano, cuando permita que mi celoso historiador emborrone de nuevo sus folios, ¿eh, Watson? Bueno, ahora veamos dónde se escondía esta rata.

Una partición hecha con estuco y listones cortaba el pasillo a unos seis pies de su extremo, y en ella había una puerta hábilmente disimulada. El interior estaba iluminado por rendijas practicadas debajo de los aleros. Había unos pocos muebles y una reserva de alimentos y agua, así como numerosos libros y periódicos.

– Ésa es la ventaja de ser constructor –dijo Holmes, cuando salimos–. Pudo montarse su pequeño escondrijo sin que nadie le ayudara... excepto, claro está, esa estupenda ama de llaves que tiene, a la que yo no perdería tiempo en enjaular, Lestrade.

– Seguiré su consejo. Pero, ¿cómo supo de ese escondrijo, señor Holmes?

– Se me metió en la cabeza que ese tipo estaba escondido en la casa. Cuando al recorrer un pasillo comprobé que era seis pies más corto que el pasillo correspondiente del piso inferior, me quedó claro dónde estaba. Supuse que no tendría la sangre fría suficiente para quedarse allí si se daba una alarma de fuego. Naturalmente, hubiéramos podido entrar y capturarle, pero me divertía que se delatara a sí mismo. Además, le debía a usted un poco de tomadura de pelo, Lestrade, en compensación por sus burlas de esta mañana.

– Bueno, desde luego, señor, se ha desquitado. Pero, ¿cómo demonios sabía que ese hombre estaba en la casa?

– Por la huella dactilar, Lestrade. Usted dijo que era una cosa definitiva; y lo era, pero en otro sentido. Yo sabía que la huella no estaba allí el día anterior. Presto mucha atención a los detalles, como habrá usted observado. Había examinado el vestíbulo, y estaba seguro de que no había nada en la pared. En consecuencia, la huella había sido puesta allí durante la noche.

– Pero, ¿cómo?

– Muy sencillamente. Cuando se sellaron los documentos, Jonas Oldacre hizo que McFarlane colocara uno de los sellos apretando el pulgar sobre cera blanda. Debió ocurrir tan aprisa y tan naturalmente que me atrevería a asegurar que ese joven ni siquiera recuerda haberlo hecho. Muy probablemente se produjo así la cosa, y quizá ni el propio Oldacre intuyó el uso que haría de aquéllo. Cavilando sobre el asunto en su escondrijo, se le ocurrió de repente que la utilización de aquella huella dactilar podría aportar una prueba absolutamente incriminatoria contra McFarlane. Fue para él la cosa más simple del mundo el sacar del sello una impresión en cera, humedecerla con sangre que se sacó pinchándose con una aguja, y poner la huella en la pared en el curso de la noche, ya por su propia mano, ya por la de su ama de llaves. Si examina usted esos documentos que se llevó consigo a su escondrijo, le apuesto algo a que encontrará el sello con la huella dactilar.

– ¡Asombroso! –dijo Lestrade–. ¡Asombroso! Está claro como el cristal del modo en que usted lo cuenta. Pero, ¿cuál era el objeto de este tremendo engaño, señor Holmes?

Me divertía ver cómo la jactancia del detective se había trocado súbitamente en la actitud de un niño que hace preguntas a su maestro.

–Bueno, no creo que sea demasiado difícil de explicar. El caballero que nos aguarda en el piso de abajo es una persona muy astuta, maligna y vengativa. ¿Sabe usted que en cierta ocasión la madre de McFarlane le rechazó? ¿No lo sabe? Ya le dije que debía ir a Blackheath primero y a Norwood después. Bueno, pues esta ofensa, ya que él la considera tal, le ha estado siempre irritando su malvado y maquinador cerebro, y durante toda su vida ha ansiado venganza, pero sin encontrar nunca la oportunidad. Desde hace uno o dos años, las cosas le han ido de través, en especulaciones secretas, imagino, y está pasando un mal momento económico. Decide estafar a sus acreedores, y, con este objeto, entrega cheques por grandes sumas a un tal señor Cornelius, que, según pienso, es él mismo con otro nombre. No he seguido todavía la pista de esos cheques, pero no dudo que fueron ingresados bajo ese nombre en alguna ciudad de provincias donde Oldacre llevaba de vez en cuando una doble existencia. Se proponía cambiar de nombre definitivamente, sacar su dinero, y desvanecerse, empezando de nuevo en alguna otra parte.

– Sí, eso es bastante probable.

– Supuso que desapareciendo podría evitar toda persecución, y al mismo tiempo conseguir una cumplida y aplastante venganza contra su antigua novia si podía crear la impresión de que había sido asesinado por su único hijo. Fue una obra maestra de villanía, y como maestro la puso en práctica. La idea del testamento, que daría un motivo obvio para el crimen, la visita secreta sin que los padres se enteraran, la retención del bastón, la sangre, y los restos animales y los botones en la pila de madera, todo eso fue admirable. Era un red de la que hace tan sólo unas pocas horas me parecía imposible escapar. Pero no poseía ese don supremo del artista que es el saber cuándo tiene que detenerse. Quiso mejorar algo que erperfecto, apretar todavía más la soga alrededor del cuello de su desdichada víctima, y con eso lo echó todo a perder. Bajemos, Lestrade. Hay una o dos preguntas que deseo hacerle.

La maligna criatura estaba sentada en su sala de estar, con un policía a cada lado.

– Fue una broma, mi querido señor, una broma pesada, nada más –gimoteaba incesantemente–. Le aseguro, señor, que sólo me escondí para ver el efecto de mi desaparición, y estoy seguro de que no será usted tan injusto como para imaginar que hubiera permitido que nada malo le ocurriera a ese pobre joven McFarlane.

– Eso lo decidirá el jurado –dijo Lestrade–. De cualquier modo, tenemos contra usted una acusación de conspiración para asesinar, sino de tentativa de asesinato.

– Y probablemente verá usted que sus acreedores harán que se incauten las cuentas bancarias del señor Cornelius –dijo Holmes.

El hombrecillo tuvo un sobresalto y volvió su maligna mirada hacia mi amigo.

– Tengo mucho que agradecerle –dijo–. Quizá algún día pueda pagarle lo que le debo.

Holmes sonrió indulgentemente.

– Imagino que durante algunos años tendrá usted su tiempo totalmente ocupado –dijo–. A propósito, ¿qué fue lo que puso usted en la pila de madera, aparte de sus pantalones? ¿No me lo dice? ¡Cielo santo, qué poco amable de su parte! Bueno, bueno, yo diría que un par de conejos pueden explicar tanto la sangre como los restos calcinados. Si alguna vez escribe usted sobre esto, Watson, puede salirse del paso con los conejos.

Holmes llevaba sentado varias horas en silencio, con su larga y delgada espalda curvada sobre un recipiente químico en el que elaboraba un producto particularmente maloliente. Tenía la cabeza hundida en el pecho, y, desde mi ángulo de visión, parecía una especie de extraño pájaro descarnado de apagado plumaje gris y copete negro.

– ¿De modo, Watson –me dijo, repentinamente–, que no se decide a invertir en los valores sudafricanos?

Tuve un sobresalto de asombro. Por acostumbrado que estuviera a las curiosas facultades de Holmes, esta súbita intrusión en mis más íntimos pensamientos me resultaba absolutamente inexplicable.

– ¿Cómo demonios sabe esto? –pregunté.

Se giró sobre su taburete, con un humeante tubo de ensayo en la mano y un destello de diversión en sus hundidos ojos.

– Confiese, Watson, que le he dejado lelo de asombro –dijo.

– Así es.

– Debería hacerle firmar un documento que dejara constancia de ello.

– ¿Por qué?

– Porque dentro de cinco minutos me dirá que la cosa es absurdamente simple.

– Estoy seguro de que no voy a decir tal cosa.

– Mire, mi querido Watson –depositó el tubo de ensayo en su sitio y se puso a disertar con el aire de un profesor hablando a sus alumnos–, no es realmente difícil construir una serie de inferencias, dependiendo cada cual de la anterior, y siendo todas ellas simples en sí mismas.

Si, después de hacer tal cosa, uno se limita a dejar de lado todas las inferencias intermedias y presenta ante sus oyentes solamente el punto de partida y la conclusión, uno puede causar un efecto chocante, aunque posiblemente prostituido. Pues bien, no era nada difícil, fijándose en la separación entre sus dedos índice y pulgar de la mano izquierda, convencerse de que *no* se propone usted invertir su capitalito en los campos auríferos.

– No veo ninguna relación.

– Probablemente no, pero puedo hacerle ver en seguida una estrecha relación. Aquí tiene usted los eslabones que faltan en la cadena: 1. Cuando anoche volvió de su club, tenía usted yeso entre el índice y el pulgar. 2. Usa yeso cuando juega al billar, para asegurar el golpe de taco. 3. Usted no juega al billar más que con Thurston. 4. Me dijo, hace algunas semanas, que Thurston tenía una opción sobre cierta propiedad sudafricana, opción que expiraría en un mes y que deseaba que usted compartiera con él. 5. Su talonario de cheques está encerrado en mi cajón, y usted no ha pedido la llave de ese cajón. 6. Usted no se propone invertir su dinero de ese modo.

– ¡Qué absurdamente simple! –exclamé.

– ¡Eso! ¡Eso! –dijo él, un tanto picado–. Cualquier problema se convierte en un juego de niños cuando se lo han explicado. Pues aquí tiene uno sin explicar. A ver qué saca en claro de ahí, amigo Watson.

Arrojó una hoja de papel sobre la mesa, y volvió de nuevo a sus experimentos químicos. Yo miré con asombro el absurdo jeroglífico del papel.

– ¡Pero Holmes! ¡Si esto es un dibujo infantil! –exclamé.

–¡Oh! ¿Eso piensa?

– ¿Qué otra cosa puede ser?

– Esto es lo que el señor Hilton Cubitt, de Riding Thorpe Manor, en Norfolk, desea ansiosamente saber. Este pequeño acertijo llegó con el primer servicio de correos, y él iba a venir en el tren siguiente. Ha sonado la campanilla, Watson. No me sorprendería en absoluto que fuera él mismo.

Se oyeron unos pasos pesados en la escalera, y momentos después entró un caballero alto, rubicundo, de cara afeitada, cuyos ojos claros y mejillas sonrosadas revelaban una vida que transcurría lejos de las brumas de Baker Street. Pareció que entraba con él una bocanada de fuerte aire de la costa este, fresco y tonificante. Tras estrecharnos las manos a ambos, estaba a punto de sentarse cuando su mirada cayó en el papel con los curiosos dibujos que yo acababa de examinar, dejándolo luego sobre la mesa.

– Bueno, señor Holmes, ¿cómo entiende usted eso? –exclamó–. Me dijeron que a usted le encantan los misterios extraños, y no creo que pueda encontrar otro tan extraño como ése. Le mandé el papel por delante para que tuviera tiempo de estudiarlo antes de que yo llegara.

– Desde luego, es una creación más bien curiosa –dijo Holmes–. A primera vista, se diría que se trata de una travesura infantil. Consiste en numerosas figurillas absurdas que danzan de lado a lado del papel en el que están dibujadas. ¿Por qué atribuye usted importancia a un objeto tan grotesco?

– Yo no se la atribuiría, señor Holmes. Pero mi mujer sí se la atribuye. Esto la está asustando mortalmente. No dice nada, pero puedo ver el terror en sus ojos. Por esto quiero ir hasta el fondo del asunto.

Holmes sostuvo en alto el papel, para que la luz del sol le diera de lleno. Era una hoja arrancada de una libreta de notas. Los signos estaban trazados a lápiz, y eran de este modo:

Holmes examinó aquello durante un buen rato, y luego, doblando cuidadosamente el papel, se lo metió en su libreta de bolsillo.

– Este caso promete ser sumamente interesante e inusual –dijo–. Me proporcionaba usted algunos detalles en su carta, señor Hilton Dubitt, pero le quedaría muy agradecido si tuviera la amabilidad de volver a exponerlos en beneficio de mi amigo, el doctor Watson.

– No soy buen narrador –dijo nuestro visitante, enlazando y desenlazando nerviosamente sus fuertes manazas–. Pregúntenme acerca de todo lo que no explique claramente. Empezaré en el momento de mi boda, el año pasado. Pero quiero decir, antes que nada, que, si bien no soy rico, mi familia ha vivido en Ridling Thorpe durante cosa de cinco siglos, y que no hay familia mejor conocida en todo el condado de Norfolk. El año pasado vine a Londres para el Jubileo, y me alojé en una casa de huéspedes en Russell Square, porque Parker, el vicario de nuestra parroquia, estaba en ella. Había allí una joven dama americana, de apellido Patrick; Elsie Patrick. De algún modo nos hicimos amigos, y, antes de que hubiera terminado el mes, estaba todo lo enamorado que puede estar un hombre. Nos casamos sin ruido en la oficina de registros, y volvimos casados a Norfolk. Considerará usted muy disparatado, señor Holmes, que un hombre de buena familia se case de este modo, sin saber nada ni del pasado ni de la familia de la mujer; pero si la viera y la conociera no le costaría entenderlo.

»Elsie se comportó muy rectamente en torno a eso. No puedo decir que no me diera todas las facilidades para romper el compromiso si yo quería. «He tenido algunas relaciones muy desagradables en mi vida», me dijo. «Quisiera olvidarlo todo acerca de esa gente. Preferiría no aludir nunca a mi pasado, porque hacerlo me resulta muy penoso. Si me aceptas, Hilton, aceptarás a una mujer que no tiene, en cuanto a sí misma, nada de qué avergonzarse; pero tendrás que contentarte con mi palabra de que así es, y permitirme que guarde silencio en torno a todo mi pasado hasta el momento de ser tuya. Si estas condiciones son demasiado duras, vuelve a Norfolk y déjame con la vida solitaria que tenía cuando me encontraste.» No fue sino el día anterior al de nuestra boda cuando me dijo estas mismas palabras. Yo le dije que me contentaba con tomarla de acuerdo con sus condiciones, y he sido fiel a mi palabra.

»Bueno, ahora llevamos casados un año, y hemos sido muy felices. Pero hace cosa de un mes, a finales de junio, percibí por primera vez signos de perturbación. Cierto día, mi mujer recibió una carta de América. Vi el sello americano. Se puso mortalmente pálida, y tiró la carta al fuego. No hizo luego ninguna alusión a ella, ni yo hice ninguna, porque una promesa es una promesa. Pero mi mujer no ha conocido desde entonces ni un solo momento de tranquilidad. Su cara tiene constantemente una expresión de miedo, una expresión como de estar esperando y temiendo algo. Podría comprobar que yo soy su mejor amigo. Pero hasta que ella hable yo no puedo decir nada. Piense, señor Holmes, que es una mujer leal, y que sean cuales sean los problemas de su vida anterior no puede haber en ellos culpa de su parte. Yo sólo soy un simple hacendado de Norfolk, pero no hay hombre en toda Inglaterra que tenga en más el honor de su familia. Ella lo sabe perfectamente, y lo sabía perfectamente antes de casarse conmigo. Jamás mancharía ese honor, de esto estoy seguro.

»Bueno, ahora llego a la parte curiosa de mi historia. Hace cosa de una semana, el martes de la semana pasada, encontré en el antepecho de una ventana numerosas figurillas absurdas de danzarines, como esos del papel. Estaban trazadas con tiza. Pensé que las había dibujado el mozo de la cuadra, pero el muchacho juró que no sabía nada del asunto. Fuera como fuera, habían sido puestas allí durante la noche. Las hice borrar, y sólo después le mencioné la cosa a mi mujer. Para sorpresa mía, se tomó el asunto muy seriamente, y me rogó que si aparecían más se las dejara ver. No pasó nada de eso durante una semana, pero ayer por la mañana encontré este papel en el reloj de sol del jardín. Se lo mostré a Elsie, y cayó desmayada, como muerta. Desde entonces parece como si estuviera en un sueño, medio ofuscada y con el terror acechando constantemente en su mirada. Fue entonces cuando le escribí a usted y le mandé este papel, señor Holmes. No es cosa que pueda llevar a la policía, porque se reirían de mí, pero usted me dirá qué he de hacer. No soy rico, pero si algún peligro amenaza a mi mujer, gastaré hasta el último penique para protegerla.

Era una gran persona, aquel hombre del viejo suelo inglés. Sencillo, recto y amable, con grandes ojos azules de mirada vehemente y cara ancha y agradable. Su amor por su mujer y su confianza en ella resplandecían en sus facciones. Holmes había escuchado su historia con la mayor atención, permaneciendo luego un buen rato sumido en silenciosa meditación.

– ¿No cree usted, señor Cubitt –dijo, por fin–, que su mejor plan sería hablar abiertamente con su mujer, y pedirle que comparta con usted su secreto?

Hilton Cubitt movió negativamente su maciza cabeza.

– Una promesa es una promesa, señor Holmes. Si Elsie quisiera contarme algo, lo haría. Si no quiere, no debo forzar su confianza. Pero tengo justificación para seguir mi propia vía... y eso hago.

– Entonces, le ayudaré de todo corazón. En primer lugar, ¿tiene usted noticias de que se haya visto a forasteros por los alrededores de su casa?

– No.

– Presumo que el sitio es muy tranquilo. ¿Provocaría comentarios alguna cara nueva?

– En el vecindario inmediato, sí. Pero tenemos varias pequeñas estaciones termales a poca distancia. Y los granjeros admiten inquilinos.

– Estos jeroglíficos tienen evidentemente algún significado. Si el significado es puramente arbitrario, puede que nos resulte imposible el descifrarlo. Pero si el significado sigue un sistema, no me cabe duda que llegaremos al fondo del asunto. Pero esta sola muestra es tan breve que no puedo hacer nada, y los hechos que usted me ha expuesto son tan indefinidos que no tenemos base para la investigación. Le sugeriría que vuelva a Norfolk, que se mantenga muy alerta, y que saque copia de los nuevos danzarines que quizá aparezcan. Es una gran lástima que no tengamos una reproducción de los que se dibujaron con tiza en el antepecho de la ventana. Haga también discretas indagaciones acerca de posibles forasteros en los alrededores. Cuando haya conseguido algún dato nuevo, acuda de nuevo a mí. Éste es el mejor consejo que puedo darle, señor Hilton Cubitt. Si se producen acontecimientos nuevos y apremiantes, estaré siempre dispuesto a ir en seguida a verle en su casa de Norfolk.

Aquella entrevista dejó a Sherlock Holmes muy pensativo, y varias veces, en el curso de los días que siguieron, le vi tomar el trozo de papel de su libreta de bolsillo y contemplar prolongada e interesadamente las cr riosas figurillas dibujadas en él. No hizo ninguna alusión al asunto, s embargo, hasta cierta tarde al cabo de cosa de dos semanas. Yo me disp nía a salir cuando me llamó.

– Será mejor que se quede, Watson.

– ¿Por qué?

– Porque he recibido un telegrama de Hilton Cubitt esta mañana. ¿Recuerda a Hilton Cubitt, el de los bailarines? Llegaba a la estación de Liverpool Street a la una y veinte. Puede estar aquí en cualquier momento. Conjeturo, por su telegrama, que se han producido nuevas incidencias de importancia.

No tuvimos que esperar mucho, ya que nuestro hacendado de Norfolk vino directamente desde la estación lo más aprisa que pudo traerle un coche de alquiler. Parecía preocupado y deprimido. Tenía la mirada fatigada y la frente arrugada.

– Este asunto me está destrozando los nervios, señor Holmes –dijo, derrumbándose en un sillón como si estuviera exhausto–. Ya es mala cosa sentir que uno está rodeado por gente a la que no ve ni conoce y que tiene alguna clase de designio contra uno; pero si además uno sabe que eso está matando a su mujer pulgada a pulgada, entonces la cosa es más de lo que la carne y la sangre pueden soportar. Se está consumiendo por culpa de eso... Se está consumiendo ante mis propios ojos.

– ¿No le ha dicho nada todavía?

– No, señor Holmes, nada. Y, sin embargo, ha habido momentos en que la pobre muchacha ha querido hablar. Pero no ha acabado de decidirse a dar el chapuzón. Yo he tratado de ayudarla, pero creo que lo he hecho torpemente y la he asustado, impidiéndole hablar. Ha hablado acerca de la antigüedad de mi familia, y de nuestra reputación en el condado, y de nuestro orgullo y nuestro honor sin mancha, y constantemente me parecía que iba a tocar el tema; pero de un modo u otro se desviaba antes de entrar en materia.

– Pero, ¿ha descubierto usted algo por su cuenta?

– Mucho, señor Holmes. Tengo bastantes dibujos nuevos de bailarines para que usted los examine, y, lo que es más importante, he visto al tipo.

– ¿Cómo? ¿Al hombre que los dibuja?

– Sí, le vi en plena acción. Pero voy a contárselo todo en orden. Cuando volví a casa después de visitarle, lo primero que vi, la mañana siguiente, fue un nuevo grupo de bailarines. Habían sido dibujados con tiza en la puerta de madera negra del cobertizo de las herramientas, que está junto al césped y es plenamente visible desde las ventanas de la parte frontal de la casa. Saqué una copia exacta; aquí la tiene.

Desplegó un papel y lo dejó encima de la mesa. He aquí una copia de los jeroglíficos:

– ¡Excelente! –dijo Holmes.– ¡Excelente! Prosiga, se lo ruego.

– Después de sacar la copia borré el dibujo. Pero dos mañanas más tarde había aparecido una nueva inscripción. Aquí tengo la copia:

Holmes se frotó las manos y se rió ahogadamente, deleitado.

– El material se nos acumula rápidamente –dijo.

– Tres días después dejaron un mensaje garrapateado en un papel, y lo dejaron sujeto con un guijarro en el reloj de sol. Aquí está. Los caracteres, como ve, son exactamente los mismos que los del anterior. Después de eso, decidí esperar al acecho. Así que tomé mi revólver y me senté en mi estudio, desde el que se ve el césped y el jardín. Hacia las dos de la madrugada, estaba sentado junto a la ventana. Fuera, todo estaba oscuro, salvo por la luz lunar. Entonces oí pasos detrás mío, y vi a mi mujer en salto de cama. Me suplicó que me fuera a la cama. Le dije francamente que quería ver quien era el que nos gastaba aquellas bromas tan absurdas. Me respondió que era alguna broma pesada sin sentido, y que no le diera importancia.

»– Si esto te molesta realmente, Hilton, podemos hacer un viaje, tú y yo, y librarnos así de esta molestia.

»– ¡Cómo! ¿He de dejar que me saque de mi casa un bromista pesado? –dije yo–. ¡Todo el condado se reiría de nosotros!

»– Bueno, ven a la cama –me dijo ella–, y discutamos todo esto por la mañana.

»Repentinamente, mientras hablaba, vi que la cara se le ponía todavía más blanca en la luz lunar, y su mano se cerró en mi hombro. Algo se movía en la sombra del cobertizo de las herramientas. Era una figura oscura, agachada, que reptaba por un ángulo y se acuclillaba delante de la puerta. Así mi pistola, y me abalanzaba hacia fuera cuando mi mujer me redeó con los brazos y me retuvo con una fuerza convulsiva. Traté de liberarme de ella, pero se agarraba de mí desesperadamente. Por fin quedé libre, pero cuando por fin pude abrir la puerta y alcanzar el cobertizo aquella persona había desaparecido. Había dejado una huella de su presencia, sin embargo, porque en la puerta había exactamente la misma disposición de danzarines que ya se había dado dos veces, y que tengo copiada en este papel. No había ningún rastro del tipo por ningún lado, pese a que corrí en todas direcciones. Y lo más asombroso es que debió estar allí todo aquel tiempo, ya que por la mañana, cuando volví a examinar la puerta, había garrapateado algunos dibujos más debajo de la línea que antes había visto.

– ¿Tiene usted ese nuevo dibujo?

– Sí. Es muy breve, pero lo copié, aquí lo tiene.

Sacó de nuevo un papel. La nueva danza era así:

– Explíqueme –dijo Holmes (y pude leer en sus ojos que estaba excitadísimo)–, ¿era éste una simple adición al dibujo anterior, o parecía completamente separado de él?

– Estaba en un panel distinto de la puerta.

– ¡Excelente! Esto es importantísimo para lo que nos interesa. Me llena de esperanzas. Ahora, señor Hilton Cubitt, haga el favor de proseguir su interesantísimo relato.

– No tengo nada más que decir, señor Holmes, salvo que aquella noche me enfadé con mi mujer por haberme retenido cuando podía haber capturado a aquel sigiloso bribón. Dijo que tenía miedo de que yo sufriera algún daño. Por un instante me cruzó la mente la idea de que quizá lo que temía era que *él* no sufriera ningún daño, ya que no me cabe duda de que sabía quién era aquel hombre y qué pretendía con esas extrañas señales. Pero hay en la voz de mi mujer un tono, señor Holmes, y una expresión en su mirada, que prohiben la duda, y estoy seguro de que era realmente mi seguridad la que la preocupaba. Esto es todo, y ahora quiero su consejo sobre lo que debo hacer. Yo me inclino por colocar a media docena de mis mozos de granja entre la maleza, y cuando ese tipo vuelva a presentarse darle tal paliza que nos haya de dejar en paz para siempre.

– Me temo que el caso es demasiado grave para remedios tan simples –dijo Holmes–. ¿Cuánto tiempo puede quedarse en Londres?

– Debo volver hoy mismo. No dejaría sola a mi mujer esta noche por nada del mundo. Está muy nerviosa, y me rogó que volviera.

– Creo que hace usted bien. Pero si hubiera podido quedarse, posiblemente hubiera vuelto con usted en un día o dos. Entre tanto, déjeme estos papeles. Considero muy probable que pueda visitarle en breve plazo y arrojar alguna luz sobre su caso.

Sherlock Holmes mantuvo su actitud de tranquilidad profesional hasta que nuestro visitante se hubo marchado, aunque a mí, conociéndole bien, me era fácil darme cuenta de que estaba profundamente excitado. Así que la ancha espalda de Hilton Cubitt desapareció por la puerta, mi compañero se abalanzó hacia la mesa, puso delante suyo todos los papeles que contenían bailarines, y se lanzó a un cálculo intrincado y laborioso.

Le contemplé durante dos horas, mientras él cubría hoja de papel tras hoja de papel con signos y letras, tan completamente absorto en su tarea que evidentemente había olvidado mi presencia. A veces progresaba, y entonces silbaba y cantaba mientras trabajaba; otras veces se desorientaba, y permanecía inmóvil largo rato, ceñudo y con la mirada perdida. Por fin se puso en pie de un salto profiriendo un grito de satisfacción, y empezó a dar zancadas de un lado a otro de la habitación, frotándose las manos. Luego escribió un largo telegrama en forma de cable.

– Si la respuesta que recibo es la que espero, tendrá usted un bonito caso que añadir a su colección, Watson –me dijo–. Espero que podamos viajar a Norfolk mañana, llevándole a nuestro amigo noticias concretas acerca del secreto que le preocupa.

Confieso que yo estaba muerto de curiosidad, pero sabía que a Holmes le gustaba hacer sus revelaciones a su momento y a su modo; así que esperé hasta que quisiera decirme lo que él sabía.

Pero la respuesta al telegrama se retrasó, y siguieron dos días de impaciencia en el curso de los cuales Holmes tendía el oído a todos y cada uno de los campanillazos en la puerta. La tarde del segundo día nos llegó una carta de Hilton Cubitt. Decía que todo estaba tranquilo, salvo por una larga inscripción que había aparecido aquella mañana en el pedestal del reloj de sol. Insertaba una copia de la inscripción, que era como sigue:

Holmes permaneció algunos minutos inclinado sobre aquel friso grotesco, y luego, de repente, se levantó como movido por un resorte, profiriendo una exclamación de sorpresa y desaliento. Su rostro estaba desfigurado por la inquietud.

– Hemos dejado que este asunto llegara demasiado lejos –dijo–. ¿Hay algún tren hacia North Walsham esta noche?

Consulté la tabla de horarios de trenes. El último acababa de salir.

– Entonces desayunaremos muy temprano y tomaremos el primero de la mañana –dijo Holmes–. Nuestra presencia es urgentemente necesaria. ¡Ah! Aquí tenemos el cablegrama que esperábamos. Un momento, señora Hudson... Quizá haya respuesta. No, es exactamente lo que esperaba. Este mensaje hace que sea todavía más esencial que no perdamos ni una hora en informar a Hilton Cubitt de cómo están las cosas, porque nuestro sencillo hacendado de Norfolk está enredado en una telaraña singular y peligrosa.

Así resultó ser, y ahora, cuando llego al negro desenlace de una historia que me había parecido solamente infantil y extraña, experimento una vez más el desaliento y el horror que me abrumaron. Ojalá tuviera un final más feliz que comunicar a mis lectores, pero éstas son crónicas de hechos, y debo seguir hasta su negro punto crítico la insólita cadena de acontecimientos que durante varios días hicieron de Ridling Thorpe Manor un término familiar todo a lo largo y ancho de Inglaterra.

Apenas habíamos bajado del tren en North Walsham y mencionado nuestro punto de destino cuando el jefe de estación corrió hacia nosotros.

– ¿Ustedes son los detectives de Londres, supongo? –dijo.

Una expresión de contrariedad cruzó por el rostro de Holmes.

– ¿Qué se lo hace pensar?

– Es que el inspector Martin, de Norwich, acaba de pasar por aquí. Pero quizá son ustedes los forenses. La señora no ha muerto... Al menos, no había muerto según las últimas noticias. Quizá lleguen a tiempo todavía de salvarla... aunque quién sabe si no la salvarán para la horca.

Holmes tenía el entrecejo fruncido de inquietud.

– Nos dirigimos a Ridling Thorpe Manor –dijo–, pero no sabemos nada de lo que ha ocurrido allí.

– Es un asunto terrible –dijo el jefe de estación–. Han disparado contra ambos, tanto el señor Hilton Cubitt como su mujer. Primero ella le disparó a él, y luego disparó contra sí misma. Al menos, eso dicen los sirvientes. Él está muerto, y no se cree que su mujer se salve. ¡Oh, Dios! Una de las familias más antiguas del condado de Norfolk, y una de las más respetadas.

Holmes, sin decir palabra, se apresuró a subir a un coche, y, en el curso de las siete millas de trayecto, no abrió la boca ni una sola vez. Jamás le había visto tan absolutamente desalentado. Había estado inquieto durante todo nuestro viaje desde la ciudad, y yo había observado que había examinado los periódicos matutinos con una atención ansiosa. Pero ahora el súbito cumplimiento de sus peores temores le había puesto turbado y triste. Estaba recostado en su asiento, perdido en siniestras reflexiones. Sin embargo había muchas cosas a nuestro alrededor que podían interesarnos, ya que cruzábamos uno de los paisajes más singulares de Inglaterra, un paisaje en el que unas pocas granjas dispersas representaban a la población actual, mientras que por todas partes la verde llanura se erizaba con las macizas torres de las iglesias que hablaban de la gloria y prosperidad de la vieja Anglia Oriental. Por fin la línea violeta del Océano germánico se dejó ver por encima del borde verde de la costa de Norfolk, y el cochero nos señaló con su fusta dos gabletes de ladrillo y madera que emergían de un bosquecillo.

– Ahí está Ridling Thorpe Manor –dijo.

Mientras nos acercábamos a la porticada puerta principal, observé, delante de ella, el cobertizo y el reloj de sol con pedestal con los que habíamos tenido tan extrañas relaciones. Un hombrecillo vivaracho, de movimientos inquietos y expresión alerta, con bigote engomado, acababa de bajar de un coche de dos ruedas. Se presentó a sí mismo como el inspector Martin, de la comisaría de Norfolk, y se quedó considerablemente asombrado cuando oyó el nombre de mi compañero.

– ¡Cómo, señor Holmes! ¡Pero si el crimen se ha cometido esta misma mañana! ¿Cómo ha podido enterarse en Londres y llegar aquí al mismo tiempo que yo?

– Lo había previsto. Había venido con la esperanza de impedirlo.

– Entonces, debe conocer usted datos importantes que nosotros ignoramos, porque se decía que eran una pareja muy unida.

– Sólo tengo el dato de los bailarines –dijo Holmes–. Luego le explicaré de qué va la cosa. Entre tanto, puesto que es demasiado tarde para impedir la tragedia, deseo ardientemente utilizar los conocimientos en mi poder para garantizar que se haga justicia. ¿Quiere asociarme a una investigación, o prefiere que actúe independientemente?

– Me sentiría orgulloso si actuáramos juntos, señor Holmes –dijo el inspector, vehementemente.

– En este caso, me encantaría oír las declaraciones y examinar el lugar de los hechos sin perder ni un instante innecesario.

El inspector Martin tuvo el buen sentido de permitirle a mi amigo hacer las cosas a su modo, contentándose con anotar cuidadosamente los resultados. El médico local, un hombre viejo, de pelo blanco, acababa de bajar de la habitación de la señora Hilton Cubitt, y nos informó de que sus heridas eran graves, pero no necesariamente mortales. La bala le había rozado la parte frontal de su cerebro, y probablemente tardaría bastante en recobrar el sentido. Al preguntársele si le habían disparado o se había disparado ella misma, no se atrevió a emitir ninguna opinión categórica. La bala desde luego, había sido disparada desde muy cerca. En la habitación se había encontrado un solo revólver, con dos balas disparadas. El señor Hilton Cubitt había recibido el disparo en el corazón. Era igualmente concebible que él hubiera disparado contra su mujer, disparando luego contra sí mismo, y que la criminal fuera ella, ya que el revólver estaba en el suelo, equidistante de ambos.

– ¿Lo han cambiado a él de sitio? –preguntó Holmes.

– No se ha movido nada, salvo a la dama. No podíamos dejarla herida en el suelo.

– ¿Desde cuándo está usted aquí, doctor?

– Desde las cuatro.

– ¿Alguien más?

– Sí, este agente.

– Y no han tocado ustedes nada?

– Nada.

– Han actuado con muy buen juicio. ¿Quién le mandó a buscar?

– La doncella, Saunders.

– ¿Fue ella la que dio la alarma?

– Fueron ella y la señora King, la cocinera.

– ¿Donde están ahora?

– En la cocina, me parece.

– Entonces, creo que lo mejor será escuchar inmediatamente su historia.

El viejo vestíbulo, artesonado de roble y con altas ventanas, había sido transformado en tribunal de instrucción. Holmes se sentó en un gran sillón anticuado. Sus ojos brillaban inexorables en su rostro arisco. Pude leer en ellos el propósito de dedicar su vida a aquella investigación hasta que el cliente al que había fallado fuera por lo menos vengado. El pulido inspector Martin, el médico rural de barba gris, yo mismo, y un impasible policía de pueblo, constituíamos el resto de la extraña asamblea.

Las dos mujeres contaron su historia con bastante claridad. Las había sacado del sueño el sonido de una explosión, seguida por otra al cabo de un minuto. Dormían en habitaciones adyacentes, y la señora King se había precipitado en la de Saunders. Habían bajado juntas las escaleras. La puerta del estudio estaba abierta, y encima de la mesa ardía una vela. Su amo yacía de bruces en el centro de la habitación. Estaba muerto. Su mujer estaba acurrucada cerca de la ventana, con la cabeza apoyada contra la pared. Estaba terriblemente herida, y todo un lado de su cara estaba rojo de sangre. Respiraba pesadamente, pero era incapaz de decir nada. El pasillo, lo mismo que la habitación, estaba lleno de humo y de olor a pólvora. La ventana estaba cerrada, indudablemente, y cerrada por dentro. Ambas mujeres eran categóricas en este punto. Inmediatamente habían mandado a buscar al médico y al jefe de policía. Luego, con la ayuda del mozo de cuadra y del mozo de establo, habían trasladado a su habitación a su ama herida. Tanto ella como su marido habían estado en la cama. Ella llevaba puesto un vestido, y él su batín sobre el camisón de dormir. No se había movido nada en el estudio. Por lo que ellas sabían, no había tenido lugar ninguna discusión entre marido y mujer. Siempre les habían tenido por una pareja muy unida.

Estos eran los puntos esenciales de la declaración de las sirvientas. Respondiendo al inspector Martin, afirmaron claramente que la puerta estaba cerrada por dentro y que nadie podía haber escapado de la casa. En respuesta a Holmes, ambas recordaron que notaron el olor a pólvora desde el mismo momento en que salieron corriendo de sus habitaciones del piso superior.

– Le recomiendo que ponga mucha atención a ese hecho –le dijo Holmes a su colega profesional–. Y ahora pienso que estamos en condiciones de emprender un profundo examen de la habitación.

El estudio resultó ser una habitación pequeña, con estanterías llenas de libros en tres de las paredes y con un escritorio encarado a una ventana ordinaria que daba al jardín. Lo primero que nos ocupó la atención fue el cadáver del infortunado hacendado, cuya corpulenta estructura yacía en mitad de la habitación. Lo desordenado de su ropa permitía darse cuenta de que se había despertado y levantado apresuradamente. La bala le había sido disparada por delante, y había quedado dentro de su cuerpo después de atravesarle el corazón. Su muerte había sido sin duda instantánea e indolora. No había manchas de pólvora ni en su batín ni en sus manos. Según el médico rural, la dama tenía manchas en la cara, pero no en la mano.

– La ausencia de manchas en la mano no significaba nada, aunque su presencia podría significarlo todo –dijo Holmes–. A menos que la pólvora de algún cartucho en mal estado salte hacia atrás, uno puede hacer varios disparos sin que quede señal. Sugeriría que ahora fuera trasladado el cadáver del señor Cubitt. ¿Supongo, doctor, que no habrá recobrado usted la bala que hirió a la dama?

– Sería preciso practicar una seria operación para hacer eso. Pero quedan cuatro cartuchos en el revólver. Han sido disparados dos, y se han infligido dos heridas, de modo que puede atribuirse una herida a cada cartucho.

– Eso se diría –dijo Holmes–. ¿Quizá pueda usted explicar también la bala que tan obviamente ha golpeado el borde de la ventana?

Se había vuelto repentinamente, y su largo y delgado dedo señalaba un orificio abierto en línea recta en el listón inferior del marco de la ventana, a cosa de una pulgada de su base.

– ¡Válgame Dios! –gritó el inspector–. ¿Cómo ha podido ver esto?

– Porque lo buscaba.

– ¡Asombroso! –dijo el médico rural–. Sin duda tiene usted razón, caballero. Entonces, se ha hecho un tercer disparo, y, por lo tanto, había de estar presente una tercera persona. Pero, ¿quién pudo ser, y cómo pudo irse?

– Este es el problema que estamos resolviendo –dijo Sherlock Holmes–. ¿Recuerda usted, inspector Martin, que las sirvientas dijeron que al salir de sus habitaciones percibieron de inmediato el olor a pólvora, y que yo comenté que ese punto era extremadamente importante?

– Sí, señor. Pero confieso que no le sigo del todo.

– Aquello sugería que, en el momento de hacerse los disparos, tanto la ventana como la puerta de la habitación estaban abiertas. De no ser así, el humo de la pólvora no hubiera podido extenderse tan aprisa por toda la casa. Se necesitaba para eso una corriente de aire en la habitación. Sin embargo, tanto la puerta como la ventana estuvieron abiertas poco rato.

– ¿Cómo puede demostrar esto?

– Porque la vela no se había acanalado.

– ¡Magnífico! –exclamó el inspector–. !Magnífico!

– Al estar seguro de que la ventana estaba abierta en el momento de la tragedia, supuse que podía haber figurado una tercera persona en el asunto, una persona que estaba en la parte exterior de la ventana y que disparó a través de ella. Cualquier disparo dirigido contra esa persona podía dar contra el listón de la ventana. Busqué la señal dejada por la bala, ¡y ahí estaba!

– Pero, ¿cómo se bajó y cerró la ventana?

– El primer instinto de la mujer debió ser el de bajar y cerrar la ventana. Pero, ¡hola! ¿Qué es esto?

Era un bolso de mano de mujer que estaba encima de la mesa escritorio, un bolso bonito y pequeño de piel de cocodrilo y plata. Holmes lo abrió y vertió su contenido, que consistía en veinte billetes de cincuenta libras del Banco de Inglaterra, sujetos por una goma elástica. No había nada más.

– Esto debe conservarse, porque aparecerá en el juicio –dijo Holmes, tendiéndole al inspector el bolso con su contenido–. Ahora es preciso que tratemos de arrojar alguna luz sobre esta tercera bala, que, como se ve claramente por el astillamiento de la madera, fue disparada desde el interior de la habitación. Me gustaría volver a ver a la señora King, la cocinera... Dijo usted, señora King, que la despertó una *fuerte* explosión. Cuando dijo esto, ¿quería decir que le pareció más fuerte que la segunda?

– Bueno, señor, la primera me despertó, así que es difícil decirlo. Pero sí me pareció muy fuerte.

– ¿No piensa usted que quizá pudo haber dos disparos hechos casi en el mismo instante?

– Sería incapaz de decirlo, señor.

– Creo que indudablemente fue así. Ahora sí me parece, inspector Martin, que hemos agotado todo lo que esta habitación podía enseñarnos. Si tiene la amabilidad de acompañarme, veremos qué nuevos datos tiene por ofrecernos el jardín.

Un macizo de flores llegaba hasta la ventana del estudio, y a todos se nos escapó una exclamación al acercarnos a él. Las flores estaban pisoteadas, y en el suelo blando había huellas de pies, de unos grandes zapatos masculinos, de punteras peculiarmente largas y afiladas. Holmes husmeó entre la hierba como un perdiguero buscando una ave herida. Luego, con un grito de satisfacción, se agachó y recogió un pequeño cilindro de bronce.

– Es lo que pensaba –dijo–. El revólver tenía un eyector, y aquí está el tercer cartucho. De veras pienso, inspector Martin, que tenemos el caso prácticamente completo.

En el rostro del inspector provinciano se reflejaba un enorme asombro ante el progreso veloz y magistral de las investigaciones de Holmes. Al principio había manifestado cierta disposición a afirmar su posición, pero ahora estaba abrumado de admiración y dispuesto a seguir incondicionalmente a Holmes allí donde éste le condujera.

– ¿De quién sospecha? –preguntó.

– Entraré en eso luego. Hay varios puntos en este problema que todavía no he podido explicarle. Ahora, habiendo llegado tan lejos, lo mejor será que siga según mi propia línea, y luego le aclare el asunto de una vez por todas.

– Como prefiera, señor Holmes, con tal de que capturemos al culpable.

– No es mi intención crear misterios, pero es imposible entrar en largas y complejas explicaciones en el momento de la acción. Tengo en mis manos todos los hilos del asunto. Aun en el caso de que esa dama no llegara a recobrar la conciencia, todavía podríamos reconstruir los acontecimientos de la pasada noche y garantizar que se hiciera justicia. Ante todo, quiero saber si hay en el vecindario alguna posada llamada «Elrige's».

Toda la servidumbre fue interrogada al respecto, pero nadie había oído hablar de semejante sitio. El mozo de cuadra arrojó luz sobre el asunto al recordar que a varias millas en dirección a East Rust vivía un granjero de ese apellido.

– ¿Se trata de una granja solitaria? .

– Muy solitaria señor.

– ¿Es posible que no se hayan enterado todavía de lo ocurrido aquí durante la noche?

– Es posible, señor.

Holmes meditó unos momentos, y luego jugueteó en su rostro una curiosa sonrisa.

– Ensilla un caballo, muchacho –dijo–. Quiero que lleves una nota a la granja de Elrige.

Se sacó del bolsillo sus distintos papeles con bailarines dibujados. Se los puso delante y trabajó durante un rato en el escritorio del estudio. Finalmente le entregó una nota al muchacho, con instrucciones de que la entregara en mano a la persona a la que estaba dirigida, y especialmente de que no respondiera a ninguna clase de pregunta que pudieran hacerle. Vi el exterior de la nota, con la dirección escrita en unos caracteres sueltos e irregulares, muy distintos de la escritura precisa usual en Holmes. Estaba dirigida al señor Abe Slaney, en la granja Elrige, East Ruston, Norfolk.

– Creo, inspector –observó Holmes–, que haría usted bien telegrafiando para que le manden una escolta, ya que, si mis cálculos resultan correctos, tendrá usted que conducir a un prisionero particularmente peligroso a la cárcel del condado. El muchacho que lleva la nota podrá sin duda cursar el telegrama. Si hay algún tren a Londres esta tarde, Watson, creo que haríamos bien en tomarlo, porque tengo que terminar unos análisis químicos interesantes, y esta investigación se dirige rápidamente hacia su desenlace.

Cuando el joven se hubo marchado con la nota, Sherlock Holmes dio instrucciones a la servidumbre. Si llegaba algún visitante preguntando por la señora Hilton Cubitt, no había que proporcionar ninguna información acerca de su estado: debían conducirle de inmediato a la sala de estar. Les recalcó fuertemente estos puntos. Finalmente, nos llevó a la sala de estar, haciéndonos la observación de que el asunto estaba ahora fuera de nuestras manos, y que debíamos pasar el tiempo lo mejor que pudiéramos hasta ver qué nos reservaba la suerte. El médico se había ido a visitar a sus pacientes, y sólo quedábamos el inspector y yo.

– Creo que puedo contribuir a que pasen ustedes una hora interesante –dijo Holmes, acercando su silla a la mesa y extendiendo delante suyo los distintos papeles en que estaban representadas las cabriolas de los bailarines–. A usted, amigo Watson, le debo todas mis disculpas por haber permitido que su lógica curiosidad haya permanecido tanto tiempo insatisfecha. A usted, inspector, el incidente en su conjunto podrá quizá resultarle un notable estudio profesional. Debo contarle ante todo las interesantes circunstancias relacionadas con las previas consultas que el señor Hilton

Cubitt tuvo conmigo en Baker Street.

Recapituló entonces brevemente los hechos que han sido ya narrados.

– Tengo aquí delante estos singulares dibujos, que podrían hacer sonreír si no hubieran demostrado ser los presagios de esta terrible tragedia. Estoy bastante familiarizado con todas las formas de escritura secreta, e incluso soy el autor de una modesta monografía sobre este tema, monografía en la que analizo ciento sesenta cifras distintas. Pero confieso que ésta es para mí una completa novedad. El objeto de los que inventaron este sistema era, aparentemente, ocultar que estos caracteres transmitían mensajes, y crear la impresión de que eran simples monigotes infantiles.

»Una vez establecido, sin embargo, que estos símbolos representaban letras, la solución era bastante fácil si se aplicaban las normas que nos guían en todas las formas de escritura secreta. El primer mensaje que se me mostró era tan breve que me era imposible determinar otra cosa que el hecho de que el símbolo

representaba la E. Como saben, la E es la letra más común del alfabeto inglés, y predomina hasta tal punto que incluso en una frase breve puede uno esperar encontrarla varias veces. De los quince símbolos del primer mensaje, cuatro eran iguales, de modo que era razonable suponer que éste era la letra E. Cierto que en algunos casos el monigote llevaba una bandera, y en otros no, pero era probable, por el modo en que estaban distribuidas estas banderas, que sirvieran para dividir la frase en palabras. Acepté esto como hipótesis, y anoté que la letra E estaba representada por el signo:

»Pero ahora empieza la auténtica dificultad de la investigación. El orden de las letras inglesas después de la E no es en absoluto pronunciado en sus diferencias, y la preponderancia que puede existir en una hoja impresa puede invertirse en una sola frase breve. A grandes rasgos, el orden numérico en que se presentan las letras va así: T,A,O,I,N,S,H,R,D,L. Pero la T, la A, la O y la I se presentan con frecuencias muy parecidas, y sería una tarea inacabable de probar todas las combinaciones hasta llegar a algún significado. Esperé, por lo tanto, a tener más material. En mi segunda entrevista con el señor Hilton Cubitt, éste pudo entregarme otras dos frases breves y un mensaje que parecía, puesto que no había ninguna bandera, consistir en una sola palabra. Aquí están los símbolos. Ahora bien, en la palabra sola tengo ya dos letras E, en segundo y cuarto lugar en una palabra de cinco letras. Podría ser «sever» o «lever», o «never»(*). Es incuestionable que la última palabra, como respuesta a una llamada, es con mucho la más probable, y las circunstancias apuntaban a que era una respuesta escrita por la dama. Admitiendo que esto es correcto, podemos ya decir que los símbolos

(*) "Sever": separar, dividir. "Lever": palanca, torniquete. "Never": nunca.

representan respectivamente la N, la V y la R.

»Incluso entonces me encontraba ante una dificultad considerable, pero una feliz idea me proporcionó varias otras letras. Se me ocurrió que si estas llamadas procedían, según yo suponía, de alguien que había conocido íntimamente a la dama en otros tiempos, una combinación que incluyera dos letras E, con tres letras intermedias, podía perfectamente representar el nombre ELSIE. Tras examinar la cosa, me encontré con que esta combinación constituía la terminación del mensaje que se repetía tres veces. Era, indudablemente, alguna llamada dirigida a «Elsie». De este modo obtuve mi L, mi S y mi I. Pero, ¿qué llamada podía ser ésa? La palabra que precedía a «Elsie» tenía sólo cuatro letras, terminaba con una E. Seguramente la palabra debía ser «COME» (*). Probé todos los demás grupos de cuatro letras terminados en E, pero ninguno se ajustaba al caso. De este modo, estaba en posesión de la C, la O y la M, y me encontraba en condiciones de abordar de nuevo el primer mensaje, dividiéndolo en palabras y colocando puntos en el lugar de los símbolos desconocidos (**). Sometiéndolo a este tratamiento, el mensaje quedaba así:

.M .ERE ..E SL.NE.

»Ahora bien, la primera letra sólo puede ser la A, lo cual constituye un utilísimo descubrimiento, puesto que aparece no menos de tres veces en esta breve frase. Y la H es también evidente en la segunda palabra. Ahora tenemos:

AM HERE A. E SLANEY.

Ahora tengo ya tantas letras que puedo proceder con considerable confianza a descifrar segundo mensaje, que dice así:

A. ELRI.ES.

»Aquí sólo obtengo un sentido colocando la T y la G en lugar de las letras faltantes, y suponiendo que ese nombre designaba alguna casa o posada en la que se alojaba el autor del mensaje.

El inspector Martin y yo habíamos escuchado con el mayor interés la explicación completa y clara de cómo mi amigo había alcanzado unos re-

(*) «COME»: ven.

(**) Tanto la técnica como la filosofía del desciframiento son aquí una imitación casi explícita del pasaje del desciframiento del pergamino en *El escarabajo de oro* de Edgar Poe. Es éste uno de los pasajes en que más claramente se desvela la paternidad del detective de Poe, C. Auguste Dupin, en la creación de Sherlock Holmes. (N.d.T.)

sultados que nos habían conducido a una superación tan completa de nuestras dificultades.

– ¿Qué hizo usted entonces, caballero? –preguntó el inspector.

– Tenía todos los motivos para suponer que ese Abe Slaney era norteamericano, puesto que Abe es una contracción americana, y puesto que el punto de partida de todo el problema había sido una carta procedente de América. Tenía también todos los motivos para pensar que había en todo el asunto algún elemento criminal. Las alusiones de la dama a su pasado y su negativa a confiarle a su marido sus secretos apuntaban en esa dirección. En consecuencia, cablegrafié a mi amigo Wilson Hargrave, del departamento de policía de Nueva York, que más de una vez ha recurrido a mis conocimientos del crimen londinense. Le pregunté si el nombre de Abe Slaney le era conocido. He aquí su respuesta: «El criminal más peligroso de Chicago». La misma tarde en que recibí su respuesta, Hilton Cubitt me envió el último mensaje de Slaney. Operando con las letras conocidas, adquiría esta forma:

ELSIE .RE.ARE TO MEET THY GO.

»La adición de dos letras P y una D completaba un mensaje (*) que me demostraba que el bribón pasaba de la persuasión a la amenaza, y mi conocimiento de los delincuentes de Chicago me llevó a pensar que pasaría muy rápidamente de las palabras a los actos. Vine inmediatamente a Norfolk con mi amigo y colega el doctor Watson, pero, desdichadamente, a tiempo tan sólo para descubrir que ya había ocurrido lo peor.

– Es un privilegio trabajar con usted en la resolución de un caso –dijo el inspector, calurosamente–. Me disculpará, sin embargo, si le hablo francamente. Usted sólo tiene que responder ante sí mismo, pero yo he de responder ante mis superiores. Si ese Abe Slaney que vive en la granja Elrige es realmente el asesino, y si ha escapado mientras nosotros estamos aquí, voy a meterme sin duda alguna en serios problemas.

– No tiene por qué inquietarse. No intentará escapar.

– ¿Cómo lo sabe?

– Si huyera, confesaría su culpabilidad.

– Entonces, detengámosle.

– Espero verle aquí de un momento a otro.

– Pero, ¿po qué habría de venir?

– Porque le he escrito pidiéndoselo.

– ¡Pero esto es increíble, señor Holmes! ¿Por qué habría de venir a petición suya? ¿Acaso no es más probable que con esto despierte sus sospechas y le haga huir?

– Creo que he sabido construir la carta –dijo Sherlock Holmes–. De hecho, a menos que esté muy equivocado, aquí tenemos a ese caballero en persona viniendo por la avenida del jardín.

Un hombre caminaba por el sendero que conducía a la puerta. Era un tipo alto, bien parecido, moreno, vestido con un traje de franela gris, con un sombrero de jipijapa, hirsuta barba negra y una gran nariz agresiva y ganchuda, que hacía florituras con un bastón mientras andaba. Se pavo-

(*) El mensaje queda así: "Elsie, prepare to meet God," es decir: "El sie, disponte a encontrarte con Dios."

54

neaba en el sendero como si todo aquello le perteneciera, y oímos su fuerte y confiado campanillazo en la puerta.

– Creo, caballeros –dijo Holmes, tranquilamente–, que lo mejor será que nos apostemos detrás de la puerta. Toda precaución es poca cuando uno se las ve con un tipo como ése. Va a necesitar las esposas, inspector. Puede dejar la charla para mí.

Esperamos un minuto en silencio. Fue uno de esos minutos que no se olvidan. Luego se abrió la puerta, y el hombre entró en la habitación. Al instante, Holmes le apretó contra la cabeza la boca del cañón de su revólver, y Martín le cerró las esposas en las muñecas. Todo esto se hizo tan aprisa y tan diestramente que el tipo estuvo indefenso antes incluso de darse cuenta de que le atacaban. Nos miró a todos sucesivamente con centelleantes ojos negros. Luego rompió en una amarga carcajada.

– Bueno, caballeros, esta vez me han podido. Parece que he chocado con un objeto duro. Pero yo he venido en respuesta a una carta de la señora Hilton Cubitt. ¿No me dirán que ella está metida en esto? ¿No van a decirme que les ha ayudado a hacerme caer en la trampa?

– La señora Hilton Cubitt estaba gravemente herida, y está en puertas de la muerte.

El hombre soltó un ronco grito de dolor que repercutió en toda la casa.

– ¡Usted está loco! –gritó, ferozmente–. Fue él el que resultó herido, no ella. ¿Quién le haría daño a la pequeña Elsie? Puede que la haya amenazado, Dios me perdone, pero no tocaría ni un cabello de su preciosa cabecita. ¡Retire lo que ha dicho! ¡Diga que no está herida!

– Fue encontrada gravemente herida al lado de su difunto marido.

El hombre se derrumbó en el canapé, emitiendo un sordo gemido, y hundió el rostro entre sus manos maniatadas. Permaneció en silencio durante cinco minutos. Luego volvió a alzar el rostro, y habló con la fría serenidad de la desesperación.

– No tengo nada que ocultarles, caballeros –dijo–. Si es cierto que disparé contra el hombre, también lo es que él disparó contra mí. No hay asesinato en eso. Pero si piensan que pude hacerle daño a esa mujer, es que no saben nada de mí ni de ella. Les digo que jamás ha habido en el mundo hombre que haya amado a una mujer más de lo que yo la he amado a ella. Yo tenía derecho a ella. Fue mi prometida hace algunos años. ¿Quién era ese inglés para interponerse entre nosotros? Les digo que yo tenía más derecho a ella, y que solamente reclamaba lo que me pertenecía.

– Ella escapó a su influencia cuando averiguó la clase de hombre que es usted –dijo Holmes, severamente–. Huyó de América para evitarle, y se casó en Inglaterra con un caballero honorable. Usted la rastreó, la persiguió, y convirtió su vida en una desgracia para inducirla a que abandonara a su marido, al que ella quería y respetaba, y huyera con usted, un hombre al que temía y odiaba. Y ha acabado haciendo caer la muerte sobre un hombre noble e impulsando a su mujer al suicidio. Esto es lo que ha logrado usted en este asunto, señor Abe Slaney, y responderá de ello ante la ley.

– Si Elsie muere, tanto me da lo que a mí me ocurra –dijo el americano. Abrió una de sus manos y leyó una nota arrugada en su palma–. Vea esto, amigo –gritó, con un destello de sospecha en los ojos–. ¿No estará tratando de asustarme con todo esto? Si esa mujer está tan gravemente herida como usted dice, ¿quién escribió esta nota?

La arrojó sobre la mesa.

– La escribí yo, para hacerle venir.

– ¿Que usted la escribió? No hay nadie en el mundo, fuera de la asociación, que conozca el secreto de los bailarines. ¿Cómo pudo usted escribirla?

– Aquello que un hombre inventa, otro puede descifrarlo –dijo Holmes–. Está llegando el coche que le conducirá a Norwich, señor Slaney. Pero, entre tanto, tiene usted tiempo de reparar mínimamente el mal que ha hecho. ¿Sabe usted que la propia señora Hilton Cubitt ha estado bajo grave sospecha de asesinato de su marido, y que sólo mi presencia aquí, y los conocimientos que casualmente tenía, la han salvado de la acusación? Lo menos que le debe es dejar claro ante todo el mundo que no fue de ningún modo, ni directa ni indirectamente, responsable del trágico fin de su marido.

– Nada me gustaría más –dijo el americano–. Creo que lo mejor que puedo hacer en mi defensa es decir la verdad desnuda.

– Tengo el deber de advertirle que lo que diga se empleará en su contra –gritó el inspector, aplicando el magnífico juego limpio de la ley criminal británica.

Slaney se encogió de hombros.

– Me arriesgaré –dijo–. Ante todo, quiero que entiendan, caballeros, que conozco a esa mujer desde que era una niña. Éramos siete en una banda de Chicago, y el padre de Elsie era el jefe de la Asociación. Era un hombre listo, ese viejo Patrick. Fue él inventor de esa escritura, que se toma por garabatos infantiles a menos que se conozca la clave. Bueno, Elsie se enteró de algo de lo que hacíamos. Pero no pudo soportar el negocio, y tenía un poco de dinero honrado que le pertenecía, de modo que nos dio esquinazo y escapó a Londres. Había sido mi prometida, y se hubiera casado conmigo, creo, si yo hubiera adoptado otra profesión; pero no quiso tener nada que ver con nada ilegal. No fue sino después que se casara con ese inglés cuando pude averiguar dónde estaba. Le escribí, pero no obtuve respuesta. Entonces me vine, y, como las cartas no servían, puse mis mensajes en sitios donde pudiera leerlos.

«Bueno, hace un mes que estoy por aquí. Vivía en esa granja, donde tenía alquilada una habitación de la planta baja. Podía salir cada noche sin que nadie se enterara. Lo intenté todo para convencer a Elsie de que se viniera conmigo. Sabía que leía los mensajes, porque en una ocasión escribió una respuesta debajo de uno de ellos. Entonces me traicionó la ira, y empecé a amenazarla. Me envió entonces una carta, suplicándome que me fuera y diciéndome que le rompería el corazón si su marido llegaba a ser víctima de un escándalo. Decía que bajaría cuando su marido estuviera dormido, a las tres de la madrugada, y que hablaría conmigo por la ventana del extremo de la casa, si luego yo me iba y la dejaba en paz. Bajó y me trajo dinero, tratando de comprarme para que me fuera. Aquello me enloqueció, y la así del brazo y traté de arrastrarla fuera por la ventana. En aquel momento apareció corriendo su marido con un revólver en la mano. Elsie había caído al suelo, y él y yo estábamos cara a cara. Yo también iba armado, y le apunté con mi revólver para asustarle y me dejara marchar. Disparó, y falló. Yo apreté el gatillo casi en el mi mo momento, y cayó al suelo. Eché a correr por el jardín, y, después de salir, oí que cerraban la ventana detrás mío. Esta es la pura verdad, caballeros, hasta el último detalle, y no he sabido nada más hasta que ese muchacho llegó a caballo con una nota que me ha hecho venir aquí, como un patán, poniéndome yo mismo en sus manos.

Mientras el americano hablaba había llegado un coche. En su interior había dos policías. El inspector Martin se puso en pie y puso la mano en el hombro de su prisionero.

– Es tiempo de que nos vayamos.

– ¿Puedo verla antes?

– No, está inconsciente. Señor Sherlock Holmes, sólo espero que si alguna otra vez me enfrento a algún caso importante tenga la buena fortuna de tenerle a mi lado.

Vimos por la ventana cómo el coche se alejaba. Cuando me volví, me cayó la mirada en el trozo de papel que el prisionero había arrojado sobre la mesa. Era la nota con la que Holmes le había hecho caer en la trampa.

– Vea si puede leerla, Watson –me dijo, sonriendo.

No contenía ninguna palabra, sino esta breve línea de bailarines:

– Si aplica usted el código que he explicado –dijo Holmes–, verá que esto significa sencillamente: «Come here at once» (*). Estaba convencido de que no rechazaría esta invitación, porque de ningún modo podía imaginar que viniera de alguien que no fuera la dama. De este modo, mi querido Watson, hemos acabado por hacer que estos bailarines hayan servido para el bien, cuando tan a menudo fueron los agentes del mal; y creo que he cumplido mi promesa de ofrecerle algo inusual para sus registros. Nuestro tren sale a las tres cuarenta, y creo que llegaremos a Baker Street a tiempo para cenar.

Unas palabras como epílogo.

El americano, Abe Slaney, fue condenado a muerte en las sesiones invernales del tribunal de Norwich, pero su pena fue conmutada por cadena perpetua en atención a circunstancias atenuantes y a la certidumbre de que Hilton Cubitt había sido el primero en disparar.

De la señora Hilton Cubitt sólo sé que, según me han dicho, se recobró por completo, y que sigue viuda y dedica su vida entera al cuidado de los pobres y a la administración de la finca de su marido.

(*) "Ven aquí inmediatamente."

Del año 1894 al 1901, ambos inclusive, el señor Sherlock Holmes fue un hombre ocupadísimo. Se puede afirmar con toda confianza que no hubo caso de cierta dificultad en el que no se le consultara en el curso de esos ocho años, y hubo cientos de casos privados, algunos de ellos de naturaleza sumamente intrincada y extraordinaria, en los que desempeñó un papel destacado. Muchos éxitos sorprendentes y unos pocos fracasos inevitables fueron el resultado de aquel largo período de trabajo continuo. Dado que he conservado notas muy completas de todos aquellos casos, y que yo mismo me vi envuelto en muchos de ellos, se comprenderá fácilmente que no sea tarea fácil la de elegir los que presento al público. Mantendré, sin embargo, mi norma de siempre, y otorgaré preferencia a los casos cuyo interés deriva no tanto de la brutalidad del crimen como del ingenio y las cualidades dramáticas de la solución. Por esta razón, voy a hacer públicos ahora los hechos relacionados con la señorita Violet Smith, la ciclista solitaria de Charlington, y con la curiosa secuela de la investigación, que culminó en una tragedia inesperada. Es cierto que las circunstancias no permitieron ninguna ilustración espectacular de esas facultades por las que mi amigo era famoso, pero hubo en el caso algunos puntos que lo hacen destacar en ese largo historial del crimen del que obtengo materia para estos breves relatos.

Remitiéndome a mi cuaderno de notas del año 1895, veo que fue el sábado 23 de abril cuando por primera vez supimos de la señorita Violet Smith. Su visita, lo recuerdo, fue extremadamente inoportuna para Holmes, porque en aquel momento estaba inmerso en un problema muy abstruso y complicado relativo a la peculiar persecución de la que había sido objeto John Vincent Harden, el conocido magnate del tabaco. Mi amigo, al que apasionaban por encima de todo la precisión y la concentración de pensamiento, se irritaba ante todo aquello que desviaba su atención de lo que tenía entre manos. Sin embargo, era imposible, sin incurrir en grosería, la cual era ajena a su modo de ser, negarse a escuchar la historia de aquella joven y hermosa, alta, grácil y majestuosa, que se presentó en Baker Street a últimas horas de la tarde implorando su ayuda y su consejo. De nada le sirvió a Holmes argüir que tenía el tiempo plenamente ocupado, porque la damita había venido con la determinación de contar su historia, y era evidente que nada, salvo la fuerza bruta, podía sacarla de la habitación antes de que lo hubiera hecho. Holmes, con aire resignado y un tanto hastiado, rogó a la hermosa intrusa que se sentara y nos informara de cuáles eran sus problemas.

– Lo seguro es que no se trata de su salud –dijo Holmes, examinándola con su penetrante mirada–. Una ciclista tan entusiasta ha de rebosar energía.

La muchacha, sorprendida, se miró los pies, y observé la leve aspereza en un lado de la suela, causada por la fricción del borde del zapato con pedal.

– Sí, voy mucho en bicicleta, señor Holmes, y esto tiene algo que ver con el hecho de que hoy le visite.

Mi amigo tomó la mano sin guante de la dama, y la examinó con tanta atención y tan poco sentimiento como un científico examinando un espécimen.

– Sabrá usted disculparme. Es mi oficio –dijo Holmes, soltando aquella mano–. He estado a punto de caer en el error de suponer que se dedicaba usted a la mecanografía. Pero es obvio que se dedica a la música. ¿Observa usted, Watson, esas puntas de los dedos espatuladas, que son comunes a ambas profesiones? Hay una espiritualidad en el rostro, sin embargo –le volvió suavemente la cara hacia la luz–, que la mecanografía no engendra. Esta dama es música.

– Sí, señor Holmes, enseño música.

– En el campo, presumo, por su tez.

– Sí, señor. Cerca de Farnham, en los límites de Surrey.

– Un hermoso paisaje, y repleto de interesantísimos recuerdos. Recordará usted, Watson, que fue por allí donde capturamos a Archie Stamford, el falsificador. Ahora, señorita Violet, ¿qué le ha sucedido a usted en Farnham, en los límites de Surrey?

La damita, con gran claridad y compostura, empezó esta curiosa exposición:

– Mi padre murió, señor Holmes. Era James Smith, director de la orquesta del viejo Teatro Imperial. Mi madre y yo quedamos sin ningún pariente en el mundo, salvo un tío mío, Ralph Smith, que se marchó a África hace veinticinco años y del cual nunca, desde entonces habíamos tenido noticias. Cuando mi padre murió, quedamos muy pobres, pero cierto día nos dijeron que había en *The Times* un anuncio que pedía nuestro paradero. Ya puede imaginarse lo excitadas que nos pusimos, porque pensamos que alguien nos había dejado alguna fortuna. Nos dirigimos de inmediato al abogado cuyo nombre figuraba en el anuncio. Allí nos encontramos con dos caballeros, el señor Carruthers y el señor Woodley, que volvían de visitar Sudáfrica. Dijeron que mi tío era amigo suyo, que había muerto en la pobreza en Johannesburgo hacía algunos meses, y que con su último aliento les había pedido que localizaran a sus parientes y se aseguraran de que no carecieran de nada. Nos pareció extraño que tío Ralph, que no nos había prestado ninguna atención en toda su vida, se preocupara tanto de nosotras después de muerto, pero el señor Carruthers nos explicó que la razón de ello era que mi tío acababa de enterarse de la muerte de su hermano, y por ello se sentía responsable de nuestra suerte.

– Disculpe –dijo Holmes–. ¿Cuándo fue esa entrevista?

– En diciembre pasado... hace cuatro meses.

– Prosiga, haga el favor.

– El señor Woodley me pareció una persona sumamente odiosa. Me miraba constantemente... Era un hombre joven, tosco, de cara hinchada y bigote rojo, con el cabello engomado y pegado a ambos lados de la frente. Pensé que era absolutamente odioso... y estaba segura de que a Cyril no le gustaría que yo tratara a semejante individuo.

– ¡Ah! Él se llama Cyril –dijo Holmes, sonriendo.

La joven se sonrojó y se rió.

– Sí, señor Holmes. Cyril Morton, ingeniero electricista. Esperamos casarnos hacia finales de verano. ¡Santo cielo! ¿Cómo ha sido que me he puesto a hablar de él? Lo que quería decir era que el señor Woodley era perfectamente odioso, mientras que el señor Carruthers, que era mucho mayor que él, era más agradable. Era moreno, flaco, de cara afeitada, poco hablador; pero sus modales eran correctos y tenía una sonrisa agradable. Preguntó cuánto habíamos heredado, y, al averiguar que éramos muy pobres, sugirió que yo fuera a enseñar música a su hija única, de diez años. Dije que no me gustaba dejar sola a mi madre, y entonces él sugirió que podía ir a visitarla en casa cada fin de semana. Me ofreció cien libras al año, lo cual, desde luego, era una paga espléndida. Así que la cosa terminó con que acepté. Me instalé en Chiltern Grange, a cosa de 6 millas de Farnham. El señor Carruthers era viudo, pero había contratado como ama de llaves a una señora muy respetable, ya mayor, llamada señora Dixon, que cuidaba de su casa. La niña era un encanto, y todo se presentaba con buen aspecto. El señor Carruthers era muy amable y muy aficionado a la música, y pasábamos juntos unas veladas muy agradables. Yo iba cada fin de semana a casa, en la ciudad, a visitar a mi madre.

»La primera grieta en mi felicidad fue la llegada del rojimostachudo señor Woodley. Llegó para una visita de una semana, que a mí, ¡oh! me pareció de tres meses. Era una persona terrible, brutal con todo el mundo, pero infinitamente peor conmigo. Me cortejó odiosamente, se jactó de su buena salud, dijo que si me casaba con él tendría los mejores diamantes de Londres, y, finalmente, como no le hice ningún caso, me atrapó entre sus brazos cierto día, después de cenar... Era repugnantemente fuerte... Juró que no me soltaría hasta que le besara. Llegó entonces el señor Carruthers, y me arrancó de su abrazo; luego se volvió hacia su huésped y le derribó de un puñetazo, abriéndole una herida en la cara. Ése fue el fin de su visita, como es de suponer. El señor Carruthers se disculpó conmigo el día siguiente y me aseguró que nunca más me vería expuesta a tal clase de insultos. No he visto al señor Woddley desde entonces.

»Y ahora, señor Holmes, llego por fin a la cosa concreta que me ha hecho venir hoy a pedirle consejo. Ha de saber que cada sábado por la mañana voy en bicicleta a la estación de Farnham para tomar el tren de las doce veintidós hacia la ciudad. El camino de Chiltern Grange es solitario, particularmente en un tramo de una milla que pasa entre el brezal de Charlington y los bosques que rodean Charlington Hall. Es imposible encontrar en ninguna parte ningún tramo de camino tan solitario, y es allí rarísimo encontrarse así sea con un carro, o un campesino, antes de llegar al camino real, cerca de Crooksbury Hill. Hace dos semanas, pasaba por allí cuando casualmente miré hacia atrás por encima del hombro, y a cosa de doscientas yardas detrás mío vi a un hombre, también en bicicleta. Me pareció un hombre de mediana edad, con una barbita negra. Volví a mirar hacia atrás antes de llegar a Farnham, pero el hombre había desaparecido, así que no volví a pensar en él. Pero imagínese, señor Holmes, lo sorprendida que me quedé cuando el lunes, a mi regreso, vi al mismo hombre en el mismo tramo del camino. Mi asombro aumentó cuando el mismo incidente se reprodujo, exactamente del mismo modo, el sábado y el lunes siguientes. Mantenía constantemente la distancia, y no se metía conmigo de ningún modo, pero, con todo, aquello era muy extraño. Le mencioné la cosa al señor Carruthers, que pareció interesado por lo que le decía, y me dijo que había dispuesto un caballo y un carruaje para que en el futuro no viajara sin compañía por aquellos caminos solitarios.

»El caballo y el carruaje iban a llegar esta semana, pero por alguna razón no fueron entregados, y de nuevo tuve que ir a la estación en bicicleta. Esto ha sido esta mañana. Como puede suponer, al llegar al brezal de Charlington miré hacia atrás, y allí estaba el hombre, exactamente igual que las dos semanas anteriores. Se mantenía, como siempre, tan lejos de mí que no podía verle claramente la cara, pero indudablemente es alguien a quien no conozco. Iba vestido con un traje negro y una gorra de paño. Lo único que he podido distinguir claramente de su cara es su barba negra. Hoy no me asusté, pero sentía mucha curiosidad, y decidí averiguar quién era y qué quería. Aminoré la velocidad, pero él hizo lo mismo. Luego me detuve, y él se detuvo también. Luego le tendí una trampa. Hay una curva muy pronunciada en el camino; la pasé pedaleando a toda prisa, y luego me detuve y esperé. Supuse que él llegaría corriendo y pasaría frente a mí antes de poder detenerse. Pero no apareció. Entonces volví atrás y miré al otro lado de la curva. Podía ver una milla de camino, pero él no estaba allí. Por si esto fuera poco extraordinario, no hay en ese trecho ningún camino lateral por el que hubiera podido desviarse.

Holmes se rió ahogadamente y se frotó las manos.

– Este caso presenta, indudablemente, ciertos rasgos que le son propios –dijo–. ¿Cuánto tiempo pasó entre el momento en que usted pasó la curva y aquél en que descubrió que no había nadie en el camino?

– Dos o tres minutos.

– Entonces, no puede ser que deshiciera camino. ¿Y dice usted que no hay caminos laterales?

– No, ninguno.

– Entonces, es indudable que tomó algún sendero a uno u otro lado.

– Imposible por el lado del brezal, porque le hubiera visto.

– Entonces, por el método de la exclusión, llegamos al hecho de que se dirigió hacia Charlington Hall, que, según entiendo, es una mansión construida en terreno propio a un lado del camino. ¿Algo más?

– Nada, señor Holmes, salvo que estaba tan perpleja que sentí que no podría quedarme tranquila hasta verle a usted y recibir su consejo.

Holmes permaneció callado durante unos momentos.

– ¿Dónde está el caballero al que está usted prometida? –preguntó, finalmente.

– Trabaja en la Midland Electric Company, en Coventry.

– ¿No puede ser que le haya hecho una visita sorpresa?

– ¡Oh, señor Holmes! ¡Como si no le conociera!

– ¿Ha tenido usted otros pretendientes?

– Varios, antes de conocer a Cyril.

– ¿Y después?

– Estuvo ese hombre terrible, Woodley, si es que se le puede llamar pretendiente.

– ¿Nadie más?

Nuestra linda cliente pareció un poco turbada.

– ¿Quién? –preguntó Holmes.

– Oh, puede que sea cosa de mi imaginación; pero me ha parecido a veces que mi patrono, el señor Carruthers, siente mucho interés por mí.

Tenemos mucho trato. Le acompaño al piano cada velada. Nunca me ha dicho nada. Es un perfecto caballero. Pero una muchacha siempre se da cuenta.

– ¡Ah! –Holmes se puso serio–. ¿De qué vive?

– Es rico.

– ¿Y no tiene ni coches ni caballos?

– Bueno, al menos es hombre bastante acomodado. Pero va a la ciudad dos o tres veces por semana. Le interesan muchísimo las minas de oro sudafricanas.

– Manténgame informado de cualquier incidencia nueva, señorita Smith. Precisamente ahora estoy muy ocupado, pero encontraré tiempo para hacer algunas indagaciones en su caso. Entre tanto, no tome ninguna iniciativa sin informarme. Adiós, y espero que sólo recibamos buenas noticias suyas.

«Está en el orden establecido de la Naturaleza el que una muchacha como ésta tenga admiradores –dijo Holmes, chupando la pipa de las meditaciones–. Pero no es normal que vayan en bicicleta por solitarios caminos rurales. Algún enamorado secreto, sin duda. Pero el caso tiene detalles curiosos y sugerentes, Watson.

– ¿Que sólo aparezca en ese punto, por ejemplo?

– Exacto. Nuestro primer esfuerzo debe consistir en averiguar quiénes son los habitantes de Charlington Hall. Luego, ¿qué me dice de la relación entre Carruthers y Woodley, que parecen ser hombres de muy distintas características? ¿Cómo es que *ambos* llegaron a interesarse tan vivamente por las parientes de Ralph Smith? Hay otro punto. ¿Qué clase de *ménage* (*) es ése que paga el doble precio de mercado por una institutriz, pero no tiene ningún caballo pese a encontrarse a seis millas de la estación? Curioso, Watson... Muy curioso.

– ¿Irá usted allí?

– No, mi querido amigo, *usted* irá. Esto puede resultar una intriga insignificante, y no puedo interrumpir por ella mi otra importante investigación. El lunes llegará usted temprano a Farnham. Se ocultará cerca del brezal de Charlington. Observará estos hechos por sí mismo, y actuará según le aconseje su propio buen juicio. Luego, cuando haya hecho indagaciones acerca de los habitantes de Charlington Hall, volverá y me informará. Y ahora, Watson, ni una palabra más acerca del asunto hasta que dispongamos de unos pocos jalones sólidos con los que podamos esperar orientarnos hacia la solución.

Habíamos averiguado de la joven que el lunes viajaba con el tren que sale de la estación de Waterloo a las nueve cincuenta, de modo que yo salí temprano y tomé el de las nueve trece. En la estación de Farnham no tuve ninguna dificultad para que me orientaran hacia el brezal de Charlington. Era imposible no identificar el escenario de la aventura de la damita, ya que el camino pasa entre el brezal abierto por un lado y un seto de tejos por el otro, bordeando un parque salpicado de árboles magníficos. Había una gran puerta de piedra manchada de liquen, y los pilares de ambos lados estaban rematados por emblemas heráldicos. Pero aparte

(*) En francés en el original. En la presente acepción, viene a significar simultáneamente "casa", "familia", y "economía doméstica". (N.d.T.)

de aquel camino cochero principal observé varios puntos donde había aberturas en el seto y senderos que arracaban de ellas. No se veía la casa desde el camino, pero sus alrededores hablaban de ruina y tristeza.

El brezal estaba cubierto de manchas doradas de aulaga en flor que brillaban magníficamente a la luz del sol primaveral. Me aposté detrás de una de estas matas, y desde allí podía ver tanto la puerta de Charlington Hall como un largo tramo de camino a lado y lado. El camino estaba desierto en el momento en que salí de él, pero al cabo de un rato vi acercarse a un ciclista en dirección opuesta a aquélla que yo había seguido. Llevaba un traje oscuro, y vi que tenía una barba negra. Cuando llegó al extremo de los terrenos de Charlington, saltó de su bicicleta y la metió por una abertura del seto, desapareciendo de mi vista.

Pasó un cuarto de hora, y apareció otro ciclista. Esta vez resultó ser la damita, que venía de la estación. La vi mirar a su alrededor cuando llegó al brezal de Charlington. Instantes después, el hombre emergió de su escondrijo, saltó sobre su bicicleta y la siguió. En todo el amplio paisaje eran aquéllas las únicas figuras movientes: la grácil muchacha, muy erguida en su bicicleta, y el hombre que la seguía, inclinado sobre el manillar, produciendo una curiosa sensación de cosa furtiva con cada uno de sus movimientos. La muchacha miró hacia atrás, le vio y disminuyó de velocidad. Él disminuyó la suya. Ella se detuvo. Él se detuvo también inmediatamente, manteniéndose a discientas yardas detrás de la joven. El siguiente movimiento de ésta fue tan inesperado como fogoso. Repentinamente giró su bicicleta y se abalanzó directamente en dirección al hombre. Él, sin embargo, fue tan veloz como ella, y se puso en fuga desesperadamente. Al cabo de unos momentos, la muchacha reemprendió su camino, con la cabeza orgullosamente erguida, sin dignarse seguir prestando atención a su silencioso acompañante. El hombre se volvió también, y guardó la distancia hasta que la curva del camino le ocultó de mi vista.

Permanecí en mi escondrijo, e hice bien, porque al poco rato reapareció el hombre, pedaleando lentamente. Giró por la puerta de Charlington Hall, y desmontó de su bicicleta. Durante varios minutos pude verle entre los árboles, de pie. Tenía alzadas las manos, y parecía estarse arreglando el nudo de la corbata. Luego montó en su bicicleta y se alejó por el camino en dirección a la mansión. Corrí a través del brezal y atisbé entre los árboles. A lo lejos, tuve atisbos del viejo edificio gris, erizado de chimeneas Tudor; pero el camino cruzaba una densa maleza, y no volví a ver al hombre.

Me pareció, sin embargo, que mi trabajo matutino había sido bastante satisfactorio, volví paseando a Farnham, muy animado. El agente inmobiliario local no pudo contarme nada de Charlington Hall, y me remitió a una conocida firma de Pall Mall. Allí me detuve en mi camino de vuelta a casa, y el representante me atendió cortésmente. No, no podía alquilar Charlington Hall para pasar el verano. Llegaba un poco demasiado tarde. La mansión había sido alquilada hacía un mes. El arrendatario era un tal señor Williamson. Era un respetable caballero ya mayor. El cortés agente se disculpó por no poder darme más detalles, porque no estaba autorizado a hablar de las cosas de sus clientes.

El señor Sherlock Holmes escuchó atentamente el largo informe que pude presentarle aquella noche, pero no obtuve la brusca palabra de elogio que yo esperaba y de la que me creía merecedor. Al contrario: su austero rostro estuvo todavía más severo de lo usual mientras comentó las cosas que yo había hecho y las que no había hecho.

– Su escondrijo, mi querido Watson, era muy deficiente. Hubiera debido esconderse detrás del seto, y entonces hubiera podido ver de cerca a ese interesante personaje. Pero estuvo a varios cientos de yardas de él, y puede decirme menos todavía que la señorita Smith. Ella piensa que no conoce a ese hombre. Yo estoy convencido de que sí lo conoce. ¿Por qué, , si no, habría de desear tan ansiosamente que ella no llegue lo bastante cerca de él como para ver sus facciones? Usted le describe inclinado sobre el manillar. Ocultación, de nuevo, como ve. Lo cierto es que ha actuado usted notablemente mal. El hombre vuelve a la casa, y usted quiere averiguar quién es. ¡Y acude a un agente inmobiliario en Londres!

– ¿Pues qué tenía que haber hecho? –grité, un tanto acaloradamente.

– Ir al bar más próximo. Los bares son los centros del chismorreo local. Le hubieran dicho cómo se llama todo el mundo, desde el amo hasta la fregona. ¡Williamson! Esto no me dice nada. Si es un hombre ya mayor, entonces, no es el brioso ciclista que pedalea a toda velocidad huyendo de la persecución de la damita. ¿Qué hemos adelantado con su expedición? Sabemos gracias a ella que la historia que nos contó la muchacha es cierta. Pero esto jamás lo he puesto en duda. Sabemos que hay una relación entre el ciclista y la mansión. Jamás he dudado tampoco de esto. Que la mansión está alquilada por Williamson. Bueno, ¿y qué? Bueno, bueno, amigo mío, no se ponga tan deprimido. Podemos hacer nuevos progresos el próximo sábado, y entre tanto voy a hacer personalmente una o dos indagaciones.

La mañana siguiente recibimos una nota de la señorita Smith en la que nos relataba, con brevedad y precisión, los mismos incidentes que yo había presenciado. Pero lo sustancioso de la carta estaba en el poscrito:

«Estoy segura de que será digno de mi confianza, señor Holmes, si le digo que la continuidad de mi trabajo aquí se ha hecho problemática debido a que mi patrono me ha pedido que me case con él. Estoy convencida de que sus sentimientos son realmente profundos y totalmente honorables. Pero, naturalmente, mi mano está ya concedida a otro. Recibió mi negativa con mucha seriedad, pero también muy gentilmente. Pero, como comprenderá, la situación está un poco tensa.»

– Nuestra joven amiga parece estarse metiendo en aguas profundas –dijo Holmes, pensativamente, cuando terminó de leer la carta–. Este caso, indudablemente, presenta más rasgos de interés y más posibilidades de incidencias de lo que había pensado al principio. No vendría mal un tranquilo y pacífico día de campo. Me siento tentado de ir allí esta tarde y poner a prueba una o dos teorías que he formado.

El tranquilo día campestre de Holmes tuvo un final singular, ya que llegó a Baker Street ya entrada la noche, con un corte en el labio y un chichón descolorido en la frente, sin contar un aire general de disipación que hubiera podido convertir a su persona en digno objeto de las indagaciones de Scotland Yard. Estaba tremendamente regocijado con sus aventuras, y se reía con ganas mientras las contaba.

– Hago tan poco ejercicio físico que siempre lo considero un placer –dijo–. Ya sabe usted que tengo cierta pericia en el viejo deporte inglés del boxeo. A veces resulta útil. Hoy, por ejemplo, hubiera sufrido un percance realmente ignominioso de no ser por el boxeo.

Le rogué que me contara lo ocurrido.

-- Encontré ese bar aldeano que ya le había recomendado visitar, y allí hice mis discretas indagaciones. Estaba, pues, en el bar, y un tabernero parlanchín me estaba contando todo lo que yo quería. Williamson es un hombre de barba gris, y vive solo en la mansión, con una servidumbre poco numerosa. Hay rumores de que es o ha sido hombre de iglesia; pero uno o dos incidentes de su breve residencia en la mansión me parecen peculiarmente poco eclesiásticos. He hecho ya algunas indagaciones en un oficina eclesiástica, y me han dicho que *hubo* en las órdenes un hombre llamado así, cuya carrera fue singularmente turbia. El tabernero me informó, además, de que llegan habitualmente a la mansión visitas para el fin de semana («menudo montón de gente, caballero»), y especialmente un caballero de bigote rojo, llamado señor Woodley, que está siempre allí. Habíamos llegado a ese punto cuando, ¿quién viene, sino ese caballero en persona, que había estado bebiendo cerveza en el reservado, y que había oído toda la conversación? ¿Quién era yo? ¿Qué quería? ¿Qué me proponía con aquellas preguntas? El hombre tiene un lenguaje notablemente fluido, y sus adjetivos fueron muy vigorosos. Terminó su retahila de insultos con un maligno revés con el puño, que no conseguí esquivar del todo. Los minutos siguientes fueron deliciosos. Fue mi directo de izquierda contra su aporreamiento de rufián. Acabé como me está viendo. El señor Woodley tuvo que irse en un coche. Así terminó mi excursión campestre, y hay que admitir que mi jornada en los límites de Surrey, aunque divertida, no ha sido mucho más provechosa que la suya.

El jueves nos aportó una nueva carta de nuestra cliente.

«No le sorprenderá, señor Holmes», decía, «que deje el empleo con el señor Carruthers. Ni siquiera lo elevado de la paga puede compensarme por lo incómodo de mi situación. El sábado viajaré a la ciudad, y no pienso volver. El señor Carruthers tiene ya un carruaje, así que los peligros del camino solitario, si es que peligros ha habido alguna vez, ya no existen.

»En cuanto al asunto concreto de mi abandono del empleo, el único problema no es la situación tensa con el señor Carruthers, sino que está también la reaparición de ese hombre odioso, el señor Woodley. Siempre ha sido asqueroso, pero ahora resulta más terrible que nunca, porque parece haber sufrido un accidente y está muy desfigurado. Le vi por la ventana, pero tuve la suerte de no toparme con él. Hizo un largo paseo con el señor Carruthers, que luego parecía muy nervioso. Seguramente Woodley se aloja por las cercanías, ya que no durmió aquí y, sin embargo, esta mañana le volví a ver un momento, deslizándose entre la maleza. Preferiría que hubiera un animal salvaje suelto por los alrededores. Le aborrezco y le temo más de lo que puedo expresar. ¿Cómo *puede* el señor Carruthers soportar a semejante bestia, así sea por un momento? De cualquier modo, todos mis problemas terminarán el sábado.»

-- Eso espero, Watson, eso espero --dijo Holmes, gravemente--. Hay una compleja intriga urdida alrededor de esa mujercita, y nuestro deber es velar para que nadie le haga daño en ese último viaje. Creo, Watson, que debemos reservarnos tiempo para ir allá juntos el sábado por la mañana y asegurarnos de que esta curiosa e inconcluyente investigación no tenga un final enfadoso.

Confieso que hasta aquel momento yo no me había tomado el caso demasiado en serio, porque me parecía más grotesco y extraño que peligroso. El que un hombre aceche a una mujer muy hermosa y la siga no es nada inaudito, y si aquél era tan poco audaz que ni siquiera se había atrevido a hablarle, e incluso había huido cuando ella se le acercó, eso quería decir que no era demasiado peligroso como agresor. Aquel rufián, Woodley, era otra clase de individuo, pero, salvo en la ocasión ya conocida, no se había metido con nuestra cliente, y ahora visitaba la casa de Carruthers sin obligarla a soportar su presencia. El hombre de la bicicleta era, sin duda, alguno de aquellos invitados a la mansión de los que había hablado el tabernero. Pero quién era o qué quería eran cosas que seguían tan oscuras como siempre. Fue la severidad de la actitud de Holmes y el hecho de que se metiera un revólver en el bolsillo antes de salir de nuestras habitaciones lo que me infundió la sensación de que podía estar acechando la tragedia detrás de aquella curiosa sucesión de acontecimientos.

Una mañana espléndida siguió a una noche lluviosa, y el campo cubierto de brezos, con sus magníficas matas de aulaga florida, parecía todavía más hermoso a unos ojos cansados de los pardos y amarillos sucios del pizarroso Londres. Holmes y yo caminábamos por el ancho camino arenoso inhalando el fresco aire matutino y regocijándonos con la música de los pájaros y con el fresco aliento de la primavera. Desde un punto elevado del camino, en la ladera de la colina de Crooksbury, pudimos ver la sombría mansión irguiéndose entre los antiguos robles, que, pese a su vejez, eran todavía más jóvenes que el edificio que rodeaban. Holmes señaló hacia el largo tramo de camino que pasaba, en leve curvatura, como una franja de color amarillo rojizo, entre el pardo del brezal y el verde tierno de los bosques. A lo lejos se veía, como un punto negro, un vehículo que se movía en dirección nuestra. A Holmes se le escapó una exclamación de impaciencia.

– Había dado un margen de media hora –dijo–. Si ése es el coche de la joven, es que trata de tomar el primer tren. Me temo, Watson, que habrá dejado muy atrás Charlington antes de que podamos encontrarnos con ella.

En el momento en que nos fuimos de aquel punto elevado, dejamos de ver el vehículo. Pero avanzamos a tal paso que mi sedentaria vida empezó a afectarme, y me vi obligado a quedarme rezagado. Holmes, sin embargo, estaba en buena forma, porque tenía inagotables reservas de energía nerviosa de las que echar mano. Su paso elástico no se hizo más lento en ningún momento, hasta que, repentinamente, cuando estaba a cien yardas por delante mío, se detuvo, y le vi alzar la mano en un ademán de pesadumbre y desesperación. En el mismo instante apareció en la curva el coche, vacío, con el caballo al trote y las riendas colgando, rodando velozmente hacia nosotros.

– ¡Demasiado tarde, Watson! ¡Demasiado tarde! –gritó Holmes, cuando llegué a su lado, jadeante–. ¡Qué estúpido he sido de no haber tomado el tren anterior! ¡Esto es un rapto, Watson! ¡Un rapto! ¡Asesinato! ¡Dios sabe qué es! ¡Bloquee el paso! ¡Detenga al caballo! Está bien. Ahora súbase, y veamos si podemos reparar las consecuencias de mi error.

Saltamos al coche, y Holmes, después de hacer girar al caballo, hizo restallar bruscamente el látigo, y nos lanzamos por el camino a toda velocidad. Cuando volvimos la curva se nos abrió todo el tramo que pasaba entre la mansión y el brezal. Así a Holmes del brazo.

– ¡Ése es el hombre! –dije, entrecortadamente.

Se nos acercaba un ciclista solitario. Iba con la cabeza agachada y la espalda encorvada, aplicando todas sus energías al pedaleo. Corría como en una carrera. De repente alzó su barbudo rostro, nos vio cerca, y se detuvo, saltando de su máquina. Aquella barba, negra como el carbón, contrastaba singularmente con la palidez de su rostro, y los ojos le brillaban como si tuviera fiebre. Nos miró, y miró al coche. Entonces su cara adquirió una expresión de asombro.

– ¡Eh! ¡Alto ahí! –aulló, cortándonos el paso con su bicicleta–. ¿De dónde han sacado ese coche? ¡Alto ahí! –chilló, sacándose una pistola de un bolsillo lateral–. ¡Alto, o por Dios que mato al caballo!

Holmes me tiró las riendas encima de las rodillas y saltó del coche.

– A usted queríamos ver. ¿Dónde esta la señorita Violet Smith? –dijo, con su estilo cortante y nítido.

– Eso iba yo a preguntarle. Va usted en su coche. Usted debería saber dónde está.

– Hemos encontrado el coche en el camino. No iba nadie en él. Íbamos en ayuda de la damita.

– ¡Santo Dios! ¡Santo Dios! ¿Qué voy a hacer? –gritó el extraño, en un paroxismo de desesperación–. ¡La tienen! ¡La tienen, ese perro infernal de Woodley y ese maldito cura! ¡Aprisa! Venga conmigo, si de verdad es amigo suyo. Acompáñeme y la salvaremos, aunque tenga que dejar mi cadáver en el bosque de Charlington.

Se echó a correr enloquecidamente, pistola en mano, hacia una abertura en el seto. Holmes le siguió, y yo, dejando al caballo pastando junto al camino, seguí a Holmes.

– Han pasado por aquí –dijo Holmes, señalando las huellas de varios pies en el sendero húmedo–. ¡Eh! ¡Un momento! ¿Quién está en ese matorral?

Era un muchacho de unos diecisiete años, vestido como un mozo de mulas, con pantalones de cuero y polainas. Yacía de espaldas, con las rodillas levantadas y con un tremendo corte en la cabeza. Estaba inconsciente, pero vivo. Un vistazo a su herida me dijo que no había penetrado en el hueso.

– Es Peter, el mozo de cuadra –gritó el extraño–. Él la llevaba. Esos bestias le han sacado del coche y le han derribado a bastonazos. Dejémosle aquí. No podemos hacer ahora nada por él, y en cambio podemos salvarla de la peor suerte que puede sufrir una mujer.

Corrimos frenéticamente por el sendero, que serpenteaba entre los árboles. Habíamos alcanzado los matorrales que rodean la casa cuando Holmes se detuvo.

– No han entrado en la casa. Sus huellas están ahí, a la izquierda... ¡Ahí, junto a los laureles! ¡Ah! ¡Ya lo decía yo!

Mientras hablaba, un chillido de mujer, un chillido que vibraba en un frenesí de espanto, estalló en la maleza de arbustos que teníamos delante. El chillido terminó súbitamente, en su momento de máxima intensidad, con un sonido estrangulado y gorgoteante.

– ¡Por aquí! ¡Por aquí! Están en la pista de bolos –gritó el extraño, abalanzándose entre los arbustos–. ¡Ah! ¡Perros cobardes! ¡Síganme, caballeros! ¡Demasiado tarde! ¡Demasiado tarde! ¡Condenación!

Habíamos irrumpido repentinamente en un encantador claro con césped, rodeado de viejos árboles. En su extremo más alejado, a la sombra de un poderoso roble, se encontraba un singular grupo de tres personas. Una de ellas era una mujer, nuestra cliente, a punto de caer, medio desmayada, con un pañuelo tapándole la boca. Frente a ella había un hombre joven, brutal, de cara maciza, con bigote rojo. Tenía muy separadas sus empolainadas piernas, un brazo en jarras, y blandía con el otro una fusta. Toda su actitud sugería un jactancioso desafío. Entre una y otro, un hombre entrado en años, de barba gris, que llevaba una especie de sobrepelliz sobre una traje de paño ligero, acababa, evidentemente, de terminar la ceremonia de la boda, ya que se puso en el bolsillo su misal en cuanto aparecimos, y le dio una palmada en la espalda al siniestro novio en signo de jovial congratulación.

– ¡Están casados! –dije, entrecortadamente.

– ¡Adelante! –gritó nuestro guía–. ¡Adelante!

Se abalanzó por el césped, con Holmes y yo mismo pisándole los talones. Mientras nos acercábamos, la dama se tambaleó y se apoyó en el tronco de un árbol para no caer. Williamson, el ex cura, nos saludó con una burlona inclinación, y el brutal Woodley avanzó profiriendo un alarido de bestial risa exultante.

– Ya puedes quitarte la barba, Bob –dijo–. Te conozco perfectamente. Bueno, tú y tus compinches habéis llegado justo a tiempo para que pueda presentaros a la señora Woodley.

La respuesta de nuestro guía fue muy singular. Se arrancó la barba negra que le había servido de disfraz y la arrojó al suelo, dejando al descubierto una cara larga, flaca y afeitada. Luego alzó su revólver y apuntó al joven rufián, que avanzaba hacia él blandiendo en la mano su peligrosa fusta.

– Sí –dijo nuestro aliado–, *soy* Bob Carruthers, y cuidaré de que esta mujer salga bien parada aunque tenga que colgar por ello. Te dije que lo haría si volvías a hacerle algo, ¡y por Dios que voy a cumplir mi palabra!

– Llegas tarde. ¡Es mi mujer!

– No, es tu viuda.

Sonó un disparo, y vi que brotaba sangre del pecho del chaleco de Woodley. Giró sobre sí mismo, emitiendo un chillido, y cayó de espaldas, con su repulsiva cara roja volviéndose súbitamente de una lividez mortal. El viejo, cubierto todavía con su sobrepelliz, rompió en una retahíla de asquerosas blasfemias como yo jamás había oído, y sacó un revólver. Pero antes de que pudiera alzarlo estaba ya viendo el alma del cañón del revólver de Holmes.

– Ya basta –dijo mi amigo, fríamente–. Suelte ese revólver. ¡Watson, recójalo! ¡Apúntele a la cabeza! Gracias. Usted, Carruthers déme su revólver. No habrá más violencia. ¡Vamos! ¡Entréguemelo!

– Pero, ¿quién es usted?

– Me llamo Sherlock Holmes.

– ¡Santo Dios!

– Ha oído hablar de mí, por lo que veo. Representaré a la policía oficial hasta que llegue. ¡Eh, usted! –le gritó al asustado mozo de cuadra, que había aparecido en el borde del claro–. Venga aquí. Lleve esta nota a Farnham lo más aprisa posible.

Garrapateó unas palabras en una hoja de su cuaderno de notas.

– Entréguela al superintendente del puesto de policía. Hasta que llegue, les tendré a todos ustedes bajo mi custodia.

La fuerte e imperiosa personalidad de Holmes dominaba la trágica escena, y todos eran meros monigotes en sus manos. Williamson y Carruthers llevaron al herido Woodley a la casa, y yo le ofrecí mi brazo a la asustada muchacha. El herido fue colocado en su cama, y a petición de Holmes le examiné. Le llevé mi informe al viejo comedor, revestido de tapices, donde estaba sentado, con sus dos prisioneros delante.

– Vivirá –dije.

– ¡Cómo! –gritó Carruthers, poniéndose en pie como movido por un resorte–. Voy a subir y a rematarlo. ¿Van a decirme que esa muchacha, ese ángel, ha de estar atada de por vida a esa bestia de Jack Woodley?

– No ha de preocuparse por eso –dijo Holmes–. Hay dos excelentes razones para que de ningún modo pueda ser su mujer. En primer lugar, podemos confiadamente cuestionar el derecho del señor Williamson a oficiar una boda.

– Fui ordenado sacerdote –gritó el viejo bribón.

– Y luego colgó los hábitos.

– Una vez cura, siempre cura.

– No creo. ¿Qué me dice de la licencia?

– Teníamos una licencia de matrimonio. Aquí la tengo, en el bolsillo.

– Entonces, la consiguió ilícitamente. De cualquier modo, un matrimonio forzado no es tal matrimonio, sino un delito muy serio, como podrá averiguar antes de que termine este asunto. Tendrá usted tiempo para reflexionar sobre el tema durante los próximos diez años, o algo así, a menos que yo esté muy equivocado. En cuanto a usted, Carruthers, hubiera hecho mejor no sacándose el revólver del bolsillo.

– Eso empiezo a pensar, señor Holmes. Pero cuando pensé en todas las precauciones que había tomado para proteger a esta muchacha... Porque yo la quería, señor Holmes, y ha sido la única vez que he sabido lo que es el amor... Enloquecí por completo cuando pensé que estaba en poder de la bestia más brutal de toda Sudáfrica, de un hombre cuyo solo nombre inspira un santo temor desde Kimberley hasta Johannesburgo. Mire, señor Holmes, le costará creerlo, pero desde que esa muchacha empezó a trabajar para mí ni una sola vez dejé que saliera de esta casa, alrededor de la cual sabía que estaban esos chacales al acecho, sin seguirla con mi bicicleta para asegurarme de que no le ocurriera nada malo. Me mantenía a distancia, y me ponía una barba para que no me reconociera, porque es una muchacha buena y generosa, y no hubiera permanecido en el empleo si hubiera imaginado que yo la iba siguiendo por esos caminos rurales.

– ¿Por qué no le habló usted del peligro que corría?

– Porque también entonces me hubiera dejado, y no me resignaba a aceptarlo. Aunque ella no pudiera quererme, significaba mucho para mí el poder ver su graciosa figura en mi casa, y oír el sonido de su voz.

– Bueno –dije yo–, usted llama amor a eso, señor Carruthers, pero yo lo llamaría egoísmo.

– Puede que ambas cosas vayan juntas. Sea como sea, no podía dejar que se marchara. Además, con esa gente por ahí, era buena cosa que tuviera cerca a alguien que velara por ella. Luego, cuando llegó el cable, supe que iban a hacer algo.

– ¿Qué cable?

Carruthers se sacó un telegrama del bolsillo.

– ¡Aquí está! –dijo. Era breve y conciso:

«El viejo ha muerto.»

– ¡Hum! –dijo Holmes–. Creo que ahora veo cómo ha sido todo, y entiendo cómo este mensaje pudo, como dice, decidirles a actuar. Pero, mientras esperamos, cuénteme todo lo que pueda.

El viejo réprobo del sobrepelliz rompió en una andanada de blasfemias.

– Si nos delatas, Bob Carruthers –dijo, ¡que me condene si no te sirvo como tú has servido a Jack Woodley! Puedes balar lo que quieras sobre la chica, si esto te satisface, porque es asunto tuyo, pero si dejas en calzoncillos a tus compañeros, será ése el trabajo peor pagado que hayas hecho en toda tu vida.

– No se excite su reverencia –dijo Holmes, encendiendo un cigarrillo–. Las acusaciones en su contra están suficientemente claras, y solamente pido unos detalles para satisfacer mi curiosidad. Sin embargo, si le supone algún problema el hablar, hablaré yo, y entonces verá hasta qué punto puede o no puede guardar sus secretos. En primer lugar, fueron tres los que se vinieron de Sudáfrica para jugar esta partida. Usted, Williamson, usted, Carruthers, y Woodley.

– Primera mentira –dijo el viejo–. Yo no les había visto jamás, ni al uno ni al otro, hasta hace dos meses, y no he estado en África en toda mi vida. Así que puede usted meterse eso en su pipa y fumárselo señor entrometido Holmes.

– Lo que dice es cierto –dijo Carruthers.

– Bueno, bueno, se vinieron dos. Su reverencia es un producto nacional. Conocieron a Ralph Smith en Sudáfrica. Tenían motivos para suponer que no viviría mucho más tiempo. Descubrieron que su sobrina heredaría su fortuna. ¿Qué tal? ¿Eh?

Carruthers asintió con la cabeza, y Williamson blasfemó.

– Era su pariente más cercana, sin duda, y ustedes sabían que el anciano no había testado.

– No sabía leer ni escribir –dijo Carruthers.

– Así que se vinieron, ustedes dos, y localizaron a la muchacha. La idea era que uno de los dos se casara con ella y el otro obtuviera una parte del botín. Por alguna razón, Woodley era el elegido para marido. ¿Por qué él?

– Nos lo jugamos a las cartas durante el viaje. El ganó.

– Ya veo. Usted contrató a la damita, y Woodley la cortejaría en su casa. Ella se dio cuenta de qué clase de bestia borracha era Woodley, y no quiso saber nada de él. Entre tanto, el arreglo estaba un tanto desbaratado por el hecho de que usted se hubiera enamorado de la dama. No pudo seguir soportando la idea de que ese rufián la poseyera.

– ¡No! Por Dios que no pude.

– Entonces se pelearon. Él se marchó, enfurecido, y empezó a urdir sus planes independientemente de usted.

– Me parece, Williamson, que no es mucho lo que podamos contarle a este caballero –exclamó Carruthers, con una risa amarga–. Sí, nos peleamos, y él me derribó a puñetazos. Luego hice las paces con él a este respecto, dicho sea de paso. Luego le perdí de vista. Fue entonces cuando se trajo aquí a ese cura bastardo. Averigüé que se habían instalado juntos aquí, junto al camino que ella debía seguir para ir a la estación. No la perdí de vista desde entonces, porque sabía que había alguna diablura en el viento. Me veía con ellos de vez en cuando, porque estaba ansioso por saber qué se traían entre manos. Hace dos días, Woodley vino a mi casa con este cable que nos comunicaba que Ralph Smith había muerto. Me preguntó si me atendría a lo pactado. Le dije que no. Me preguntó si me casaría yo con la chica y le daría su parte. Le dije que gustosamente lo haría, pero que ella me rechazaba. Entonces dijo: «Casémonos primero, y al cabo de una o dos semanas puede que la chica vea las cosas de distinto modo.» Le dije que yo no quería tener nada que ver con actos violentos. De modo que se fue, maldiciendo, con esa negra boca de puerco que tiene, y jurando que a pesar de todo la conseguiría. Ella iba a dejarme este fin de semana, y yo había comprado un coche para llevarla a la estación, pero me sentía tan inquieto que la seguí en bicicleta. Me llevaba mucha ventaja, sin embargo, y antes de que pudiera alcanzarla el mal estaba hecho. Me di cuenta en el momento en que les vi a ustedes, caballeros, viajando en su coche.

Holmes se puso en pie y tiró al hogar la colilla de su cigarrillo.

– He sido muy torpe, Watson –dijo–. Cuando me dijo, en su informe, que había visto que el ciclista haciendo algo así como arreglarse la corbata, esto solo hubiera debido bastarme. Sin embargo, debemos felicitarnos por este caso tan curioso y, en algunos aspectos, único. Veo en el camino a tres agentes de la comisaría del distrito, y me alegra ver que el joven mozo de cuadra puede andar a su mismo paso; esto quiere decir que probablemente ni él ni la interesante novia queden permanentemente dañados por las aventuras de esta mañana. Creo, Watson, que en su condición de médico puede usted atender a la señorita Smith y decirle que si se ha recobrado lo suficiente estaremos encantados de escoltarla hasta la casa de su madre. Si no ha mejorado lo suficiente, podrá usted comprobar que una insinuación de que estábamos a punto de telegrafiar a un joven electricista de los Midlands completará probablemente su curación. En cuando a usted, señor Carruthers, pienso que ha hecho todo lo que ha podido para enmendar su participación en una fea conspiración. Aquí tiene mi tarjeta, caballero, y, si mi declaración puede serle útil en el juicio, estaré a su disposición.

En medio del torbellino de nuestra incesante actividad me resulta a menudo difícil, como probablemente habrá observado el lector, redondear mis relatos, y proporcionar esos detalles finales que los curiosos tienen derecho a esperar. Cada caso ha sido el preludio de otro, y, una vez superada la crisis, sus actores han quedado atrás en nuestras ocupadas vidas. Veo, sin embargo, que al final de mis manuscritos relativos a este caso hay una breve anotación en la que tengo registrado que la señorita

Violet Smith heredó una gran fortuna, y que actualmente es la mujer de Cyril Morton, socio mayoritario de Morton y Kennedy, los célebres industriales en electricidad de Westminster. Tanto Williamson como Woodley fueron juzgados por rapto y agresión, siendo condenados el primero a siete años, y el segundo a diez. No tengo nada anotado acerca de la suerte de Carruthers, pero estoy seguro de que su agresión no fue juzgada severamente en el juicio, puesto que Woodley tenía la reputación de ser un delincuente peligrosísimo, y pienso que unos pocos meses debieron bastar para satisfacer las exigencias de la justicia.

Habíamos conocido en nuestro pequeño teatro de Baker Street varias entradas y salidas dramáticas, pero no recuerdo nada tan súbito e impresionante como la primera aparición del doctor Thorneycroft Huxtable, Maestro en Artes, Doctor en Filosofía, etcétera. Su tarjeta, que parecía demasiado pequeña para soportar el peso de sus distinciones académicas, le precedió en unos pocos segundos, y luego entró él en persona, tan corpulento, tan pomposo y tan digno que era la encarnación misma del aplomo y de la solidez. Sin embargo, lo primero que hizo en cuanto la puerta fue cerrada detrás suyo fue tambalearse hasta la mesa, derrumbándose luego al suelo; y allí teníamos a aquella figura mayestática, postrada e inconsciente en nuestra alfombra de piel de oso.

Nos pusimos en pie como impulsados por resortes, y durante unos pocos momentos contemplamos con silencioso asombro aquel abultado pecio humano que traía nuevas de alguna tormenta repentina y fatal muy adentro en el océano de la vida. Luego Holmes corrió a ponerle un cojín debajo de la cabeza, mientras yo le acercaba brandy a los labios. Aquel macizo rostro lívido estaba trabajado por surcos de preocupación; las bolsas que le colgaban debajo de los ojos cerrados tenían color plomizo, su boca entreabierta se fruncía doloridamente en las comisuras, y las múltiples papadas estaban sin afeitar. El cuello de la camisa y la camisa misma tenían el mugre de un largo viaje, y el cabello estaba indómitamente erizado en su cabeza bien formada. Era un hombre duramente golpeado por el dolor el que yacía ante nosotros.

– ¿Qué es esto, Watson? –preguntó Holmes.

– Total agotamiento... Posiblemente, sólo hambre y cansancio –dije yo, con un dedo en su pulso fibroso, donde la corriente de la vida fluía con escaso caudal.

– Billete de vuelta de Mackleton, en el norte de Inglaterra –dijo Holmes, sacando el billete del bolsillo del reloj–. No son todavía las doce. Indudablemente ha salido muy temprano.

Los hinchados párpados habían empezado a estremecerse, y al poco rato nos contemplaban un par de ojos de mirada vacía. Al cabo de un instante, el hombre se puso dificultosamente en pie, con la cara roja de vergüenza.

– Disculpe esta debilidad, señor Holmes. He abusado un poco de mis fuerzas. Sí, gracias, estoy seguro de que si tomo un vaso de leche y un bizcocho me sentiré mejor. He venido personalmente, señor Holmes, para estar seguro de que vuelve conmigo. Temía que ningún telegrama pudiera convencerle de la absoluta urgencia del caso.

– Cuando se haya recobrado por completo...

– Vuelvo a estar perfectamente. No concibo cómo he llegado a este punto de debilidad. Deseo, señor Holmes, que se venga conmigo a Mackleton en el primer tren.

Mi amigo negó con la cabeza.

– Mi colega, el doctor Watson, podría decirle que ahora estamos muy ocupados. Estoy atado por ese caso de los documentos Ferrers, y el asesinato de Abergavenny está a punto de juicio. Sólo un asunto muy importante podría sacarme ahora de Londres.

– ¡Importante! –nuestro visitante alzó ambas manos–. ¿Ha oído usted hablar del rapto del hijo único del duque de Holdernesse?

– ¡Cómo! ¿El ministro del anterior gabinete?

– Exactamente. Hemos procurado que no se hablara de ello en los periódicos, pero el *Globe* se hacía anoche eco de ciertos rumores. Pensé que habrían llegado a su conocimiento.

Holmes extendió su largo y delgado brazo y sacó el volumen «H».de su enciclopedia de referencias.

–«Holdernesse, sexto duque de, K.G., P.C. ...» ¡La mitad del alfabeto (*)! «barón de Beverley, conde de Carston...» ¡Dios me valga! ¡Menuda lista! «Lugarteniente de Su Majestad en Hallamshire desde 1900. Casado con Edith, hija de Sir Charles Appledore, en 1888. Heredero e hijo único, Lord Saltire. Propietario de alrededor de doscientos cincuenta mil acres. Minas en Lancashire y Gales. Direcciones: Carlton House Terrace; Holdernesse Hall, Hallamshire, Castillo de Carston, Bangor, Gales. Lord del Almirantazgo en 1872. Primer Secretario de Estado para...» Bueno, bueno, no, este hombre es indudablemente uno de los grandes súbditos de la Corona.

– El más grande, y quizá el más rico. Sé, señor Holmes, que está usted en primera línea en su profesión, y que está dispuesto a trabajar por mero amor al trabajo. Puedo decirle, sin embargo, que Su Gracia ha indicado ya que un cheque por cinco mil libras sería entregado a la persona capaz de decirle dónde está su hijo, y otro por mil libras a quien pueda nombrar al hombre, o a los hombres, que lo han raptado.

– Es un ofrecimiento principesco –dijo Holmes–. Watson, creo que acompañaré al doctor Huxtable al norte de Inglaterra. Y ahora, doctor Huxtable, cuando se haya terminado la leche, tenga la amabilidad de contarme lo que ha ocurrido, cómo ha ocurrido, y, finalmente, qué tiene que ver con el asunto el doctor Thorneycroft Huxtable, del Colegio Priory, cerca de Mackleton, y por qué viene tres días después del hecho... el estado de sus mejillas me proporciona la fecha... a solicitar mis humildes servicios.

Nuestro visitante había terminado con la leche y los bizcochos. Le había vuelto el brillo a los ojos y el color a las mejillas, y se puso a explicar la situación con gran vigor y lucidez.

– Debo informarles, caballeros, de que el Colegio Priory es un colegio preparatorio del que soy fundador y director. Quizá las *Glosas marginales de Huxtable a Horacio* les permitan recordar mi nombre. El Priory es, sin excepción, el mejor y más selecto colegio preparatorio de Inglaterra. Lord Leverstoke, el conde de Blackwater, Sir Cathcaet Soames... todos ellos me han confiado a sus hijos. Pero sentí que mi colegio había alcanzado su cénit cuando, hace tres semanas, el duque de Holdernesse me envió al señor James Wilder, su secretario, con la notificación de que el joven Lord Saltire, de diez años, su único hijo y heredero, iba a ser puesto bajo mi custodia. ¡Cómo iba yo a pensar que aquello era el preludio del más terrible infortunio de toda mi vida!

(*) Es decir, en siglas que designan honores y condecoraciones. (N.d.T.)

»El muchacho llegó el 1º de mayo, siendo ese día el comienzo del período estival. Era un muchacho encantador, y pronto se habituó a nuestras normas. Puedo decirles... Confío en no ser indiscreto, pero las confidencias a medias son tan absurdas en estos casos... que el chico no se sentía enteramente feliz en su casa. Es un secreto a voces el que la vida conyugal del duque no fue apacible, y que el asunto terminó con una separación por consentimiento mutuo, instalándose la duquesa en el sur de Francia. Esto había ocurrido poco tiempo antes, y se sabe que las simpatías del muchacho se inclinaban fuertemente del lado de la madre. Quedó muy abatido cuando su madre se marchó de Holdernesse Hall, y fue por esta razón que el duque quiso enviarle a mi establecimiento. Al cabo de dos semanas, el muchacho estaba perfectamente a gusto entre nosotros, y, en apariencia, era absolutamente feliz.

»Se le vio por última vez la noche del 13 de mayo... es decir, la noche del pasado lunes. Su habitación estaba en el segundo piso, y se accedía a ella cruzando otra habitación mayor en la que dormían dos muchachos. Estos muchachos no vieron ni oyeron nada, así que es seguro que el joven Saltire no pasó por allí. Su ventana estaba abierta, y hay una hiedra muy fuerte que lleva hasta el suelo. No pudimos encontrar huellas de pisadas abajo, pero es seguro que ésa es la única salida posible.

»Su ausencia fue descubierta a las siete de la mañana del martes. Había dormido en su cama. Se había vestido, para salir, con su traje habitual: chaqueta negra de Eton y pantalones gris oscuro. No había señales de que nadie hubiera entrado en la habitación, y es absolutamente seguro que no se oyó nada que se pareciera a gritos o a lucha, porque Caunter, el muchacho de más edad de la habitación interior, tiene el sueño muy ligero.

»Cuando se descubrió la desaparición de Lord Saltire, reuní inmediatamente a todo el mundo del establecimiento: alumnos, maestros y sirvientes. Fue entonces cuando averiguamos que Lord Saltire no había huido solo. Heidegger, el profesor de alemán, faltaba también. Su habitación estaba en el segundo piso, en el extremo posterior del edificio, en el mismo lado que la de Lord Saltire. También él había dormido en su cama, pero aparentemente se había marchado vestido sólo a medias, porque su camisa y sus calcetines estaban tirados en el suelo. Era indudable que había bajado por la hiedra, ya que pudimos ver las huellas de sus pies en el mismo punto del césped donde había tocado el suelo. Guardaba su bicicleta en un pequeño cobertizo junto al césped, y también faltaba la bicicleta.

»Hacía dos años que trabajaba conmigo, y había llegado con las mejores referencias; pero era un hombre silencioso y huraño, no demasiado popular ni entre los maestros ni entre los muchachos. No se pudo encontrar ni el menor rastro de los fugitivos, y ahora, jueves por la mañana, estamos tan en la ignorancia como estábamos el martes. Naturalmente, se hicieron inmediatas indagaciones en Holdernesse Hall. Está a unas pocas millas, y supusimos que, en algún repentino ataque de nostalgia, podía haber vuelto junto a su padre. Pero no sabían nada de él. El duque está muy inquieto... Y, en lo que a mí se refiere, ya han visto a qué estado de postración me han reducido la angustia y la responsabilidad. Señor Holmes, si alguna vez ha de poner en juego todo su talento, le suplico que lo haga ahora, porque jamás en toda su vida hallará otro caso que sea tan digno de este talento.

Sherlock Holmes había escuchado con la más extrema atención el relato del desdichado maestro. El rasgo de sus cejas y el profundo fruncimiento que las unía permitían ver que no necesitaba ninguna exhortación para concentrar toda su atención en un problema que, al margen de los tremendos intereses implicados en él, debía halagar directísimamente su amor por todo lo complejo e inusual. Sacó su cuaderno de notas y escribió una o dos anotaciones.

– Ha sido usted muy negligente no viniendo antes a verme –dijo, severamente–. Me obliga a iniciar mi investigación con una muy seria desventaja. Es inconcebible, por ejemplo, que esa hiedra y ese césped no pudieran haber aportado nada a un observador experimentado.

– No merezco censura, señor Holmes. Su Gracia deseaba intensamente evitar todo escándalo público. Temía que la desgracia de su familia se viera arrastrada ante el mundo. Siente un profundo horror por esta clase de cosas.

– Pero, ¿habrá tenido lugar alguna investigación oficial?

– Sí, señor, y resultó absolutamente decepcionante. Se obtuvo de inmediato una pista, ya que llegó la información de que se había visto a un muchacho y a un hombre joven salir de la estación más cercana en un tren matutino. No fue sino anoche cuando tuvimos noticia de que la pareja había sido localizada en Liverpool, pero resultó que aquello no tenía ni la menor relación con nuestro asunto. Fue entonces cuando, desesperado y desalentado, después de una noche sin sueño, me vine directamente a verle en el primer tren.

– Supongo que la investigación local se relajó mientras se seguía esta pista falsa.

– Se abandonó por completo.

– Así que se han perdido tres días. El asunto ha sido llevado deplorablemente.

– Eso intuyo, y así lo admito.

– Y, sin embargo, podría llegarse a una solución última del problema. Intervendré con mucho gusto. ¿Ha podido usted establecer alguna relación entre el muchacho desaparecido y ese profesor alemán?

– Ninguna.

– ¿Estaba el muchacho en la clase de ese profesor?

– No. Jamás habló con él, hasta donde yo sé.

– Esto es ciertamente muy singular. ¿Tenía bicicleta el muchacho?

– No.

– ¿Falta alguna otra bicicleta?

– No.

– ¿Seguro?

– Absolutamente.

– Bueno, ¿no pretenderá decirme en serio que usted piens que ese alemán viajó en bicicleta en lo más negro de la noche llevando a ese chico en brazos?

– Claro que no.

– Entonces, ¿cuál es la teoría que tiene usted en mente?

– Puede que lo de la bicicleta fuera una falsa pista. Puede que esté escondida en alguna parte, y que se marcharan a pie.

– Eso es. Pero parece una falsa pista bastante absurda, ¿no es cierto? ¿Había otras bicicletas en ese cobertizo?

– Varias.

– ¿No hubiera ese hombre escondido *dos* si hubiera querido crear la impresión de que se habían ido en bicicleta?

– Supongo que eso hubiera hecho.

– Claro que sí. La teoría de la falsa pista no funciona. Pero ese incidente es un admirable punto de partida para una investigación. Después de todo, no es fácil esconder o destruir una bicicleta. Otra pregunta. ¿Visitó alguien al muchacho el día anterior al de su desaparición?

– No.

– ¿Recibió alguna carta?

– Sí, una carta.

– ¿De quién?

– De su padre.

– ¿Abre usted las cartas de los muchachos?

– No.

– ¿Cómo sabe que era de su padre?

– En el sobre estaba su emblema heráldico, y la dirección estaba escrita con la letra característica del duque. Además, el duque recuerda haber escrito.

– ¿Cuándo había recibido alguna carta antes de ésa?

– No había recibido carta en varios días.

– ¿Había recibido alguna de Francia?

– No. Nunca.

– Se da usted cuenta de dónde está el meollo de mis preguntas, naturalmente. O bien se llevaron al muchacho a la fuerza, o bien se marchó por su libre voluntad. En este último caso, es presumible que se necesitara cierto estímulo desde fuera para que un muchacho tan joven hiciera semejante cosa. Si no tuvo visitas, la incitación debió llegar por carta. De ahí que trate de averiguar quiénes fueron sus corresponsales.

– Me temo que no puedo ayudarle en mucho. Su único corresponsal, hasta donde yo sé, fue su padre.

– Del que recibió carta el mismo día de su desaparición. ¿Eran muy amistosas las relaciones entre padre e hijo?

– Su Gracia jamás es muy amistoso con nadie. Está completamente inmerso en importantes problemas públicos, y es un tanto inaccesible para las emociones ordinarias. Pero siempre fue afable con el muchacho, a su modo.

– Pero las simpatías del muchacho se inclinaban del lado de su madre.

– Sí.

– ¿Lo dijo él?

– No.

– ¿Lo dijo el duque, entonces?

– ¡Santo cielo! ¡No!

– Entonces, ¿cómo lo sabe usted?

– Charlé un poco, confidencialmente, con el señor James Wilder, el secretario de Su Gracia. Fue él el que me proporcionó información acerca de los sentimientos de Lord Saltire.

– Ya veo. A propósito, esta última carta del duque... ¿fue encontrada en la habitación después de la desaparición del muchacho?

– No. Se la había llevado. Me parece, señor Holmes, que es hora de que nos dirijamos a la estación de Euston.

– Encargaré un coche. Dentro de un cuarto de hora estaremos a su disposición. Si telegrafía usted a su ciudad, señor Huxtable, será mejor que permita que la gente del vecindario imagine que la investigación anda todavía por Liverpool, o por cualquier parte donde pueda haber conducido a todos esos esa pista falsa. Entre tanto, yo llevaré a cabo un trabajillo tranquilo en sus propias puertas, y quizá la pista no esté todavía lo bastante fría como para que dos viejos sabuesos como Watson y yo mismo no puedan husmear alguna cosa.

Aquella noche nos encontró en la fría y tónica atmósfera del territorio montañoso donde se encuentra el célebre colegio del doctor Huxtable. Había ya oscurecido cuando llegamos. En la mesa del vestíbulo había una tarjeta, y el mayordomo le susurró algo a su amo, el cual se volvió hacia nosotros con el nerviosismo pintado en toda su pesada estructura.

– El duque está aquí –dijo–. El duque y el señor Wilder están en mi despacho. Acompáñenme, caballeros. Les presentaré.

Yo, naturalmente, estaba familiarizado con los retratos del famoso estadista, pero el hombre de carne y hueso era muy distinto de su representación. Era una persona alta e imponente, escrupulosamente bien vestido, de cara larga y delgada, con una nariz grotescamente curva y larga. Su tez era de una palidez mortal que resultaba todavía más chocante por el contraste con una larga barba rala de color rojo vivo que flotaba sobre un chaleco blanco en cuya orla brillaba una cadena de reloj. Tal era la imponente presencia que nos contemplaba pétreamente desde el centro de la alfombra de delante de la chimenea del doctor Huxtable. A su lado estaba un hombre muy joven, que, según comprendí, era Wilder, el secretario privado. Era un hombre bajito, nervioso, vivaz, de ojos azules sin inteligencia y facciones móviles. Fue él el que de inmediato abrió la conversación, en un tono incisivo y categórico.

– Esta mañana, doctor Huxtable, llegué demasiado tarde para impedirle viajar a Londres. Supe que se proponía invitar al señor Sherlock Holmes a tomar en mano la conducción de este caso. Su Gracia está sorprendida, doctor Huxtable, de que haya tomado usted semejante iniciativa sin consultarle.

– Cuando supe que la policía había fracasado...

– Su Gracia no está convencida en absoluto de que la policía haya fracasado.

– Pero indudablemente, señor Wilder...

– Sabe usted perfectamente, doctor Huxtable, que Su Gracia desea especialmente evitar todo escándalo público. Prefiere que entre cuanto menos gente mejor en el secreto del asunto.

– Esto puede remediarse fácilmente –dijo el desalentado doctor–. El señor Sherlock Holmes puede volver a Londres en el primer tren de la mañana.

– No lo haré, doctor, no lo haré –dijo Holmes, con su voz más mansa–. Este aire del norte es vigorizante y agradable, así que me propongo pasar algunos días por sus tierras, ocupándome la mente lo mejor que sepa. En cuanto a si me abrigará su techo o el de la posada del pueblo, eso, naturalmente, debe decidirlo usted.

Percibí que el desdichado doctor estaba en los últimos extremos de la indecisión, de la que le sacó la voz profunda y sonora del duque de barba roja, que atronó como un gongo.

— Coincido con el señor Wilder, doctor Huxtable, en que hubiera obrado usted juiciosamente consultándome. Pero puesto que el señor Sherlock Holmes está ya en el secreto, sería realmente absurdo que no nos beneficiáramos de sus servicios. Muy lejos de permitir que vaya usted a la posada, señor Holmes, me encantaría que viniera a alojarse conmigo en Holdernesse Hall.

— Muy agradecido a Su Gracia. Pero creo que, en beneficio de mi investigación, sería preferible que permaneciera en el escenario del misterio.

— Como usted prefiera, señor Holmes. Cualquier información que el señor Wilde o yo podamos proporcionarle está, naturalmente, a su disposición.

— Probablemente será preciso que les vea a ustedes en Holdernesse Hall —dijo Holmes—. Ahora sólo quisiera preguntarle, señor, si tiene usted en mente alguna explicación respecto a la misteriosa desaparición de su hijo.

— No, señor, ninguna.

— Discúlpeme si aludo a un tema que debe serle penoso, pero no tengo alternativa. ¿Piensa usted que la duquesa tiene algo que ver con el asunto?

El gran ministro mostró un titubeo perceptible.

— No lo creo —dijo finalmente.

— La más obvia de las demás explicaciones es la de que el muchacho ha sido raptado con objeto de conseguir un rescate. ¿No ha recibido ninguna exigencia de esta clase?

— No, señor.

— Una pregunta más a Su Gracia. Tengo entendido que escribió usted a su hijo el mismo día en que tuvo lugar el incidente.

— No, le escribí el día anterior.

— Exacto. Pero, ¿él recibió la carta aquel día?

— Sí.

— ¿Había en su carta algo que pudiera trastornarle, o inducirle a dar semejante paso?

— No, caballero, desde luego que no.

— ¿Echó usted mismo la carta al correo?

La respuesta del aristócrata fue interrumpida por su secretario, que intervino con cierto acaloramiento.

— Su Gracia no tiene la costumbre de echar personalmente sus cartas al correo —dijo—. Esta carta estaba con otras en la mesa del despacho, y yo mismo la puse en la bolsa del correo.

— ¿Está usted seguro de que esa carta estaba con las demás?

— Sí. Me fijé en ella.

— ¿Cuántas cartas escribió Su Gracia aquel día?

— Veinte o treinta. Mantengo una abultada correspondencia. ¿Pero esto, sin duda, es un tanto irrelevante?

— No del todo —dijo Holmes.

— En lo que a mí respecta —prosiguió el duque—, he aconsejado a la policía que vuelva su atención hacia el sur de Francia. Ya he dicho que no creo que la duquesa pueda haber alentado una acción tan monstruosa, pero el muchacho tenía opiniones muy mal orientadas, y es posible que haya huido en su busca, ayudado e instigado por ese alemán. Me parece, doctor Huxtable, que vamos a volver a Holdernesse Hall.

Me di cuenta de que había otras preguntas que a Holmes le hubiera gustado hacer, pero la actitud cortante del aristócrata indicaba que la entrevista había terminado. Era evidente que, para su modo de ser intensamente aristocrático, resultaba absolutamente aborrecible el discutir con un extraño los asuntos íntimos de su familia, y que temía que alguna nueva pregunta arrojara una luz más violenta todavía hacia los rincones discretamente sombreados de su ducal historia.

Cuando el noble y su secretario se hubieron marchado, mi amigo se lanzó de inmediato en la investigación, con su característica vehemencia.

La habitación del muchacho fue cuidadosamente examinada, y no proporcionó otra cosa que la absoluta convicción de que solamente pudo escapar por la ventana. La habitación y los efectos personales del maestro alemán no aportaron ninguna pista nueva. En su caso, un tallo de hiedra había cedido bajo su peso, y vimos, a la luz de una linterna, la señal que habían dejado en el césped sus talones al tocar el suelo. Aquella única identificación en la hierba corta era el único testimonio material que quedaba de aquella inexplicable huida nocturna.

Sherlock Holmes salió solo del edificio, y no volvió hasta después de las once. Había conseguido un enorme mapa militar de la zona, y se lo trajo a mi habitación, colocándolo sobre la cama. Luego después de orientar la lámpara para que su luz diera en el centro del mapa se puso a fumar contemplándolo, señalando de vez en cuando objetos de interés con el humeante ámbar de su pipa.

– Este caso me está conquistando, Watson –dijo–. Hay decididamente ciertos puntos interesantes relacionados con él. En esta primera etapa, quiero que comprenda usted estas características geográficas, que quizá tengan mucho que ver con nuestra investigación.

«Fíjese en este mapa. Este cuadrado negro es el colegio Priory. He puesto ahí un alfiler. Esta línea es el camino principal. Como ve, va hacia el este y hacia el oeste frente al colegio, y ve también que no hay ningún camino lateral en una milla a lado y lado. Si esas dos personas se fueron por algún camino, lo hicieron por *éste*.

– Exacto.

– Por un azar singular y afortunado, podemos hasta cierto punto repasar lo que ocurrió en este camino en el curso de la noche en cuestión. En este punto donde tengo ahora apoyada la pipa, un agente local estuvo de servicio desde las doce hasta las seis. Como verá, es el primer desvío del lado este. Ese hombre declara que no se ausentó de su puesto ni un solo instante, y afirma categóricamente que ningún niño ni ningún hombre pudieron pasar por allí sin ser vistos. He hablado con ese policía esta noche, y me parece una persona perfectamente fiable. Esto nos bloquea en esta dirección. Ahora tenemos que estudiar la otra. Aquí hay una posada, «El toro rojo», y la dueña estaba enferma. Había mandado a buscar a un médico en Mackleton, pero el médico no llegó sino por la mañana, ya que había estado ausente atendiendo otro caso. La gente de la posada estuvo en vela toda la noche, esperando su llegada, y, según parece, una u otra persona estuvo constantemente observando el camino. Declaran que no pasó nadie. Si su testimonio es válido, tenemos la fortuna de poder bloquear el oeste, y también de poder afirmar que los fugitivos *no* utilizaron el camino.

– Pero, ¿y la bicicleta? –objeté.

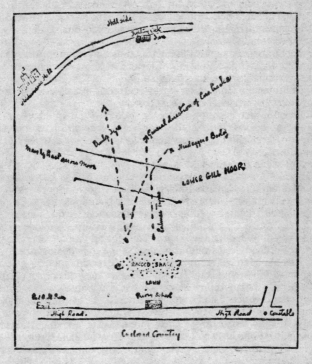

– Ahí está la cosa. Ahora llegaremos a la bicicleta. Prosigamos con nuestro razonamiento. Si esas personas no se fueron por el camino, tuvieron que ir campo a través, ya hacia el norte, ya hacia el sur del establecimiento. Esto es seguro. Sopesemos ambas posibilidades. Al sur de la casa, como puede observar, hay una amplia zona de tierras cultivables, recortadas en pequeños campos que están separados entre sí, por muros de piedra. Admito que ahí no se puede pensar en ninguna bicicleta. Podemos descartar la idea. Veamos ahora la zona del norte. Aquí tenemos un bosquecillo que tiene por nombre Ragged Shaw, y en su otro extremo se abre un gran páramo ondulado, el páramo de Lower Gill, que se extiende a lo largo de diez millas y va elevándose gradualmente hacia el norte. Aquí, a un lado de esta extensión, desolada, está Holdernesse Hall, a diez millas por el camino, pero solamente a seis a través del páramo. La llanura está peculiarmente desierta. Unos cuantos granjeros tienen en ella explotaciones donde crían ovejas y ganado vacuno. Con esta las avefrías y los chorlitos son los únicos habitantes del páramo ...ar a la carretera de Chesterfield. En ese punto hay una iglesia, com..., unas pocas casitas, y una posada. Más allá, las colinas se hacen escarpadas. Es indudablemente hacia el norte que debe orientarse nuestra búsqueda.

– Pero, ¿y la bicicleta? –insistí.

–¡Bueno, bueno! –dijo Holmes, con impaciencia–. Un buen ciclista no necesita caminos reales. El páramo está cruzado por senderos, y había luna llena. ¡Hola! ¿Qué es esto?

Llamaban inquietamente a la puerta, y al cabo de un instante el doctor Huxtable estaba en la habitación. Llevaba en la mano una gorra azul de criquet, con una insignia blanca arriba.

– ¡Por fin tenemos una pista –gritó–. ¡Gracias al cielo, por fin estamos en la pista del muchacho! Ésta es su gorra.

– ¿Dónde ha sido encontrada?

– En el carromato de los gitanos que acampaban en el páramo. Se marcharon el martes. Hoy la policía los ha localizado y registrado su caravana. Se encontró esto.

– ¿Cómo se lo explica usted?

– Salieron con evasivas y mentiras... Dijeron que se la habían encontrado en el páramo el martes por la mañana. ¡Esos bribones saben dónde está! Gracias a Dios, están a buen recaudo, bajo doble llave. El miedo a la ley o la bolsa del duque les sacarán sin duda todo lo que saben.

– Si sacan algo de ahí, tanto mejor –dijo Holmes, cuando el doctor hubo salido de la habitación–. Esto al menos apuntala nuestra teoría de que es por el lado del páramo de Lower Gill que podemos esperar resultados. La policía no ha hecho realmente nada localmente, salvo detener a esos gitanos. ¡Fíjese, Watson! Hay un curso de agua que cruza el páramo. Ahí lo tiene, señalado en el mapa. En algunos puntos se ensancha y se convierte en ciénaga. Esto ocurre, en especial, en la zona que está entre Holdernesse Hall y el colegio. Es inútil buscar huellas en ninguna parte con este tiempo seco, pero en *ese* punto existe, indudablemente, una oportunidad de que haya quedado alguna señal. Le avisaré temprano mañana por la mañana, y usted y yo veremos si podemos arrojar alguna luz en ese misterio.

Apenas despuntaba el día cuando me desperté y vi la alargada y seca figura de Holmes junto a mi cama. Estaba vestido para salir, y aparentemente había estado ya fuera.

– He visto el césped y el cobertizo de las bicicletas –dijo–. También he dado un paseo por el bosque de Ragged Shaw. Ahora, Watson, tiene cacao preparado en la habitación de al lado. Debo rogarle que se apresure, porque nos espera mucho trabajo.

Le brillaban los ojos, y tenía las mejillas encendidas con el entusiasmo del maestro artesano que ve su trabajo preparado delante suyo. Aquel hombre activo, vivaz, era un Holmes muy distinto del soñador introspectivo y pálido de Baker Street. Me di cuenta, al observar aquella figura elástica, vivificada por la energía nerviosa, de que era una jornada realmente dura la que nos esperaba.

Y, sin embargo, empezó con la más negra decepción. Nos lanzamos esperanzados a través del turboso páramo rojizo, cruzado por una red de mil sendas ovejunas, hasta llegar a la ancha franja verde pálido que señalaba la ciénaga entre donde estábamos y Holdernesse. Desde luego, si el muchacho había ido a su casa, debía haber pasado por allí, y no pudo haber pasado sin dejar huellas. Pero no encontramos ninguna señal, ni suya ni del alemán. Mi amigo, con el rostro ensombrecido, recorrió el borde de la ciénaga, observando impacientemente cada mancha de barro en la superficie musgosa. La huellas dejadas por las ovejas abundaban profusamente, y en un punto varias millas más allá habían dejado sus huellas unas vacas. No había nada más.

— Chasco número uno —dijo Holmes, contemplando lúgubremente la extensión ondulada del páramo—. Hay otra ciénaga más allá, y una estrecha garganta entre ésta y la otra. ¡Hola, hola, hola! ¿Qué tenemos aquí?

Habíamos llegado a la estrecha franja negra de una vereda. En mitad de ella, claramente marcada en la tierra turbosa, había la huella de una bicicleta.

— ¡Hurra! —grité—. Ya lo tenemos.

Pero Holmes meneaba negativamente la cabeza, y su rostro reflejaba desconcierto y expectación antes que alegría.

— Una bicicleta, desde luego, pero no *la* bicicleta —dijo—. Estoy familiarizado con cuarenta y dos clases distintas de huellas de neumáticos de bicicleta. Éstas, como ve, son de neumáticos Dunlop, con un parche en la cubierta exterior. Los neumáticos de Heidegger eran Palmer, con franjas longitudinales. Aveling, el profesor de matemáticas, estaba seguro de ello. Por lo tanto, no son las huellas de Heidegger.

— ¿Del muchacho, entonces?

— Posiblemente, si pudiéramos demostrar que poseía una bicicleta. Pero no hemos conseguido en absoluto demostrar tal cosa. Estas huellas, como ve, fueron hechas por un ciclista que se alejaba del colegio.

— ¿O que se dirigía hacia él?

— No, no, mi querido Watson. La huella más profundamente marcada es, naturalmente, la de la rueda posterior, sobre la que descansa el peso. Vea que hay varios puntos donde la rueda posterior pasó sobre la huella menos marcada de la rueda delantera, borrándola. Indudablemente se alejaba de la escuela. Esto puede estar y puede no estar relacionado con nuestra investigación, pero vamos a seguir esta pista antes de pasar a otra cosa.

Eso hicimos, y, al cabo de unos pocos cientos de yardas, perdimos las huellas al emerger en una parte pantanosa del páramo. Seguimos la vereda en sentido inverso, y llegamos a un punto en que la cruzaba un arroyuelo. Allí, de nuevo, estaba la huella de la bicicleta, aunque casi borrada por las pezuñas de las vacas. Después de esto ya no había más señales, pero la vereda se dirigía directamente a Ragged Shaw, el bosque que empezaba detrás del colegio. La bicicleta debió salir de aquel bosque. Holmes se sentó en una piedra, y apoyó la barbilla en las manos. Yo había fumado dos cigarrillos cuando volvió a moverse.

— Bueno, bueno —dijo, por fin—. Es posible, naturalmente, que un hombre astuto pueda cambiar los neumáticos de su bicicleta con objeto de dejar huellas desconocidas. Un criminal capaz de tener semejante idea sería un hombre con el que me sentiría orgulloso de enfrentarme. Dejaremos esta cuestión sin dilucidar, y volveremos a nuestro punto de partida en la ciénaga, porque hemos dejado mucha cosa por explorar.

Proseguimos nuestro sistemático examen del borde de la porción húmeda del páramo, y nuestra perseverancia no tardó en verse gloriosamente recompensada.

Un sendero fangoso cruzaba en línea recta la parte inferior de la ciénaga. Holmes profirió un grito de alegría cuando nos acercamos a ese sendero. Una huella, parecida a un fino manojo de cables telegráficos, pasaba por su centro. Eran los neumáticos Palmer.

– ¡Aquí tenemos a Herr Heidegger, con toda seguridad! –gritó Holmes, entusiasmado–. Mi razonamiento parece haber sido bastante acertado, Watson.

– Le felicito.

– Pero todavía nos queda un gran trecho por recorrer. Tenga la amabilidad de caminar por fuera del sendero. Ahora sigamos el rastro. Me temo que no nos llevará demasiado lejos.

Descubrimos, sin embargo, a medida que avanzábamos, que aquella parte del páramo está salpicada de manchas de tierra blanda, y, aunque frecuentemente perdimos la huella, siempre conseguimos encontrarla de nuevo.

– ¿Observa usted –dijo Holmes– que el ciclista está ahora, indudablemente, forzando la marcha? No cabe duda. Fíjese en las huellas, en algún punto donde las señales de las dos ruedas estén separadas. Ambas están igualmente marcadas. Esto sólo puede significar que el ciclista está poniendo su peso sobre el manillar, como se hace cuando se corre. ¡Diablos! Se ha caído.

Había un ancho e irregular manchón cubriendo varias yardas del sendero. Luego había unas pocas huellas de pies, y reaparecían los neumáticos.

– Un resbalón –sugerí.

Holmes recogió una rama aplastada de aulaga en flor. Ante mi horror, vi que los capullos amarillos estaban salpicados de carmesí. También en el sendero y entre los brezos había manchas oscuras de sangre seca.

– ¡Malo! –dijo Holmes–. ¡Malo! ¡Apártese, Watson! ¡Ni una huella innecesaria! ¿Qué es lo que leo aquí? Cayó herido, se puso en pie, volvió a montar y siguió. Pero no hay otras huellas. Ganado por este sendero lateral. ¿No será que fue corneado por un toro? ¡No, imposible! Pero no veo huellas de nadie más. Debemos continuar, Watson. Sin duda, ahora, guiados por manchas de sangre además de por los neumáticos, ya no se nos puede escapar.

Nuestra búsqueda no se prolongó demasiado. Las huellas de los neumáticos empezaron a hacer curvas fantásticas en el sendero húmedo y reluciente. De pronto, mirando hacia delante, mi mirada dio con un brillo metálico entre las densas matas de aulaga. Sacamos de entre ellas una bicicleta con neumáticos Palmer y con un pedal torcido, con toda su parte frontal horriblemente untada y salpicada de sangre. De otro lado de las matas emergía un pie. Dimos la vuelta, y allí yacía el infortunado ciclista. Era un hombre alto, de barba poblada, con gafas, uno de cuyos cristales había saltado. La causa de su muerte era un espantoso golpe en la cabeza que le había destrozado parte del cráneo. El que hubiera podido seguir pedaleando después de recibir una herida como aquélla decía mucho en favor de la energía y la valentía de aquel hombre. Llevaba zapatos, pero no calcetines. Era, indudablemente, el profesor alemán.

Holmes le dio la vuelta al cadáver reverentemente, y lo examinó con gran atención, luego se sentó y meditó profundamente durante un rato, y pude ver, por el fruncimiento de su entrecejo, que aquel siniestro descubrimiento, en su opinión, no nos había hecho avanzar mucho en nuestra investigación.

– Es un tanto difícil saber qué hacer ahora, Watson –dijo, finalmente–. Mis inclinaciones me llevan a seguir una investigación, porque hemos perdido ya tanto tiempo que no podemos permitirnos el perder otra hora. Por otra parte, tenemos la obligación de informar a la policía de este hallazgo, y cuidar de que se haga lo debido con el cadáver de este pobre hombre.

– Yo puedo llevar una nota.

– Pero yo necesito su compañía y ayuda. ¡Espere un poco! Ahí tenemos a un tipo que corta turba. Hágale venir, y él guiará a la policía.

Fui a por el campesino, y Holmes le confió al asustado hombre una nota para el doctor Huxtable.

– Esta mañana, Watson –dijo–, hemos conseguido dos pistas. Una es la bicicleta con los neumáticos Palmer, y ya hemos visto adónde conducía. La otra es la bicicleta con los neumáticos Dunlop, uno de ellos con un parche. Antes de que nos pongamos a investigar eso, tratemos de comprender qué sabemos ya, para sacarle el máximo partido y separar lo esencial de lo accidental.

«En primer lugar, quiero que entienda claramente que el muchacho, sin ninguna clase de duda, se marchó por su propia voluntad. Se descolgó por su ventana y se marchó, ya solo, ya con alguien más. Esto es seguro.

Asentí.

– Bueno. Ahora, veamos lo de ese desdichado maestro alemán. El muchacho estaba enteramente vestido cuando huyó. Por lo tanto, tenía previsto lo que haría. Pero el alemán se marchó sin calcetines. Indudablemente, actuó improvisadamente.

No cabe duda.

– ¿Por qué salió? Porque, desde la ventana de su dormitorio, vio cómo el muchacho escapaba. Porque quería alcanzarle y hacerle volver. Tomó su bicicleta, persiguió al chico, y, persiguiéndole, halló la muerte.

– Eso se diría.

– Ahora llego al punto crítico de mi argumentación. La reacción natural de un adulto que se pone a perseguir a un niño es la de correr tras él. Sabe que le alcanzará. Pero el alemán no hace esto. Va a por su bicicleta. Me han dicho que era un excelente ciclista. No hubiera actuado así de no haber visto que el muchacho tenía medios de fuga veloces.

– La otra bicicleta.

– Sigamos con nuestra reconstrucción. Encuentra la muerte a cinco millas del colegio... Y no por obra de una bala, fíjese bien, que incluso un muchacho podría disparar, sino de un salvaje garrotazo asestado por un brazo vigoroso. El muchacho *tuvo*, pues, un compañero de fuga. Y la huida fue veloz, puesto que un experto ciclista tuvo que recorrer cinco millas para alcanzarles. Sin embargo, examinemos la tierra alrededor del escenario de la tragedia. ¿Qué encontramos? Unas pocas huellas de ganado vacuno, y nada más. He barrido un amplio radio, y no hay ningún sendero a menos de cincuenta yardas. Otro ciclista no pudo tener nada que ver con el asesino real. Tampoco había huellas de pies humanos.

– Holmes –exclamé–, esto es imposible.

– ¡Admirable! –dijo él–. Una observación que aporta mucha luz. Es imposible tal como lo expongo, y, en consecuencia, debo haber establecido erróneamente la cosa en algún detalle. Sin embargo, usted lo ha visto con sus propios ojos. ¿Puede usted sugerir alguna falacia?

– ¿No pudo fracturarse el cráneo en la caída?

– ¿En una ciénaga, Watson?

– No se me ocurre absolutamente nada.

– Vamos, vamos. Hemos resuelto problemas peores. Por lo menos tenemos material en abundancia, si es que nos sirve de algo. Ahora que ya hemos terminado con los neumáticos Palmer, veamos qué pueden ofrecernos los Dunlop con un parche.

Volvimos a la pista y seguimos las huellas hacia delante hasta cierta distancia. Pero pronto la ciénaga se elevó en una curva larga cubierta de brezos, y dejamos detrás nuestro el curso de agua. No podíamos esperar la ayuda de nuevas huellas. En el punto donde vimos por última vez señales de los neumáticos Dunlop, la dirección podía ser tanto la de Holdernesse Hall, cuyas torres majestuosas se alzaban varias millas a nuestra izquierda, como la de un pueblo de casas bajas y grises que teníamos en frente, y que señalaba la posición de la carretera de Chesterfield.

Ya cerca de la repulsiva y escuálida posada, que tenía el emblema de un gallo de pelea encima de la puerta, Holmes emitió un súbito gemido y me asió del hombro para no caer. Había sufrido una de esas violentas torceduras de tobillo que dejan a un hombre sin poder moverse. Cojeó dificultosamente hasta la puerta, donde un hombre achaparrado y moreno fumaba una pipa de barro negra.

– ¿Cómo está usted, señor Reuben Hayes? –dijo Holmes.

– ¿Quién es usted, y cómo sabe tan bien cómo me llamo? –respondió el aldeano, con un destello de suspicacia en sus ojillos taimados.

– Bueno, está escrito en un letrero encima suyo. Es fácil percibir que un hombre es dueño de su casa. ¿Supongo que no tendrá usted nada parecido a un coche en sus establos?

– No, no lo tengo.

– Casi no puedo apoyar el pie en el suelo.

– Pues no lo apoye en el suelo.

– Pero es que no puedo andar.

– Bueno, pues quédese quieto.

Los modales del señor Reuben Hayes estaban muy lejos de ser corteses, pero Holmes se tomó la cosa con admirable buen humor.

– Mire, amigo mío –dijo–. Éste es un sitio un tanto inoportuno para quedarme. He de seguir, no me importa de qué modo.

– A mí tampoco me importa –dijo el huraño posadero.

– El asunto es muy importante. Le ofrezco un soberano por el alquiler de una bicicleta.

El posadero puso oído atento.

– ¿Adónde quiere ir?

– A Holdernesse Hall.

– ¿Amigos del duque, supongo? –dijo el posadero, contemplando con mirada irónica nuestra ropa manchada de barro.

Holmes se rió bonachonamente.

– De cualquier modo, estará encantado de vernos.

– ¿Por qué?

– Porque le llevamos noticias de su hijo desaparecido.

El posadero tuvo un visible sobresalto.

– ¡Cómo! ¿Están sobre su pista?

– Hay noticias de que está en Liverpool. Esperan dar con él de un momento a otro.

Un nuevo cambio brusco tuvo lugar en aquella cara maciza y sin afeitar. Los modales del posadero se hicieron de pronto cordiales.

– Tengo menos razones que la mayoría de los hombres para desearle el bien al duque –dijo–, porque hubo un tiempo en que fui su cochero mayor, y me trató cruelmente mal. Me despidió sin recomendación fiándose de la palabra de un vendedor de pienso. Pero me gusta enterarme de que el jovencito está en Liverpool, y le ayudaré a que lleve las noticias a Holdernesse Hall.

– Gracias –dijo Holmes–. Antes comeremos algo. Luego puede traerme la bicicleta.

– No tengo bicicleta.

Holmes le enseñó un soberano.

– Le aseguro que no tengo bicicleta. Les daré un par de caballos para llegar a Holdernesse Hall.

– Bueno, bueno –dijo Holmes–, ya hablaremos de eso cuando hayamos comido algo.

Cuando nos quedamos solos en la cocina embaldosada de piedra, fue asombrosa la rápida curación de aquella torcedura de tobillo. Casi anochecía, y no habíamos comido nada desde primeras horas de la mañana, así que le dedicamos un buen rato a la comida. Holmes estaba perdido en sus pensamientos, y una o dos veces fue hasta la ventana y miró ansiosamente hacia fuera. La ventana daba a un escuálido patio. En el extremo más alejado había una fragua en la que trabajaba un muchacho mugriento. Al otro lado estaba la cuadra. Holmes había vuelto a sentarse después de una de esas excursiones cuando, repentinamente, se puso en pie de un salto, profiriendo una fuerte exclamación.

– ¡Santo cielo, Watson! ¡Creo que ya lo tengo! –gritó–. Sí, sí, ha de ser eso. Watson, ¿recuerda usted haber visto huellas de vacas?

– Sí, bastantes.

– ¿Dónde?

– Bueno, en todas partes. Las había en la ciénaga, y también en el sendero, y también cerca de donde el pobre Heidegger encontró la muerte.

– Exacto. Bueno, Watson, ahora dígame, ¿cuántas vacas ha visto usted en el páramo?

– No recuerdo haber visto a ninguna.

– Extraño, Watson, que viéramos huellas en todo nuestro itinerario, pero ninguna vaca en todo el páramo. Muy extraño, ¿eh, Watson?

– Sí que es extraño.

– Ahora, Watson, haga un esfuerzo. ¡Vuelva atrás mentalmente! ¿Puede usted ver esas huellas en la vereda?

– Sí, puedo.

– Entonces, Watson, recordará que esas huellas eran a veces de este modo (dispuso migajas de pan para mostrármelo) :::::: y a veces de este otro modo: ·:·:·:· y, de vez en cuando, eran así:.·.·.

– ¿Recuerda eso?

– No, no lo recuerdo.

– Pero yo sí. Podría jurar que eran así. Sin embargo, volveremos atrás y lo comprobaremos. ¿Qué clase de insecto ciego he sido para no haber sacado mi conclusión?

– ¿Y cuál es su conclusión?

– Sólo ésta: que muy notable es la vaca que anda, trota y galopa. ¡Por Dios, Watson, que no ha sido la mente de un tabernero de pueblo la que ha podido imaginar una falsa pista como ésa! Parece que no hay moros en la costa, salvo por ese chico de la fragua. Salgamos sin que nos vean, y a ver qué averiguamos.

En la destartalada cuadra había dos caballos de pelaje tosco y mal cuidados. Holmes levantó la pata trasera de uno de ellos, y soltó una carcajada.

– Herraduras viejas, pero puestas recientemente... Herraduras viejas, pero clavos nuevos. Este caso merece ser un clásico. vayamos a la fragua.

El muchacho siguió trabajando sin prestarnos atención. Vi que Holmes disparaba miradas a derecha e izquierda entre los desordenados objetos de hierro y madera desparramados por el suelo. De pronto, sin embargo, oímos unos pasos detrás nuestro, y allí estaba el posadero, con sus espesas cejas contraídas sobre sus ojos feroces y sus atezadas facciones convulsionadas de ira.

Llevaba en la mano un corto bastón de contera metálica, y avanzaba con aire tan amenazador que me sentí realmente encantado de sentir mi revólver en el bolsillo.

– ¡Espías del infierno! –gritó el hombre–. ¿Qué hacen aquí?

– Vaya, señor Reuben Hayes –dijo Holmes, fríamente–, se diría que tiene usted miedo de que descubramos algo.

El hombre se controló con un violento esfuerzo, y su siniestra boca se abrió en una risa falsa más amenazadora todavía que su entrecejo.

– Buen provecho les haga lo que puedan encontrar en mi fragua –dijo–. Pero mire, señor, no me gusta que la gente vaya hurgando por mi casa sin mi permiso, así que cuanto antes paguen su cuenta y se vayan, tanto mejor para mí.

– Muy bien, señor Hayes... Lo lamento –dijo Holmes–. Estábamos echando un vistazo a sus caballos. Pero creo que iré andando después de todo. La casa no está lejos, según creo.

– No hay ni dos millas hasta la puerta de Holdernesse Hall. Sigan el camino a la izquierda.

Nos vigiló con mirada hosca hasta que hubimos salido de su casa.

No llegamos muy lejos en el camino, ya que Holmes se detuvo en cuanto la curva nos ocultó de la mirada del posadero.

– La cosa estuvo caliente, como dicen los niños, en esa posada –dijo–. Me da la impresión de que se enfría a cada paso que me alejo de allí. No, no. No puedo irme.

– Estoy convencido –dije– de que ese Reuben Hayes lo sabe todo del asunto. Jamás he visto a ningún rufián tan declarado.

– ¡Oh! ¿Le dio esa impresión, eh? Ahí están los caballos, ahí está la fragua. Sí, es un sitio interesante, ese «Gallo de Pelea». Creo que le echaremos otro discreto vistazo.

La larga pendiente de la ladera de una colina, salpicada por peñas calizas grises, se abría detrás nuestro. Habíamos salido del camino y estábamos subiendo la colina cuando, mirando en dirección a Holdernesse Hall, vi a un ciclista que se acercaba velozmente.

– ¡A tierra, Watson! –gritó Holmes, apoyándose fuertemente la mano en el hombro. En medio de una rodante nube de polvo entreví un rostro pálido e inquieto, un rostro con el horror pintado en todas sus facciones, un rostro de boca entreabierta y ojos que miraban enloquecidamente hacia delante. Era como una extraña caricatura del pulido James Wilder que habíamos visto la noche anterior.

– ¡El secretario del duque! –exclamó Holmes–. Venga, Watson, veamos qué hace.

Gateamos de roca a roca hasta que, a los pocos momentos, llegamos a un punto desde donde podíamos ver la puerta frontal de la posada. La bicicleta de Wilder estaba apoyada en la pared, junto a esa puerta. Nadie se movía por los alrededores de la casa, y no pudimos entrever siquiera ningún rostro a través de las ventanas. El crepúsculo ganaba terreno a medida que el sol caía detrás de las altas torres de Holdernesse Hall. Entonces, en la penumbra, vimos encenderse las dos lámparas laterales de un carruaje en el patio de cuadra de la posada, y poco después oímos el repiqueteo de los cascos de los caballos cuando el carruaje entró en la carretera y se lanzó a una velocidad furiosa en dirección a Chesterfield.

– ¿Cómo interpreta usted eso, Watson? –susurró Holmes.

– Parece una huida.

– Un solo hombre en un coche, hasta donde he podido ver. Bueno, desde luego no era el señor James Wilder porque está ahí, en la puerta.

Un cuadrado luminoso había brotado de las tinieblas. En su centro estaba la figura del secretario, que tendía hacia delante la cabeza, escudriñando la noche. Era evidente que esperaba a alguien. Por fin se oyeron pasos en la carretera, una segunda figura pudo verse por un instante recortada contra la luz, la puerta se cerró, y todo quedó oscuro nuevamente. Cinco minutos más tarde se encendió una lámpara en una habitación del primer piso.

– Parece curiosa la clase de clientela que se consigue «El Gallo de Pelea» –dijo Holmes.

– El bar está al otro lado.

– Eso es. Éstos son los que podríamos llamar los huéspedes privados. Pero, ¿qué diablos está haciendo el señor James Wilder en ese antro a estas horas de la noche, y quién es el compañero que viene aquí a encontrarse con él? Adelante, Watson, es preciso que nos arriesguemos y que tratemos de investigar esto un poco más de cerca.

Nos deslizamos hasta la carretera y nos acercamos cautelosamente a la puerta de la posada. La bicicleta seguía apoyada contra la pared. Holmes encendió una cerilla y la acercó a la rueda posterior. Le oí reír sordamente cuando la luz dio en el neumático Dunlop con un parche. La ventana iluminada estaba encima nuestro.

– He de echar un vistazo por esa ventana, Watson. Si se agacha y se apoya en la pared, creo que podré arreglármelas.

Al cabo de un instante tenía los pies de Holmes en mi espalda. Pero apenas había tenido tiempo de subir cuando se bajó.

– Vayámonos, amigo mío –dijo–. Nuestra jornada laboral ya se ha prolongado lo suficiente. Creo que hemos conseguido todo lo que podíamos. Tenemos un largo trayecto hasta el colegio, y cuanto antes nos pongamos en marcha tanto mejor.

Prácticamente no abrió la boca en el curso de la fatigosa caminata a través del páramo. No entró en el colegio cuando llegamos a él, sino que en vez de eso se dirigió hacia la estación de Mackleton, donde pudo despachar unos cuantos telegramas. Ya muy entrada la noche le oí consolar al doctor Huxtable, postrado por la tragedia de la muerte de su maestro, y era todavía más tarde cuando entró en mi habitación, tan despierto y vigoroso como cuando nos habíamos puesto en marcha por la mañana.

– Todo funciona, amigo mío –me dijo–. Prometo que antes de mañana por la tarde habremos llegado a la solución del misterio.

A las once de la mañana siguiente, mi amigo y yo caminábamos por la célebre avenida de tejos de Holdernesse Hall. Nos dejaron entrar por la espléndida puerta isabelina y nos condujeron al estudio de Su Gracia. Allí encontramos al señor James Wilder, grave y cortés, pero con algún resto del terror desenfrenado de la noche anterior acechando todavía en sus ojos huidizos y en sus facciones crispadas.

– ¿Han venido a ver a Su Gracia? Lo lamento, pero lo cierto es que el duque no se encuentra nada bien. Le han trastornado mucho las trágicas nuevas. Recibimos un telegrama del doctor Huxtable ayer por la noche, notificándonos su descubrimiento.

– Debo ver al duque, señor Wilder.

– Pero es que está en su habitación.

– Entonces, debo ir a su habitación.

– Creo que está en cama.

– Le veré allí.

La actitud fría e inexorable de Holmes convenció al secretario de que era inútil discutir con él.

– Muy bien, señor Holmes. Le diré que está usted aquí.

Al cabo de media hora apareció el aristócrata. Su rostro estaba más cadavérico que nunca, tenía los hombros cargados, y me pareció un hombre mucho más viejo que el que habíamos visto la mañana del día anterior. Nos saludó con grave cortesía y se sentó en su escritorio, derramándosele la barba roja por encima de la mesa.

– ¿Bien, señor Holmes? –dijo.

Pero mi amigo tenía la mirada clavada en el secretario, que estaba de pie junto a la silla de su jefe.

– Creo, Su Gracia, que podría hablar más libremente en ausencia del señor Wilder.

El hombre se puso levemente más pálido y arrojó a Holmes una mirada maligna.

– Si Su Gracia desea...

– Sí, sí, será mejor que salga. Ahora, señor Holmes, ¿qué tiene que decirme?

Mi amigo esperó hasta que la puerta se hubo cerrado detrás del secretario que se retiraba.

– El hecho es, Su Gracia –dijo–, que a mi colega, el doctor Watson, y a mí mismo, el doctor Huxtable nos aseguró que en este caso se había ofrecido una recompensa. Me gustaría que usted mismo me lo confirmara.

– Desde luego, señor Holmes.

– Ascendía, si mi información es correcta, a cinco mil libras para cualquiera que le dijera dónde está su hijo.

– Exactamente.

– Y otras mil para el que pudiera nombrar a la persona o personas que le tenían retenido.

– Exactamente.

– ¿Bajo este último concepto se incluye, sin duda, no sólo a aquéllos que se lo llevaron, sino también a los que conspiran para mantenerle en su actual posición?

– Sí, sí –exclamó el duque, impacientemente–. Si hace usted bien su trabajo, señor Holmes, no tendrá motivos para quejarse de unos honorarios mezquinos.

Mi amigo se frotó las manos con un aire de avidez que me resultaba sorprendente, ya que conocía sus gustos frugales.

– Me parece ver el talonario de Su Gracia encima de la mesa –dijo–. Me gustaría que me extendiera un cheque por seis mil libras. Quizá será mejor que me lo haga barrado. El banco Capital and Counties, sucursal de Oxford Street, es mi agencia bancaria.

Su Gracia estaba sentado en su silla muy severo y erguido, y miraba pétreamente a mi amigo.

– ¿Es una broma, señor Holmes? El tema es muy poco apropiado para bromear.

– No lo es, Su Gracia. Jamás he hablado tan en serio.

– Entonces, ¿qué pretende usted?

– Pretendo decir que he ganado la recompensa. Sé dónde está su hijo, y conozco al menos a algunos de los que le tienen retenido.

– La barba del duque se había puesto más agresivamente roja que nunca por contraste con su cara fantasmalmente pálida.

– ¿Dónde está? –dijo, entrecortadamente.

– Está, o estaba ayer noche, en la posada El Gallo de Pelea, a cosa de dos millas de las puertas de su parque.

El duque se abatió contra el respaldo de su silla.

– ¿Y a quién acusa usted?

La respuesta de Holmes fue pasmosa. Avanzó rápidamente y le puso una mano en el hombro al duque.

– Le acuso a *usted* –dijo–. Y ahora, Su Gracia, permítame insistir acerca de ese cheque.

Nunca olvidaré el aspecto del duque cuando se puso en pie de un salto, asiendo el aire con las manos, como el que cae a un abismo. Luego, con un extraordinario esfuerzo de aristocrático autodominio, volvió a sentarse y hundió la cara entre las manos. Pasaron varios minutos antes de que hablara.

– ¿Cuánto sabe usted? –preguntó por fin, sin alzar la cabeza.

– Le vi juntos la pasada noche.

– ¿Lo sabe alguién más, aparte de su amigo?

– No he hablado con nadie.

El duque tomó una pluma con dedos temblorosos y abrió su talonario.

– Cumpliré lo dicho, señor Holmes. Voy a darle su cheque, por muy indeseada que sea la información con que se lo haya ganado. Cuando hice este ofrecimiento, poco pensé en el giro que tomarían los acontecimientos. Pero, ¿usted y su amigo son hombres discretos, señor Holmes?

– No acabo de entender a Su Gracia.

– Lo diré más claramente, señor Holmes. Si sólo ustedes dos conocen el incidente, no hay razón para que trascienda. Pienso que lo que le debo sube a doce mil libras, ¿no es cierto?

Pero Holmes sonrió, y negó con la cabeza.

– Me temo, Su Gracia, que las cosas no podrán arreglarse tan sencillamente. Alguien tiene que responder por la muerte de ese maestro.

– Pero James no sabía nada de eso. No pueden considerarle responsable de esa muerte. Fue obra de ese rufián brutal que tuve la mala ocurrencia de contratar.

– Debo adoptar el punto de vista, Su Gracia, de que cuando un hombre impulsa a cometer un crimen es moralmente culpable de cualquier otro crimen que se derive de su comisión.

– Moralmente, señor Holmes. Sin duda tiene usted razón. Pero seguramente no es así a ojos de la ley. Un hombre no puede ser condenado por un asesinato en el que no ha estado presente, y que aborrece y abomina tanto como usted mismo. En cuanto se enteró del asesinato, me hizo una confesión completa, tan abrumado estaba por el horror y el remordimiento. No perdió ni un solo momento para romper con el asesino. ¡Oh, señor Holmes! ¡Debe usted salvarle! ¡Debe salvarle!

El duque había renunciado a su último intento de autocontrol, y se paseaba de un lado a otro por la habitación con el rostro convulso y agitando delirantemente lo puños en el aire. Finalmente pudo controlarse, y volvió a sentarse ante su escritorio.

– Aprecio su conducta al venir aquí antes de hablar con nadie más –dijo–. Por lo menos podemos deliberar acerca de cómo podemos minimizar este repugnante escándalo.

– Exacto –dijo Holmes–. Creo, Su Gracia, que esto sólo puede lograrse con una absoluta y completa franqueza entre nosotros. Estoy dispuesto a ayudar a Su Gracia lo mejor que sepa, pero para hacerlo debo comprender cómo están las cosas, hasta el último detalle. Entiendo que sus palabras se referían al señor James Wilder, y que él no es el asesino.

– No. El asesino ha escapado.

Sherlock Holmes sonrió con modestia.

– Su Gracia no debe haber oído hablar de la pequeña reputación de la que gozo, porque de otro modo no imaginaría que pueda ser tan fácil escapárseme. El señor Reuben Hayes fue detenido en Chesterfield, por indicación mía, ayer por la noche, a las once. Esta mañana, antes de salir del colegio, he recibido un telegrama del jefe de la policía local.

El duque se respaldó en su silla y contempló con asombro a mi amigo.

– Parece que posee usted poderes que prácticamente se salen de lo humano –dijo–. ¿Así que Reuben Hayes está detenido? Me encanta saberlo, siempre y cuando esto no influya en la suerte de James.

– ¿Su secretario?

– No, caballero. Mi hijo.

Ahora le tocó el turno a Holmes de mostrar asombro.

– Confieso que esto me resulta enteramente nuevo, Su Gracia. Debo rogarle que sea más explícito.

– No le ocultaré nada. Coincido con usted en que una total franqueza, por penosa que me resulte, es la mejor política en la situación desesperada a la que nos han reducido la locura y los celos de James. Cuando yo era joven, señor Holmes, me enamoré con esa clase de amor que sólo se da una vez en la vida. Le pedí a aquella mujer que se casara conmigo, pero no quiso, arguyendo que aquel matrimonio podía arruinar mi carrera. Si ella hubiera vivido, indudablemente no me hubiera casado con ninguna otra. Murió, y dejó a ese hijo, al que por amor a ella he querido y cuidado. No podía admitir mi paternidad ante el mundo, pero le di la mejor educación, y desde que llegó a la edad adulta le he tenido junto a mí. Sorprendió mi secreto, y desde entonces ha hecho valer el poder que tiene de provocar un escándalo que me sería aborrecible. Su presencia tiene algo que ver con el desdichado resultado de mi matrimonio. Por encima de todo, James, aborrecía a mi heredero legítimo desde un comienzo, con un odio persistente. Podrá preguntarme por qué, dadas estas circunstancias, seguía alojando a James bajo mi techo. Responderé que fue porque veía en él el rostro de su madre; por amor a ella no puse fin a mi largo sufrimiento. En el modo de moverse, también, me recordaba... Todo en él me hacía pensar en aquella mujer y me la hacía presente en la memoria. No *podía* echarle. Pero por miedo a que hiciera algún daño a Arthur... o sea, Lord Saltire... mandé a éste al colegio del doctor Huxtable.

»James entró en contacto con ese tipo, Hayes, porque Hayes me pagaba arriendo, y James hacía de agente mío. Ese individuo ha sido siempre un bribón, pero de algún modo difícil de explicar James se hizo amigo íntimo suyo. Siempre ha sentido gusto por el trato con gente baja. Cuando James decidió raptar a Lord Saltire, fueron los servicios de ese hombre los que se procuró. Recordará usted que escribí a Arthur aquel último día. Bueno, James abrió la carta e insertó una nota pidiéndole a Arthur que se reuniera con él en un bosquecillo llamado Ragged Shaw, cerca del colegio. Utilizó el nombre de la duquesa, y de este modo consiguió que el muchacho acudiera. Aquella noche, James fue allí en bicicleta (estoy contando lo que él mismo me ha contado) y dijo a Arthur, con el que se encontró en el bosque, que su madre se moría de ganas de verle, que le esperaba en el páramo, y que si volvía al bosque a medianoche encontraría a un hombre con un caballo que le llevaría hasta ella. El pobre Arthur cayó en la trampa. Acudió a la cita, y encontró a ese tipo, Hayes, con un pony. Arthur montó y partieron juntos. Según parece (aunque esto James no lo supo hasta anoche), fueron perseguidos, Hayes golpeó al perseguidor con su bastón, y el hombre murió a consecuencia de la herida. Hayes se llevó a Arthur a esa taberna, el «Gallo de Pelea», y lo tuvo confinado en una habitación del piso superior bajo el cuidado de la señora Hayes, que es una buena mujer, pero está dominada por su brutal marido.

»Bueno, señor Holmes, ése era el estado de las cosas cuando yo le vi a usted por primera vez hace un par de días. Yo no tenía más idea que usted de cuál era la verdad. Me preguntará usted cuál fue el motivo que tuvo James para cometer semejante acto. Le responderé que había mucho de irracional y de fanático en el odio que le tenía a mi heredero. Desde su punto de vista, era él el que debía heredar todas mis propiedades, y estaba profundamente resentido contra esas leyes sociales que hacía que eso fuera imposible. Por otra parte, tenía también un motivo concreto. Deseaba ansiosamente que yo quebrara el mayorazgo, y opinaba que estaba en mis manos la facultad para hacerlo. Pretendía hacer un trato conmigo: devolver a Arthur si yo rompía el mayorazgo, haciendo así posible que le dejara mis posesiones a él por medio de herencia. Sabía perfectamente que yo jamás pediría, por poco que pudiera evitarlo, la ayuda de la policía en su contra. Digo que pretendía proponerme ese trato, pero no llegó a hacerlo, porque los acontecimientos fueron demasiado aprisa para él, y no tuvo tiempo de poner en práctica sus planes.

»Lo que hizo fracasar todo ese plan malvado fue el hecho de que usted descubriera el cadáver de ese hombre, Heidegger. James quedó horrorizado al recibir la noticia. Nos llegó ayer, mientras estábamos juntos en este estudio. El doctor Huxtable nos mandó un telegrama. James estaba tan abrumado de pena y nerviosismo que mis sospechas, que en ningún momento habían estado enteramente ausentes, se convirtieron de inmediato en certidumbre. Le imputé el hecho. Él hizo voluntariamente una confesión completa. Luego me suplicó que guardara su secreto durante otros tres días, con objeto de proporcionarle a su miserable cómplice una oportunidad de salvar su culpable vida. Accedí... como siempre... a sus ruegos, y acto seguido James se fue a toda prisa hacia el «Gallo de Pelea» para avisar a Hayes y proporcionarle los medios de huida. Yo no podía ir allí a la luz del día sin provocar comentarios, pero así que cayó la noche me fui a ver a mi querido Arthur. Le encontré sano y salvo, pero aterrorizado más allá de lo expresable por el espantoso acto que había presenciado. Ateniéndome a mi promesa, y muy en contra de mis deseos, consentí en dejarle allí otros tres días, puesto que era evidente que no se podía informar a la policía de su paradero sin decirle también quién era el asesino, y yo no veía cómo podía ser castigado aquel asesino sin arruinar a mi desdichado James. Me había usted pedido franqueza, señor Holmes, y me he atenido enteramente a su petición, ya que ahora se lo he contado todo sin recurrir ni en lo más mínimo a circunloquios u ocultaciones. Usted, a su vez, sea igual de franco conmigo.

– Lo seré –dijo Holmes–. En primer lugar, Su Gracia, me veo obligado a decirle que se ha colocado usted en una difícil posición ante los ojos de la ley. Ha perdonado un crimen, y ha ayudado a escapar al asesino; ya que no me cabe duda de que el dinero que James Wilder entregó a su cómplice para ayudarle a huir procedía del bolsillo de Su Gracia.

El duque asintió con la cabeza.

– El asunto es realmente gravísimo. Más culpable todavía, en mi opinión, es la actitud de Su Gracia respecto a su hijo menor. Le iba a dejar tres días en aquel antro.

– Bajo solemne promesa...

– ¿Qué son las promesas para la gente de esa especie? No tenía usted ninguna garantía de que no le hicieran desaparecer de nuevo. Siguiéndole la corriente a su hijo mayor, que es culpable, ha expuesto usted a su inocente hijo menor a un peligro inminente e innecesario. Esto es absolutamente injustificable.

El altivo señor de Holdernesse no estaba acostumbrado a ser regañado de aquel modo en su propia mansión ducal. La sangre afluyó abundantemente a su alta frente, pero su conciencia le mantuvo callado.

– Le ayudaré, pero solamente con una condición: que llame a su lacayo y me permita darle cuantas órdenes considere oportunas.

El duque, sin decir palabra, pulsó el timbre. Entró el criado.

– Le gustará saber –le dijo Holmes– que su joven amo ha sido encontrado. El duque desea que vaya inmediatamente un coche a la posada del «Gallo de Pelea» para traer a casa a Lord Saltire.

«Ahora –dijo Holmes, cuando el regocijado sirviente hubo salido–, una vez garantizado el futuro, podemos permitirnos ser un poco más benévolos con el pasado. No actúo oficialmente, y no hay motivos, mientras los fines de la justicia queden cubiertos para que difunda todo lo que sé. En lo que a Hayes se refiere, no digo nada. Le espera la horca, y yo no haría nada para salvarle de ella. No sé qué divulgará, pero no me cabe duda de que Su Gracia sabrá hacerle comprender que le interesa permanecer callado. Desde el punto de vista de la policía, habrá secuestrado al muchacho para obtener un rescate. Si ellos no descubren por sí mismos un panorama más amplio, no veo razón para mostrárselo. Quisiera advertir a Su Gracia, sin embargo, de que la prolongación de la presencia del señor James Wilder en su casa no puede conducir más que a desgracias.

– Lo entiendo, señor Holmes, y ha quedado ya acordado que me dejará para siempre y buscará fortuna en Australia.

– En este caso, Su Gracia, puesto que usted mismo ha dicho que la infelicidad de su vida conyugal fue causada por su presencia, sugeriría que se disculpara usted como pudiera ante la duquesa, y que tratara de reanudar esas relaciones tan desdichadamente interrumpidas.

– También esto lo tengo dispuesto, señor Holmes. He escrito a la duquesa esta mañana.

– Siendo así –dijo Holmes, poniéndose en pie–, creo que mi amigo y yo podemos felicitarnos de varias consecuencias afortunadas de nuestra breve visita al norte. Hay otro detalle sobre el que me gustaría tener alguna luz. Ese tipo, Hayes, había herrado sus caballos con herraduras que imitaban las huellas de las vacas. ¿Fue del señor Wilder que aprendió esa treta extraordinaria?

El duque se quedó pensativo unos momentos, con una expresión de intensa sorpresa en el rostro. Luego abrió una puerta y nos hizo entrar en una amplia habitación amueblada como un museo. Nos condujo a una vitrina que estaba en un rincón, y señaló la inscripción.

«Estas herraduras,» decía ésta, «Proceden de unas excavaciones en el foso de Holdernesse Hall. Son para el uso de los caballos, pero por debajo se les ha dado forma de pezuña hendida hecha de hierro, para despistar a los perseguidores. Se supone que pertenecieron a alguno de los barones predadores de Holdernesse en la Edad Media.»

Holmes abrió la vitrina, y, humedeciéndose el dedo, lo pasó por la herradura. Le quedó en la piel del dedo una delgada película de barro reciente.

– Gracias –dijo, volviendo a dejar la herradura en la vitrina–. Es el segundo objeto tremendamente interesante que he visto en el norte.

– ¿Y el primero?

Holmes dobló su cheque, y lo colocó cuidadosamente en su cuaderno de notas.

– Soy un hombre pobre –dijo, dándole al cuaderno unos afectuosos golpecitos y sepultándolo luego en las profundidades de su bolsillo interior.

PETER EL NEGRO

Jamás vi a mi amigo en mejor forma, tanto física como mental, que en el año 95. Su creciente fama había comportado una inmensa clientela, y me haría culpable de indiscreción ni insinuara siquiera la identidad de algunos de los ilustres clientes que cruzaron nuestro humilde umbral de Baker Street. Holmes, sin embargo, como todos los grandes artistas, vivía para su arte, y, salvo en el caso del duque de Holdernesse, raras veces le vi pedir cuantiosas recompensas por sus invalorables servicios. Estaba tan fuera del mundo, o era tan caprichoso, que frecuentemente negaba su ayuda a los poderosos y a los ricos cuando el problema no despertaba sus simpatías, y, en cambio, dedicaba semanas de intensos afanes a los asuntos de algún humilde cliente cuyo caso presentaba esas cualidades extrañas y dramáticas que atraían a su imaginación y ponían a prueba su ingenio.

En aquel memorable año 1895, Holmes había dedicado su atención a una curiosa e incongrua sucesión de casos, desde su célebre investigación de la súbita muerte del cardenal Tosca (investigación que llevó a cabo por expreso deseo de Su Santidad el papa) hasta su detención de Wilson, el notable criador de canarios, que erradicó un foco de pestilencia del East End de Londres. Muy poco después de estos dos célebres casos vinieron la tragedia de Woodman's Lee y las oscurísimas circunstancias que rodearon la muerte del capitán Peter Carey. Sería incompleto cualquier historial de las hazañas del señor Sherlock Holmes que no incluyera alguna explicación de este asunto tan sumamente inusual.

En el curso de la primera semana de julio, mi amigo se ausentó tan frecuente y prolongadamente que supe que se llevaba algo entre manos. El hecho de que durante aquellos días se presentaran tantos hombres de aspecto rudo preguntando por el capitán Basil me hizo comprender que Holmes operaba en alguna parte al amparo de alguno de los numerosos disfraces y nombres con que ocultaba su formidable identidad. Tenía por lo menos cinco pequeños refugios en distintas partes de Londres en los que podía cambiar de personalidad. No me decía nada del asunto, y no era mi costumbre forzarle a confiar en mí. El primer indicio positivo que me proporcionó acerca de en qué dirección se orientaba su investigación fue realmente extraordinario. Había salido antes de desayunar, y yo me había sentado para tomar mi desayuno cuando entró en la habitación, con el sombrero puesto y llevando debajo del brazo, como si fuera un paraguas, una enorme lanza con punta de lengüetas.

— ¡Cielo santo, Holmes! —exclamé—. ¿No va a decirme que se ha estado paseando por Londres con ese objeto?

— Fui a la carnicería en coche y he vuelto en coche.

— ¿Carnicería?

— Y vuelvo con un apetito excelente. Es indiscutible, mi querido Watson, que no hay nada como un poco de ejercicio antes del desayuno. Pero apostaría a que no adivina usted qué forma ha adoptado mi ejercicio.

— No trataré de adivinar tal cosa.

Se rió entre dientes y se sirvió café.

– Si hubiera usted mirado en la trastienda de Allardyce, hubiera usted visto un cerdo muerto colgando de un gancho en el techo, y a un caballero en mangas de camisa balanceándolo furiosamente con este arma. Esa impetuosa persona era yo, y me he convencido de que ni aplicando toda mi fuerza podía atravesar al cerdo de parte a parte de un solo golpe. ¿Quizá le gustaría a usted intentarlo?

– En absoluto. Pero, ¿Por qué hizo usted eso?

– Porque me parecía que tenía una relación indirecta con el misterio de Woodman's Lee. ¡Ah, Hopkins! Recibí su cable anoche, y le estaba esperando. Venga, desayune con nosotros.

Nuestro visitante era un hombre extremadamente vivaz, de treinta años, vestido con un discreto traje de paño pero manteniendo el porte erguido de la persona acostumbrada a llevar el uniforme. Le reconocí en seguida como Stanley Hopkins, un joven inspector de policía en cuyo futuro Holmes ponía grandes esperanzas, mientras que Hopkins, a su vez, profesaba la admiración y el respeto de un discípulo por los métodos científicos del célebre *amateur*. Hopkins tenía ensombrecida la frente, y se sentó con aire de profundo desaliento.

– No, gracias, señor. Desayuné antes de venir. He pasado la noche en la ciudad; llegué ayer para informar.

– ¿Y de qué tiene usted que informar?

– De un fracaso, señor... De un absoluto fracaso.

– ¿No ha hecho usted ningún progreso?

– Ninguno.

– ¡Santo cielo! Tendré que echarle un vistazo al asunto.

– Quiera Dios que lo haga, señor Holmes. Es mi primera gran oportunidad, y ya no sé hacia dónde volverme. Por el amor del cielo, venga conmigo y écheme una mano.

– Bueno, bueno, resulta que he leído con cierta atención todos los documentos disponibles, incluyendo el informe de la instrucción. A propósito, ¿qué opina usted de esa bolsita de tabaco que fue encontrada en el escenario del crimen? ¿No hay ahí ninguna pista?

Hopkins pareció sorprendido.

– Era la bolsa de tabaco de la víctima, señor. Tenía dentro sus iniciales. Y era de piel de foca... y él había sido cazador de focas.

– Pero no tenía pipa.

– No, señor, no pudimos encontrar ninguna pipa. Lo cierto es que fumaba muy poco. Pero puede que tuviera un poco de tabaco para invitar a sus amigos.

– Sin duda. Menciono esto solamente porque si yo me hubiera encargado del caso habría hecho de ése punto de partida de mi investigación. Sin embargo, mi amigo, el doctor Watson, no sabe nada del asunto, y a mí no me disgustaría oír una vez más la secuencia de los acontecimientos. Límitese a un esbozo de lo esencial.

Stanley Hopkins se sacó del bolsillo una hoja de papel.

– Tengo aquí algunas fechas que resumen la carrera del difunto, el capitán Peter Carey. Nació en el 45; tenía, pues, cincuenta años. Fue un cazador de ballenas y de focas sumamente audaz y afortunado. En 1883 mandó el *Sea Unicorn*, de Dundee, dedicado a la caza de focas. Realizó entonces una serie de viajes afortunados, y se retiró el año siguiente,

1884. Después viajó durante algunos años, y, finalmente, se compró una casita llamada Woodman's Lee, cerca de Forest Row, en Sussex. Vivió allí seis años, y allí murió, hoy hace una semana.

»El hombre tenía varios detalles realmente singulares. En la vida corriente era un puritano estricto, un tipo silencioso y hosco. Su entorno doméstico estaba formado por su mujer, su hija de veinte años, y dos criadas. Estas últimas cambiaban continuamente, porque no era el suyo un trabajo demasiado alegre y a veces llegaba a resultar insoportable. El hombre se emborrachaba intermitentemente, y cuando le daba por ahí se convertía en un auténtico diablo. Se sabe que una vez echó a la calle a su mujer y a su hija en plena noche y que las persiguió, azotándolas, a través del parque hasta que todo el pueblo acabó despertándose por los chillidos de las mujeres.

»Compareció una vez ante un tribunal por una salvaje agresión contra el anciano párroco, que le había ido a visitar para echarle en cara su conducta. En suma, señor Holmes, tendría que buscar usted mucho para dar con un hombre más peligroso que Peter Carey, y tengo entendido que era lo mismo en el mando de su buque. Le conocían entre marinos como Peter el Negro, y le pusieron ese mote no sólo por su tez curtida y el color de su enorme barba, sino también por los arranques de humor que eran el terror de todo el mundo a su alrededor. No hace falta que diga que todos y cada uno de sus vecinos le aborrecían y le evitaban, y que no he oído ni una sola palabra de pena por su terrible fin.

»Habrá usted leído, en el informe de la instrucción, lo relacionado con la cámara de ese hombre, señor Holmes; pero quizá su amigo no sepa nada de eso. Se había construido con sus propias manos una dependencia accesoria de madera, que él designaba siempre como «la cabina», a unos pocos cientos de yardas de su casa, y era allí donde dormía de noche. Era una choza pequeña, de una sola habitación, de dieciséis pies por diez. Llevaba la llave en el bolsillo, se hacía él mismo la cama, y no permitía que otros pies que los suyos cruzaran el umbral. Había ventanas pequeñas a ambos lados, tapadas con cortinas; no se abrían nunca. Una de esas ventanas estaba orientada hacia el camino real, y cuando había luz en el interior, por la noche, todos se lo señalaban unos a otros y se preguntaban qué estaría haciendo allí Peter el Negro. Esa es la ventana, señor Holmes, que nos ha proporcionado los pocos indicios positivos que han salido a la luz en la investigación.

»Recordará usted que un albañil llamado Slater, que iba de vuelta de Forest Low hacia la una de la madrugada dos días antes del asesinato, se detuvo al pasar frente al jardín y miró el cuadrado de luz que brillaba todavía entre los árboles. Jura que se veía claramente en la persiana la sombra de una cabeza humana vuelta de perfil, y que esa sombra, indudablemente, no era la de Peter Carey, al que él conocía bien. Era la de un hombre barbudo, pero la barba era corta, y erizada hacia delante de un modo muy distinto a la del capitán. Eso dice él, pero había estado dos horas en la taberna, y hay bastante distancia entre el camino y la ventana. Además, esto se refiere al lunes, y el crimen fue cometido el miércoles.

»El martes, Peter Carey estaba en uno de sus humores más negros, inflamado por la bebida y salvaje como un peligroso animal de la selva.

Vagaba por la casa, y las mujeres huían cuando le oían acercarse. Ya muy entrada la tarde, salió y se fue a su choza. Hacia las dos de la madrugada siguiente, su hija, que dormía con la ventana abierta, oyó un aullido absolutamente espantoso que venía de aquella dirección, pero no era inusual que el capitán gritara y chillara cuando estaba bebido, de modo que no prestó ninguna atención. Una de las criadas, cuando se levantó a las siete, se fijó en que la puerta de la choza estaba abierta, pero aquel hombre tenía a todo el mundo tan aterrorizado que era mediodía cuando alguien se aventuró a ir a ver qué le había ocurrido. Atisbando por la puerta abierta, vieron un espectáculo que hizo que todas salieran huyendo hacia el pueblo, lívidas. Al cabo de una hora yo estaba allí, y me hacía cargo del caso.

»Bueno, tengo los nervios bastante bien templados, señor Holmes, pero le doy mi palabra de que me dio un temblor cuando metí la cabeza en aquella casita. Zumbaba como un armonio por las moscas y las moscardas, y el suelo y las paredes eran como los de un matadero. Él llamaba a aquello una cabina, y lo era, desde luego, porque hubiera uno pensado encontrarse en un buque. Había una litera en un extremo, un cofre marinero, mapas y cartas hidrográficas, una pintura del *Sea Unicorn*, una hilera de cuadernos de bitácora en un estante, en fin, todo lo que uno puede esperar encontrarse en un camarote de capitán. Y allí, en el centro, estaba el hombre, con la cara convulsionada como la de un condenado sufriendo los tormentos del infierno, y con su enorme barba leonina apuntando hacia arriba agónicamente. Le habían atravesado el pecho con un arpón de acero, y el arpón se había clavado profundamente en la madera de la pared detrás del hombre. Estaba clavado como un escarabajo en un cartón. Naturalmente, estaba muerto, y lo había estado desde el instante en que emitió aquel último aullido agónico.

»Conozco sus métodos, señor, y los apliqué. Antes de permitir que movieran nada examiné con todo cuidado el terreno de los alrededores, y también el suelo de la habitación. No había huellas de pies.

– ¿Querrá usted decir que no vio ninguna?

– Le aseguro, señor, que no había ninguna.

– Mi buen Hopkins, he investigado muchos crímenes, pero todavía no he visto ninguno que haya sido cometido por una criatura voladora. Si el criminal se sostiene sobre dos piernas, tiene que haber alguna indentificación, alguna raspadura, algún insignificante desplazamiento que el investigador científico pueda detectar. Es increíble que aquella habitación manchada de sangre no tuviera ninguna huella que pudiera habernos ayudado. ¿Tengo entendido, sin embargo, por el informe, que había algunos objetos que a usted se le olvidó dejar pasar desapercibidos?

El inspector se puso tenso ante los comentarios irónicos de mi amigo.

– Fui un estúpido por no llamarle entonces, señor Holmes. Sin embargo, de nada sirve quejarse ahora. Sí, en la habitación había varios objetos que llamaban especialmente la atención. Uno de ellos era el arpón con que se cometió el crimen. Lo habían sacado de un bastidor de la pared. Quedaban otros dos allí, y el sitio del tercero estaba vacío. En su mango estaba inscrito «Vapor *Sea Unicorn*, Dundee.» Esto parecía establecer que el crimen había sido cometido en un arrebato de furia, y que el asesino había echado mano de la primera arma que encontró. El hecho es que el crimen se cometiera a las dos de la madrugada, y, sin embargo, Peter Carey estuviera completamente vestido, sugería que tenía una cita con el asesino, cosa que se ve corroborada por el hecho de que encima de la mesa hubiera una botella de ron y dos vasos sucios.

– Sí –dijo Holmes–, creo que ambas inferencias son admisibles. ¿Había en la habitación alguna otra bebida espirituosa, aparte del ron?

– Sí, había sobre el cofre una especie de armarito con brandy y whisky. Esto no tiene importancia para nosotros, sin embargo, ya que las botellas estaban llenas y, por lo tanto, no se habían utilizado.

– Pese a todo, su presencia tiene algún significado –dijo Holmes–. Pero oigamos algo más acerca de los objetos que en su opinión tienen que ver con el caso.

– Estaba su bolsa de tabaco en la mesa.

– ¿En qué parte de la mesa?

– En su centro. Era de tosca piel de foca, de pelo tieso, con una correa de cuero para atarla. En el revés de la tapa estaban las iniciales «P.C.» Dentro había media onza de fuerte tabaco marinero.

– ¡Excelente! ¿Qué más?

Stanley Hopkins se sacó del bolsillo un cuaderno de notas de cubiertas parduscas. Por fuera estaba gastado y rugoso, y las hojas estaban descoloridas. En la primera página estaban escritas las iniciales «J.H.N.» y la fecha «1883». Holmes lo colocó sobre la mesa y lo examinó minuciosamente, mientras Hopkins y yo mirábamos por encima de sus hombros. En la segunda página estaban escritas las letras «C.P.R.», y luego venían varias páginas cubiertas de cifras. Otro encabezamiento era «Argentina», otro «Costa Rica», y otro «Sao Paulo», seguido cada uno de ellos por varias páginas de signos y cifras.

– ¿Cómo interpreta usted esto? –preguntó Holmes.

Stanley Hopkins soltó un juramento entre dientes y se dio un golpe en el muslo con el puño cerrado.

– ¡Qué estúpido he sido! –exclamó–. Es lo que usted dice, claro. Entonces, «J.H.N.» son las únicas iniciales que nos falta resolver. Ya he examinado los viejos registros de la bolsa, y no encuentro, en 1883, ni entre los corredores oficiales ni entre los de fuera, a ninguno cuyas iniciales se correspondan con ésas. Sin embargo, intuyo que ésta es la clave más importante que tenemos. Admitirá, señor Holmes, que existe la posibilidad de que estas iniciales sean las de la segunda persona que estaba presente... En otras palabras, las del asesino. También quiero señalar que la introducción en el caso de un documento relativo a valores de bolsa en una suma considerable nos proporciona, por primera vez, alguna indicación acerca del motivo del crimen.

La cara de Sherlock Holmes reflejaba que se sentía absolutamente desconcertado por este nuevo giro que tomaban las cosas.

– Debo admitir ambos puntos –dijo–. Confieso que el cuaderno de notas, que no apareció en el curso de la instrucción judicial, modifica todos los puntos de vista que pudiera haberme formado. Había llegado a una teoría del crimen en la que no hay lugar para este cuaderno. ¿Ha intentado seguir la pista de alguno de los valores aquí mencionados?

– Se están haciendo indagaciones en las oficinas, pero me temo que el registro completo de los detectores de estos valores sudamericanos está en

Sudamérica, y que pasarán varias semanas antes de que demos con la pista de los documentos.

Holmes había estado examinando la tapa del cuaderno de notas con su lente de aumento.

– Aquí hay sin duda una decoloración –dijo.

– Sí, señor, es una mancha de sangre. Ya le dije que recogí del suelo este cuaderno.

– La mancha de sangre, ¿estaba arriba o abajo?

– En el lado que daba a las tablas del suelo.

– Lo cual demuestra, naturalmente, que el cuaderno cayó después de cometerse el crimen.

– Exactamente, señor Holmes. Observé este detalle, y conjeturé que el asesino lo dejó caer en su huida apresurada. Estaba cerca de la puerta.

– ¿Supongo que no se habrá encontrado ninguno de estos valores en posesión del difunto?

– No, señor.

– ¿Tiene usted algún motivo para sospechar un robo?

– No, señor. Parece que no se tocó nada.

– ¡Santo cielo! Este caso es ciertamente muy interesante. Luego, había un cuchillo, ¿no es cierto?

– Un cuchillo envainado. Estaba a los pies del muerto. La señora Carey lo ha identificado como propiedad de su marido.

Holmes permaneció durante un rato perdido en sus pensamientos.

– Bueno –dijo, finalmente–, supongo que tendré que salir y echarle un vistazo a la cosa.

A Stanley Hopkins se le escapó un grito de alegría.

– Gracias, señor. Realmente me quita usted un peso de encima.

Holmes señaló al inspector con un dedo acusador.

– Hubiera sido una tarea mucho más fácil hace una semana –dijo–. Pero incluso ahora puede que mi visita no sea del todo infructuosa. Watson, si dispone usted de tiempo, me encantaría que me acompañara. Si llama usted a un coche, Hopkins, en un cuarto de hora estaremos listos para salir hacia Forest Row.

Tras apearnos en una pequeña estación junto a la carretera, recorrimos en coche varias millas entre los restos de extensos bosques que en otro tiempo formaron parte de la gran selva que durante tanto tiempo contuvo a los invasores sajones, el impenetrable *weald* que fue durante sesenta años el baluarte de los britanos. Habían sido taladas grandes extensiones, ya allí se instalaron las primeras fundiciones del país, y los árboles habían sido abatidos para fundir el mineral. Ahora, los yacimientos más ricos del norte se han hecho con el mercado, y solamente esos bosques saqueados y las grandes cicatrices de la tierra muestran la obra del pasado. Allí, en un claro, en la verde ladera de una colina, se alzaba una casa de piedra larga y baja, a la que se accedía por un camino que serpenteaba a través de los campos. Más cerca del camino que la casa misma, y rodeada por arbustos por tres lados, había una pequeña edificación exterior, con una ventana y la puerta encaradas en nuestra dirección. Era el escenario del asesinato.

Stanley Hopkins nos guió primero hasta la casa, donde nos presentó a una mujer arisca de cabello gris, la viuda del hombre asesinado, cuyo rostro flaco y surcado de arrugas, así como la furtiva expresión de terror en las profundidades de sus ojos enrojecidos, narraban los años de sufrimientos y malos tratos que había soportado. Junto a ella estaba su hija, una muchacha pálida y rubia cuyos ojos brillaban desafiantemente mientras nos decía que estaba encantada de que su padre hubiera muerto, y que bendecía la mano que le había dado muerte.

Era terrible el entorno familiar que se había forjado Peter Carey el Negro, y fue con una sensación de alivio que nos encontramos de nuevo a la luz del día, avanzando por el sendero que habían abierto por desgaste los pies del hombre muerto.

La construcción exterior era la más simple de las moradas. Paredes de madera, techo sencillo, una ventana junto a la puerta, y otra en el otro extremo. Stanley Hopkins se sacó la llave del bolsillo, y se había agachado hacia la cerradura cuando se detuvo, con una expresión de atención y sorpresa pintada en el rostro.

– Alguien ha estado manipulando esto –dijo.

No cabía duda de que así era. La madera tenía cortes, y se veían en blanco las raspaduras a través de la pintura, como si las hubieran hecho momentos antes. Holmes había estado examinando la ventana.

– Alguien ha tratado también de forzar esto. Sea quien sea, no ha conseguido entrar. Debe tratarse de algún ladrón realmente inepto.

– Esto es realmente extraordinario –dijo el inspector–. Juraría que estas señales no estaban ahí ayer por la tarde.

– Algún curioso del pueblo, quizá –sugerí.

– Es muy improbable. Pocos se atreverían a poner los pies en el jardín, y menos todavía a entrar en la cabina forzándola. ¿Qué piensa de esto, señor Holmes?

– Pienso que la fortuna es muy amable con nosotros.

– ¿Quiere decir que esa persona volverá otra vez?

– Es muy probable. Llega con la esperanza de encontrar la puerta abierta. Trata de entrar utilizando la hoja de una navaja de bolsillo muy pequeña. No lo consigue. ¿Qué hará, pues?

– Volverá la noche siguiente con una herramienta más adecuada.

– Eso diría yo. Toda la culpa será nuestra si no estamos aquí para recibirle. Entre tanto, veamos el interior de la cabina.

Habían sido borradas las huellas de la tragedia, pero el mobiliario de la pequeña habitación seguía tal como había estado la noche del crimen. Durante dos horas Holmes examinó sucesivamente todos los objetos con la más intensa concentración, pero la expresión de su cara decía que su búsqueda no tenía exito. Sólo una vez interrumpió su paciente investigación.

– ¿Ha sacado usted algo de este estante, Hopkins?

– No, no he tocado nada.

– Alguien se ha llevado algo. Hay menos polvo en este rincón del estante que en ningún otro punto. Puede que se tratara de un libro tumbado. Puede que de una caja. Bueno, bueno, no puedo hacer nada más. Demos un paseo por estos hermosos bosques, Watson, y dediquemos algunas horas a los pájaros y las flores. Luego nos encontraremos con usted aquí mismo, Hopkins, y veremos si podemos llegar al cuerpo a cuerpo con el caballero que ha estado aquí esta noche.

Eran más de las once de la noche cuando nos apostamos para nuestra pequeña emboscada. Hopkins era partidario de dejar la puerta abierta, pero Holmes opinó que aquello despertaría las sospechas del desconocido. La cerradura era de las más simples, y sólo se necesitaba una fuerte hoja de cuchillo para abrirla. Holmes sugirió también que no esperáramos dentro de la choza, sino fuera, entre los matorrales que crecían alrededor de la ventana posterior. De aquel modo podríamos observar a nuestro hombre si encendía alguna luz y ver cuál era el objeto de su sigilosa visita nocturna.

Fue una vigilia larga y deprimente, y, sin embargo, nos proporcionó algo del estremecimiento que siente el cazador cuando, tendido junto a la charca, espera la llegada de la fiera sedienta. ¿Qué animal salvaje se deslizaría hacia nosotros en las tinieblas? ¿Sería algún feroz tigre del crimen, que sólo podría ser capturado con una dura pelea en la que relampaguearían sus colmillos y sus garras, o resultaría ser un chacal acechante, peligroso sólo para los débiles y los desprevenidos? Nos mantuvimos acurrucados en absoluto silencio entre los matorrales, a la espera de lo que viniera. Al principio, los pasos de algunos aldeanos trasnochadores, o el sonido de voces del pueblo, nos distrajeron en nuestra vigilia, pero una tras otra se fueron extinguiendo todas esas interrupciones, y nos cayó encima una quietud absoluta interrumpida solamente por las campanadas de la distante iglesia que nos informaban del progreso de la noche, y por el chisporroteo y los susurros de una fina lluvia que caía sobre nuestro techo de follaje.

Habían sonado las campanadas de las dos y media, y era la hora más negra que precede al alba, cuando todos nos sobresaltamos al oír un sonido metálico, débil pero brusco, que procedía de la dirección de la puerta del jardín. Alguien había entrado en el sendero. De nuevo se produjo un largo silencio, y yo empezaba a temer que se tratara de una falsa alarma cuando oímos unos pasos furtivos al otro lado de la choza, y, momentos después, raspaduras y golpecillos metálicos. ¡El hombre trataba de forzar la cerradura! Esta vez, su destreza era mayor, o su herramienta mejor, porque hubo un brusco chasquido seguido de un chirriar de goznes. Luego se encendió una cerilla, y al cabo de un instante la luz estable de una vela llenó el interior de la choza. A través de la cortina de gasa, nuestras miradas se clavaban en la escena del interior.

El visitante nocturno era un hombre joven, enclenque y delgado, con un bigote negro que acentuaba la palidez mortal de su cara. No podía tener mucho más de veinte años. Jamás he visto a ningún ser humano que se mostrara tan lamentablemente asustado: le castañeteaban visiblemente los dientes, y temblaba de pies a cabeza. Iba vestido como caballero, con una chaqueta Norfolk, pantalones bombachos, y una gorra de paño en la cabeza. Le vimos mirar a su alrededor con ojos asustados. Luego dejó el trozo de vela encima de la mesa y desapareció de nuestra vista en uno de los rincones. Volvió con un libro de gran tamaño, uno de los cuadernos de bitácora que estaban en hilera en el estante. Se inclinó sobre la mesa y pasó velozmente las hojas hasta llegar a la anotación que buscaba. Entonces, con un ademán irritado del puño, cerró el libro, volvió a colocarlo en el estante y apagó la luz. Apenas se había vuelto para alejarse de la choza cuando la mano de Hopkins le asió del cuello, y oí su fuerte gemido entrecortado de terror cuando comprendió que le habían cogido. La vela volvió a ser encendida, y allí teníamos a nuestro desdichado cautivo, temblando y acurrucándose ante el detective que le sujetaba. Se dejó caer en el cofre marinero, y nos miró a todos sucesivamente con aire de desamparo.

– Ahora, amiguito –dijo Stanley Hopkins–, dígame, ¿quién es usted, y qué busca aquí?

El hombre sacó fuerzas y se encaró con nosotros esforzándose por mantener el tipo.

– ¿Ustedes son detectives, supongo? –dijo–. Se imaginan que estoy relacionado con la muerte del capitán Peter Carey. Les aseguro que soy inocente.

– Eso ya lo veremos –dijo Hopkins–. Antes que nada, ¿cómo se llama?

– John Hopley Neligan.

Vi que Holmes y Hopkins cambiaban una rápida mirada.

– ¿Qué hace aquí?

– ¿Puedo hablar confidencialmente?

– No, desde luego que no.

– ¿Por qué habría de decírselo?

– Si no tiene respuesta, puede irle muy mal en el juicio.

El joven tuvo un sobresalto.

– Bueno, se lo contaré –dijo–. ¿Por qué no habría de contárselo? Pero odio pensar que ese viejo escándalo volverá a salir a la luz del día. ¿Han oído hablar alguna vez de Dawson y Neligan?

Vi, por su expresión, que Hopkins jamás había oído hablar de ellos. Pero Holmes estaba vivamente interesado.

– Se refiere a los banqueros de West Country –dijo–. Quebraron con un descubierto de un millón, arruinaron a la mitad de las familias de Cornualles, y Neligan desapareció.

– Eso es. Neligan era mi padre.

Por fin estábamos llegando a algo positivo, y, sin embargo, parecía mediar un abismo entre un banquero fugado y el capitán Peter Carey clavado en la pared con uno de sus propios arpones. Todos escuchamos atentamente las palabras del joven.

– Era mi padre el realmente afectado por la quiebra. Dawson se había retirado. Yo tenía entonces solamente diez años, pero era lo bastante mayor para percibir la vergüenza y el horror de todo aquello. Siempre se ha dicho que mi padre robó todos los valores y huyó. No es cierto. Él pensaba que si le daban tiempo para realizar los valores todo iría bien y todos los acreedores podrían cobrar íntegramente. Partió hacia Noruega en su pequeño yate justo antes de que se expidiera su orden de detención. Recuerdo aquella noche en que se despidió de mi madre. Nos dejó una lista de los valores que se llevaba, y juró que volvería con su honor recobrado, y que nadie que hubiera confiado en él saldría perjudicado. Bueno, jamás volvieron a tenerse noticias suyas. Tanto él como el yate se habían desvanecido por completo. Mi madre y yo creíamos que tanto él como el yate, junto con los valores que se había llevado, estaban en el fondo del mar. Teníamos un amigo fiel, sin embargo, que es hombre de negocios, y él fue quien descubrió, hace algún tiempo, que algunos de los valores que mi padre se había llevado habían reaparecido en el mercado londinense. Ya pueden imaginarse nuestro asombro. Me pasé varios meses tratando de seguir la pista de los valores, y por fin, después de muchas maniobras y dificultades, descubrí que su vendedor original había sido el capitán Peter Carey, el propietario de esta choza.

«Naturalmente, hice algunas indagaciones acerca de ese hombre. Averigué que había tenido el mando de un buque ballenero que volvía del Ártico precisamente en la época en que mi padre viajaba hacia Noruega. El otoño de aquel año fue tormentoso, y hubo una larga serie de ventarrones del sur. El yate de mi padre pudo muy bien ser impulsado hacia el norte, y toparse con el buque del Capitán Carey. Si eso había ocurrido, ¿qué había sido de mi padre? De cualquier modo, si podía demostrar, por las declaraciones de Peter Carey, de qué modo habían llegado al mercado aquellos valores, tendría la prueba de que mi padre no los había vendido y de que no tenía objetivos de lucro personal cuando se los llevó.

«Vine a Sussex con la intención de hablar con el capitán, pero fue precisamente entonces cuando tuvo lugar esa terrible muerte. Leí en el informe de la investigación una descripción de esta cabina, y allí se decía que guardaba en ella los viejos cuadernos de bitácora de su buque. Se me ocurrió que si podía ver qué había ocurrido a bordo del *Sea Unicorn* en el curso del mes de agosto de 1883 podría resolver el misterio de la suerte de mi padre. Anoche traté de llegar hasta esos cuadernos de bitácora, pero no pude abrir la puerta. Esta noche he vuelto a intentarlo, y lo he logrado, pero me he encontrado con que las páginas relativas a aquel mes habían sido arrancadas. Fue en ese momento cuando me vi prisionero en sus manos.

– ¿Eso es todo? –preguntó Hopkins.

– Sí, eso es todo.

Desvió los ojos al decirlo.

– ¿No tiene nada más que decirnos?

Titubeó.

– No, no tiene importancia.

– ¿No había estado usted aquí antes de ayer noche?

– No.

– Entonces, ¿cómo explica usted *eso*? –gritó Hopkins, sosteniendo en alto el cuaderno de notas incriminatorio con las iniciales de nuestro prisionero en la primera hoja y la mancha de sangre en la cubierta.

El pobre hombre se derrumbó. Hundió el rostro entre las manos y se echó a temblar de pies a cabeza.

– ¿Dónde lo han encontrado? –gimió–. No lo sabía. Pensé que lo había perdido en el hotel.

– Ya basta –dijo Hopkins, severamente–. Cualquier otra cosa que tenga que decir la dirá delante del tribunal. Ahora me acompañará al puesto de policía. Bueno, señor Holmes les estoy muy agradecido a usted y a su amigo por haber acudido en mi ayuda. Tal como ha ido la cosa, ha resultado que su presencia era innecesaria, y que hubiera podido llevar el caso hasta el final sin ustedes; pero de todos modos les estoy muy agradecido. Les han reservado habitaciones en el hotel Brambletye, así que podemos ir juntos hasta el pueblo.

– Bueno, Watson, ¿qué piensa del asunto? –me preguntó Holmes la mañana siguiente, en el viaje de regreso.

– Veo que no está usted satisfecho.

– Oh, sí, mi querido Watson, me siento absolutamente satisfecho. Pero he de decir que los métodos de Stanley Hopkins están lejos de convencerme. Stanley Hopkins me ha decepcionado. Esperaba mejores cosas de él. Uno tiene que buscar siempre alguna alternativa posible, y prepararse a su respecto. Es la primera norma de la investigación criminal.

– Dígame, entonces, cuál es la alternativa.

– La línea de investigación que yo estaba siguiendo. Puede que no conduzca a nada. No lo sé. Pero al menos la seguiré hasta el fin.

Varias cartas esperaban a Holmes en Baker Street. Eligió una, la abrió, y rompió en una sorda risita triunfal.

– Excelente, Watson. La solución alternativa se desarrolla. ¿Tiene usted impresos telegráficos? Escríbame un par de mensajes: «Summer, agente naval, Ratcliff Highway. Envía a tres hombres. Que vengan a las diez de la mañana.– Basil.» Así me llamo en esos ambientes. El otro es: «Inspector Stanley Hopkins, Lord Street 46 Brixton. Venga a desayunar mañana a las nueve y media. Importante. Telegrafíe si no puede venir.– Sherlock Holmes.» Mire, Watson, este caso infernal me ha tenido obsesionado durante diez días. Desde ahora mismo lo aparto completamente de mi mente. Confío en que a partir de mañana ya no tengamos ni que oír hablar de él.

A la hora indicada en punto se presentó el inspector Stanley Hopkins, y nos sentamos los tres a tomar el excelente desayuno que había preparado la señora Hudson. El joven detective estaba de muy buen humor por su éxito.

– ¿Piensa de veras que su solución ha de ser correcta? –preguntó Holmes.

– Soy incapaz de imaginar un caso más redondo.

– A mí la cosa no me pareció concluyente.

– Me asombra usted, señor Holmes. ¿Qué más se puede pedir?

– ¿Cubre su explicación todos los puntos?

– Indudablemente. He averiguado que el joven Neligan llegó al hotel Brambletye el mismo día del crimen. Llegó con el pretexto de jugar al golf. Su habitación estaba en la planta baja, de modo que podía salir cuando quería. Aquella misma noche fue a Woodman's Lee, se entrevistó con Peter Caray en la choza, se peleó con él, y le mató con el arpón. Entonces, horrorizado por lo que había hecho, escapó de la choza, dejando caer el cuaderno de notas que llevaba consigo para interrogar a Peter Carey acerca de esos distintos valores. Puede que haya usted observado que algunos de ellos estaban marcados con crucecitas, mientras que los restantes (la mayor parte) no lo estaban. Los que están marcados han sido detectados en el mercado de Londres. Los otros estaban presumiblemente en posesión de Carey, y el joven Neligan, de acuerdo con lo que él mismo dice, deseaba ardientemente recuperarlos para hacer lo que se debía con los acreedores de su padre. Después de huir, no se atrevió a volver a la choza durante algún tiempo, pero por fin se obligó a sí mismo a hacerlo para obtener la información que necesitaba. Todo esto es simple y obvio, ¿no?

Holmes sonrió y negó con la cabeza.

– Me parece que hay un solo inconveniente, Hopkins: que esto es intrínsecamente imposible. ¿Ha tratado usted de atravesar un cuerpo con un arpón? ¿No? Vaya, vaya. Debe usted prestar atención a estos detalles, mi querido inspector. Mi amigo Watson puede decirle que me pasé toda una mañana practicando ese ejercicio. No es cosa fácil y para lograrlo se precisa de un brazo fuerte y ejercitado. Y el golpe fue asestado con tanta violencia que la punta del arma penetró profundamente en la pared. ¿Imagina usted que ese joven anémico es capaz de una agresión tan espantosa? ¿Fue él el hombre que bebió codo a codo con Peter el Negro en plena noche? ¿Fue su perfil el que fue visto a través de la persiana dos noches antes? No, no, Hopkins, es a otra persona, otra persona más peligrosa, a la que debemos buscar.

La cara del detective se había ido alargando a medida que Holmes hablaba. Sus esperanzas y ambiciones se estaban derrumbando a su alrededor. Pero no quería abandonar su posición sin combatir.

– No puede negar que Neligan estaba presente aquella noche, señor Holmes. El cuaderno lo demuestra. Creo que tengo pruebas suficientes para convencer a un jurado, aunque usted pueda encontrarles un punto flaco. Además, señor Holmes, yo le he echado el guante a *mi* hombre. Y esa terrible persona suya, ¿dónde está?

– Me parece que está subiendo la escalera –dijo Holmes, serenamente–. Creo, Watson, que haría usted bien poniendo este revólver en un sitio donde pueda alcanzarlo –se puso en pie, y dejó un papel escrito en un trinchero–. Ahora estamos preparados –dijo.

Fuera se había oído una breve charla de voces ásperas. La señora Hudson abrió la puerta y dijo que había tres hombres que preguntaban por el capitán Basil.

– Hágales entrar uno por uno –dijo Holmes.

El primero que entró era un hombre como una manzanita, de mejillas coloradas y musgosas patillas blancas. Holmes se había sacado una carta del bolsillo.

– ¿Cómo se llama? –preguntó.

– James Lancaster.

– Lo lamento, Lancaster, pero la tripulación está completa. Aquí tiene medio soberano por las molestias. Pase a esta otra habitación y espere unos minutos.

El segundo hombre era un personaje largo y seco, de pelo lacio y mejillas hundidas. Se llamaba Hugh Pattins. También éste fue despedido con medio soberano y la orden de esperar.

El tercer solicitante era un hombre de aspecto notable. Su feroz cara de bulldog estaba enmarcada por una maraña de pelo y barba, y sus ojos tenían un brillo de atrevimiento bajo la protección de unas cejas pobladas y erizadas que colgaban sobre ellos. Saludó y se quedó en pie al modo marinero, dándole vueltas a la gorra entre las manos.

– ¿Cómo se llama? –preguntó Holmes.

– Patrick Cairns.

– ¿Arponero?

– Sí, señor. Veintiséis viajes.

– ¿De Dundee, supongo?

– Sí, señor.

– ¿Y está dispuesto a partir en un buque de exploración?

– Sí, señor.

– ¿Sueldo?

– Ocho libras mensuales.

– ¿Puede partir de inmediato?

– En cuanto recoja mi equipo.

– ¿Tiene su documentación?

– Sí, señor.

Se sacó del bolsillo una hoja gastada y grasienta. Holmes le echó un vistazo y se la devolvió.

– Es usted precisamente el hombre que estaba buscando –dijo–. Ahí en la trinchera, tiene usted el contrato. Si lo firma, todo quedará arreglado.

El marino cruzó la habitación, balanceándose, y tomó la pluma.

– ¿He de firmar aquí? –preguntó, inclinándose sobre la mesa.

Holmes se inclinó por encima de sus hombros y le puso ambas manos en el cuello.

– Así está bien –dijo.

Oí un chasquido metálico y un bramido como de toro enfurecido. Al cabo de un instante, Holmes y el marinero rodaban juntos por el suelo. Este último era un hombre de fuerza tan gigantesca que, incluso con las esposas que Holmes le había colocado tan diestramente en las muñecas, hubiera podido fácilmente con mi amigo de no habernos abalanzado Hopkins y yo en su ayuda. Solamente cuando le apreté contra la sien la fría boca de mi revólver comprendió que toda resistencia era inútil. Le atamos los tobillos con una cuerda y le levantamos, jadeante, de la pelea.

– Debo disculparme, Hopkins –dijo Sherlock Holmes–. Me temo que los huevos revueltos están fríos. Sin embargo, disfrutará mejor del resto del desayuno, ¿no es cierto? al pensar que ha llevado su caso hasta un remate triunfal.

Stanley Hopkins estaba mudo de asombro.

– No sé qué decir, señor Holmes –dijo por fin, abruptamente, sonrojado–. Me parece que me he comportado como un imbécil desde un comienzo. Ahora comprendo lo que jamás debiera haber olvidado: que yo soy el discípulo y usted el maestro. Incluso ahora, veo lo que ha hecho, pero no sé qué cómo lo ha hecho, ni qué significa.

– Bueno, bueno –dijo Holmes, jovialmente–. Todos aprendemos con la experiencia, y esta vez la lección que ha recibido es la que jamás se ha de perder de vista la posibilidad alternativa. Estaba usted tan concentrado en el joven Neligan que no pudo concederle ningún pensamiento a Patrick Cairns, el verdadero asesino de Peter Carey.

La ronca voz del marino irrumpió en nuestra conversación.

– Mire, señor –dijo–, no me quejo de que me hayan capturado de este modo, pero me gustaría que llamaran a las cosas por su nombre. Usted dice que asesiné a Peter Carey, pero yo digo que *maté* a Peter Carey, que es muy distinto. Puede que no crean en lo que digo. Puede que piensen que estoy tratando de colocarles un cuento.

– En absoluto –dijo Holmes–. Oigamos lo que tiene que decir.

– Estará pronto dicho, y por Dios que será cierto palabra por palabra. Yo conocía a Peter el Negro, y, cuando sacó su cuchillo, le atravesé con el arpón, porque sabía que se trataba de él o yo. Así fue cómió. Puede llamarlo asesinato. De cualquier modo, lo mismo da morir con una soga al cuello que con el cuchillo de Peter el Negro clavado en el corazón.

– ¿Por qué fue allí? preguntó Holmes.

– Lo contaré todo desde el principio. Pero siéntenme para que pueda hablar cómodamente. Ocurrió en el 83... en agosto de ese año. Peter Carey era capitán del *Sea Unicorn*, y yo era el arponero suplente. Estábamos saliendo de los hielos, de regreso a Inglaterra, cuando recogimos una pequeña embarcación que había sido empujada por los vientos hacia el norte. En ella había un hombre, un hombre de tierra. La tripulación había pensado que iban a naufragar, y se había ido en la lancha hacia la costa noruega. Supongo que todos se ahogaron. Bueno, le subimos a bordo, a aquel hombre, y él y el capitán tuvieron largas charlas en el camarote del capitán. Todo el equipaje que recogimos de él consistía en una caja de estaño. Que yo sepa, en ningún momento se mencionó cómo se llamaba aquel hombre, y la segunda noche desapareció como si jamás hubiera existido. Se supuso se había tirado por la borda, o que había caído por la borda por culpa del temporal. Solamente un hombre sabía lo que le había ocurrido, y ese hombre era yo, porque con mis propios ojos vi al capitán atarle los tobillos y arrojarle al mar durante la segunda guardia nocturna, en una noche muy negra, dos días antes de que avistáramos los faros de las Shetland.

»Bueno, guardé para mí lo que sabía, y esperé a ver adónde iba a parar aquello. Cuando llegamos a Escocia, el asunto fue silenciado fácilmente, y nadie hizo preguntas. Un extranjero había muerto accidentalmente, y nadie estaba interesado en hacer averiguaciones. Poco tiempo después, Peter Carey dejó la mar, y pasaron largos años antes de que yo averiguara dónde estaba. Supuse que había hecho aquello para conseguir lo que había en la caja de estaño, y que ahora podía permitirse el pagarme bien por mantener la boca cerrada.

»Descubrí dónde estaba gracias a un marino que se había encontrado con él en Londres, y fui a verle para sacarle dinero. La primera noche fue bastante razonable, y estaba dispuesto a darme lo suficiente para que pudiera dejar la mar para siempre. Íbamos a solventarlo todo dos noches más tarde. Cuando llegué, le encontré casi borracho y de un humor endiablado. Nos sentamos, y bebimos, y charlamos de los viejos tiempos, pero cuanto más bebía él menos me gustaba a mí la expresión de su cara. Me fijé en aquel arpón en la pared, y pensé que quizá lo necesitaría antes de terminar con aquello. Finalmente, se puso a insultarme, escupiendo y blasfemando, con el asesinato pintado en los ojos y con un gran cuchillo de muelles en la mano. No había tenido tiempo de sacarlo de la vaina cuando yo le atravesé con el arpón. ¡Cielos! ¡Qué grito soltó! ¡Y su cara me impide el sueño! Allí estaba yo, con su sangre salpicándolo todo a mi alrededor. Esperé un poco, pero todo estaba silencioso, y recobré el ánimo. Miré a mi alrededor, y había una caja de estaño en un estante. Yo tenía tanto derecho a ella como Peter Carey, por lo menos, así que la tomé y salí de la choza. Como un tonto, me dejé encima de la mesa mi bolsa de tabaco.

»Ahora voy a contarles la parte más curiosa de toda esta historia. Apenas había salido de la choza cuando oí que alguien se acercaba y me escondí entre los matorrales. Llegó un hombre, sigilosamente, entró en la choza, gritó como si hubiera visto a un fantasma, y se echó a correr lo más aprisa que pudo hasta perderse de vista. No podría decir quién era ni qué quería. En cuanto a mí, anduve diez millas, tomé un tren en Tunbridge Wells, y llegué a Londres sin que nadie supiera nada.

»Bueno, cuando miré la caja vi que no había dinero en ella. No había nada más que papeles que no iba a atreverme a vender. Había perdido mi oportunidad con Peter el Negro, y estaba tirado en Londres sin un solo chelín. Sólo me quedaba mi oficio. Vi esos anuncios pidiendo arponeros por sueldos elevados, así que fui a esos agentes navales, y me enviaron aquí. Esto es todo lo que sé, y repito que la ley debería darme las gracias por haber matado a Peter el Negro, porque le he ahorrado lo que cuesta una soga de ahorcado.

– Una exposición muy clara –dijo Holmes, poniéndose en pie y encendiendo su pipa–. Creo, Hopkins, que no debería perder tiempo en llevar a su prisionero a un sitio seguro. Esta habitación no está bien acondicionada como celda, y el señor Patrick Cairns ocupa una porción excesiva de nuestro suelo.

– Señor Holmes –dijo Hopkins–, no sé cómo expresarle mi agradecimiento. Ni siquiera ahora entiendo cómo ha llegado usted a este resultado.

– Simplemente, teniendo la buena suerte de obtener la buena pista desde un comienzo. Es muy posible que si hubiera tenido noticia de ese cuaderno de notas el curso de mis ideas se hubiera desviado, como le ocurrió a usted. Pero todo lo que yo sabía apuntaba en una dirección. Aquella fuerza pasmosa, aquella destreza en el uso del arpón, el ron con agua, la bolsa de tabaco de piel de foca, con tabaco barato... Todo apuntaba hacia un marino, un marino que hubiera cazado ballenas. Estaba convencido de que las iniciales «P.C.» en la bolsa de tabaco eran una coincidencia y que no correspondían a Peter Carey, porque raras veces fumaba y no se encontró ninguna pipa en su cabina. Recordará usted que pregunté si había whisky y brandy en la cabina. Usted me dijo que sí. ¿Cuántos hombres de tierra beberían ron pudiendo elegir esas otras bebidas? Sí, estaba seguro de que se trataba de un marino.

– ¿Y cómo le encontró?

– Mi querido señor, el problema se había hecho sumamente simple. Si era un marino, solamente podía tratarse de alguno que hubiera estado con él en el *Sea Unicorn*. Por lo que yo sabía, no había mandado ningún otro buque. Me pasé tres días enviando telegramas a Dundee, y al cabo de ese tiempo sabía cómo se llamaban todos los tripulantes del *Sea Unicorn* en 1883. Cuando vi a Patrick Cairns entre los arponeros, mi investigación estaba llegando a su fin. Supuse que el hombre estaba probablemente en Londres y que debía desear alejarse del país durante una tiempo. Pasé, pues, varios días en el East End, imaginé una expedición ártica, ofrecí pagas tentadoras para arponeros que quisieran servir a las órdenes del capitán Basil... ¡y ya ha visto el resultado!

– ¡Maravilloso! –exclamó Hopkins–. ¡Maravilloso!

– Debe hacer que suelten al joven Neligan lo antes posible –dijo Holmes–. Confieso que, en mi opinión, le debe usted una disculpa. La caja de estaño ha de serle devuelta, aunque, naturalmente, los valores vendidos por Peter Carey se han perdido para siempre. Ahí tiene su coche, Hopkins. Puede llevarse a su hombre. Si me necesita para el juicio, mi dirección y la de Watson estará en alguna parte de Noruega... Ya le haré saber los detalles.

CHARLES AUGUSTUS MILVERTON

Han transcurrido muchos años desde los incidentes de los que hablo, y, sin embargo, siento apocamiento al aludir a ellos. Durante largo tiempo hubiera sido imposible, aun con la mayor discreción y reticencia, hacer públicos estos hechos; pero ahora la persona afectada está fuera de alcance de la ley humana, y, con las supresiones debidas, la historia puede contarse sin que nadie salga perjudicado. Esta historia registra una experiencia absolutamente única tanto en la carrera del señor Sherlock Holmes como en la mía. El lector me disculpará si omito la fecha o cualquier otro dato que pudiera permitirle seguir la pista de estos acontecimientos.

Holmes y yo habíamos salido a dar uno de nuestros paseos, y habíamos vuelto a las seis de una fría y nevada tarde de invierno. Cuando Holmes encendió la lámpara, la luz dio en una tarjeta que estaba sobre la mesa. La miró, y luego, con una exclamación de asco, la arrojó al suelo. La recogí, y leí:

CHARLES AUGUSTUS MILVERTON
APPLEDORE TOWERS
HAMPSTEAD
Agente

– ¿Quién es? –pregunté.
– El peor individuo de Londres –respondió Holmes, sentándose y extendiendo las piernas delante del fuego–. ¿Hay algo detrás de la tarjeta?
La volví.
«Volveré a las seis y media. C.A.M.,» leí.
– ¡Vaya! Está a punto de llegar. ¿No siente usted una sensación de aversión, Watson, cuando tiene delante las serpientes del zoológico y ve a esas criaturas huidizas, resbaladizas, venenosas, con sus ojos mortíferos y sus caras malignas y chatas? Bueno, pues ésa es la sensación que a mí me produce Milverton. He intervenido en cincuenta asesinatos a lo largo de mi carrera, pero ni el peor de todos ellos me produjo la repulsión que siento por ese tipo. Y, sin embargo, no puedo evitar el tener que tratar con él... A decir verdad, está aquí por invitación mía.
– Pero, ¿quién es?
– Se lo diré, Watson. Es el rey de los chantaj. ¡El cielo ayude al hombre, y más todavía a la mujer, cuyo secreto o reputación caiga en manos de Milverton! Con rostro sonriente y corazón de mármol, le exprimirá y exprimirá hasta dejarle absolutamente seco. Ese tipo es un genio a su modo, y hubiera destacado en cualquier actividad más grata. Su método es el siguiente: hace que se sepa que está dispuesto a pagar sumas muy elevadas por cartas que comprometan a personas de fortuna o posición. Obtiene esas mercancías no sólo de criados o doncellas traidores, sino también, frecuentemente, de rufianes elegantes que se han ganado la confianza o el afecto de mujeres ingenuas. No es tacaño en sus negocios. Supe por casualidad que le pagó setecientas libras a un lacayo por una nota de dos líneas, y que resultado de ello fue la ruina de toda una familia. Todo lo que hay en ese mercado va a dar en las manos de Mil-

verton, y en esta ciudad hay cientos de personas que se ponen lívidas con sólo oírle mencionar. Nadie sabe dónde puede caer su garra, porque es, con mucho, demasiado rico y demasiado astuto para actuar con el apresuramiento de la necesidad. Retendrá una carta durante años, y la jugará en el momento en que más merece la pena ir a por lo que está en juego. Ya he dicho que es el peor individuo de Londres, y le pregunto: ¿cómo se puede comparar al rufián que en un arrebato apuñala a su compinche con ese hombre, que, metódicamente y a su aire, tortura el alma y retuerce los nervios para añadir algo más a sus ya hinchados sacos de dinero?

Raras veces había oído hablar a mi amigo con tanta intensidad de sentimientos.

– Pero, sin duda –dije yo–, ese tipo debe estar al alcance de la ley.

– Técnicamente, sin duda, pero prácticamente no lo está. ¿En qué se beneficiaría, por ejemplo, una mujer consiguiendo que lo encarcelaran por unos cuantos meses, si la consecuencia inmediata de ello sería su propia ruina? Sus víctimas no se atreven a delatarle. Si alguna vez chantajea a alguna persona inocente, entonces, desde luego, le cazaremos. Pero es más astuto que el diablo. No, no. Hemos de encontrar otros medios para combatirle.

– ¿Y por qué viene?

– Porque una ilustre cliente ha puesto su lamentable caso en nuestras manos. Se trata de Lady Eva Brackwell, la *débutante* más hermosa de la pasada temporada. Ha de casarse dentro de quince días con el conde de Dovercourt. Ese demonio tiene algunas cartas imprudentes... Imprudentes, Watson, sólo eso... Escritas a un joven caballero sin dinero que vive en el campo. Esas cartas bastarían para que se rompiera el compromiso. Milverton enviará esas cartas al conde a menos que se le pague una gran suma. He sido encargado de entrevistarme con él y... y llegar al acuerdo más favorable posible.

En aquel momento se oyó en la calle un ruido de cascos y ruedas. Mirando hacia abajo, vi un imponente carruaje de dos caballos. Las brillantes lámparas del carruaje relumbraban sobre los lustrosos lomos castaños de las nobles bestias. Un lacayo abrió la puerta, y se apeó un hombre bajo y fornido con peludo abrigo de astracán. Al cabo de un minuto estaba en la habitación.

Charles Augustus Milverton era un hombre de cincuenta años, de ancha frente intelectual, cara redonda, rolliza y lampiña, perpetua sonrisa gélida y vivos ojos grises que relumbraban intensamente detrás de unas gafas anchas de montura de oro. Había en su aspecto no sé qué de la benevolencia de Mr. Pickwick, desmentida tan sólo por la insinceridad de aquella sonrisa fija y por el duro brillo de aquellos ojos inquietos y penetrantes. Su voz era tan dulce y suave como su aspecto mientras avanzaba tendiendo una mano regordeta y murmurando que sentía mucho no habernos encontrado en su anterior visita.

Holmes no hizo caso de la mano que le tendía y le dirigió una mirada granítica. La sonrisa de Milverton se ensanchó. Se encogió de hombros, se quitó el abrigo, lo puso doblado, muy pausadamente, en el respaldo de una silita, y luego se sentó.

– Este caballero –dijo, indicándome con un ademán–, ¿es discreto? ¿Puede quedarse?

– El doctor Watson es mi amigo y mi socio.

– Muy bien, señor Holmes. Sólo objetaba en interés de su cliente. El asunto es tan delicado...

– El doctor Watson ya lo conoce.

– Entonces, vayamos al negocio. Dice usted que actúa en nombre de Lady Eva. ¿Le ha autorizado para aceptar mis condiciones?

– ¿Cuáles son sus condiciones?

– Siete mil libras.

– ¿Y si no se pagan?

– Mi querido señor, me resulta penoso hablar de ello, pero si el dinero no ha sido pagado el día 14, desde luego no habrá boda el día 18.

Su insufrible sonrisa era más complacida que nunca. Holmes reflexionó unos momentos.

– Me parece –dijo, finalmente– que da las cosas demasiado por sentadas. Conozco, naturalmente, el contenido de esas cartas. Mi cliente hará indudablemente lo que yo le aconseje. Le aconsejaré que ponga a su futuro marido al corriente de todo el asunto y que confíe en su generosidad.

Milverton se rió entre dientes.

– Es evidente que no conoce usted al conde –dijo.

Por la expresión de frustración de la cara de Holmes me di cuenta claramente de que sí le conocía.

– ¿Qué hay de malo en las cartas? –preguntó.

– Son alegres... muy alegres –respondió Milverton–. Esa dama era una corresponsal encantadora. Pero puedo asegurarle que el conde de Dovercourt será incapaz de apreciar el hecho. Sin embargo, puesto que usted opina de distinto modo, dejaremos la cosa tal como está. Es un puro asunto de negocios. Si usted piensa que lo que más conviene a los intereses de su cliente es que esas cartas lleguen a manos del conde, sería realmente estúpido de su parte el pagar una suma tan elevada para recuperarlas.

Se puso en pie y tomó su abrigo de astracán. Holmes estaba pálido de ira y humillación.

– Espere un poco –dijo–. Va usted demasiado aprisa. Desde luego, haremos todo lo posible para evitar el escándalo en un asunto tan delicado.

Milverton volvió a sentarse.

– Estaba seguro de que vería usted la cosa bajo esta luz –ronroneó.

– Por otra parte –prosiguió Holmes–, Lady Eva no es una mujer rica. Le aseguro que dos mil libras serían ya una fuerte merma en sus recursos, y que la suma que usted menciona está absolutamente fuera de su alcance. Le ruego, por lo tanto, que modere sus exigencias, y que devuelva las cartas por el precio que indico, ya que es, se lo aseguro, el más elevado que puede usted conseguir.

La sonrisa de Milverton se ensanchó, y el brillo de sus ojos expresó diversión.

– Sé que es cierto lo que dice de los recursos de la dama –dijo–. Pero debe usted admitir que la ocasión de la boda de una dama es sumamente propia para que sus amigos y parientes hagan algún pequeño esfuerzo en su favor. Quizá no se hayan decidido por algún regalo de bodas adecuado. Permítame asegurarles que este montoncillo de cartas la alegrarían más que todos los candelabros y todas las mantequilleras de Londres.

— Es imposible –dijo Holmes.

— ¡Cielos, cielos! ¡Qué mala suerte! –exclamó Milverton, sacando un abultado cuaderno de notas–. No puedo dejar de pensar que las damas cometen un error al no realizar un esfuerzo. ¡Mire esto! –sostuvo en alto una pequeña misiva con un emblema heráldico en el sobre–. Esto pertenece a... Bueno, quizá no esté bien decirlo antes de mañana por la mañana. Pero por entonces estará en manos del marido de esa dama. Y todo porque no dispone de una mísera cantidad que podría conseguir en una hora, simplemente convirtiendo sus diamantes en dinero. Es *tan* lamentable... Dígame, ¿recuerda el repentino fin del compromiso entre la honorable señorita Miles y el coronel Dorking? Faltaban solamente dos días para la boda cuando un párrafo del *Morning Post* notificó que no se celebraría. ¿Y por qué? Resulta casi increíble, pero la ridícula suma de doce mil libras hubiera arreglado el asunto. ¿No es lamentable? Y ahí le tengo a usted, un hombre de buen sentido, trapicheando con las condiciones mientras el futuro y el honor de su cliente están en juego. Me sorprende usted, señor Holmes.

— Lo que digo es cierto –respondió Holmes–. No se puede encontrar esa cantidad. Supongo que usted preferirá aceptar la considerable suma que le ofrezco antes que arruinar la carrera de esa mujer, cosa que no le reportará a usted nada.

— En esto se equivoca, señor Holmes. El airear un secreto puede beneficiarme considerablemente de modo indirecto. Tengo otros ocho o diez casos parecidos madurando. Si corriera la voz de que he hecho un severo escarmiento con Lady Eva, encontraría a todo el mundo mucho más abierto a la razón. ¿Entiende mi punto de vista?

Holmes se puso en pie de un salto.

— Colóquese detrás suyo, Watson. ¡No le deje salir! Ahora, caballero, veamos qué hay en ese cuaderno de notas.

Milverton se había deslizado con la agilidad de una rata hacia un lado de la habitación, y se había respaldado en la pared.

— ¡Señor Holmes! ¡Oh, señor Holmes! –dijo, abriendo la parte frontal de su chaqueta y mostrando la culata de un revólver de gran tamaño que emergía de su bolsillo interior–. Ya esperaba yo que hiciera alguna cosa original. ¡Tantos han hecho esto! ¿Y qué han sacado? Le aseguro que estoy armado hasta los dientes, y que sé perfectamente cómo utilizar mi arma, con la seguridad de que la ley estará de mi lado. Además, su suposición de que tengo las cartas aquí, en mi libreta, es enteramente errónea. Yo no cometo esa clase de estupideces. Y ahora, caballeros, tengo una o dos entrevistas esta noche, y el camino hasta Hampstead es largo.

Avanzó, tomó su abrigo, puso la mano en su revólver y se volvió hacia la puerta. Yo tomé una silla, pero Holmes me hizo que no con la cabeza y la volví a dejar en el suelo. Milverton salió de la habitación tras dirigirnos una inclinación de cabeza, una sonrisa y un guiño, y momentos después oímos el golpe de la puerta de su carruaje al cerrarse y el ruido de las ruedas mientras se alejaba.

Holmes permaneció inmóvil junto al fuego, con las manos profundamente hundidas en los bolsillos del pantalón, el mentón hundido en el pecho y la mirada fija en las brasas. Se quedó media hora callado e inmóvil. Luego, con el ademán del hombre que ha tomado una decisión, se levantó como impulsado por un resorte y entró en su dormitorio. Al poco rato, un joven obrero disoluto, con barbita de chivo y aire fanfarrón, encendía su pipa de barro con la lámpara antes de bajar a la calle.

– Estaré fuera un buen rato, Watson –me dijo; y se desvaneció en la noche. Comprendí que había iniciado su campaña contra Chales Augustus Milverton, pero poco me esperaba la extraña forma que aquella campaña estaba destinada a adoptar.

Durante varios días, Holmes entró y salió de la casa a toda clase de horas con aquel atuendo, pero, aparte de la observación de que pasaba todo el tiempo en Hampstead, y de que no era tiempo perdido, yo no sabía nada de lo que hacía. Por fin, sin embargo, cierto anochecer desapacible y tormentoso en que el viento chillaba y repiqueteaba contra las ventanas, volvió de su última expedición, y, después de quitarse el disfraz, se sentó delante del fuego y se rió de buena gana a su modo silencioso, hacia dentro.

– ¿Usted no me ve como hombre casado, verdad Watson?

– ¡Desde luego que no!

– Le interesará saber que estoy comprometido.

– ¡Mi querido amigo! Le feli...

– Con la criada de mano de Milverton.

– ¡Santo cielo! ¡Holmes!

– Necesitaba información, Watson.

– Pero, ¿no ha ido demasiado lejos?

– Era un paso absolutamente necesario. Soy un fontanero con un próspero negocio, llamado Escott. He salido a pasear con ella cada anochecer, y he conversado con ella. ¡Santo cielo, qué conversaciones! Pero he conseguido todo lo que quería. Conozco la casa de Milverton como la palma de mi mano.

– Pero, ¿y la muchacha, Holmes?

Se encogió de hombros.

– Inevitable, mi querido Watson. Uno ha de jugar sus cartas lo mejor que sabe cuando hay semejantes apuestas encima de la mesa. Sin embargo, me alegra decir que tengo un odiado rival que indudablemente me quitará a la chica en cuanto yo me vuelva de espaldas. ¡Qué noche tan espléndida!

– ¿Le gusta ese tiempo?

– Conviene a mis propósitos. Watson, me propongo entrar a robar esta noche en casa de Milverton.

Me quedé sin aliento, y sentí un sudor frío al oír aquellas palabras, pronunciadas lentamente y con un tono de concentrada resolución. Del mismo modo que un relámpago en la noche muestra en un instante todos los detalles de un amplio paisaje, vi, en un solo vistazo, todos los posibles resultados de semejante acto: la detención, la captura, una carrera honorable que terminaba en un fracaso y un desastre irreparables, a mi amigo en persona a merced del odioso Milverton.

– ¡Por el amor de Dios, Holmes! ¡Piense en lo que va hacer! –grité.

– Mi querido compañero, le he concedido a la cosa toda clase de reflexiones. Jamás me precipito en mis acciones, y no adoptaría una vía tan enérgica y, a decir verdad, tan peligrosa, si se pudiera adoptar alguna otra. Examinemos el asunto clara y limpiamente. Supongo que admitirá usted que esta acción es moralmente justificable, aunque técnicamente sea delictiva. Robar en su casa no es más que quitarle por la fuerza su libreta de notas... acción en la que usted estaba dispuesto a ayudarme.

Le di vueltas a la cosa mentalmente.

– Sí –dije–. Es moralmente justificable, siempre y cuando nuestro objetivo sea no llevarnos más cosas que aquellas que se utilizan con fines ilegales.

– Exacto. Puesto que es moralmente justificable, lo único que debo tomar en consideración es la cuestión del riesgo personal. Pero, sin duda, un caballero no puede tomar esto demasiado en cuenta cuando una dama se encuentra en la más desesperada necesidad de su ayuda, ¿verdad?

– Su posición estará tan en falso...

– Bueno, eso forma parte del riesgo. No existe ningún otro medio para recuperar esas cartas. La desdichada dama no tiene el dinero, y no puede confiar en nadie de su familia. Mañana es el último día de gracia, y, a menos que esta noche recuperemos esas cartas, ese miserable cumplirá lo que dijo y la arruinará. Por lo tanto, debo o bien abandonar a mi cliente a su suerte, o bien jugar esta última carta. Dicho sea entre nosotros, Watson, se trata de un duelo deportivo entre ese Milverton y yo. Él, como vio, cobró ventaja en los primeros asaltos, pero mi propio respeto y mi reputación me obligan a luchar hasta el final del combate.

– Bueno, no me gusta el asunto; pero supongo que así ha de ser –dije yo–. ¿Cuándo partimos?

– Usted no viene.

– Entonces, usted no va –dije–. Le doy mi palabra de honor... y jamás la he quebrantado en toda mi vida... de que tomaré un coche de alquiler, iré directo al primer puesto de policía, y le denunciaré, a menos que me permita compartir con usted esta aventura.

– No puede ayudarme.

– ¿Cómo lo sabe? No puede saber lo que ocurrirá. Sea como sea, mi decisión está tomada. Hay otra gente, aparte de usted, que tiene propio respeto, e incluso reputación.

Holmes había parecido enojado, pero luego se le aclaró la expresión y me dio un golpe en el hombro.

– Bueno, bueno, querido amigo, así sea. Hemos compartido durante años las mismas habitaciones, y sería divertido que acabáramos compartiendo la misma celda. Mire, Watson, no me importa confesarle que siempre he opinado que yo hubiera podido ser un criminal sumamente eficiente. Esta es la gran oportunidad de mi vida en ese sentido. ¡Vea! –sacó de un cajón un estuche de cuero, lo abrió y me mostró un conjunto de brillantes instrumentos–. Es un equipo de robo de primera clase, a la última moda, con palanqueta niquelada, cortador de vidrio con punta de diamante, llaves adaptables, y con todas las mejoras modernas que exige el progreso de la civilización. Aquí tengo también mi linterna sorda. Todo está en orden. ¿Tiene usted algún par de zapatos silenciosos?

– Tengo unas zapatillas de tenis con suela de caucho.

– Excelente. ¿Tiene antifaz?

– Puedo hacerme uno con seda negra.

– Veo que tiene usted una fuerte inclinación natural hacia esta clase de cosas. Muy bien. Haga los antifaces. Tomaremos un poco de cena fría antes de partir. Ahora son las nueve y media. A las once iremos en coche hasta Church Row. Hay desde allí un cuarto de hora a pie hasta Appledore Towers. Habremos puesto manos a la obra antes de medianoche. Milverton tiene el sueño pesado, y se va a dormir puntualmente a las diez y media. Si tenemos suerte, estaremos de vuelta aquí antes de las dos, con las cartas de Lady Eva en mi bolsillo.

Holmes y yo nos pusimos nuestros trajes de sociedad para que nos tomaran por dos hombres que vuelven del teatro. Tomamos un coche en Oxford Street y fuimos hasta cierta dirección en Hampstead. Allí pagamos el coche, y, tras abotonarnos los gabanes hasta el cuello, porque hacía un frío cortante y parecía como si el viento nos atravesara de parte a parte, nos echamos a andar por el borde del Heath.

– Este asunto ha de tratarse con delicadeza –dijo Holmes–. Esos documentos están encerrados en una caja fuerte en el despacho de ese tipo, y su despacho es la antesala de su dormitorio. Por otra parte, como ocurre con todos esos hombrecillos fornidos que se dan buena vida, es un durmiente pletórico. Agatha (es mi novia) dice que entre la servidumbre se dice como un chiste que es imposible despertar al amo. Tiene un secretario leal a sus intereses que no se mueve del despacho en todo el día. Por eso vamos de noche. Luego, tiene una bestia de perro que va suelto por el jardín. Me he visto con Agatha a altas horas las dos últimas noches, y encierra al animal para dejarme libre el paso. Ésta es la casa, esa grande con jardín. Por la puerta... ahora a la derecha, entre los laureles. Aquí podemos ponernos los antifaces, creo. Como ve, no hay ni un solo destello de luz en ninguna de las ventanas, y todo está marchando de maravilla.

Tras ponernos nuestros antifaces de seda negra, que nos convertían en los dos personajes de aspecto más truculento de todo Londres, nos deslizamos hacia la casa silenciosa y oscura. Por uno de sus lados se extendía una especie de veranda cerrada que tenía varias ventanas y dos puertas.

– Ahí está su dormitorio –susurró Holmes–. Esa puerta da directamente a su despacho. Nos iría mejor, pero está cerrada con llave y con pestillo, y haríamos demasiado ruido para entrar. Venga por aquí. Ahí tenemos un invernadero que da a la sala de estar.

El invernadero estaba cerrado con llave, pero Holmes sacó un fragmento circular de vidrio y lo abrió con llave por dentro. Momentos después había cerrado la puerta detrás nuestro, y nos habíamos convertido en delincuentes a ojos de la ley. La atmósfera densa y cálida del invernáculo y la fragancia rica y asfixiante de las plantas exóticas se nos pegaban a la garganta. Holmes me asió del brazo en la oscuridad y me guió velozmente entre los macizos de arbustos que nos rozaban la cara. Holmes tenía una notable capacidad, cuidadosamente cultivada, de ver en la oscuridad. Sin soltarme la mano, abrió una puerta, y tuve vaga conciencia de que habíamos entrado en una amplia habitación en la que había sido fumado un cigarro no mucho antes. Holmes tanteó su camino entre los muebles, abrió otra puerta, y la cerró detrás nuestro. Adelantando la mano, toqué varios abrigos que colgaban de la pared, y comprendí que estábamos en un corredor. Lo recorrimos, y Holmes, muy suavemente, abrió una puerta a nuestra derecha. Algo se abalanzó sobre nosotros, y el corazón se me subió a la garganta, pero me hubiera echado a reír cuando comprendí que era el gato. En esta nueva habitación ardía un fuego, y también allí la atmósfera estaba cargada de humo de cigarro. Holmes entró de puntillas, esperó a que yo le hubiera seguido, y luego, muy cuidadosamente, cerró la puerta. Estábamos en el despacho de Milverton, y una *portière*, en el otro extremo, señalaba la entrada de su dormitorio.

Era un buen fuego el que había, y la habitación estaba iluminada por él. Cerca de la puerta vi el brillo de un interruptor eléctrico, pero era innecesario, aun suponiendo que hubiera sido prudente, encender la luz eléctrica. A un lado del hogar había una pesada cortina que tapaba el balcón cerrado que habíamos visto desde fuera. Al otro lado estaba la puerta que comunicaba con la veranda. En el centro de la habitación había un escritorio, con una silla giratoria de lustroso cuero rojo. Frente al escritorio había un gran armario biblioteca, rematado por un busto en mármol de Atenea. En el rincón, entre el armario biblioteca y la pared, había una gran caja fuerte de color verde, y la luz del fuego se reflejaba en las pulidas protuberancias de bronce de su parte frontal. Holmes se deslizó hasta la caja fuerte y la miró. Luego fue sigilosamente hasta la puerta del dormitorio, y, con la cabeza inclinada, escuchó atentamente. No se oía ningún ruido procedente de allí dentro. A todo eso, se me había ocurrido que sería juicioso garantizar la huida por la otra puerta, así que la examiné. Ante mi asombro, ¡no estaba cerrada, ni con llave ni con cerrojo! Toqué el brazo de Holmes, y volvió su enmascarado rostro en esa dirección. Le vi sobresaltarse; era evidente que estaba tan sorprendido como yo.

– Esto no me gusta –susurró, acercando la boca a mi oído–. No acabo de entenderlo. De cualquier modo, no tenemos tiempo que perder.

– ¿Puedo hacer algo?

– Sí. Quédese junto a la puerta. Si oye que alguien se acerca, ciérrela por dentro, y podremos salir por donde hemos entrado. Si vienen por el otro lado, saldremos por esa puerta si hemos terminado nuestro trabajo, o podemos escondernos detrás de las cortinas de ese balcón si no lo hemos terminado. ¿Entiende?

Asentí con la cabeza y me quedé junto a la puerta. Había desaparecido mi inicial sensación de miedo, y me sentía estremecido por un deleite más vivo del que jamás había disfrutado cuando éramos los defensores de la ley en vez de sus transgresores. El elevado objetivo de nuestra misión, la conciencia de que era desinteresada y caballerosa, la villana naturaleza de nuestro adversario, todo aumentaba el interés deportivo de aquella aventura. Lejos de sentirme culpable, me regocijaba y exaltaba el peligro que corríamos. Inflamado de admiración, observé cómo Holmes abría su estuche de herramientas y elegía una de ellas con la atención tranquila y científica del cirujano que realiza una operación delicada. Sabía que la apertura de cajas fuertes era para él una peculiar distracción, y comprendí la alegría que le producía el enfrentarse con aquel monstruo verde y oro, con aquel dragón que tenía en sus fauces la reputación de tantas damas hermosas. Arremangándose los puños de la chaqueta (había previamente dejado el gabán en una silla), Holmes sacó dos taladros, una palanqueta y varias ganzúas. Yo estaba en la puerta central, mirando alternativamente hacia las otras dos, dispuesto para una emergencia, aunque, a decir verdad, mis planes acerca de lo que haría si nos interrumpían eran un tanto vagos. Holmes trabajó durante media hora con energía concentrada, dejando esta herramienta, tomando aquélla, y manejándolas todas con la fuerza y la delicadeza del mecánico experto. Por fin oí un chasquido, la gran puerta verde se abrió de par el par, y entreví dentro de la caja fuerte numerosos fajos de papeles, todos ellos atados, sellados y rotulados. Holmes seleccionó uno, pero era difícil leer a la luz temblorosa del fuego, y sacó su pequeña linterna sorda, ya que era demasiado peligroso, con Milverton en la habitación de al lado, dar la luz eléctrica. De repente le vi inmovilizarse, escuchar atentamente; y luego, en un instante, había cerrado la puerta de la caja fuerte, había recogido su gabán, se había embutido las herramientas en los bolsillos, y se había abalanzado detrás de la cortina del balcón, haciéndome seña de que le imitara.

No fue sino después de unirme a él cuando oí lo que había alertado sus sentidos, más agudos que los míos. Había un ruido en alguna parte de la casa. Una puerta se cerró, lejos. Luego, un rumor confuso y opaco fue adquiriendo el ritmo de unos pasos pesados que se acercaban rápidamente. Estaban en el pasillo al que daba la habitación. Se detuvieron en la puerta. La puerta se abrió. Se oyó el leve chasquido del interruptor cuando se encendió la luz eléctrica. La puerta volvió a cerrarse, y llegó a nuestros olfatos el olor acre de un cigarro de tabaco fuerte. Luego los pasos se movieron adelante y atrás, adelante y atrás, a pocas yardas de nosotros. Finalmente, se oyó el crujir de una silla, y los pasos cesaron. Luego una llave crujió dentro de una cerradura, y oí el susurro de papeles removidos. Hasta entonces no me había atrevido a mirar fuera, pero ahora separé levemente la línea divisoria de las cortinas delante mío y atisbé por la rendija. Por la presión del hombro de Holmes contra el mío supe que estaba compartiendo mis observaciones. Justo delante nuestro, y casi al alcance de la mano, estaba la ancha espalda redondeada de Milverton. Era evidente que habíamos calculado de un modo totalmente erróneo sus movimientos: no había estado en su dormitorio, sino que había estado en alguna sala de fumadores o en la sala de billar en el ala más alejada de la casa, cuyas ventanas no habíamos visto. Su cabezota gris, con su relumbrante círculo de calvicie, era el primer plano de nuestro campo visual. Estaba muy respaldado en la silla de cuero rojo, con las piernas estiradas, y un largo cigarro negro se proyectaba en ángulo desde su boca. Llevaba un batín semimilitar, de color de vino rosado, con cuello de terciopelo negro. Tenía en la mano un largo documento legal que leía con indolencia, exhalando anillas de humo mientras lo hacía. No había ninguna promesa de partida cercana en su aire sosegado ni en su posición confortable.

Sentí que la acerada mano de Holmes le daba una sacudida confortadora a la mía, como diciéndome que podía controlar la situación y que estaba tranquilo. Yo no estaba seguro de que hubiera visto una cosa que demasiado bien se veía desde mi posición: que la puerta de la caja fuerte estaba imperfectamente cerrada, y que Milverton podía darse cuenta de ello en cualquier momento. Tenía ya decidido mentalmente que si me convencía, por la rigidez de su mirada, que Milverton había visto aquello, saltaría de inmediato de detrás de la cortina, le echaría mi gabán sobre la cabeza, le inmovilizaría, y dejaría el resto para Holmes. Pero Milverton no alzó la mirada. Estaba lánguidamente absorto en los papeles que tenía en la mano, e iba girando página tras página siguiendo la argumentación del abogado. Al menos, pensé, cuando haya terminado ese documento y el cigarro saldrá de la habitación. Pero antes de que terminara ninguna de las dos cosas los acontecimientos tomaron un giro notable que orientó nuestros pensamientos por muy distintos derroteros.

Me había fijado en que varias veces Milverton había mirado su reloj, y en una ocasión se había puesto en pie y había vuelto a sentarse con un ademán de impaciencia. Sin embargo, la idea de que podía tener una cita a una hora tan extraña ni siquiera se me había ocurrido, hasta que llegó a mis oídos un leve ruido procedente de fuera, de la veranda. Milverton soltó sus papeles y se puso rígido en su silla. Se repitió el sonido, y luego se oyó llamar suavemente a la puerta. Milverton se puso en pie y fue a abrirla.

– Bueno –dijo con brusquedad–, llega con casi media hora de retraso.

Ésa era, pues, la explicación de la puerta sin cerrar y de la vigilia nocturna de Milverton. Se oyó el dulce susurro de un vestido de mujer. Yo había cerrado la rendija entre las cortinas cuando Milverton se había vuelto hacia nosotros, pero ahora me atreví a abrirla de nuevo. Milverton había vuelto a sentarse. Su cigarro seguía proyectándose con insolente inclinación desde una comisura de sus labios. Delante suyo, dándole de lleno la luz eléctrica, estaba una mujer alta, delgada, con un velo cubriéndole el rostro y un manto tapándole el mentón. Respiraba aprisa, jadeante, y su esbelta figura se estremecía de pies a cabeza bajo los efectos de un fuerte nerviosismo.

– Bueno –dijo Milverton–, me ha hecho perder un buen descanso nocturno, amiga mía. Espero que la cosa lo valga. ¿No podía venir en ningún otro momento, eh?

La mujer negó con la cabeza.

– Bueno, si no podía, no podía. Si la condesa es un ama poco agradable, va a tener ahora la oportunidad de desquitarse de ella. ¡Pero muchacha! ¿Por qué está temblando? ¡Vamos, vamos! ¡Cálmese! Ahora, vamos al negocio –sacó una nota del cajón de su escritorio–. Dice que tiene cinco cartas que comprometen a la condesa d'Albert. Quiere venderlas. Yo quiero comprarlas. Hasta ahí, todo marcha. Lo único que falta es fijar el precio. Quiero examinar las cartas, naturalmente. Si son ejemplares realmente hermosos... ¡Cielo santo! ¿Es usted?

La mujer, sin decir palabra, se había levantado el velo y había soltado el manto, despejándose la barbilla. Era una cara morena, hermosa, bien dibujada, la que se confrontaba con Milverton, una cara de nariz curva, fuertes cejas negras que sombreaban unos ojos brillantes de mirada dura, y boca de labios finos apretados en una sonrisa peligrosa.

– Yo soy –dijo–. La mujer cuya vida ha arruinado.

Milverton se rió, pero su voz vibraba de miedo.

– Fue usted tan obstinada... –dijo–. ¿Por qué me impulsó a esos extremos? Le aseguro que por mis impulsos naturales no le haría daño ni a una mosca, pero cada cual tiene sus negocios, y, ¿qué quería que hiciera? Puse un precio que estaba perfectamente a su alcance. Usted no quiso pagar.

– Así que mandó usted las cartas a mi marido, y a él... el caballero más noble que jamás haya vivido, un hombre del que yo no era digna ni de atarle los zapatos... se le rompió su valiente corazón y murió. ¿Recuerda que la última noche, cuando pasé por esta puerta y le rogué y supliqué que tuviera clemencia, se rió en mi cara, del mismo modo que trata de reírse ahora? Sólo que ahora su cobarde corazón no puede evitar que le tiemblen los labios. No, nunca pensó volver a verme aquí, pero fue aquélla la noche que me enseñó cómo podía verme con usted cara a cara, y a solas. Bueno, Charles Augustus Milverton, ¿qué tiene que decir?

– No se imagine que puede intimidarme –dijo Milverton, poniéndose en pie–. Sólo tengo que levantar la voz, y podría llamar a mis sirvientes y hacerla detener. Pero seré condescendiente con su natural enfurecimiento. Salga de inmediato por donde ha entrado, y no diré nada más.

La mujer tenía la mano oculta en el pecho, y en sus labios permanecía la misma sonrisa mortífera.

– No arruinará usted más vidas como arruinó la mía. No estrujará más corazones como estrujó el mío. Voy a liberar al mundo de un ser venenoso. ¡Toma esto, perro! ¡Y esto! ¡Y esto!

Había sacado un pequeño revólver reluciente y vació todo su barrilete, disparo tras disparo, en el cuerpo de Milverton con la boca del cañón a menos de dos pies de la pechera de su camisa. Milverton retrocedió, y luego cayó de bruces sobre la mesa, tosiendo furiosamente y asiendo los papeles a puñadas. Luego se incorporó, tambaleándose, recibió otro disparo, y rodó por el suelo.

– Me ha matado –gritó; y quedó inmóvil. La mujer le contempló intensamente y le hundió el tacón del zapato en la cara, que estaba vuelta hacia arriba. Volvió a mirarle, pero no había ningún sonido ni movimiento. Oí un brusco susurro de ropa, el aire nocturno sopló dentro de la habitación caliente. La vengadora se había ido.

Nuestra intervención no hubiera podido salvar al hombre de su suerte, pero mientras la mujer metía bala tras bala en el cuerpo convulsionado de Milverton estuve a punto de saltar. Sentí, sin embargo, que la fría y fuerte mano de Holmes me sujetaba de la muñeca. Comprendí toda la argumentación de aquel agarro firme y prohibitivo: no era asunto nuestro; la justicia había golpeado a un miserable; nosotros teníamos nuestros propios deberes y objetivos, y no debíamos perderlos de vista. Pero apenas la mujer se había ido corriendo de la habitación cuando Holmes, con pasos veloces y silenciosos, estaba ya en la otra puerta. Giramos la llave en la cerradura. En aquel mismo instante, oímos voces en la casa y el sonido de pasos apresurados. Los disparos de revólver habían despertado a la servidumbre. Holmes, con absoluta sangre fría, se dirigió hacia la caja fuerte, tomó un brazado de paquetes de cartas, y las arrojó todas al fuego. Repitió la misma operación una y otra vez, hasta que la caja fuerte estuvo vacía. Alguien trató de abrir la puerta y se puso a golpearla por fuera. Holmes se volvió en redondo. La carta que había sido para Milverton la mensajera de la muerte estaba sobre la mesa, manchada con su sangre. Holmes la tiró, arrugada, entre los papeles que ardían. Luego se sacó del bolsillo la llave de la puerta exterior, la cruzó después de mí, y la cerró por fuera.

– Por aquí, Watson –dijo–. Podemos escalar el muro del jardín en esa parte.

No me hubiera imaginado que una alarma pudiera extenderse tan aprisa. Cuando miré hacia atrás, toda la casa resplandecía de luces encendidas. La puerta frontal estaba abierta, y varias personas corrían de un lado a otro por la avenida del jardín. El jardín entero bullía de gente, y un tipo nos dio el alto cuando salimos de la veranda y se puso a perseguirnos a toda prisa. Holmes parecía conocer el terreno perfectamente, y se orientó rápidamente a través de un plantel de arbolitos. Yo le seguía de cerca, y nuestro primer perseguidor jadeaba detrás nuestro. El muro que nos obstaculizaba el paso tenía seis pies de altura, pero Holmes lo coronó de un salto y pasó al otro lado. Yo, al hacer lo mismo, sentí la mano del perseguidor asiéndome del tobillo, pero me liberé de un puntapié y pasé por encima de la albardilla erizada de vidrios. Caí de bruces entre unos arbustos, pero Holmes me puso en pie en un instante, y nos echamos a correr por la amplia extensión de Hampstead Heath. Habíamos corrido cosa de dos millas, diría yo, cuando Holmes se detuvo por fin y escuchó atentamente. Detrás nuestro todo estaba en completo silencio. Nos habíamos liberado de nuestros perseguidores, y estábamos a salvo.

Habíamos terminado de desayunar y fumábamos nuestra pipa matinal, el día siguiente a la notable experiencia que he relatado, cuando hicieron pasar a nuestra modesta sala de estar al señor Lestrade, de Scotland Yard, que estaba muy solemne e imponente.

– Buenos días, señor Holmes –dijo–. Buenos días. ¿Está usted ocupado?

– No demasiado para escucharle a usted.

– He pensado que quizá, si no tiene nada de particular entre manos, le gustaría ayudarnos en un caso realmente notable que tuvo lugar anoche mismo en Hampstead.

– ¡Cielos! –dijo Holmes.– ¿De qué se trata?

– De un asesinato... De un asesinato muy dramático y notable. Sé lo que le gustan a usted esas cosas, y consideraría como un gran favor el que se viniera a Appledore Towers y nos concediera su consejo. No es un crimen ordinario. Hace tiempo que teníamos vigilado al señor Milverton, y, dicho sea entre nosotros, era más bien un canalla. Se sabe que tenía documentos que utilizaba para el chantaje. Todos estos documentos han sido quemados por los asesinos. No ha desaparecido ningún objeto de valor, y es probable que los criminales sean hombres de cierta categoría cuyo único objeto fuera el de evitar un escándalo social.

– ¡Criminales! –exclamó Holmes.– ¡En plural!

– Sí, eran dos. Casi fueron capturados con las manos en la masa. Tenemos las huellas de sus pies, tenemos su descripción. Apostaría diez contra uno que damos con su pista. El primer tipo era un tanto demasiado rápido, pero el segundo fue alcanzado por el ayudante del jardinero, y no pudo escapar sino después de una lucha. Era un hombre de mediana estatura, fornido, mandíbula sólida, cuello grueso, con bigote. Llevaba antifaz.

– Eso es un tanto vago –dijo Sherlock Holmes–. Fíjese, ésa podría ser la descripción de Watson.

– Cierto –dijo el inspector, muy divertido–. Podría ser la descripción de Watson.

– Bueno, me temo que no podré ayudarle, Lestrade –dijo Holmes–. Lo cierto es que conocía a ese tal Milverton, que le consideraba uno de los hombres más peligrosos de Londres, y que pienso que hay ciertos crímenes que la ley no puede castigar y que, por lo tanto, hasta cierto punto, admiten como válida la venganza. No, de nada le servirá discutir conmigo. He tomado mi decisión. Mis simpatías están más del lado de los criminales que de la víctima, y no me haré cargo del caso.

Holmes no había dicho ni palabra acerca de la tragedia que habíamos presenciado, pero observé, a lo largo de toda la mañana, que estaba de un humor muy pensativo, y me dio la impresión, por lo vacío de su mirada y lo abstraído de su comportamiento, de un hombre que está tratando de invocar algo en su memoria. Estábamos a mitad de la comida cuando se puso en pie repentinamente.

– ¡Diablos, Watson! ¡Ya lo tengo! –gritó.– ¡Tome su sombrero! ¡Acompáñeme!

Recorrió a toda velocidad Baker Street, y siguió por Oxford Street hasta que casi habíamos llegado a Regent Circus. Allí, a mano izquierda, había una tienda repleta de fotografías de las celebridades y las bellezas del momento. La mirada de Holmes se clavó en una de las fotografías, y yo, siguiéndola, vi el retrato de una dama regia e impresionante en traje de corte, con una alta diadema de diamantes sobre su noble cabeza. Contemplé aquella nariz delicadamente curva, aquellas cejas pronunciadas, aquella boca firme y aquel mentón enérgico. Contuve el aliento al leer el título ancestralmente respetado del gran aristócrata y estadista del que aquella mujer había sido esposa. Mi mirada se cruzó con la de Holmes. Holmes se llevó un dedo a los labios mientras nos alejábamos del escaparate.

No era nada inusual que el señor Lestrade, de Scotland Yard, viniera a visitarnos a última hora de la tarde, y aquellas visitas eran bien recibidas por Sherlock Holmes, ya que le permitían mantenerse en contacto con lo que ocurría en el estado mayor de la policía. A cambio de las noticias que Lestrade le traía, Holmes estaba siempre dispuesto a escuchar atentamente los detalles de cualquier caso en que estuviera metido el detective, y podía de vez en cuando, sin intervenir activamente, proporcionarle alguna indicación o sugerencia que sacaba de sus vastos conocimientos y experiencias.

Aquella velada, Lestrade había estado hablando del tiempo y de los periódicos. Luego se quedó callado, chupando pensativamente su cigarro. Holmes le miró penetrantemente.

– ¿Alguna cosa especial entre manos? –preguntó.

– Oh, no, señor Holmes, nada demasiado especial.

– Entonces, cuéntemelo todo al respecto.

Lestrade se rió.

– Bueno, señor Holmes, será inútil que niegue que *sí* hay algo que me preocupa. Y, sin embargo, el asunto es tan absurdo que titubeaba en contárselo. Por otra parte, aunque trivial, la cosa es indudablemente curiosa, y sé que es usted aficionado a todo lo que se sale de lo común. Pero, en mi opinión, está más en la línea del doctor Watson que en la nuestra.

– ¿Enfermedad? –dije.

– Demencia, por lo menos. ¡Y una demencia realmente extraña! Nunca se imaginarían que pueda haber, en estos tiempos, un ser viviente que odia a Napoleón Primero hasta tal punto que rompe todas las imágenes suyas que se encuentra.

Holmes se dejó caer hacia atrás en su asiento.

– Ése no es asunto mío –dijo.

– Exacto. Esto es lo que yo había dicho. Pero es que ese hombre comete robos con tal de poder romper imágenes que no le pertenecen, y eso le aparta del médico y le acerca al policía.

Holmes se incorporó de nuevo en su asiento.

– ¡Robo! Esto ya es más interesante. Déjeme oír los detalles.

Lestrade se sacó su cuaderno de notas oficial y se refrescó la memoria en sus páginas.

– El primer caso denunciado fue hace cuatro días –dijo–. Fue en la tienda de Morse Hudson, que tiene un negocio de venta de cuadros y estatuas en Kennington Road. El dependiente había dejado sola la parte pública de la tienda por un instante cuando oyó un estampido. Volvió corriendo, y se encontró con que un busto en yeso de Napoleón que estaba en el mostrador junto con varias otras obras de arte estaba roto en mil pedazos. Salió en seguida a la calle, pero, aunque varios transeúntes le dijeron que habían visto a un hombre salir corriendo de la tienda, no pudo ver a nadie ni encontrar la forma de identificar al bribón. Parecía tratarse de uno de esos actos de gamberrismo sin sentido que se producen de vez en cuando, y como tal fue denunciado ante el comisario de servicio. El busto en yeso no podía valer más de unos pocos peniques, y el asunto parecía, en definitiva, demasiado pueril para que se investigara especialmente.

»El segundo caso, sin embargo, fue más serio, y también más singular. Tuvo lugar anoche mismo.

»En Kennington Road, a pocos cientos de yardas de la tienda de Morse Hudson, vive un conocido médico en ejercicio, el doctor Barnicot, que tiene una de las más numerosas clientelas al sur del Támesis. Su residencia y consultorio principal está en Kennington Road, pero tiene un quirófano y un dispensario en Lower Brixton Road, a dos millas de allí. Ese doctor Barnicot es un admirador entusiasta de Napoleón, y tiene la casa llena de libros, cuadros y reliquias del emperador francés. Hace algún tiempo le compró a Morse Hudson dos copias en yeso de la famosa cabeza de Napoleón por el escultor francés Devine. Puso una en el vestíbulo de su casa en Kennington Road, y otra sobre el manto de la chimenea de su establecimiento quirúrgico de Lower Brixton. Bueno, pues cuando el doctor Barnicot llegó esta mañana, se quedó asombrado al ver que en su casa habían entrado ladrones durante la noche pero que no se habían llevado nada más que la cabeza de yeso del vestíbulo. La habían sacado de la casa, y la habían estrellado salvajemente contra el muro del jardín, junto al cual se encontraron sus innumerables fragmentos.

Holmes se frotó las manos.

— Esto es desde luego, muy nuevo –dijo.

— Pensé que le gustaría. Pero todavía no he terminado. El doctor Barnicot tenía que estar en su establecimiento quirúrgico a las doce, e imagínense su asombro cuando, al llegar allí, descubrió que la ventana había sido forzada durante la noche y que los fragmentos de su segundo busto estaban dispersos por toda la habitación. Lo habían hecho añicos en el sitio mismo donde estaba. En ninguno de los dos casos había indicios que nos proporcionaran ninguna pista referente al criminal o al chiflado que había cometido los desaguisados. Ahora, señor Holmes, ya conoce los hechos.

— Son singulares, por no decir grotescos –dijo Holmes–. ¿Puedo preguntar si los dos bustos destrozados en las habitaciones del doctor Barnicot eran copias exactas del que fue destruido en la tienda de Morse Hudson?

— Todos estaban sacados del mismo molde.

— Este hecho pesa mucho en contra de la teoría según la cual el que los rompe opera bajo la influencia de un odio genérico contra Napoleón. Si tenemos en cuenta los cientos y cientos de estatuas del gran emperador que hay en Londres, es excesivo suponer que sea una coincidencia el que un iconoclasta común empiece precisamente por tres ejemplares del mismo busto.

— Bueno, yo pensé igual –dijo Lestrade–. Por otra parte, ese Morse Hudson es el suministrador de bustos de esa parte de Londres, y esos tres eran los únicos que habían tenido en su tienda en varios años. Así que, si bien, como usted dice, hay muchos cientos de estatuas en Londres, es muy probable que esas tres fueran las únicas en aquel distrito. Por lo tanto, un fanático local empezaría por ellas. ¿Qué piensa usted, doctor Watson?

—No existen límites para las posibilidades de la monomanía –respondí–. Ésa es la condición que los sicólogos franceses modernos han llamado *idée fixe*, que puede ser irrelevante por su carácter y verse acompañada por una completa normalidad en toda otra cosa. Es concebible que un hombre que haya leído mucho sobre Napoleón, o que se sienta afectado por alguna ofensa familiar recibida en tiempos de la gran guerra, pueda formarse una *idée fixe* y ser capaz, bajo su influencia, de cualquier delito extravagante.

– Eso no sirve, mi querido Watson –dijo Holmes, negando con la cabeza–. Ningún grado de *idée fixe* podría llevar a que su interesante monomaníaco averiguara dónde estaban situados esos bustos.

– Bueno, ¿cómo lo explica *usted*?

– No trato de explicarlo. Solamente quisiera hacer notar que se da un cierto método en las excéntricas actuaciones de ese caballero. Por ejemplo, en el caso del vestíbulo del doctor Barnicot, donde un ruido hubiera podido despertar a la familia, el busto fue sacado al jardín antes de ser destrozado, mientras que en el establecimiento quirúrgico, donde había menos peligro de alarma, fue destruido allí donde estaba. El asunto parece absurdamente insignificante, y, sin embargo, no me atrevo a llamarlo trivial cuando pienso que varios de mis casos más clásicos tuvieron comienzos muy poco prometedores. Usted recordará, Watson, cómo el espantoso asunto de la familia Abernetty me llamó la atención inicialmente por lo profundamente que se había hundido el perejil en la mantequilla en un día caluroso. No puedo permitirme, por lo tanto, el sonreír ante sus tres bustos rotos, Lestrade, y le quedaré muy agradecido si me da a conocer toda cosa nueva que ocurra en esta singular cadena de acontecimientos.

La cosa nueva que mi amigo había pedido que se le comunicara llegó mucho antes y en una forma infinitamente más trágica de lo que hubiéramos podido imaginar. La mañana siguiente, yo estaba todavía vistiéndome en mi dormitorio cuando llamaron a la puerta, y entró Holmes con un telegrama en la mano. Lo leyó en voz alta:

«Venga en seguida, Pitt Street 131, Kensignton. – Lestrade.»

– ¿De qué se trata? –pregunté.

– No lo sé... Puede ser cualquier cosa. Pero sospecho que es la secuela de esa historia de las estatuas. Si es así, nuestro amigo el rompedor de imágenes ha iniciado sus operaciones en otro barrio de Londres. Tiene usted café en la mesa, Watson, y tengo un coche esperando en la puerta.

Al cabo de media hora estábamos en Pitt Street, un tranquilo y pequeño remanso justo al lado de una de las más impetuosas corrientes de la vida londinense. El número 131 formaba parte de una fila de casas achatadas, respetables y sumamente poco románticas. Al llegar nos encontramos con que delante de la verja de la parte frontal de la casa se había juntado una multitud de curiosos. Holmes emitió un silbido.

– ¡Caramba! Intento de asesinato, por lo menos. Nada inferior a esto podría detener a un mozo de recadero londinense. El encorvamiento y el estiramiento del cuello de ese tipo indican un hecho violento. ¿Qué es esto, Watson? El peldaño superior lavado, y los demás secos. ¡Bastantes huellas, por lo menos! Bueno, bueno, ahí tenemos a Lestrade, en la ventana frontal, y pronto nos habremos enterado de todo.

El funcionario nos recibió con expresión muy grave y nos condujo a una sala de estar donde un hombre entrado en años, extraordinariamente desaseado y nervioso, envuelto en una bata de franela, daba zancadas de un lado para otro. Nos fue presentando como el propietario de la casa, el señor Horace Harker, del Sindicato Central de la Prensa.

— Es otra vez el asunto del busto de Napoleón –dijo Lestrade–. Parecía usted interesado anoche, señor Holmes, así que pensé que quizá le gustaría estar presente ahora que el asunto ha tomado un giro mucho más serio.

— ¿Qué giro ha tomado?

— El del asesinato. Señor Harker, ¿quiere contarles a estos caballeros qué ha ocurrido?

El hombre de la bata se volvió hacia nosotros con cara sumamente melancólica.

— Es absolutamente extraordinario –dijo– que, después de pasar la vida recogiendo noticias de otra gente, ahora que una auténtica noticia se me cruza en el camino me sienta tan confuso y preocupado que no puedo juntar dos palabras. Si hubiera llegado aquí como periodista, me hubiera entrevistado a mí mismo y tendría dos columnas en todos los periódicos de la tarde. Pero lo cierto es que estoy cediendo material informativo valioso contando mi historia una y otra vez a toda una serie de personas distintas, y que no puedo utilizarlo yo mismo. Sin embargo, he oído hablar de usted, señor Sherlock Holmes, y si logra explicar este asunto tan extraño me sentiré compensado por la molestia de contarle la historia.

Holmes se sentó y escuchó.

— Todo parece girar en torno a ese busto de Napoleón que compré para esta misma habitación hace cosa de cuatro meses. Lo conseguí barato en la tienda de los hermanos Harding, a dos puertas de la estación de High Street. Gran parte de mi trabajo periodístico se desarrolla de noche, y a menudo escribo hasta las primeras horas de la mañana. Así fue hoy. Estaba sentado en mi cubil, que está en la parte trasera del primer piso, hacia las tres de la madrugada, cuando me convencí de que estaba oyendo ruidos abajo. Escuché, pero no se repitieron, y concluí que procedían de la calle. Luego, de repente, como cinco minutos después, oí un aullido horrible, la cosa más espantosa, señor Holmes, que haya oído en toda mi vida. Resonará en mis oídos mientras viva. Me quedé inmóvil, helado de horror, durante uno o dos minutos. Luego tomé el atizador y bajé la escalera. Cuando entré en esta habitación encontré la ventana abierta de par en par, y me fijé en seguida en que el busto había desaparecido de encima del manto de la chimenea. El por qué un ladrón habría de llevarse semejante cosa es algo que desborda mi capacidad de comprensión, ya que era solamente una copia en yeso, sin ningún valor real.

»Como puede ver, cualquiera que salga por esta ventana puede alcanzar el peldaño de la entrada con una larga zancada. Esto era evidentemente lo que había hecho el ladrón, así que di la vuelta y abrí la puerta. Al salir a la oscuridad, casi caí sobre un hombre muerto que yacía allí. Entré corriendo a buscar luz. Allí estaba aquel pobre tipo, con un gran corte en la garganta y en medio de un charco de sangre. Estaba tendido de espaldas, con las rodillas levantadas y la boca horriblemente abierta. Le veré en mis sueños. Tuve el tiempo justo de soplar en mi silbato para avisar a la policía, y luego debí desmayarme, porque no me enteré de nada más hasta que vi al policía inclinado encima mío en el vestíbulo.

– Bueno, ¿quién era el hombre asesinado? –preguntó Holmes.

– No hay nada que indique quién era –dijo Lestrade–. Verá usted el cadáver en el depósito, pero todavía no hemos averiguado nada a su respecto. Es un hombre alto, de tez tostada, muy fuerte, de no más de treinta años. Viste pobremente, pero no parece ser un trabajador. Un cuchillo de cierre con mango de cuerno estaba en un charco de sangre a su lado. No sé si es el arma con que se cometió el crimen, o si pertenecía al muerto. No había ningún nombre en sus prendas, y no llevaba nada en los bolsillos, salvo una manzana, un poco de cordel, un plano de Londres de los de a chelín, y una fotografía. Aquí la tiene.

La fotografía era, con toda evidencia, una instantánea tomada con una pequeña cámara. Se veía en ella a un hombre siniesco, de facciones vivas y acusadas, de cejas espesas y con una peculiar proyección de la parte inferior del rostro que se asemejaba al hocico de un babuino.

– ¿Y qué fue del busto? –preguntó Holmes, después de estudiar detenidamente el retrato.

– Nos llegaron noticias del busto momentos antes de que ustedes llegaran. Ha sido encontrado en el jardín delantero de una casa vacía en Campden House Road. Estaba hecho pedazos. Ahora iré a verlo. ¿Me acompaña?

– Desde luego. Sólo he de echar un vistazo más aquí –examinó la alfombra y la ventana–. O ese tipo tenía las piernas muy largas, o era un hombre muy ágil –dijo–. Con un patio debajo, no es ninguna broma alcanzar el antepecho de la ventana y abrirla. El camino inverso es comparativamente sencillo. ¿Viene con nosotros para ver los restos de su busto señor Harker?

El desconsolado periodista se había sentado ante su escritorio.

– He de intentar sacar algo de todo esto –dijo–, aunque no me cabe duda de que las primeras ediciones de los periódicos de la tarde han salido ya con toda clase de detalles. ¡Así es mi suerte! ¿Recuerdan cuando se cayó la tribuna en Doncaster? Bueno, pues yo era el único periodista que había en la tribuna, y mi periódico fue el único que no pudo publicar ninguna reseña del asunto, porque yo estaba demasiado nervioso para escribirla. Y ahora llegaré demasiado tarde con un asesinato cometido en el mismísimo umbral de mi casa.

Mientras salíamos de la habitación, oímos su pluma trabajando chirriantemente sobre el papel.

El sitio donde se habían encontrado los fragmentos del busto estaba solamente a unos pocos cientos de yardas. Por primera vez pudimos ver aquella representación del gran emperador que parecía despertar un odio tan frenético y destructor en la mente del desconocido. Sus pedacitos estaban desparramados sobre la hierba. Holmes recogió varios de los fragmentos y los examinó cuidadosamente. Me convencí, por su expresión concentrada y sus movimientos seguros, de que por fin había dado con una pista.

– ¿Y bien? –dijo Lestrade.

Holmes se encogió de hombros.

– Tenemos todavía mucho camino por recorrer –dijo–. Sin embargo... Sin embargo... Bueno, tenemos varios hechos sugerentes sobre los que actuar. La posesión de este busto insignificante valía más, a ojos de ese extraño criminal, que una vida humana. Este es un punto. Luego, está el hecho singular de que no lo rompiera en la casa, ni inmediatamente después de salir de la casa, si su único objeto era romperlo.

– Se asustó y desconcertó al encontrarse con ese otro tipo. Apenas sabía lo que se hacía.

– Bueno, eso es bastante probable. Pero quiero llamar muy particularmente su atención sobre la posición de esta casa en cuyo jardín fue destruido el busto.

Lestrade miró a su alrededor.

– Era una casa vacía, y sabía que nadie le molestaría en el jardín.

– Cierto, pero hay otra casa vacía más arriba en esta misma calle, y debió pasar por delante de ella antes de llegar a ésta. ¿Por qué no entró allí, cuando es evidente que cada yarda que recorría aumentaba el riesgo de que se topara con alguien?

– Me rindo –dijo Lestrade.

Holmes señaló la farola de la calle, encima nuestro.

– Aquí podía ver lo que hacía, y allí no. Ésta es la razón.

– ¡Diablos! Es cierto –dijo el detective–. Ahora que lo pienso, el busto del doctor Barnicot fue roto a poca distancia de su lámpara roja. Bueno, señor Holmes, ¿qué haremos con este dato?

– Recordarlo... Almacenarlo. Más adelante podemos dar con algo que tenga relación con él. ¿Qué pasos propone usted que demos ahora, Lestrade?

– El modo más práctico de avanzar algo consiste, en mi opinión, en identificar al muerto. No debería ser difícil conseguirlo. Cuando hayamos descubierto quién es y quiénes son sus asociados habremos dado un gran paso hacia la averiguación de qué hacía en Pitt Street la pasada noche y de quién fue el que se encontró con él y le mató en el umbral de la casa del señor Horace Harker. ¿No cree?

– Sin duda. Sin embargo, no es exactamente así cómo yo abordaría el caso.

– ¿Qué haría usted?

– Oh, no permita que le influencie de ningún modo. Sugiero que usted siga su línea, y yo la mía. Luego podemos comparar nuestras observaciones, y complementarnos.

– Muy bien –dijo Lestrade.

– Si vuelve usted a Pitt Street, verá al señor Horace Harker. Dígale de mi parte que tengo ya una opinión formada, y que es indudable que un peligroso loco homicida con manías antinapoleónicas estuvo en su casa anoche. Le será útil para su artículo.

Lestrade miró a Holmes con sorpresa.

– ¿No creerá usted seriamente eso?

Holmes sonrió.

– ¿No? Bueno, quizá no. Pero estoy seguro de que esto interesará al señor Horace Harker y a los suscriptores del Sindicato Central de la Prensa. Ahora, Watson, creo que descubriremos que nos aguarda una jornada de trabajo larga y un tanto compleja. Me encantaría, Lestrade, que pudiera usted venir esta tarde a las seis a Baker Street. Hasta entonces, me gustaría quedarme con esta fotografía encontrada en un bolsillo del muerto. Es posible que deba pedirle su compañía y su ayuda para una pequeña expedición que tendré que emprender esta noche, si es que mi cadena de razonamiento resulta correcta. Hasta entonces, adiós, y buena suerte.

Sherlock Holmes y yo caminamos juntos hasta High Street. Una vez allí, Holmes se detuvo delante de la tienda de los hermanos Harding, donde había sido adquirido el busto. Un joven dependiente nos informó de que el señor Harding estaría ausente hasta la tarde, y que él trabajaba allí desde hacía poco tiempo y no podía proporcionarnos ninguna información. El rostro de Holmes reflejó decepción y contrariedad.

– Bueno, bueno, Watson, no podemos esperar que todo nos salga redondo –dijo, al cabo de un rato–. Tendremos que volver por la tarde, si el señor Harding no ha de estar hasta entonces. Estoy tratando, como sin duda habrá usted conjeturado, de seguir la pista de estos bustos hasta su origen, para averiguar si hay en ellos alguna peculiaridad que pueda explicar su insólita suerte. Vayamos a ver al señor Morse Hudson en Kennington Road, y veamos si puede arrojar alguna luz sobre el problema.

Una hora en coche de alquiler nos llevó al establecimiento del comerciante en arte. Éste era un hombre bajo y fornido, de cara colorada y modales malhumorados.

– Sí, señor. En mi propio mostrador, señor –dijo–. No sé por qué pagamos tasas e impuestos cuando cualquier maleante puede venir a romperle a uno sus propiedades. Sí, señor, yo mismo le vendí al doctor Barnicot sus dos estatuas. ¡Vergonzoso, señor! Una conspiración nihilista, así es como entiendo yo la cosa. Nadie más que un anarquista andaría por ahí rompiendo estatuas. Rojos y republicanos, así es cómo yo les llamo. ¿De quién obtuve las estatuas? No veo qué tiene que ver eso con nada. Bueno, si de veras quiere saberlo, se las compré a Gelder y Cía., en Church Street, en Stepney. Es una firma muy conocida en el ramo, y lo es desde hace veinte años. ¿Que cuántas tenía? Tres... Dos más uno dan tres... Dos del doctor Barnicot, y una rota a plena luz del día en mi propio mostrador. ¿Que si conozco esta fotografía? No, no la conozco. Espere, sí. ¡Vaya! ¡Si es Beppo! Era una especie de trabajador a destajo, italiano, que era muy útil en la tienda. Podía esculpir un poco, y dorar un marco, y hacer toda clase de trabajos varios. Me dejó la semana pasada, y no he tenido noticias suyas desde entonces. No, no sé de dónde venía y adónde se ha ido. No tenía nada en su contra mientras estaba aquí. Se fue dos días antes de que rompieran el busto.

– Bueno, esto es todo lo que razonablemente podemos esperar obtener de Morse Hudson –dijo Holmes, cuando salíamos de la tienda–. Tenemos a ese Beppo como denominador común de Kennington y Kensington, así que la cosa vale un paseo en coche de diez millas. Ahora, Watson, iremos a visitar a Gelder y Cía., de Stepney, la fuente y origen de los bustos. Me sorprendería si no encontráramos allí alguna ayuda.

Pasamos en rápida sucesión por la orla del Londres elegante, por el Londres hotelero, el Londres de los teatros, el Londres literario, el Londres comercial, y, finalmente, el Londres marítimo, y llegamos finalmente a una ciudad junto al río de un centenar de miles de habitantes donde las casas de vecindad exudan y humean con los vapores de los parias de toda Europa. Allí, en una ancha avenida, en una casa que en otro tiempo había sido el domicilio de prósperos mercaderes de la ciudad, encontramos el taller de escultura que buscábamos. En la parte exterior había un patio de gran tamaño monumentalmente lleno de material de albañilería. Dentro había una amplia sala en la que cincuenta trabajadores esculpían o moldeaban. El director, un alemán alto y rubio, nos recibió cortésmente, y dio clara respuesta a todas las preguntas de Holmes. Remitiéndonos a sus libros, supimos que se habían sacado cientos de copias de un busto en mármol de Napoleón por Devine, pero las tres que habían sido enviadas a Morse Hudson hacía cosa de año constituían la mitad de una partida de seis. Las otras tres habían sido enviadas a los hermanos Harding, de Kensington. No había razón para considerar aquellos seis bustos distintos de los demás. El director era incapaz de sugerir ningún motivo para que nadie hubiera de querer destruirlos. De hecho, la idea le hizo reír. Su precio de venta al mayor era de seis chelines, pero el detallista debía venderlos a doce o quizá más. El busto se hacía en dos moldes, uno para cada lado de la cara, y luego esos dos perfiles de yeso de París se juntaban para formar el busto completo. El trabajo lo hacían habitualmente unos italianos en la sala en la que estábamos. Los bustos, una vez terminados, se colocaban en una mesa, en el pasillo, para que se secaran, y luego se almacenaban. Eso era todo lo que podía decirnos.

Pero la fotografía que le mostró produjo en el director un efecto notable. Se puso rojo de ira, y sus cejas se juntaron sobre sus azules ojos teutónicos.

– ¡Ah! ¡Ese bribón! –exclamó.– Sí, le conozco, y muy bien. Éste ha sido siempre un establecimiento respetable, y la única vez que hemos tenido aquí a la policía fue por culpa de ese tipo. Hace de esto más de un año. Acuchilló a otro italiano en la calle, y luego vino a trabajar con la policía pisándole los talones, y fue capturado aquí. Se llamaba Beppo...Nunca supe su apellido. Aquello me sirvió de escarmiento, por haber contratado a un hombre con esa cara. Pero era un buen trabajador... Uno de los mejores.

– ¿Qué condena le cayó?

– El hombre no murió, y se salió con un año. No me cabe duda de que ahora está en libertad. Pero no se ha atrevido a dejarse ver por aquí. Un primo suyo trabaja aquí, y supongo que podría decirles dónde está ahora.

No, no –exclamó Holmes–. Ni una palabra al primo... Ni una palabra, se lo ruego. Es un asunto muy importante, y cuanto más avanzo en él tanto más importante lo veo. Cuando consultó en su libro mayor la venta de esos bustos, observé que la fecha era el 3 de junio del año pasado. ¿Podría decirme en qué fecha fue detenido Beppo?

–Podría decírselo aproximadamente por los registros de nómina –contestó el director–. Sí –prosiguió, después de volver varias páginas–, recibió su última paga el 20 de mayo.

– Gracias –dijo Holmes–. Creo que no tendré que volver a abusar de su tiempo y su paciencia.

Tras una última advertencia para que no dijera nada de nuestras investigaciones, nos dirigimos de nuevo hacia el oeste.

Estaba ya muy avanzada la tarde, pudimos almorzar apresuradamente en un restaurante. Un anuncio de periódico, junto a la puerta, anunciaba: «El crimen de Kensington. Asesinato cometido por un loco». La lectura del periódico nos permitió comprobar que, después de todo, el señor Horace Harker había llegado a tiempo de que se imprimiera su relato. La narración del incidente ocupaba dos columnas altamente sensacionalistas y escritas en lenguaje florido. Holmes apoyó el periódico en las vinagreras y leyó mientras comía. Se rió entre dientes una o dos veces.

– Eso está muy bien, Watson –dijo–. Escuche: «Es satisfactorio saber que no puede haber opiniones discrepantes en este caso, puesto que el señor Lestrade, uno de los miembros más expertos de la policía oficial, y el señor Sherlock Holmes, el conocido detective asesor, han llegado ambos a la conclusión de que la grotesca serie de incidentes que ha culminado de manera tan trágica provienen de la demencia y no del crimen premeditado. Ninguna explicación, salvo la aberración mental, puede cubrir los hechos.» La prensa, Warson, es una institución muy valiosa, si uno sabe cómo utilizarla. Y ahora, si ha terminado de comer, nos iremos derechos a Kensington y veremos qué puede contarnos del asunto el director del establecimiento de los hermanos Harding.

El fundador de aquel gran emporio resultó ser una personilla vivaz y frágil, muy atenta e inquieta, de mente clara y lengua veloz.

– Sí, señor, ya he leído lo que dicen los periódicos de la tarde. El señor Horace Harker es cliente nuestro. Le vendimos el busto hace varios meses. Compramos tres bustos de esa clase en Gelder y Cía., de Stepney. Ahora están todos vendidos. ¿A quién? Oh, creo que consultando nuestros libros podré decírselo muy fácilmente. Uno al señor Harker, como ve, otro al señor Josiah Brown, de Laburnum Lodge, en Laburnum Vale, Chiswick, y otro al señor Sandeford, de Lower Grove Road, en Reading. No, nunca he visto esa cara de la fotografía que me enseña. Sería difícil olvidarla, ¿no es cierto caballero? Pocas veces he visto a nadie tan feo. ¿Que si tenemos a italianos entre nuestro personal? Sí, señor, tenemos a varios entre los trabajadores y el personal de limpieza. Yo diría que sí podrían echar un vistazo a este libro de ventas si se lo propusieran. No hay ninguna razón especial para mantener vigilancia sobre este libro. Vaya, vaya, es un asunto extrañísimo, y espero que me lo hagan saber si llegan a alguna parte con sus investigaciones.

Holmes había tomado varias anotaciones durante la declaración del señor Harding, y pude ver que estaba absolutamente satisfecho del cariz que tomaban las cosas. No hizo ninguna observación, sin embargo, salvo la de que, a menos que nos apresuráramos, llegaríamos tarde a nuestra cita con Lestrade. Y, en efecto, cuando llegamos a Baker Street el detective estaba ya allí, y le encontramos dando zancadas arriba y abajo con una impaciencia febril. Su aire de importancia nos dijo que su jornada laboral no había sido infructuosa.

– ¿Qué? –preguntó.– ¿Qué tal le ha ido, señor Holmes?

– Hemos tenido un día muy ocupado, y no lo hemos perdido del todo –explicó mi amigo–. Hemos visto a ambos detallistas, y también a los fabricantes. Ahora puedo seguir la pista de todos los bustos desde el comienzo.

–¡Los bustos! –gritó Lestrade.– Bueno, bueno, usted tiene sus métodos, señor Sherlock Holmes, y no seré yo el que diga nada contra ellos, pero me parece que mi trabajo de hoy ha sido mejor que el suyo. He identificado al muerto.

– ¡No me diga!

– Y he encontrado un motivo para el crimen.

– ¡Espléndido!

– Tenemos a un inspector especializado en Saffron Hill y en el barrio italiano. Bueno, el hombre muerto llevaba un emblema católico en el cuello, y esto, junto con su color moreno, me hizo penzar que era meridional. El inspector Hill le reconoció en cuanto le vio. Se llama Pietro Venucci, de Nápoles, y es uno de los principales degolladores de Londres. Está relacionado con la Mafia, que, como sabe, es una sociedad política secreta que refrenda sus decretos por medio de asesinatos. Ya ve usted que el asunto empieza a aclararse. El otro tipo es también italiano, probablemente, y miembro de la Mafia. De un modo u otro, ha quebrantado sus normas. Ponen a Pietro tras sus huellas. Probablemente la fotografía que le encontramos en el bolsillo es de ese hombre, y la tenía para no equivocarse de víctima. Persigue a su hombre, le ve entrar en una casa, le espera fuera, y en la pelea es él el que cae herido de muerte. ¿Qué le parece, señor Sherlock Holmes?

Holmes aplaudió aprobatoriamente.

– ¡Excelente, Lestrade! ¡Excelente! –exclamó.– Pero no sigo del todo su explicación de la destrucción de los bustos.

– ¡Los bustos! Usted no puede sacarse esos bustos de la cabeza. Después de todo, eso no es nada. Latrocinio a pequeña escala, seis meses todo lo más. Es el asesinato lo que realmente investigamos, y le digo que estoy juntando todos los hilos en mis manos.

– ¿Y la fase siguiente?

– Es muy simple. Iré con Hill al barrio italiano, encontraré al hombre cuya fotografía tenemos, y le detendré bajo acusación de asesinato. ¿Querrá acompañarnos?

– Creo que no. Pienso que puedo alcanzar nuestro objetivo de un modo más simple. No puedo decirlo con seguridad, porque todo depende... Bueno, todo depende de un factor que está enteramente fuera de nuestro control. Pero tengo grandes esperanzas... De hecho, las apuestas están exactamente a dos contra uno... de que si nos acompaña esta noche podré ayudarle a echarle el guante.

– ¿En el barrio italiano?

– No. Creo que Chiswick es una dirección en la que es más probable encontrarle. Si viene conmigo a Chiswick esta noche, Lestrade, le prometo que iré mañana con usted al barrio italiano, y que nada se habrá perdido con el retraso. Pienso que ahora a todos nos irán bien unas cuantas horas de sueño, ya que no me propongo emprender la marcha antes de las once, y es poco probable que estemos de vuelta antes del amanecer. Cene con nosotros, Lestrade, y luego tiene a su disposición el sofá hasta que llegue el momento de salir. Entre tanto, Watson, le agradecería que ordenara que se llame a un mensajero, porque he de enviar una carta y es importante que salga de inmediato.

Holmes se pasó la velada buscando algo entre los montones de periódicos viejos que teníamos empaquetados en el desván. Cuando por fin bajó, había una expresión de triunfo en sus ojos, pero no nos dijo nada del resultado de su búsqueda. En lo que a mí se refería, había seguido paso a paso los métodos con que había seguido las varias tortuosidades de aquel caso tan complejo, y, aunque no podía adivinar todavía qué objetivo alcanzaríamos, comprendí claramente que Holmes esperaba que el grotesco criminal intentara algo contra los dos bustos que faltaban, uno de los cuales, según recordaba, se encontraba en Chiswick. El objeto de nuestro viaje era sin duda capturarle con las manos en la masa, y no pude dejar de admirar la astucia con que mi amigo había insertado una falsa pista en el periódico de la tarde para que aquel tipo supusiera que podía proseguir impunemente con sus planes. No me sorprendió que Holmes me sugiriera que me llevara mi revólver. Él había tomado el pesado bastón de caza que constituía su arma predilecta.

Un coche nos esperaba en la puerta a las once, y fuimos en él hasta el extremo opuesto de Hammersmith Bridge. Allí se dio orden al cochero de esperar. Un breve paseo nos llevó hasta una calle retirada enmarcada por casas agradables, todas ellas con jardín. A la luz de una farola leímos «Villa Laburnum» en el poste de la puerta del jardín de una de ellas. Sus ocupantes se habían retirado sin duda a dormir, ya que todo estaba oscuro, salvo por una luz en el abanico que coronaba la puerta de entrada de la casa y que arrojaba un único círculo de borroso resplandor en el sendero del jardín. La valla de madera que separaba el jardín de la calle arrojaba una densa sombra negra hacia el lado interior, y allí fue donde nos acurrucamos.

— Me temo que tendrán que esperar largo rato –susurró Holmes–. Podemos dar gracias a nuestra estrella de que no llueva. No creo que podamos ni siquiera fumar para matar el rato. Sin embargo, tenemos dos posibilidades contra una de conseguir algo que nos compense de nuestras molestias.

Resultó, sin embargo, que nuestra vigilia no fue tan larga como nos había hecho temer Holmes. Terminó de un modo muy repentino y singular. En un instante, sin el menor ruido que nos advirtiera de su llegada, la puerta del jardín se abrió y una figura flaca, oscura, veloz y móvil como un simio, se lanzó por el sendero del jardín. Vimos que esquivaba la luz que procedía de encima de la puerta y desaparecía en la negra sombra de la casa. Siguió una larga pausa durante la cual contuvimos el aliento, y luego un tenue crujido llegó a nuestros oídos. La puerta estaba siendo abierta. El ruido cesó, y de nuevo siguió un largo silencio. El tipo se movía por la casa. Oímos el súbito destello de una linterna sorda dentro de la habitación. Lo que buscaba no estaba allí, sin duda, ya que de nuevo vimos el destello a través de otra persiana, y luego a través de una tercera.

— Vayamos a la ventana abierta. Le atraparemos cuando salte por ella –susurró Lestrade.

Pero antes de que pudiéramos movernos el hombre había salido. Cuando entró en la mancha de luz vacilante, vimos que llevaba bajo el brazo un objeto blanco. Miró furtivamente a su alrededor. El silencio de la calle desierta le tranquilizó. Se volvió de espaldas a donde estábamos, dejó en el suelo el objeto que transportaba, y al cabo de un momento sonó un golpe seco seguido por el ruido de algo que se rompe. El hombre estaba tan atento a lo que hacía que no oyó nuestros pasos cuando nos deslizamos por el macizo de césped. Holmes se le arrojó encima con un salto de tigre, e instantes después Lestrade y yo le sujetábamos de las muñecas y le poníamos las esposas. Cuando le dimos la vuelta, vi un rostro repulsivo y flaco, de facciones que se convulsionaban furiosamente al mirarnos, y comprobé que habíamos capturado realmente al hombre de la fotografía.

Pero no era hacia nuestro prisionero que se dirigía la atención de Holmes. Se había agachado en el umbral y se dedicaba a examinar muy minuciosamente lo que aquel hombre había sacado de la casa. Era un busto de Napoleón como el que habíamos visto aquella mañana, y también éste había sido roto en pequeños fragmentos. Holmes alzó cuidadosamente hacia la luz cada uno de los trocitos, pero ninguno de ellos se diferenciaba en nada de cualquier otro trozo de yeso roto. Apenas había terminado su examen cuando se encendieron las luces del vestíbulo, se abrió la puerta, y apareció el dueño de la casa, un personaje jovial y rechoncho en mangas de camisa.

— ¿El señor Josiah Brown, supongo? –dijo Homes.

— Sí, señor. ¿Y usted es sin duda el señor Sherlock Holmes? Recibí la nota que me mandó por medio del mensajero, y he hecho exactamente lo que me indicaba. Cerramos todas las puertas por dentro y esperamos acontecimientos. Bueno, estoy encantado de ver que han capturado al bribón. Espero, caballeros, que querrán entrar y tomar alguna cosa.

Pero Lestrade estaba impaciente por tener a su hombre en lugar seguro, así que a los pocos minutos habíamos llamado a nuestro coche y los cuatro nos dirigíamos hacia Londres. Nuestro prisionero no dijo ni palabra, pero nos miraba entre las sombras de su desgreñado cabello y en una ocasión en que creyó que mi mano estaba a su alcance trató de morderla como un lobo hambriento. Nos quedamos en el puesto de policía el tiempo suficiente para enterarnos de que lo que llevaba encima no ofrecía nada más que unos pocos chelines y un largo cuchillo envainado cuyo mango tenía numerosos rastros de sangre reciente.

— Todo perfecto –dijo Lestrade, cuando nos despedimos–. Hill conoce a todos estos caballeros, y le pondrá nombre. Ya verán como funcionará mi teoría de la Mafia. Pero, desde luego, le quedo agradecidísimo, señor Holmes, por ese modo tan profesional de echarle el guante. Todavía no acabo de entender cómo lo ha hecho.

— Me temo que es una hora demasiado tardía para explicaciones –dijo Holmes–. Además, hay uno o dos detalles que no están acabados, y éste es uno de esos casos en los que merece la pena trabajar hasta el final. Si vuelve a visitarnos mañana a las seis, creo que podré demostrarle que ni siquiera ahora ha captado usted todo el significado de este asunto, que presenta ciertos rasgos que le convierten en algo absolutamente original en la historia del crimen. Si alguna vez le permito escribir la crónica de unos cuantos problemillas más de los míos, Watson, preveo que animará usted sus páginas con el relato de la singular aventura de los bustos de Napoleón.

Cuando le vimos la tarde siguiente, Lestrade estaba provisto de abundante información relativa a nuestro prisionero. Se llamaba, según parecía, Beppo. Se ignoraba su apellido. Era un conocido mal sujeto de la colonia italiana. En otro tiempo había sido un hábil escultor y se había ganado honradamente la vida, pero luego había entrado en mal camino, y ya había sido encarcelado dos veces: la primera por un pequeño robo, y la segunda, según ya sabíamos, por acuchillar a un compatriota suyo. Hablaba el inglés perfectamente. Sus motivos para destruir los bustos eran todavía desconocidos, y se negaba a contestar cualquier pregunta sobre el tema. Pero la policía había averiguado que aquellos bustos podían muy bien haber salido de sus propias manos, puesto que se había dedicado a aquella clase de trabajo en el establecimiento de Gelder y Cía. Holmes escuchó cortésmente toda aquella información, que nosotros ya conocíamos en gran parte; pero yo, que le conocía bien, sabía que tenía la mente en otra parte, y percibí una mezcla de impaciencia y expectación debajo de la máscara de su expresión habitual. Finalmente, se irguió en su asiento y se le iluminaron los ojos. Había sonado la campanilla de la puerta. Al cabo de un minuto oímos pasos en la escalera, y fue introducido en la habitación un hombre entrado en años, de patillas grises. Llevaba en la mano derecha una maleta anticuada que puso sobre la mesa.

– ¿Está aquí el señor Sherlock Holmes?

Mi amigo le saludó con la cabeza y sonrió.

– ¿El señor Sandeford, de Reading, supongo? –dijo.

– Sí, señor. Me temo que llego con cierto retraso, pero los trenes iban mal. Me escribió usted acerca de un busto que poseo.

– Exacto.

– Aquí tengo su carta. Usted decía: «Deseo poseer una copia del Napoleón de Devine, y estoy dispuesto a pagar diez libras por la que usted tiene.» ¿Es así?

– Desde luego.

– Su carta me sorprendió mucho, porque no pude adivinar cómo sabía usted una cosa así.

– Claro que debió sentirse sorprendido, pero la explicación es muy simple. El señor Harding, de la empresa de los hermanos Harding, dijo que le había vendido a usted su última copia del busto, y me dio su dirección.

– ¡Ah! ¿Fue eso? ¿Le dijo cuánto pagué por el busto?

– No, no me lo dijo.

– Bueno, soy un hombre honrado, aunque no demasiado rico. Pagué solamente quince chelines por el busto, y creo que debe usted saberlo antes de pagar por él diez libras.

– Estos escrúpulos le honran, señor Sandeford. Pero fui yo quien indicó el precio, así que pienso atenerme a lo dicho.

– Bueno, señor Holmes, es usted muy amable. He traído el busto conmigo, tal como usted me pedía. ¡Aquí está!

Abrió la maleta, y por fin pudimos ver, sobre la mesa, un ejemplar completo de aquel busto que habíamos visto ya más de una vez hecho añicos.

Holmes se sacó un papel del bolsillo y colocó un billete de diez libras sobre la mesa.

– Tenga la amabilidad de firmar este papel, señor Sandeford, en presencia de estos testigos. Es simplemente para dejar sentado que me transfiere todo posible derecho que pudiera usted tener sobre este busto. Soy un hombre metódico, ¿sabe? y uno nunca sabe cuántas vueltas pueden dar los acontecimientos. Gracias, señor Sandeford. Aquí tiene su dinero, y le deseo muy buenas tardes.

Cuando nuestro visitante hubo desaparecido, los movimientos de Sherlock Holmes fueron de lo más propio para atraer nuestra atención. Empezó por sacar de un armario un mantel blanco y limpio que extendió sobre la mesa. Luego colocó su recién adquirido busto en el centro del mantel. Finalmente, alzó su bastón de caza y lo abatió fuertemente sobre la coronilla de Napoleón. El busto se rompió en pedacitos, y Holmes se inclinó impacientemente sobre los desmenuzados restos. Al cabo de un momento, con un fuerte grito triunfal, alzó uno de los trocitos en el que estaba fijado, como una pasa en un budín, un objeto redondo y oscuro.

– Caballeros –gritó–, ¡permítanme presentarles a la famosa perla negra de los Borgia!

Lestrade y yo permanecimos en silencio unos momentos, y luego, movidos por un mismo impulso espontáneo, rompimos en aplausos como en un momento crítico de una obra teatral bien resuelto. Las pálidas mejillas de Holmes adquirieron un color sonrosado mientras se inclinaba como el dramaturgo que recibe el homenaje del público. Era en momentos como aquél cuando dejaba de ser, por un instante, una máquina de razonar y dejaba que le traicionara su humano amor a la admiración y al aplauso. El mismo modo de ser singularmente altivo y reservado que le hacía dar la espalda desdeñosamente a la notoriedad pública podía verse conmovido en lo más hondo por el asombro y el elogio de un amigo.

– Sí, caballeros –dijo–, ésta es la perla más famosa que hay en el mundo, y he tenido la buena fortuna de conseguir, por medio de una ininterrumpida cadena de razonamiento inductivo, seguirle la pista desde el dormitorio del príncipe Colonna hasta el hotel Dacre, donde se perdió, y desde allí hasta el interior de este busto, el último de los seis bustos de Napoleón fabricados por Gelder y Cía., de Stepney. Recordará usted, Lestrade, la sensación que causó la desaparición de esta valiosa joya, y los vanos esfuerzos de la policía londinense para recobrarla. Yo mismo fui consultado en aquel caso, pero no pude arrojar sobre él ninguna luz. Recayeron sospechas sobre la doncella de la princesa, que era italiana, y se descubrió que tenía un hermano en Londres, pero no conseguimos descubrir ninguna relación entre ellos. Aquella doncella se llamaba Lucretia Venucci, y no tengo ninguna clase de duda de que ese Pietro que fue asesinado hace dos noches era su hermano. He estado buscando fechas en nuestros viejos montones de periódicos, y he visto que la desaparición de la perla tuvo lugar exactamente dos días antes de la detención de Beppo por un delito violento, acontecimiento que se produjo en la manufactura de Gelder y Cía. en el mismo momento en que se estaban haciendo estos bustos. Ahora ven ustedes claramente la secuencia de los hechos, aunque, naturalmente, los ven en el orden inverso a aquél con que se me presentaron a mí. Beppo tenía la perla en sus manos. Puede que se la robara a Pietro, y puede que fuera el compinche de Pietro, y puede también que fuera el intermediario entre Pietro y su hermana. No tiene para nosotros ninguna importancia cuál sea la solución correcta en este punto.

«El hecho esencial es que *tenía* la perla, y que en aquel momento, cuando la llevaba encima, fue perseguido por la policía. Se dirigió a la manufactura donde trabajaba. Sabía que contaba solamente con unos pocos minutos para ocultar aquel botín de valor incalculable que le sería encontrado cuando lo cachearan. Seis bustos de yeso de Napoleón se estaban secando en el pasillo. Uno de ellos estaba todavía blando. En un instante, Beppo, que era un artesano hábil, hizo un pequeño agujero en el yeso blando. metió la perla dentro, y con unos pocos toques volvió a tapar el agujero. Era un escondrijo admirable. Nadie podía encontrar la perla. Pero Beppo fue condenado a un año de cárcel, y, entre tanto, los seis bustos se habían dispersado por todo Londres. No podía saber cuál de ellos ocultaba su tesoro. Sólo podía averiguarlo rompiéndolos, ni siquiera el sacudirlos podía decirle nada, porque, como el yeso estaba húmedo, era probable que la perla se hubiera adherido a él, y, de hecho, así había ocurrido. Beppo no perdió la esperanza, y llevó a cabo su búsqueda con considerable ingenio y perseverancia. Gracias a un primo suyo que trabaja con Gelder, averiguó cuáles eran las tiendas de detallistas que habían comprado los bustos. Se las compuso para conseguir empleo en la tienda de Morse Hudson, y de este modo localizó tres bustos. La perla no estaba en ninguno de ellos. Entonces, con la ayuda de algún empleado italiano, consiguió averiguar dónde habían ido a parar los otros tres bustos. El primero estaba en casa de Harker. Beppo fue seguido hasta allí por su compinche, que consideraba a Beppo responsable de la pérdida de la perla, y Beppo le apuñaló en la pelea que siguió.

– Si era su compinche, ¿por qué había de llevar su fotografía? –pregunté.

– Para seguirle el rastro si tenía que preguntar por él a alguna tercera persona. Esa era la razón obvia. Bueno, pues después del asesinato calculé que Beppo no retrasaría sus movimientos, sino que los aceleraría. Temería que la policía averiguara su secreto, así que se apresuró antes de que dieran con él. Naturalmente, yo no podía saber si había encontrado o no la perla en el busto de Harker. Ni siquiera daba por seguro que el asunto tuviera que ver con la perla. Pero me resultaba evidente que estaba buscando algo, puesto que trasladó el busto hasta varias casas más abajo para poderse meter en un jardín donde diera la luz de una farola. Puesto que el busto de Harker era uno entre tres, las posibilidades eran exactamente las que les dije: una entre dos, de que la perla estuviera en su interior. Faltaban dos bustos, y era obvio que iría a por el de Londres antes que a por el otro. Avisé a los habitantes de la casa, para evitar una segunda tragedia, y allí fuimos, obteniendo el más feliz resultado. Pero esta vez, naturalmente, sabía con toda certeza que lo que buscaba era la perla de los Borgia. El apellido del hombre muerto relacionaba ambos acontecimientos. Quedaba solamente un busto, el de Reading, y la perla tenía que estar en él. Lo adquirí de su propietario en presencia de ustedes dos... y aquí está la perla.

Permanecimos unos momentos en silencio.

– Bueno –dijo Lestrade–, le he visto llevar muchos casos, señor Holmes, pero no recuerdo haberle visto ninguna exhibición de profesionalidad parecida a ésta. En Scotland Yard no estamos celosos de usted. No, señor. Estamos muy orgullosos de usted, y si viene a vernos mañana no habrá ni un solo hombre, desde el inspector más viejo hsta el agente más joven, que no se sienta encantado de estrecharle la mano.

– ¡Gracias! –dijo Holmes.– ¡Gracias!

Se volvió de espaldas, y me pareció que estaba más cerca de verse conmovido por emociones humanas de lo que jamás le había visto. Instantes después, era una vez más el pensador frío y práctico.

– Ponga la perla en la caja fuerte, Watson –me dijo–, y saque los documentos del caso de falsificación Conk-Singleton. Adiós, Lestrade. Si se tropieza con algún problemilla, me sentiré encantado, si está en mi de ofrecerle una o dos indicaciones para su solución.

LOS TRES ESTUDIANTES

Fue en el año 95 cuando una combinación de acontecimientos, que no hace falta que precise, llevó a que el señor Sherlock Holmes y yo pasáramos varias semanas en una de nuestras grandes ciudades universitarias, y fue en aquel período cuando tuvimos la pequeña pero instructiva aventura que voy a narrar. Obviamente, cualquier detalle que ayudara al lector a identificar con precisión al colegio o al criminal sería poco juicioso y ofensivo. Es mejor dejar que un escándalo tan lamentable caiga en olvido. Sin embargo, aplicando la debida discreción, el incidente en sí mismo puede ser contado, ya que sirve para ilustrar algunas de esas cualidades que hacían sobresalir a mi amigo. Trataré, en esta exposición, de evitar todos los datos que puedan servir para circunscribir los acontecimientos en un sitio determinado o para dar indicios acerca de las personas concernidas.

Vivíamos en un apartamento amueblado cerca de una biblioteca en la que Sherlock Holmes llevaba a cabo laboriosas investigaciones sobre las más primitivas cédulas inglesas, investigaciones que condujeron a resultados tan chocantes que muy bien podrían proporcionar el tema de alguno de mis futuros relatos. Allí fue donde cierta noche recibimos la visita de un conocido, el señor Hilton Soames, catedrático y prefecto en el colegio de St. Luke. El señor Soames, era un hombre alto y seco, de temperamento nervioso y excitable. Siempre le había visto intranquilo en su actitud, pero en esta ocasión particular se encontraba en tal estado de incontrolable agitación que estaba claro que había ocurrido algo realmente inusual.

– Espero, señor Holmes, que pueda usted concederme unas pocas horas de su valioso tiempo. Hemos tenido en St. Luke un penosísimo incidente, y, a decir verdad, de no ser por la afortunada casualidad de que está usted en la ciudad, no hubiera sabido en absoluto a quién recurrir.

– Ahora estoy ocupadísimo, y no deseo que nada me distraiga –respondió mi amigo–. Preferiría de veras que pidiera usted ayuda a la policía.

– No, no, mi querido señor, esto es absolutamente imposible. Una vez se recurre a la ley, ya no se puede retroceder, y éste es precisamente uno de esos casos en los que, por el buen nombre del colegio, es absolutamente esencial evitar el escándalo. Su discreción es tan célebre como su talento, y es usted el único hombre en todo el mundo que puede ayudarme. Le suplico, señor Holmes, que haga todo lo que pueda.

El humor de mi amigo no había mejorado desde que se veía privado de su acostumbrado entorno de Baker Street. Se sentía incómodo sin sus libros de recortes, su instrumental químico y su familiar desaliño. Se encogió de hombros en poco amable aquiescencia, y nuestro visitante, con frases apresuradas y con mucha gesticulación nerviosa, exponía su historia.

– Debo explicarle, señor Holmes, que mañana es el primer día de exámenes de beca Fortescue. Yo soy miembro del tribunal examinador. Mi disciplina es el griego, y la primera de las pruebas consiste en un largo pasaje de traducción griega que el candidato no conoce. Este pasaje está

un trocito de punta de lápiz rota. Era evidente que el bribón había copiado el papel a toda prisa, que se le había roto la punta del lápiz, y que se había visto obligado a sacarle punta nuevamente.

– ¡Excelente! –dijo Holmes, que estaba recuperando su buen humor a medida que su atención iba viéndose capturada por el caso.– Hemos tenido a la fortuna por amiga.

– Esto no es todo. Tengo un escritorio nuevo, con una pulida superficie de cuero rojo. Estoy dispuesto a jurar, y Bannister también, que esa superficie estaba lisa y uniforme. Pero me encontré con un corte de unas tres pulgadas; no un simple arañazo, sino un corte en toda regla. Y eso no es todo: encontré encima de la mesa una bolita de pasta o arcilla negra, con unas manchitas que parecían de serrín. Estoy convencido de que esas señales las dejó el hombre que usó culpablemente los papeles. No había huellas de pies ni otro indicio de su identidad. Ya no sabía qué hacer cuando de repente se me ocurrió la feliz idea de que estaba usted en la ciudad, y me vine directamente a poner el asunto en sus manos. ¡Ayúdeme, señor Holmes! Ya ve usted cuál es mi dilema. O encuentro al culpable, o hay que retrasar el examen hasta que estén preparados nuevos ejercicios, y, puesto que esto no es posible sin una explicación, se producirá un escándalo repugnante que nublará no sólo al colegio sino a la universidad entera. Por encima de todo deseo solucionar el asunto silenciosa y discretamente.

– Me encantará ver qué puede hacerse y ayudarle en lo que pueda –dijo Holmes, levantándose y poniéndose el abrigo–. Este caso no carece por entero de interés. ¿Le ha visitado alguien en su despacho después de que le llegaran las pruebas de imprenta?

– Sí. El joven Daulat Ras, un estudiante indio que vive en el mismo piso, vino a preguntarme algunos detalles acerca del examen.

– ¿Está inscrito en ellos?

– Sí.

– ¿Y las pruebas estaban en su mesa?

– Por lo que recuerdo, estaban enrolladas.

– Pero, ¿podía reconocerse que eran pruebas de imprenta?

– Posiblemente.

– ¿No estuvo nadie más en su despacho?

– No.

– ¿Alguien sabía que las pruebas estarían allí?

– Nadie, salvo el impresor.

– ¿Lo sabía ese hombre, Bannister?

– No, desde luego que no. Nadie lo sabía.

– ¿Dónde está Bannister ahora?

– Se sentía muy mal, pobre hombre. Le dejé aturdido en su silla. Tenía tanta prisa por verle a usted...

– ¿Ha dejado usted la puerta abierta?

– Antes puse las pruebas bajo llave.

– Entonces, la cosa se resume en lo siguiente, señor Soames: a menos que el estudiante indio identificara los rollos de papel como pruebas de imprenta, el hombre que las manipuló dio con ellas accidentalmente, sin saber que estaban allí.

– Así me parece.

Holmes sonrió enigmáticamente.

– Bueno –dijo–, vayamos a ver eso. No es uno de sus casos, Watson... Este es mental, no físico. Muy bien. Venga, si lo desea. Ahora, señor Soames, estoy a su disposición.

La sala de estar de nuestro cliente daba por una ventana enrejada ancha y baja al viejo patio teñido de líquenes del antiguo colegio. Una puerta de arco gótico daba acceso a una gastada escalera de piedra. El despacho del prefecto estaba en la planta baja. Arriba vivían tres estudiantes, uno en cada piso. Anochecía ya cuando llegamos al escenario de nuestro problema. Holmes se detuvo y observó atentamente la ventana. Luego se acercó a ella, y, caminando de puntillas y alargando el cuello, miró dentro de la habitación.

– Tiene que haber entrado por la puerta. No hay más abertura, salvo la única ventana –dijo nuestro docto guía.

– ¡Válgame Dios! –dijo Holmes, sonriendo de un modo singular mientras miraba a nuestro acompañante–. Bueno, si aquí no hay nada de qué enterarse, lo mejor será que entremos.

El catedrático abrió con llave la puerta exterior y nos hizo entrar en su despacho. Nos detuvimos en el umbral mientras Holmes examinaba la alfombra.

– Me temo que aquí no hay indicios –dijo–. Difícilmente se podría esperar que hubiera huellas en un día tan seco. Parece que su criado se ha recobrado por completo. Le dejó usted en una silla, según dijo. ¿En cuál?

– En esa que está junto a la ventana.

– Ya veo. Junto a esa mesita. Ahora pueden entrar. Ya he terminado con la alfombra. Veamos la mesita antes de nada. Naturalmente, lo que ha ocurrido está muy claro. El hombre entró y tomó las pruebas, hoja por hoja, de la mesa central. Se las fue llevando a la mesita de la ventana, porque desde allí podía ver si entraba usted en el patio y de este modo escapar a tiempo.

– De hecho, no podía escapar –dijo Soames–, porque yo entré por la puerta lateral.

– ¡Ah! ¡Buena cosa! Bueno, de cualquier modo ésa era su idea. Déjeme ver esas tiras de papel. No hay huellas dactilares... No. Bueno, primero tomó esta primera hoja y la copió. ¿Cuánto rato pudo llevarle esto, concentrándose al máximo? Un cuarto de hora, no menos. Luego la tiró al suelo y tomó la segunda. Estaba a la mitad cuando su regreso le obligó a realizar una apresurada retirada... *muy* apresurada, ya que no tuvo tiempo de volver a colocar los papeles que le harían saber a usted que había pasado por aquí. ¿No percibió pasos apresurados en la escalera en el momento de entrar por la puerta exterior?

– No, no podría decir que los oyera.

– Luego, escribió tan furiosamente que se le rompió la punta del lápiz, y, como ve, tuvo que afilarlo de nuevo. Esto es interesante, Watson. El lápiz no era ordinario. Era más o menos de tamaño normal, con punta blanda. Por fuera era azul oscuro, el nombre del fabricante estaba inscrito en letras plateadas, y el trozo de lápiz que queda sin gastar tiene solamente cosa de pulgada y media. Encuentre un lápiz así, señor Soames, y tendrá a su hombre. Si añado que tiene una navaja grande y muy afilada, dispondrá de una ayuda adicional.

El señor Soames estaba un tanto abrumado por aquella oleada de información.

– Le sigo en todo lo demás –dijo–, pero, realmente, en eso de la longitud del trozo de lápiz que queda...

Holmes sostuvo en alto una pequeña viruta con las letras NN y un trozo de madera limpia detrás.

– ¿Lo ve?

– No, me temo que incluso ahora...

– Watson, siempre he sido injusto con usted. Hay otros. ¿Qué puede ser esta doble N? Es el final de una palabra. Como sabrá, el nombre del fabricante más común en los lápices es Johann Faber. ¿No está claro que lo que queda de lápiz es precisamente el trozo que sigue a la palabra «Johann»? –trasladó la mesita lateralmente para que le diera mejor la luz eléctrica–. Esperaba que si el papel en que escribió era delgado hubiera podido quedar alguna señal en esta superficie pulida. No, no veo nada. No creo que saquemos nada más de aquí. Ahora pasemos a la mesa central. Esta bolita es, supongo, la masita de pasta negra de la que usted habló. Forma toscamente piramidal y hueca, por lo que veo. Como usted decía, parece que hay granitos de serrín ahí. ¡Cielos! Esto es muy interesante. Y el corte... Un auténtico desgarrón, veo. Empezó por un rasguño y terminó por ser un agujero irregular. Le estoy muy agradecido por haber orientado mi atención hacia este caso, señor Soames. ¿Adónde da esta puerta?

– A mi dormitorio.

– ¿Ha entrado en él después de su aventura?

– No, salí directamente a verle a usted.

– Me gustaría echarle un vistazo. ¡Qué habitación tan encantadora! ¡A la antigua moda! ¿Tendrán la amabilidad de esperar un momento, mientras examino el suelo? No, no veo nada. ¿Qué hay de esa cortina? Cuelga la ropa detrás de ella. Si alguien se viera obligado a esconderse en esta habitación lo haría aquí, puesto que la cama es demasiado baja y el armario demasiado poco profundo. ¿No habrá nadie supongo?

Cuando Holmes descorrió la cortina, me di cuenta, por cierta rigidez y vigilancia en su actitud, de que estaba preparado para una emergencia. De hecho, la cortina descorrida no mostró nada más que tres o cuatro trajes que colgaban de una hilera de colgadores. Holmes dio media vuelta, y se agachó repentinamente.

– ¡Hola! ¿Qué es esto? –dijo.

Era una pequeña pirámide de pasta negra parecida a la masilla, exactamente igual que la que había en la mesa del despacho. Holmes la sostuvo en la palma de la mano debajo de la luz eléctrica.

– Su visitante parece haber dejado rastros en su dormitorio lo mismo que en su sala de estar, señor Soames.

– ¿Qué podía buscar aquí dentro?

– Creo que está bastante claro. Usted volvió por un lado inesperado, así que él no se dio cuenta de su llegada hasta que estuvo usted en la misma puerta. ¿Qué podía hacer? Recogió todo lo que podía delatarle, y se abalanzó a su dormitorio para esconderse.

– Santo cielo, señor Holmes, ¿pretende decirme que durante todo el rato en que estuve hablando con Bannister en esta habitación teníamos a ese hombre prisionero, sin que lo supiéramos?

– Así lo entiendo.

– ¿Habrá sin duda alguna otra posibilidad, señor Holmes? No sé si habrá observado la ventana de mi dormitorio.

– Enrejada con listoncillos, armadura de plomo, tres ventanas distintas, una de ellas colgando de un solo gozne y lo bastante ancha para permitir el paso de un hombre.

– Exactamente. Y tiene respecto al patio una angulación que la hace parcialmente invisible. El hombre puede haber entrado por ella, dejar huellas de su paso por el dormitorio, y, finalmente, al encontrar abierta la puerta, haber escapado por ella.

Holmes negó impacientemente con la cabeza.

– Seamos prácticos –dijo–. Según entiendo, hay tres estudiantes que utilizan esta escalera y suelen pasar por delante de su puerta.

– Sí, así es.

– ¿Y los tres esán inscritos para esos exámenes?

– Sí.

– ¿Tiene usted alguna razón para sospechar de alguno de ellos más que de los otros?

Soames titubeó.

– Es un asunto muy delicado –dijo–. No es agradable hacer sospechoso a alguien sin pruebas.

– Oigamos las sospechas. Yo buscaré las pruebas.

– Le contaré, entonces, en pocas palabras, cómo son los tres hombres que viven en esas habitaciones. El del piso inferior es Gilchrist, un buen estudiante y un atleta. Juega en el equipo de rugby y en el de criquet del colegio, y ha ganado medallas en carrera de obstáculos y en salto de longitud. Es una gran persona, con mucha hombría. Su padre era el conocido Sir Jabez Gilchrist, que se arruinó en las carreras de caballos. Mi estudiante quedó pobre, pero es trabajador e industrioso. Saldrá adelante.

»La habitación del segundo piso la ocupa Daulat Ras, el indio. Es un hombre silencioso e inescrutable, como lo son la mayoría de esos indios. Va bien en los estudios, aunque el griego es su punto flaco. Es firme y metódico.

»El piso superior es el de Miles McLaren. Es un tipo brillante cuando quiere trabajar... Uno de los intelectos más brillantes de la universidad. Pero es díscolo, disipado y carente de principios. En su primer año estuvo a punto de ser expulsado por un escándalo de juego. Ha estado holgazaneando todo este curso, y debe esperar con miedo el examen.

– Entonces, ¿es de él de quien sospecha?

– No me atrevo a llegar tan lejos. Pero quizá es el menos improbable de los tres como culpable.

– Exacto. Ahora, señor Soames, vayamos a ver a su criado, Bannister.

Bannister era un hombrecillo de cincuenta años, pálido, de cara afeitada y cabello gris. Todavía se resentía del súbito trastorno en la tranquila rutina de su vida. Su cara rolliza se convulsionaba nerviosamente, y no podía tener las manos quietas.

– Estamos investigando este desdichado asunto, Bannister –le dijo su amo.

– Sí, señor.

– Tengo entendido –dijo Holmes– que se dejó usted la llave en la puerta.

– Sí, señor.

– ¿No es realmente extraordinario que se la dejara precisamente el día en que estaban dentro esas pruebas?

– Ha sido una auténtica desgracia, señor. Pero otras veces, de vez en cuando, me ha ocurrido lo mismo.

– ¿Cuando entró usted en la habitación?

– Serían las cuatro y media. Ésa es la hora del té del señor Soames.

– ¿Cuánto rato estuvo dentro?

– Me retiré de inmediato al ver que el señor Soames no estaba.

– ¿Miró usted esos papeles que estaban sobre la mesa?

– No, señor. Desde luego que no.

– ¿Cómo fue que se dejó la llave en la puerta?

– Llevaba la bandeja del té. Pensé en volver a por la llave, y luego me olvidé.

– ¿Tiene la puerta exterior cierre de resorte?

– No, señor.

– Entonces, ¿se quedó abierta todo el tiempo?

– Sí, señor.

– ¿Cualquiera que estuviera dentro hubiera podido salir?

– Sí, señor.

– Cuando volvió el señor Soames y le llamó, ¿se trastornó usted mucho?

– Sí, señor. Jamás había ocurrido nada parecido durante los muchos años que llevo aquí. Casi me desmayé, señor.

– Eso tenía entendido, señor. ¿Dónde estaba usted cuando empezó a sentirse mal?

– ¿Que dónde estaba, señor? Bueno, ahí, junto a la puerta.

– Esto resulta singular, ya que se sentó usted en esa silla de allí, cerca del rincón. ¿Por qué pasó las demás sillas?

– No lo sé, señor. Tanto me daba el sitio donde me sentaba.

– En realidad, pienso que no se dio demasiada cuenta de nada, señor Holmes. Tenía muy mal aspecto... Realmente espantoso.

– ¿Se quedó ahí cuando su amo salió?

– Solamente un minuto, o algo así. Luego cerré la puerta con llave y me fui a mi habitación.

– ¿De quién sospecha?

– Oh, no me atrevería a decirlo, señor. No creo que en esta universidad haya ningún caballero capaz de buscar ventaja con una acción como ésa. No, señor, no lo creo.

– Gracias. Es suficiente –dijo Holmes–. ¡Ahg! Una cosa más. ¿No habrá dicho a ninguno de los tres caballeros a los que sirve nada acerca de que algo ande mal?

– No, señor. Ni palabra.

– ¿Ha visto a alguno de ellos?

– No, señor.

– Muy bien. Ahora, señor Soames, daremos un paseo por el patio, si no le importa.

Tres cuadrados de luz amarilla brillaban por encima nuestro en la creciente oscuridad.

– Sus tres pájaros están en sus nidos –dijo Holmes, mirando hacia arriba–. ¡Hola! ¿Qué es esto? uno de ellos parece bastante inquieto.

Era el indio, cuya silueta oscura apareció súbitamente en la cortina de la ventana. Se paseaba velozmente de un lado para otro de su habitación.

– Me gustaría echar un vistazo a cada uno de ellos –dijo Holmes–. ¿Es posible?

– No hay ninguna dificultad –contestó Soames–. Este conjunto de habitaciones es el más antiguo del colegio, y no es infrecuente que los visitantes vayan a verlo. Acompáñeme, yo le guiaré.

– ¡No mencione nombres, por favor! –dijo Holmes, mientras llamábamos a la puerta de Gilchrist. La abrió un joven alto y delgado, de pelo rubio, que nos dio la bienvenida cuando entendió qué queríamos. Allí dentro había varias piezas realmente curiosas de arquitectura doméstica medieval. Holmes estaba tan fascinado por una de ellas que insistió en dibujarla en su cuaderno de notas. Se le rompió el lápiz, tuvo que pedir prestado otro a su anfitrión, y finalmente le pidió prestado un cuchillo para sacar punta al suyo. El mismo curioso accidente le ocurrió en la habitación del indio, un hombrecillo taciturno y de nariz ganchuda que nos miraba de soslayo y que se sintió obviamente encantado cuando Holmes dio por terminados sus estudios arquitectónicos. No pude ver que en ninguno de los dos casos Holmes diera con la pista que buscaba. Solamente nuestra tercera visita se vio frustrada. La puerta exterior no se abrió a nuestra llamada, y de detrás suyo no obtuvimos otra cosa que un torrente de malas palabras.

– Tanto me da quiénes sean. ¡Váyanse al infierno! –rugió una voz enfurecida–. Mañana me examino, y no quiero que nadie me moleste.

– Un tipo desagradable –dijo nuestro guía, rojo de ira, mientras bajábamos la escalera–. Naturalmente, no sabía que era yo el que llamaba, pero con todo su conducta ha sido descortés, y, a decir verdad, dadas las circunstancias, un tanto sospechosa.

La respuesta de Holmes fue curiosa.

– ¿Puede decirme cuál es su estatura exacta? –preguntó.

– Realmente, señor Holmes, no sabría decírselo. Es más alto que el indio, y no tan alto como Gilchrist. Supongo que medirá cosa de seis pies y seis pulgadas.

– Esto es muy importante –dijo Holmes–. Y ahora, señor Soames, le deseo muy buenas noches.

Nuestro guía se quedó tan atónito y desalentado que profirió un grito.

– ¡Dios santo, señor Holmes! ¡No irá usted a dejarme de este modo tan abrupto! Parece que no entiende usted la situación. El examen es mañana. Debo tomar alguna decisión concreta esta misma noche. No puedo permitir que se celebre el examen si una de esas pruebas ha sido manipulada. Hay que enfrentarse a la situación.

– Debe dejar la cosa tal como está. Vendré mañana por la mañana temprano y charlaremos del asunto. Puede que entonces esté en condiciones de indicarle alguna vía de acción. Entre tanto, no cambie nada... Nada en absoluto.

– Muy bien, señor Holmes.

– Puede quedarse tranquilo. Encontraremos, sin ninguna duda, alguna salida para sus problemas. Me llevaré la arcilla negra, y también las virutas del lápiz. Adiós.

Fuera, en la oscuridad del patio, alzamos de nuevo la vista hacia las ventanas. El indio seguía paseándose por su habitación. No se veía a los otros.

– Bueno Watson, ¿qué piensa usted de todo esto? –me preguntó Holmes en el momento en que salíamos a la calle mayor–. Es un auténtico jueguecito de salón. Algo así como el truco de las tres cartas, ¿no es cierto? Ahí tenemos a tres hombres. Tiene que ser uno de ellos. Elijamos. ¿Cuál es el suyo?

– El tipo mal hablado del piso superior. Es el que tiene peor historial. Pero ese indio, por otra parte, es un tipo taimado. ¿Por qué ha de pasearse constantemente por su habitación?

– Eso no quiere decir nada. Mucha gente lo hace cuando trata de aprenderse algo de memoria.

– Nos miró de un modo extraño.

– Como lo haría usted si un grupo de desconocidos se metiera en su habitación mientras usted estuviera preparándose para el examen del día siguiente, cuando cada momento importa. No, no veo nada especial en esto. Los lápices, también, y las navajas... Todo fue satisfactorio. Pero ese tipo *sí* me desconcierta.

– ¿Quién?

– Bannister, el criado, naturalmente. ¿Qué pinta en todo esto?

– Me ha parecido un hombre perfectamente honrado.

– También a mí. Eso es lo desconcertante. Bueno, quizá un hombre honrado... Bueno, bueno, aquí tenemos una papelería importante. Empezaremos aquí nuestras investigaciones.

Había solamente dos papelerías importantes en la ciudad, y en cada una de ellas Holmes mostró sus virutas de lápiz y ofreció un alto precio por un lápiz igual. En ambos sitios nos dijeron que podía pedirse uno por encargo, pero que no era un tamaño normal de lápiz y que raras veces lo tenían en existencias. Mi amigo no pareció decepcionado por el fracaso. Se encogió de hombros con resignación y casi divertido.

– Malo, mi querido Watson. Esta pista, la mejor y la única concluyente, no nos lleva a ninguna parte. Pero lo cierto es que no tengo grandes dudas acerca de que podemos solucionar bastante bien el caso incluso sin ella. ¡Diablos! Querido amigo, son casi las nueve, y nuestra casera dijo no sé qué de unos guisantes a las siete y media. Me temo, Watson, que con su sempiterno tabaco y su irregularidad en las comidas va a conseguir que le echen de la casa, y que me arrastrará a mí en su caída... Aunque no antes de que hayamos resuelto el problema del prefecto nervioso, el criado descuidado y los tres estudiantes emprendedores.

Holmes no volvió a aludir al asunto aquel día, pero permaneció largo rato sumido en sus pensamientos después de nuestra tardía cena. Entró en mi habitación a las ocho de la mañana, justo cuando yo terminaba de arreglarme.

– Bueno, Watson –me dijo–, ya es hora de que vayamos a St. Luke. ¿Puede pasar sin desayuno?

– Claro que sí.

– Soames estará espantosamente inquieto hasta que podamos decirle algo positivo.

– ¿Tiene usted algo positivo que decirle?

– Eso creo.

– ¿Ha llegado a alguna conclusión?

– Sí, mi querido Watson, he resuelto el misterio.

– Pero, ¿qué nuevos datos ha podido obtener?

– ¡Ajá! Por algo me he levantado a la intempestiva hora de las seis de la mañana. He tenido dos horas de duro trabajo y he recorrido por lo menos cinco millas para conseguir cierta cosa. ¡Mire esto!

Abrió la mano. En su palma había tres pequeñas pirámides de arcilla negra y pastosa.

– ¡Pero Holmes! ¡Si ayer sólo tenía usted dos!

– Y esta mañana tengo una más. Es una sólida argumentación la de que el punto de procedencia de la número tres es el mismo que el de la número uno y la número dos. ¿Eh, Watson? Bueno, acompáñeme, que sacaremos de su apuro al amigo Soames.

El desdichado prefecto se encontraba, desde luego, en un lamentable estado de nervios cuando le vimos en sus habitaciones. El examen iba a empezar al cabo de unas pocas horas, y se encontraba todavía en el dilema de hacer públicos los hechos o permitir que el culpable compitiera por la valiosa beca. Prácticamente no podía estarse quieto, tan agitado estaba, y corrió hacia Holmes tendiendo hacia él sus manos impacientes.

– ¡Gracias a Dios que ha venido! Temía que hubiera abandonado el caso al no encontrarle solución. ¿Qué debo hacer? ¿Ha de celebrarse el examen?

– Sí, que se celebre, desde luego que sí.

– Pero, ¿y ese bribón...?

– No se examinará.

– ¿Sabe quién es?

– Eso creo. Si esto no ha de hacerse público, debemos otorgarnos a nosotros mismos ciertos poderes, dictar sentencia en una pequeña corte marcial privada. Usted aquí, por favor, señor Soames. Watson, usted aquí. Yo voy a tomar el sillón del centro. Creo que ahora resultamos lo bastante imponentes como para infundirle terror a un corazón culpable. Tenga la amabilidad de hacer sonar la campanilla.

Entró Bannister, y retrocedió un paso, evidentemente sorprendido y atemorizado ante nuestro aspecto judicial.

– Cierre la puerta, por favor –dijo Holmes–. Ahora, Bannister, ¿querrá contarnos la verdad acerca del incidente de ayer?

El hombre empalideció hasta la raíz del pelo.

– Ya lo conté todo ayer, señor.

– ¿No tiene nada que añadir?

– Nada en absoluto, señor.

– Bueno, entonces debo hacerle algunas sugerencias. Ayer, cuando se sentó en esa silla, ¿lo hizo para ocultar algún objeto que hubiera delatado a la persona que había estado en la habitación?

La cara de Bannister era espectral.

– No, señor. De ningún modo.

– Sólo era una sugerencia –dijo Holmes, suavemente–. Admito francamente que soy incapaz de demostrar eso. Pero parece bastante probable, puesto que en el momento en que el señor Soames volvió la espalda hizo salir al hombre que estaba escondido en ese dormitorio.

Bannister se pasó la lengua por sus labios resecos.

– No había ningún hombre, señor.

– ¡Vamos, vamos, Bannister!

– No, señor. No había nadie.

– En este caso, no puede usted proporcionarnos nueva información. ¿Quiere hacer el favor de permanecer en esta habitación? Quédese ahí, junto a la puerta del dormitorio. Ahora, Soames, voy a pedirle que tenga la amabilidad de subir a la habitación del joven Gilchrist y pedirle que baje aquí.

Poco después volvía el prefecto, trayendo consigo al estudiante. Era un hombre de muy buena presencia: alto, esbelto, ágil, de paso elástico y de rostro agradable y abierto. Sus ojos azules nos miraron turbadamente a todos nosotros sucesivamente, y finalmente se detuvieron, con una expresión de confusión y desaliento, en Bannister, en el rincón más alejado.

– Cierre la puerta –dijo Holmes–. Ahora, señor Gilchrist, sepa que estamos solos aquí, y que nadie tiene por qué saber ni una palabra de lo que ocurra entre nosotros. Podemos ser perfectamente sinceros los unos con los otros, un hombre de honor pudiera cometer un acto como el de ayer.

El desdichado joven se tambaleó y arrojó contra Bannister una mirada rebosante de horror y de reproche.

– ¡No, no, señor, no, señor Gilchrist! ¡Yo no he dicho ni palabra! ¡Ni palabra! –grito el criado.

– No, pero ahora sí la ha dicho –dijo Holmes–. Ahora, caballero, dése cuenta de que después de lo dicho por Bannister su posición es insostenible, y de que su única oportunidad reside en una sincera confesión.

Por un momento Gilchrist, con la mano alzada, trató de controlar la convulsión de sus facciones. Al cabo de un instante se dejó caer de rodillas junto a la mesa, y, sepultando la cara entre las manos, rompió en una oleada de sollozos desesperados.

– Vamos, vamos –dijo Holmes, afablemente–. Errar es humano, y al menos nadie podrá acusarle de ser un criminal endurecido. Quizá le resulte más fácil que sea yo el que le cuente al señor Soames lo que ocurrió; usted corríjame cuando me equivoque. ¿Lo hago? Bueno, bueno, no hace falta que conteste. Escuche, y esté atento a que no sea injusto con usted.

»A partir del momento, señor Soames, en que me dijo que nadie, ni siquiera Bannister, podía haber dicho a nadie que las pruebas de imprenta estaban en su habitación, el caso empezó a cobrar forma definida en mi mente. Al impresor se le podía descartar, claro. Podía haber hecho lo que quisiera con las pruebas en su propio despacho. Tampoco pensé mal del indio. Si las pruebas estaban enrolladas, no podía saber lo que eran. Por otra parte, me pareció una coincidencia impensable el que un hombre se atreviera a entrar en el despacho y que casualmente, aquel mismo día, las pruebas estuvieran encima de la mesa. Descarté esta posibilidad. El hombre que entró sabía que las pruebas estaban ahí. ¿Cómo lo sabía?

»Mientras me acercaba a su habitación, examiné la ventana. Me divirtió usted al suponer que estaba sopesando la posibilidad de que alguien, a plena luz del día, pudiendo ser visto desde esas habitaciones del otro lado del patio, pasara por la ventana. Semejante idea era absurda. Estaba midiendo lo alto que tenía que ser un hombre para poder ver, pasando por fuera, que las pruebas estaban en la mesa central. Yo mido seis pies, y podía lograrlo con algún esfuerzo. Nadie de menos de seis pies podía haber tenido esa oportunidad. Como ve, tenía ya motivos para pensar que si uno de sus tres estudiantes era un hombre de estatura inusualmente elevada, ése era el más digno de ser vigilado.

»Entré, y le confié a usted lo que me sugería la mesita. No saqué nada en claro de la mesa central, hasta que, en su descripción de Gilchrist, mencionó usted que practicaba el salto de longitud. Entonces, el conjunto de la cosa se me presentó instantáneamente, y ya sólo me faltaban algunas pruebas corroborativas, que obtuve rápidamente.

»Lo que ocurrió fue lo siguiente. Este joven había pasado la tarde en el campo de deportes, donde había practicado el salto. Volvió llevando en la mano las zapatillas de salto, que, como sabe, están provistas de varios clavos. Cuando pasó frente a su ventana vio, gracias a su elevada estatura, esas pruebas encima de su mesa, y conjeturó lo que eran. Nada hubiera ocurrido de no ser porque, cuando pasó por delante de su puerta, vio la llave que por descuido su criado había dejado puesta. Tuvo el súbito impulso de entrar y comprobar si eran o no realmente las pruebas. La proeza no era peligrosa, porque siempre podía pretextar que había entrado simplemente a hacerle una pregunta.

»Bueno, pues cuando vio que sí eran las pruebas, cedió a la tentación. Puso sus zapatillas encima de la mesa. ¿Qué fue lo que puso en esa silla que está junto a la ventana?

– Unos guantes –dijo el joven.

Holmes miró triunfalmente a Bannister.

– Puso sus guantes en la silla, y tomó las pruebas, una tras otra, para copiarlas. Pensó que el prefecto volvería por la puerta principal del patio y que le vería. Como sabemos, volvió por la puerta lateral. De pronto le oyó en la puerta misma. No había escapatoria. Se olvidó los guantes, pero recogió sus zapatillas y se abalanzó al dormitorio. Observen que ese desgarrón en la mesa es leve en un lado, pero se profundiza en dirección a la puerta del dormitorio. Basta con esto para saber que se tiró de las zapatillas en esa dirección, y que el culpable se refugió allí. La tierra pegada al clavo quedó en la mesa, y una segunda bolita se soltó y cayó en el dormitorio. Añadiré que esta mañana he andado por el campo de deportes, que he visto que esa arcilla negra y dura se utiliza en la pista de saltos, y que me he traído una muestra de ella, junto con un poco de ese polvillo o serrín que se esparce para que el atleta no resbale. ¿He acertado, señor Gilchrist?

El estudiante se había puesto en pie.

– Sí, señor, es cierto –dijo.

– ¡Santo cielo! ¿No tiene usted nada que añadir? –gritó Soames.

– Sí, señor, sólo que la impresión que he sufrido al verme expuesto de este modo a la vergüenza me ha aturdido. Tengo aquí una carta, señor Soames, que le había escrito esta misma mañana, después de una noche sin sueño. La escribí antes de saber que mi delito había sido descubierto. Aquí la tiene, señor. Como verá, digo en ella: «He decidido no presentarme al examen. Me han ofrecido el grado de oficial en la policía de Rhodesia, y parto de inmediato hacia el sur de Africa.»

– Estoy encantado de ver que no pretendía aprovecharse de su ventaja mal adquirida –dijo Soames–. Pero, ¿por qué cambió de propósito?

Gilchrist señaló a Bannister.

– He aquí al hombre que me devolvió a la buena senda –dijo.

– Fíjese, Bannister –dijo Holmes–. Ahora le quedará claro, por lo que he dicho, que solamente usted podía haber dejado salir a este joven, ya que se quedó usted en la habitación y la cerró con llave cuando salió. En cuanto a una fuga por esa ventana, era increíble. ¿Por qué no nos aclara el último detalle de este misterio, y nos cuenta el motivo de su acción?

– La cosa es muy simple, señor, cuando se sabe. Pero a pesar de toda su inteligencia era imposible que usted la supiera. En otro tiempo, señor, fui mayordomo de Sir Jabez Gilchrist, el padre de este joven caballero. Cuando se arruinó me vine al colegio como sirviente, pero jamás olvidé a mi antiguo amo porque hubiera caído a ojos del mundo. Cuidé de su hijo todo lo que pude en honor a los viejos tiempos. Bueno, señor, pues cuando ayer entré en esta habitación, una vez dada la alarma, lo primero que vi fueron los guantes de cuero del señor Gilchrist encima de esa silla. Conocía perfectamente esos guantes, y comprendí su mensaje. Si el señor Soames los veía, todo estaba perdido. Me dejé caer en esa silla, y no me moví de ella hasta que el señor Soames hubo salido a buscarle a usted. Entonces salió mi pobre señorito, al que había mecido sobre mis rodillas, y me lo confesó todo. ¿No era natural, señor, que lo salvara, y no era también natural que tratara de hablarle como lo hubiera hecho su difunto padre, haciéndole comprender que no podía sacar provecho de semejante acto? ¿Puede usted censurarme, señor?

– ¡Claro que no! –dijo Holmes, cordialmente, poniéndose en pie de un salto–. Bueno, Soames, me parece que hemos aclarado su problemilla, y nos espera el desayuno en casa. ¡Vamos, Watson! En cuanto a usted, caballero, espero que le espere en Rhodesia un brillante porvenir. Ha caído bajo una vez. Veamos hasta dónde es usted capaz de elevarse en el futuro.

Cuando miro los tres gruesos volúmenes manuscritos que contienen nuestro trabajo del año 1894, confieso que me resulta muy difícil seleccionar, entre esa rica abundancia de material, aquellos casos que son de máximo interés y que al mismo tiempo conducen a una exhibición de esas peculiares facultades por las que mi amigo era famoso. Volviendo páginas, veo mis notas acerca de la repulsiva historia de la sanguijuela roja y la terrible muerte del banquero Crosby. Encuentro también el relato de la tragedia Addleton y el singular contenido del antiguo túmulo inglés. El célebre caso de la herencia Smith-Mortimer corresponde también a aquel período, y lo mismo la persecución y detención de Huret, el asesino del bulevar, hazaña que le valió a Holmes una carta autógrafa de agradecimiento del presidente francés y la orden de la Legión de Honor. Cada uno de estos casos proporcionaría tema para un relato, pero, en conjunto, soy de la opinión de que ninguno de ellos reúne tantos y tan singulares puntos de interés como el episodio de Yoxley Old Place, que incluye no solamente la lamentable muerte del joven Willoughby Smith, sino también aquellos acaecimientos posteriores que arrojaron una luz tan extraña sobre las causas del crimen.

Era una noche desapacible y tempestuosa de finales de noviembre. Holmes y yo permanecimos en silencio toda la velada, él dedicándose, con la ayuda de un poderoso lente de aumento, al desciframiento de la inscripción original de un palimpsesto, y yo absorto en un reciente tratado de cirujía. Fuera, el viento aullaba por Baker Street mientras la lluvia batía furiosamente contra las ventanas. Era extraño sentir allí, en el corazón mismo de la ciudad, con diez millas de construcciones humanas en todas direcciones, el puño de hierro de la Naturaleza, y cobrar conciencia de que ante la garra de hierro de las fuerzas elementales todo Londres no era más que las topineras que puntean los campos. Me fui a la ventana y miré la calle desierta. Las espaciadas farolas relumbraban en la extensión de la calle enlodada y el pavimento brillante. Un solo coche chapoteaba viniendo de Oxford Street.

—Bueno, Watson, es buena cosa que no tengamos que salir esta noche —dijo Holmes, dejando a un lado su lente de aumento y enrollando el palimpsesto—. Ya he trabajado lo suficiente en esta sesión. Esto cansa los ojos. Hasta donde alcanza mi comprensión, no hay nada tan excitante como unas crónicas abaciales de la segunda mitad del siglo quince. ¡Hola, hola, hola! ¿Qué es esto?

Mezclado con el zumbido de la lluvia llegaba el ruido de los cascos de un caballo y el prolongado chirriar de una rueda que rozaba contra el bordillo. El coche que yo había visto se había detenido delante de nuestra puerta.

—¿Qué querrá? —exclamé, cuando un hombre se apeó.

—¡Querer! Quiere vernos. Y nosotros, mi pobre Watson, queremos corbatas y bufandas, y todo artificio que jamás haya inventado el hombre para combatir contra el tiempo. Pero, ¡espere un poco! ¡El coche se ha puesto en marcha de nuevo! Todavía hay esperanza. Le hubiera hecho esperar si quisiera que le acompañáramos. Vaya aprisa, mi querido amigo, a abrir la puerta, porque toda la gente virtuosa está ya durmiendo hace rato.

Cuando la luz de la lámpara del vestíbulo cayó sobre nuestro visitante de medianoche, no tuve dificultad en reconocerle. Era el joven Stanley Hopkins, un prometedor detective por cuya carrera Holmes había demostrado varias veces muy prácticamente su interés.

—¿Está en casa? —preguntó, ansiosamente.

—Suba, mi buen señor —dijo la voz de Homes desde arriba—. Espero que no tenga la intención de disponer de nosotros en una noche como ésta.

El detective subió la escalera, y nuestra lámpara se reflejó en destellos en su impermeable. Le ayudé a quitárselo mientras Holmes reavivaba el fuego removiendo las ascuas.

—Ahora, mi querido Hopkins, acérquese y caliéntese los pies —dijo—. Aquí tiene un cigarro, y el doctor tiene una receta a base de agua caliente y limón que resulta muy buena como medicina en una noche como ésta. Debe ser importante lo que le ha traído aquí con semejante diluvio.

—Lo es, señor Holmes. He tenido una tarde muy animada, se lo aseguro. ¿Ha leído algo sobre el caso de Yoxley en las últimas ediciones de los periódicos?

—Hoy no he leído nada más moderno que cosas del siglo quince.

—Bueno, era un solo párrafo, y además erróneo, así que no se ha perdido nada. No he dejado que la hierba me creciera bajo los pies. Eso está en Kent, a siete millas de Chatham y a tres del ferrocarril. Me telegrafiaron a las tres cincuenta, llegué a Yoxley Old Place a las cinco, llevé a cabo mi investigación, volví a la estación de Charing Cross con el último tren, y de allí me he venido en coche.

—Lo cual significa, supongo, que no acaba de ver claro el caso.

—Significa que no le veo ni pies ni cabeza. Hasta donde alcanzo a ver, es el asunto más intrincado que haya tenido entre manos, y, sin embargo, al principio parecía tan simple como para que fuera imposible equivocarse. No hay motivo, señor Holmes. Esto es lo que me obsesiona. No puedo echarle mano a ningún motivo. Hay un muerto, eso no puede negarse, pero, hasta donde alcanzo, no hay absolutamente ninguna razón para que nadie descara hacerle daño.

Holmes encendió un cigarro y se arrellanó en su sillón.

—Oigamos de qué va la cosa —dijo.

—Los hechos los tengo muy claros —dijo Stanley Hopkins—. Lo único que quiero es saber qué diablos significan. La historia, según lo que he averiguado, es la siguiente. Hace algunos años, esa casa en el campo, Yoxley Old Place, fue alquilada por un hombre tirando a anciano, que dijo llamarse profesor Coram. Era un enfermo, estaba metido en cama la mitad del tiempo, y la otra mitad cojeaba por los alrededores de la casa con un bastón, o el jardinero le llevaba por el jardín en una silla de ruedas. Era apreciado por los pocos vecinos que le visitaban, y tenía por la zona la reputación de ser un hombre muy docto. Su domesticidad consistía en una anciana ama de llaves, la señora Marker, y una doncella, Susan Tarlton. Ambas estaban a su servicio desde que llegó allí, y parece ser que son mujeres de muy buen natural. El profesor está escribiendo un libro erudito, y consideró necesario, hará cosa de un año, contratar a un secretario. Los dos primeros que tuvo a prueba no resultaron, pero el tercero, el señor Willoughby Smith, un hombre muy joven, recién salido de la universidad, parece que fue exactamente lo que el profesor necesitaba. Su trabajo consistía en escribir toda la mañana al dictado del profesor, y normalmente se pasaba la tarde localizando referencias y citas que tuvieran que ver con el trabajo de la jornada. Ese Willoughby Smith no tiene ninguna mancha en su historial, ni como niño en Uppingham ni como joven en Cambridge. He visto sus certificados, y desde un comienzo fue un tipo decente, tranquilo, muy trabajador, sin ningún lado flaco. Y, sin embargo, ése es el muchacho que ha encontrado la muerte esta mañana en el despacho del profesor, en circunstancias tales que sólo permiten pensar en asesinato.

El viento aullaba y chillaba en las ventanas. Holmes y yo nos acercamos un poco más al fuego mientras el joven inspector, lenta y metódicamente, continuaba con su singular relato.

–No creo que ni buscando en toda Inglaterra –dijo– pudieran encontrar ustedes una casa más recluida ni más libre de influencias externas. Transcurrían semanas y semanas sin que nadie cruzara la puerta del jardín. El profesor estaba absorto en su trabajo, y no vivía para otra cosa. El joven Smith no conocía a nadie del vecindario, y vivía de un modo muy parecido a su patrono. Las dos mujeres no tenían nada que las atrajera fuera de la casa. Mortimer, el jardinero, el que empuja la silla de ruedas, es un pensionista del ejército, un veterano de Crimea y excelente persona. No vive en la casa, sino en una casita de tres habitaciones en el otro extremo del jardín. Estas son las únicas personas que pueden encontrarse en las tierras de Yoxley Old Place. Por otra parte, la puerta del jardín está a cientos de yardas de la carretera de Londres a Chatham. Se cierra con pestillo, y no hay nada que pueda impedirle a nadie entrar.

»Ahora les contaré lo que ha declarado Susan Tarlton, que es la única persona que puede decir algo concreto acerca del asunto. Fue por la mañana, entre las once y las doce. Ella estaba en aquel momento colgando unas cortinas en el primer dormitorio del piso superior. El profesor Coram estaba todavía en cama, ya que cuando hace mal tiempo raras veces se levanta antes de mediodía. El ama de llaves estaba ocupada en alguna cosa en la parte trasera de la casa. Willoughby Smith había estado en su dormitorio, que utilizaba como sala de estar; pero la doncella le oyó en aquel momento recorrer el pasillo y bajar al despacho, justo debajo de donde ella estaba. No le vio, pero dice que no podría confundir sus pisadas rápidas y firmes. No oyó que se cerrara la puerta del estudio, pero cosa de un minuto después sonó un grito espantoso en la habitación de abajo. Fue un alarido enloquecido, ronco, tan extraño e innatural que hubiera podido lo mismo ser de hombre que de mujer. En el mismo instante sonó un fuerte golpe que resonó en toda la casa, y luego todo quedó en silencio. La doncella se quedó petrificada unos momentos, y luego, tras recobrar los ánimos, bajó corriendo la escalera. La puerta del estudio estaba cerrada, y la abrió. Dentro, el joven señor Willoughby Smith estaba tendido en el suelo. Al principio, la doncella no pudo ver ninguna herida, pero cuando trató de levantarle vio que le salía sangre de la parte inferior del cuello. Lo tenía perforado por una herida muy angosta, pero muy profunda, que había seccionado la arteria carótida. El instrumento con que había sido infligida la herida estaba en la alfombra, a su lado. Era uno de esos cuchillitos de deslacrar que se encuentran en los viejos escritorios, de mango de marfil y hoja rígida. Formaba parte del material del escritorio del profesor.

»En un primer momento, la doncella pensó que el joven Smith estaba ya muerto, pero cuando le tiró un poco de agua de la jarra sobre la frente abrió los ojos durante un instante.

»—El profesor... —murmuró—. Fue ella.

»La doncella está dispuesta a jurar que ésas fueron literalmente las palabras. El joven trató desesperadamente de decir algo más, y sostuvo en alto la mano derecha. Luego cayó hacia atrás, muerto.

»Entre tanto el ama de llaves había llegado también a la escena de los hechos, pero llegó un momento demasiado tarde para captar las palabras agónicas del joven. Dejó a Susan con el cadáver y se dirigió corriendo a la habitación del profesor. El profesor estaba incorporado en la cama, terriblemente nervioso, ya que había oído lo suficiente para convencerse de que algo espantoso había ocurrido. La señora Marker está dispuesta a jurar que el profesor estaba todavía en camisa de dormir, y lo cierto es que era incapaz de vestirse sin la ayuda de Mortimer, que tenía orden de acudir a las doce en punto. El profesor declara que oyó el grito distante, pero que no sabe nada más. No puede ofrecer ninguna explicación de las últimas palabras del joven: «El profesor... Fue ella», pero supone que fueron producto del delirio. Piensa que Willoughby Smith no tenía ningún enemigo en todo el mundo, y no puede dar ninguna razón para el crimen. Lo primero que hizo fue enviar a Mortimer, el jardinero, en busca de la policía local. Al poco rato, el jefe de policía mandó a por mí. No se movió nada de sitio hasta mi llegada, y se dieron órdenes estrictas de que nadie anduviera por los senderos que llevan a la casa. Era una oportunidad espléndida para poner en práctica sus teorías, señor Sherlock Holmes. Realmente no faltaba nada.

—¡Excepto el señor Sherlock Holmes! —dijo mi compañero, con una sonrisa un tanto amarga—. Bueno, oigamos la cosa. ¿Qué clase de trabajo hizo usted?

—Debo pedirle que antes que nada, señor Holmes, eche usted un vistazo a este plano, que le dará una idea general de la situación del estudio del profesor y de los distintos detalles del caso. Le ayudará a seguir el curso de mis investigaciones.

Desplegó el plano, que aquí reproduzco, y lo puso en las rodillas de Holmes. Me puse en pie, y, colocándome detrás de Holmes, lo examiné por encima de su hombro.

—Es muy tosco, desde luego, y sólo contiene los puntos que considero esenciales. Todo lo demás lo verá usted personalmente más adelante. Ahora, en primer lugar, suponiendo que el asesino, o la asesina, entrara en la casa, ¿cómo entró? Indudablemente, por el sendero del jardín y por la puerta trasera, que da acceso directo al estudio. Cualquier otro itinerario hubiera sido demasiado complicado. La huida debió tener lugar por el mismo camino, ya que una de las otras dos salidas de la habitación estaba bloqueada por Susan que bajaba corriendo la escalera, y la otra conduce directamente al dormitorio del profesor. En consecuencia, dirigí mi atención de inmediato hacia el sendero del jardín, que estaba empapado

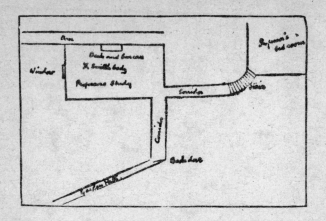

por la reciente lluvia y sin duda ofrecería huellas de pisadas.

»Mi examen me permitió comprobar que me las veía con un criminal cauteloso y experto. No había huellas en el sendero. Era incuestionable, sin embargo, que alguien había pasado por la hierba que bordea el sendero, y que lo había hecho para no dejar ningún rastro. No pude descubrir nada del estilo de una huella claramente marcada, pero se había caminado sobre la hierba e indudablemente alguien había pasado por allí. Sólo podía tratarse del asesino, puesto que ni el jardinero ni nadie había estado allí por la mañana, y la lluvia no había empezado sino la noche anterior.

—Un momento —dijo Holmes—. ¿Adónde lleva ese sendero?

—Al camino.

—¿Qué longitud tiene?

—Cien yardas o cosa así.

—¿Sin duda pudo usted encontrar las huellas en el punto en el que el sendero cruza la puerta del jardín?

—Desgraciadamente, el sendero está embaldosado en ese punto.

—Bueno, entonces, ¿las encontró en el camino?

—No, todo él estaba convertido en un cenagal.

—Vaya, vaya... Bueno, entonces, esas huellas en la hierba... ¿de dónde venían, o adónde iban?

—Era imposible averiguarlo. No tenían forma definida.

—¿Eran de pies grandes o pequeños?

—No se podía distinguir.

A Holmes se le escapó una exclamación de impaciencia.

—Ha estado lloviendo y ha soplado un huracán desde entonces —dijo—. Ahora será más difícil leer aquello que un palipsesto. Bueno, bueno, no tiene remedio. ¿Qué hizo usted, Hopkins, después de llegar a la certidumbre de que no tenía certidumbre de nada en absoluto?

—Creo que había sacado mucho en claro, señor Holmes. Sabía que alguien había entrado cautelosamente en la casa desde fuera. Examiné luego el pasillo. Está revestido de estera de palma y no había captado ninguna clase de señales. Esto me llevó al estudio mismo. Es una habitación sobriamente amueblada. El mueble principal es una gran mesa escritorio con bufete fijo. Este bufete consiste en una doble columna de cajones con un pequeño armarito central entre ellas. Los cajones estaban abiertos, el armarito cerrado con llave. Los cajones, según parece, estaban siempre abiertos, y no se guardaba en ellos nada de valor. Había algunos documentos importantes en el armarito, pero no había indicios de que se hubiera intentado forzarlo, y el profesor me ha asegurado que nada falta. Es indudable que no se ha cometido robo.

»Llego ahora al cadáver del joven. Fue encontrado junto a la mesa, justo a su izquierda, tal como está marcado en el plano. La puñalada la tenía en el lado derecho del cuello, y era de detrás hacia adelante, de modo que es prácticamente imposible que se la hiciera él mismo.

–A menos que se cayera sobre el cuchillo –dijo Holmes.

–Exacto. Esa idea me cruzó la mente. Pero encontramos el cuchillo a varios pies del cuerpo, así que esto parece imposible. Luego, naturalmente, están las últimas palabras del moribundo. Y, finalmente, había esta última prueba, este objeto que se encontró dentro del puño cerrado del muerto.

Stanley Hopkins se sacó del bolsillo un paquetito de papel. Lo abrió, y mostró unos quevedos de oro, con dos extremos de cordoncillo de seda negra colgando de un lado.

–Willoughby Smith tenía una vista excelente –añadió–. Es incuestionable que arrancó esto de la cara o de la persona del asesino.

Sherlock Holmes tomó las gafas en sus manos y las examinó con extremada atención e interés. Se las puso sobre la nariz, trató de leer con ellas, se acercó a la ventana y miró a la calle con ellas, las estudió minuciosísimamente a plena luz de la lámpara, y, finalmente, con una risita entre dientes, se sentó ante la mesa y escribió varias líneas en una hoja de papel que le tendió luego a Stanley Hopkins.

–Esto es lo más que puedo hacer por usted –dijo–. Puede resultar de utilidad.

El atónito detective leyó la nota en voz alta. Decía así:

«Se busca mujer de buena presencia, vestida como una dama. Nariz notablemente gruesa, ojos muy cerca de los lados de la nariz. Tiene la frente arrugada, aire de miope, y probablemente es cargada de hombros. Hay indicios de que acudió a un óptico por lo menos dos veces en el curso de los últimos meses. Dado que sus gafas son notablemente fuertes y que los ópticos no son numerosos, no debería ser difícil dar con ella.»

Holmes sonrió del asombro de Hopkins, asombro que debió reproducirse en mis propias facciones.

–Mis deducciones son la simplicidad misma –dijo–. Sería difícil mencionar algún objeto con mejor campo para la inferencia que unas gafas, sobre todo si se trata de unas gafas tan notables como éstas. Que pertenecen a una mujer lo infiero de su elegancia, y también, naturalmente, de las últimas palabras del moribundo. En cuanto a lo de que se trata de una persona refinada y bien vestida, estas gafas, como ven, están diestramente montadas en oro macizo, y es inconcebible que nadie que lleve estas gafas pueda ser persona desaliñada en otros aspectos. Como verán, la separación central es excesiva para sus narices, y esto demuestra que la nariz de la dama es muy ancha en su arranque. Esta clase de nariz suele ser corta y basta, pero hay excepciones suficientes para impedirme ser dogmático en este punto de mi descripción o insistir en él. Yo tengo la cara estrecha, y, sin embargo, no logro situar ambos ojos en el centro de los cristales, ni siquiera cerca del centro. Por lo tanto, la dama tiene los ojos muy cerca de los lados de la nariz. Fíjese, Watson, en que los cristales son cóncavos e inusualmente gruesos. Es indudable que una dama cuya vista ha sido tan extremadamente limitada toda su vida poseerá las características físicas de tal clase de vista, características que se perciben en la frente, los párpados y los hombros.

–Sí –dije–, puedo seguir todos sus argumentos. Confieso, sin embargo, que no logro comprender cómo llega usted a la doble visita al óptico.

Holmes tomó las gafas.

–Como verá –dijo–, el borde interno de la separación central tiene pequeñas tiras de corcho para suavizar la presión sobre la nariz. Una de esas tiras está levemente descolorida y gastada, pero la otra es nueva. Es evidente que una de ellas cayó y fue sustituida. Yo diría que la más vieja de las dos no tiene más que unos pocos meses. Se corresponden exactamente, así que deduzco que la dama acudió a la misma tienda de óptica para que le pusieran la segunda tira.

–¡Caramba! ¡Es maravilloso! –gritó Hopkins, extasiado de admiración–. ¡Y pensar que he tenido todos estos datos en la mano sin ni siquiera darme cuenta! Tenía pensado, sin embargo, visitar a todos los ópticos de Londres.

–Debe hacerlo, desde luego. Entre tanto, ¿tiene usted algo más que contarnos sobre el caso?

–Nada, señor Holmes. Creo que ahora ya sabe tanto como yo... o, probablemente, más. Hemos hecho indagaciones acerca de si ha sido visto algún forastero por los caminos rurales y en la estación del ferrocarril. No hemos tenido noticia de ninguno. Lo que me desconcierta es la total ausencia de móvil para el crimen. Nadie puede sugerir ni siquiera la sombra de un motivo.

–¡Ah! En esto no estoy en condiciones de ayudarle. Pero, ¿supongo que querrá que vayamos allí mañana?

–Si no es demasiado pedir, señor Holmes... Hay un tren que sale de Charing Cross hacia Chatham a las seis de la mañana, y podríamos estar en Yoxley Old Place entre las ocho y las nueve.

–Entonces, lo tomaremos. Su caso posee indudablemente ciertos rasgos de gran interés, y me encantará intervenir. Bueno, es casi la una, y lo mejor será que durmamos unas pocas horas. Espero que se sienta usted cómodo en ese sofá, delante del fuego. Encenderé mi hornillo de alcohol y le daré una taza de café antes de partir.

El temporal había terminado el día siguiente, pero la mañana era cruda cuando nos pusimos en camino. Vimos salir el frío sol invernal sobre las tristes marismas del Támesis y sobre los largos y sombríos tramos del río, que asociaré siempre con nuestra persecución del salvaje de las Andamán en los primeros tiempos de nuestra carrera(*). Tras un viaje largo y pesa-

(*) Alusión a la novela *El signo de los cuatro*, publicada en esta misma colección. (N.d.E.)

do, nos apeamos en una pequeña estación a pocas millas de Chatham. Mientras enganchaban un caballo a un coche en la posada local, ingerimos un apresurado desayuno, y así estuvimos listos para el trabajo en cuanto llegamos a Yoxley Old Place. Un agente nos recibió en la puerta del jardín.

—¿Qué, Wilson, alguna novedad?

—No, señor. Ninguna.

—¿No hay noticias de ningún forastero?

—No, señor. En la estación están seguros de que no llegó ni se marchó ningún forastero ayer.

—¿Han hecho averiguaciones en las posadas y casas de huéspedes?

—Sí, señor. No hay nadie sospechoso.

—Bueno, hasta Chatham no hay más que un paseo razonable. Cualquiera puede alojarse allí, o tomar un tren sin ser observado. Éste es el sendero del jardín del que le hablé, señor Holmes. Empeño mi palabra en que ayer no había huellas en él.

—¿En qué lado estaban las señales en la hierba?

—En este lado, señor. En esta estrecha franja de hierba entre el sendero y el macizo de flores. Ahora no puedo ver las señales, pero ayer las distinguí claramente.

—Sí, sí, alguien ha pasado por aquí –dijo Holmes, inclinándose sobre la franja de hierba–. Nuestra dama debió fijarse mucho en donde ponía los pies, ¿no es cierto? Desviándose hacia un lado, hubiera dejado huellas en el sendero, y hacia el otro en la tierra blanda del macizo de flores.

—Sí, señor, tuvo que actuar con sangre fría.

Vi que una expresión de alerta cruzaba la cara de Holmes.

—¿Dice que esa mujer tuvo que volver por aquí?

—Sí, señor. No hay otro itinerario posible.

—¿Por esta franja de hierba?

—Indudablemente, señor Holmes.

—¡Hum! Es una hazaña notable... Muy notable. Bueno, creo que hemos terminado con el sendero. Vayamos a otra cosa. La puerta del jardín está habitualmente abierta, supongo. Entonces, el visitante no tuvo que hacer otra cosa que entrar por ella. No llevaba en mente la idea de asesinar, porque entonces hubiera ido provisto de alguna clase de arma y no habría echado mano del cuchillo del escritorio. Recorrió este pasillo, sin dejar ningún rastro en el esterado de palma. Luego se vio en el interior de ese estudio. ¿Cuánto tiempo estuvo allí? No tenemos manera de juzgarlo.

—No más de unos pocos minutos, señor. Se me olvidó decirle que la señora Marker, el ama de llaves, había estado limpiando el estudio poco antes... Haría cosa de un cuarto de hora, dice ella.

—Bueno, esto nos proporciona un límite. Nuestra dama entra en esta habitación. ¿Qué hace? Se dirige al escritorio. ¿Por qué? No por nada que esté en los cajones. Si hubiera habido en ellos algo que le hubiera podido interesar llevarse, difícilmente hubiera dejado de estar bajo llave. No. Era por algo que estaba en ese armarito de madera. ¡Hola! ¿Qué es este rasguño en su superficie? Acerque una cerilla, Watson. ¿Por qué no me habló de esto, Hopkins?

La señal que Holmes examinaba empezaba en la pieza de bronce a mano derecha del ojo de la cerradura y se alargaba cosa de cuatro pulgadas en forma de arañazo en el barniz.

—Me fijé en esto, señor Holmes. Pero siempre se encuentran arañazos alrededor de un ojo de cerradura.

—Éste es reciente, muy reciente. Fíjese cómo brilla el bronce en la parte rasguñada. Un arañazo viejo tendría el mismo color que la superficie. Mírelo con mi lente de aumento. Fíjese también en que el barniz parece la tierra a lado y lado de un surco. ¿Está aquí la señora Marker?

Entró en la habitación una mujer entrada en años, de cara triste.

—¿Quitó usted el polvo de esta habitación ayer por la mañana?

—Sí, señor.

—¿Observó usted este arañazo?

—No, señor, no lo observé.

—Estoy seguro de que no, puesto que un plumero para el polvo se hubiera llevado estas partículas de barniz. ¿Quién tiene la llave de este mueble?

—El profesor la lleva en su cadena de reloj.

—¿Es una llave simple?

—No, señor. Es una llave Chubb.

—Muy bien. Puede irse, señora Marker. Ahora estamos avanzando un poco. Nuestra dama entra en esta habitación, se dirige a ese mueble, y lo abre, o intenta abrirlo. Mientras está en eso, entra en la habitación el joven Willoughby Smith. La mujer, en su apresuramiento por sacar la llave, hace este arañazo en la puerta. El joven le echa la mano encima, y ella, asiendo el objeto más cercano, que resulta ser ese cuchillo, le golpea para liberarse. El golpe es mortal. Él cae, y ella escapa, con o sin el objeto que había venido a buscar. ¿Está aquí Susan, la doncella? ¿Pudo alguien tener tiempo para salir por esta puerta después del momento en que oyó usted el grito, Susan?

—No, señor. Imposible. Antes de bajar la escalera no vi a nadie en el pasillo. Además, la puerta no se abrió, porque la habría oído.

—Esto zanja lo de esta vía de salida. No cabe duda de que la dama se marchó por donde vino. Tengo entendido que este otro pasillo conduce solamente al dormitorio del profesor. ¿No hay ninguna salida en esa dirección?

—No, señor.

—Iremos a conocer al profesor. ¡Hola, Hopkins! Esto es muy importante, realmente muy importante. También el pasillo del profesor tiene esterado de palma.

—Bueno, señor, ¿y eso qué importa?

—¿No ve usted que tenga nada que ver con el caso? Bueno, bueno, no insisto. Sin duda estoy en un error. Y, sin embargo, me parece sugerente. Acompáñeme y presénteme.

Recorrimos el pasillo, que tenía la misma longitud que el que llevaba al jardín. En su extremo empezaba un breve tramo de escaleras que terminaba delante de una puerta. Nuestro guía llamó a la puerta, y luego nos introdujo en el dormitorio del profesor.

Era una habitación muy amplia, repleta de libros que habían desbordado las estanterías y estaban amontonados en los rincones y apilados al pie de las paredes. La cama estaba en el centro de la habitación, y en ella, apoyado en cojines, estaba el amo de la casa. Pocas veces he visto a nadie de aspecto tan notable. La cara que se volvía hacia nosotros era flaca, aguileña, de penetrantes ojos negros que acechaban al fondo de profundas órbitas sobre las que colgaban unas pobladas cejas. Tenía el cabello y la barba blancos, pero la barba estaba curiosamente manchada de amarillo alrededor de la boca. Entre la maraña de pelo blanco brillaba la punta de un cigarrillo, y la atmósfera de la habitación apestaba a humo de tabaco. Cuando le tendió la mano a Holmes, vi que también la tenía manchada de amarillo por la nicotina.

–¿Es usted fumador, señor Holmes? –dijo, en un inglés muy correcto, pero con un curioso tonillo de afectación–. Tome un cigarrillo, por favor. ¿Y usted, caballero? Puedo recomendárselos, porque me los prepara especialmente Ionides, de Alejandría. Me los manda de mil en mil, y lamento decir que tengo que solicitar un nuevo envío cada quince días. Malo, caballero, muy malo, pero un viejo tiene pocos placeres. El tabaco y mi trabajo.... Eso es todo lo que me queda.

Holmes había encendido un cigarrillo, y disparaba breves miradas inquisitivas por toda la habitación.

–El tabaco y mi trabajo, pero ahora solamente el tabaco –exclamó el anciano–. ¡Ay! ¡Qué fatal interrupción! ¿Quién podía prever tan terrible catástrofe? ¡Un joven tan estimable! Les aseguro que al cabo de unos pocos meses de práctica se había convertido en un admirable ayudante. ¿Qué piensa usted del asunto, señor Holmes?

–Todavía no tengo opinión.

–Le quedaré realmente agradecido si puede usted arrojar una luz donde todo está a oscuras para nosotros. Para un pobre enfermo y una rata de biblioteca como yo, un golpe como ése es paralizante. Me parece haber perdido la facultad de pensar. Pero usted es un hombre de acción, un hombre de negocios. Eso es parte de la rutina cotidiana de su vida. Usted puede conservar el equilibrio en toda emergencia. Somos realmente afortunados de tenerle a nuestro lado.

Holmes se paseaba por un lado de la habitación mientras el profesor hablaba. Observé que fumaba con extraordinaria rapidez. Era evidente que compartía el gusto de nuestro anfitrión por los frescos cigarrillos de Alejandría.

–Sí, señor, es un golpe demoledor –dijo el anciano–. Ése es mi *magnum opus*... Esa pila de papeles en esa mesita de ahí. Es mi análisis de los documentos hallados en los monasterios coptos de Siria y Egipto, una obra que penetra hasta los cimientos mismos de la religión revelada. Con mi quebradiza salud, no sé si llegaré a completar la obra ahora que me he quedado sin mi ayudante. ¡Vaya, señor Holmes! Veo que fuma usted más aprisa incluso que yo.

Holmes sonrió.

–Soy un entendido –dijo, tomando otro cigarrillo de la cajetilla (era el cuarto) y encendiéndolo con la colilla del que acababa de terminar–. No voy a molestarle con un prolongado interrogatorio, profesor Coram, puesto que deduzco que estaba usted en cama en el momento del crimen y que no puede saber nada acerca de él. Solamente quiero preguntarle una cosa: ¿qué supone que quiso decir ese pobre hombre con sus últimas palabras: «El profesor... Ha sido ella»?

El profesor meneó la cabeza.

—Susan es una muchacha campesina —dijo—, y ya conoce usted la increíble estupidez de esa clase de gente. Imagino que el pobre hombre murmuró algunas palabras incoherentes, delirantes, y que ella las transformó en ese mensaje sin sentido.

—Ya veo. ¿Usted no tiene ninguna explicación de la tragedia?

—Posiblemente un accidente. Posiblemente... y que quede entre nosotros... un suicidio. Los jóvenes tienen sus angustias ocultas... Algún asunto sentimental, quizá, del que no nos habíamos enterado. Esta suposición es más probable que la de asesinato.

—Pero, ¿y las gafas?

—¡Ah! Yo sólo soy un estudioso, un hombre de sueños... No puedo explicar las cosas prácticas de la vida. Pero ya sabe usted, amigo mío, que las prendas de amor pueden presentarse en extrañas formas. Pero tome usted otro cigarrillo. Es un placer ver a alguien que los aprecia tanto. Un abanico, un guante, unas gafas... ¿Quién sabe qué objeto puede tomar un hombre como prenda o como tesoro cuando pone fin a su vida? Este caballero habla de pasos en la hierba, pero, después de todo, es fácil equivocarse en ese punto. En cuanto al cuchillo, muy bien pudo quedar lejos del desdichado en la caída. Puede que esté hablando como un niño, pero a mí me parece que Willoughby Smith ha encontrado la muerte por propia mano.

Holmes pareció impresionado por la teoría así expuesta, y siguió paseándose durante un rato por la habitación, perdido en sus pensamientos y consumiendo cigarrillo tras cigarrillo.

—Dígame, profesor Coram —dijo, finalmente—, ¿qué hay en ese armarito del escritorio?

—Nada que pueda interesar a un ladrón. Documentos familiares, cartas de mi difunta esposa, diplomas de universidades que me han honrado. Aquí tiene la llave. Puede verlo usted mismo.

Holmes tomó la llave y la examinó brevemente. Luego se la devolvió.

—No, creo que difícilmente podría serme de ayuda —dijo—. Preferiría salir tranquilamente al jardín y darle vueltas en la cabeza al asunto. Hay algo que decir en favor de la teoría del suicidio que usted propone. Debemos disculparnos por haberle impuesto nuestra presencia, profesor Coram, y le prometo que no volveremos a molestarle hasta después de la comida. Volveremos a las dos y le informaremos de todo lo que haya ocurrido en el intervalo.

Holmes estaba curiosamente abstraído, y durante un buen rato caminamos en silencio de un lado para otro del jardín.

—¿Tiene usted alguna pista? —pregunté, por fin.

—Todo depende de esos cigarrillos que he fumado —dijo—. Es posible que esté totalmente equivocado. Los cigarrillos me lo dirán.

—Mi querido Holmes —exclamé—, ¿cómo demonios...?

—Bueno, bueno, ya lo verá por sus propios ojos. Si no, no se ha perdido nada. Naturalmente, siempre nos queda la posibilidad de recurrir a los establecimientos de óptica, pero tomo un atajo siempre que puedo. ¡Ah, aquí tenemos a la buena de la señora Marker! Disfrutemos de cinco minutos de instructiva conversación con ella.

Quizá en alguna ocasión haya hecho la observación de que Holmes, cuando quería, sabía ser particularmente agradable a las mujeres, y le era fácil llegar a términos de confianza con ellas. En la mitad del tiempo que había mencionado había conseguido ganarse la buena disposición del ama de llaves y charlaba con ella como si se conocieran de años.

–Sí, señor Holmes, es como usted dice, señor. Fuma de un modo terrible. El día entero, y a veces también toda la noche, señor. He visto esa habitación esta mañana... Pues bien, señor, hubiera usted dicho que era niebla de Londres. Ese pobre joven, el señor Smith, fumaba también, pero no tanto como el profesor. Su salud... Bueno, no veo que mejore o empeore con el tabaco.

–¡Ah! –dijo Holmes–. Pero el fumar quita el apetito.

–Bueno, yo no entiendo de eso, señor.

–Supongo que el profesor apenas come nada.

–Bueno, en eso es variable, hay que decirlo.

–Apostaría algo a que no ha desayunado esta mañana, y a que no almorzará, después de todos los cigarrillos que le he visto consumir.

–Bueno, señor, en esto se equivoca, porque esta mañana ha tomado un desayuno muy abundante. No recuerdo haberle visto desayunar mejor que hoy, y ha ordenado que le preparen un buen plato de chuletas para el almuerzo. Me tiene sorprendida, porque yo, desde que ayer entré en aquella habitación y vi al joven señor Smith tendido en el suelo, no he podido ni mirar la comida. Bueno, en el mundo hay gente para todo, y el profesor no ha perdido el apetito.

Nos pasamos la mañana vagando por el jardín. Stanley Hopkins había ido al pueblo para indagar acerca de unos rumores referentes a una extraña mujer que había sido vista por unos niños en la carretera de Chatham la mañana del día anterior. En cuanto a mi amigo, parecía haberle abandonado enteramente su energía habitual. Jamás le había visto enfrentarse a un caso con tanta desgana. Ni siquiera las noticias que trajo Hopkins de que había encontrado a los niños y de que éstos habían visto sin lugar a dudas a una mujer que encajaba perfectamente con la descripción de Holmes y que llevaba gafas o lentes consiguió provocar en él ni el menor signo de interés. Puso más atención cuando Susan, que nos sirvió la comida, nos aportó por su propia iniciativa la información de que creía que el señor Smith había salido a dar un paseo la mañana anterior y que había vuelto sólo media hora antes de que se produjera la tragedia. Yo era incapaz de ver qué alcance podía tener aquella incidencia, pero me di cuenta claramente de que Holmes la insertaba en la trama general que se había formado en el cerebro. Repentinamente se puso en pie y miró su reloj.

–Son las dos, caballeros –dijo–. Debemos subir a hablar con nuestro amigo el profesor.

El anciano acababa de terminar su almuerzo, y, ciertamente, su plato vacío testimoniaba el buen apetito que le había atribuido su ama de llaves. Constituía, a decir verdad, una imagen fantasmal cuando volvió hacia nosotros su melena blanca y sus ojos centelleantes. Humeaba en su boca el sempiterno cigarrillo. Se había vestido y estaba sentado en un sillón junto al fuego.

–¿Qué, señor Holmes, ha resuelto ya ese misterio?

Empujó hacia mi amigo una gran caja de cigarrillos que estaba sobre una mesa que tenía a su lado. Holmes alargó la mano en el mismo momento, y entre ambos hicieron que la caja se cayera por el borde de la mesa. Durante uno o dos minutos, estuvimos todos arrodillados, sacando cigarrillos extraviados de los sitios más increíbles. Cuando volvimos a ponernos en pie, observé que a Holmes le brillaban los ojos y que sus mejillas se teñían de color. Sólo en momentos críticos había yo visto ondear aquellos estandartes de batalla.

—Sí —dijo—, lo he resuelto.

Stanley Hopkins y yo le miramos con asombro. Algo parecido a una mueca despectiva tembló en las secas facciones del viejo profesor.

—¿De veras? ¿En el jardín?

—No, aquí.

—¡Aquí! ¿Cuándo?

—Hace un instante.

—Sin duda bromea usted, señor Sherlock Holmes. Me obliga usted a que le diga que este asunto es demasiado serio para tratarlo de este modo.

—He colocado y comprobado todos los eslabones de mi cadena, profesor Coram, y estoy seguro de que es resistente. Cuáles son sus motivos, o qué papel desempeña usted exactamente en este extraño asunto, lo ignoro todavía. Probablemente dentro de unos pocos minutos me entere de su propia boca. Entre tanto, reconstruiré el pasado en su honor, para que pueda saber cuál es la información que todavía me falta.

»Ayer entró una dama en su estudio. Llegó con la intención de hacerse con determinados documentos que tenía usted en su escritorio. Esa mujer tenía una llave del mueble. He tenido la oportunidad de examinar la suya, y no encuentro en ella esa leve decoloración que hubiera producido el arañazo en el barniz. No estuvo usted implicado en el asunto, por lo tanto, y, hasta donde entiendo, ella vino sin que usted lo supiera con la intención de robarle.

El profesor soltó una bocanada de humo.

—Esto es tremendamente interesante e instructivo —dijo—. ¿No tiene nada más que añadir? Sin duda, si ha seguido a esa dama hasta tan lejos, también podrá decirnos qué ha sido de ella.

—Eso voy a intentar. En primer lugar, su secretario la capturó, y ella le apuñaló para escapar. Me inclino a considerar el hecho como un accidente desgraciado, ya que estoy convencido de que la dama no tenía ninguna intención de infligir una herida tan funesta. Un asesino no va desarmado. Horrorizada por lo que había hecho, se alejó a toda prisa del escenario de la tragedia. Desgraciadamente para ella, había perdido sus gafas en la pelea, y, como era muy corta de vista, se sentía realmente desamparada sin ellas. Corrió por un pasillo, que supuso era el mismo por el que había entrado (ambos tenían estera de palma), y era demasiado tarde cuando comprendió que había tomado el pasillo equivocado y que tenía cortada la retirada. ¿Qué podía hacer? No podía retroceder. No podía permanecer donde estaba. Tenía que seguir adelante. Eso hizo. Subió una escalera, abrió una puerta, y se encontró en su habitación, profesor.

El anciano contemplaba a Holmes, aturdido, con la boca abierta. Se pintaban en sus expresivas facciones el asombro y el miedo. Pero con un esfuerzo se encogió de hombros y rompió en una carcajada insincera.

—Todo esto es muy bonito, señor Holmes —dijo—. Pero hay un pequeño fallo en esa teoría espléndida. Yo estaba entonces en mi habitación, y no salí de ella en todo el día.

—Lo sé, profesor Coram.

—¿Y pretende usted hacer creer que es posible que yo estuviera en esa cama y no me diera cuenta de que una mujer había entrado en mi habitación?

—No he dicho tal cosa. Usted *sí* se dio cuenta. Habló con ella. La reconoció. La ayudó a huir.

De nuevo el profesor rompió en una carcajada forzada. Se había puesto en pie, y los ojos le brillaban como brasas.

—¡Usted está loco! —gritó—. Está desvariando. ¿Que yo la ayudé a escapar? ¿Y dónde está ahora?

—Ahí dentro —dijo Holmes, señalando un gran armario biblioteca en un rincón de la habitación.

Vi que el anciano levantaba los brazos mientras una terrible convulsión se apoderaba de su sombrío rostro. Luego se dejó caer en su asiento. En el mismo instante, el armario que Holmes había señalado se abrió bruscamente, girando sobre goznes, y una mujer se precipitó en la habitación.

—Tiene usted razón —gritó, con voz de acento extranjero—. ¡Tiene razón! Aquí estoy.

Estaba sucia por el polvo y cubierta por telarañas que había recogido en las paredes de su escondrijo. También tenía la cara mugrienta, pero, aun en su mejor estado, no podía ser guapa, ya que tenía exactamente las características físicas que Holmes había adivinado y, adicionalmente, un mentón largo y macizo. Ya fuera por su miopía natural, ya por el cambio de la oscuridad a la luz, se quedó como deslumbrada, y miró pestañeando a su alrededor tratando de averiguar dónde estábamos y quiénes éramos. Sin embargo, a pesar de todas aquellas desventajas, había una cierta nobleza en el porte de aquella mujer, una arrogancia en aquel mentón desafiante y en aquella cabeza erguida que forzaba de algún modo al respeto y la admiración. Stanley Hopkins la había asido del brazo y la había proclamado prisionera suya, pero ella se soltó suavemente y, pese a ello, con una imponente dignidad que obligaba a la obediencia. El anciano estaba hundido en su sillón, con la cara convulsionada, y la miraba con ojos protectores.

—Sí, caballero, soy su prisionera —dijo la mujer—. Desde donde estaba pude oírlo todo, y supe que conocían la verdad. Lo confieso todo. Yo maté a ese joven. Pero tiene usted razón cuando dice que fue un accidente. Ni siquiera supe que era un cuchillo lo que tenía en la mano, porque en mi desesperación eché mano de lo primero que encontré en la mesa y le golpeé para que me soltara. Estoy diciendo la verdad.

—Señora —dijo Holmes—, estoy seguro de que es la verdad. Me temo que no se siente usted nada bien.

Se había puesto espantosamente lívida, con una lividez que era todavía más horrible debajo de los regueros de polvo de su cara. Se sentó en un lado de la cama. Luego prosiguió.

—Me queda poco tiempo —dijo—, pero me gustaría que conocieran toda la verdad. Soy la mujer de este hombre. Él no es inglés. Es ruso. No diré cómo se llama.

Por primera vez, el hombre se movió.

—¡Dios te bendiga, Anna! —gritó—. ¡Dios te bendiga!

Ella le arrojó una mirada profundamente despectiva.

—¿Por qué has de agarrarte con tanta fuerza a esa miserable vida tuya, Sergio? —dijo—. Eso ha hecho daño a muchos, y no ha hecho bien a nadie... ni siquiera a ti mismo. Sin embargo, no es asunto mío el hacer que tu frágil hilo sea cortado antes de que Dios lo disponga. Bastante peso he cargado ya en mi alma desde que crucé el umbral de esta maldita casa. Pero debo hablar, o será demasiado tarde.

»Ya he dicho, caballeros, que soy la mujer de este hombre. Él tenía cincuenta años, y yo era una muchacha alocada de veinte cuando nos casamos. Fue en una ciudad de Rusia, en la universidad... No diré su nombre.

—¡Dios te bendiga, Anna! —murmuró de nuevo el anciano.

—Éramos reformadores...revolucionarios...Nihilistas, ¿entienden? Él, y yo, y muchos más. Luego vino un tiempo agitado, un agente de policía resultó muerto, muchos fueron detenidos, se buscaban pruebas acusatorias, y mi marido, para salvar la vida y ganar una gran recompensa, traicionó a su propia mujer y a sus compañeros. Sí. Todos fuimos detenidos después de su confesión. Algunos subieron al cadalso, otros fueron enviados a Siberia. Yo estaba entre estos últimos, pero mi condena no era de por vida. Mi marido se vino a Inglaterra con sus ganancias mal adquiridas, y ha vivido aquí oculto desde entonces, sabiendo perfectamente que si la Hermandad supiera dónde está no pasaría ni una semana sin que se cumpliera lo que es justo.

El viejo alargó una mano temblorosa y tomó un cigarrillo.

—Estoy en tus manos, Anna —dijo—. Siempre fuiste buena para mí.

—¡Todavía no les he contado la culminación de su vileza! —dijo ella—. Entre nuestros camaradas del grupo había uno que era mi amigo del alma. Era noble, desinteresado, amante... Todo lo que mi marido no era. Odiaba la violencia. Todos éramos culpables... si es que aquello era culpabilidad... pero él no. Me había escrito para disuadirme de lo que yo hacía. Aquellas cartas le hubieran salvado. También le hubiera salvado mi diario, en el que yo anotaba día a día mis sentimientos hacia él y cuáles eran nuestros respectivos puntos de vista. Mi marido encontró y se guardó tanto el diario como las cartas. Los escondió, y trató por todos los medios de acabar con la vida del joven. En esto fracasó, pero Alexis fue desterrado a Siberia, y ahora, todavía ahora, está trabajando en una mina de sal. Piénsalo, miserable, ¡miserable! Ahora, ahora, en este mismo momento, Alexis, un hombre tal que no tienes derecho ni siquiera a mencionar su nombre, trabaja y vive como un esclavo. ¡Y yo tengo tu vida en mis manos, y permito que vivas!

—Siempre fuiste una mujer noble, Anna —dijo el anciano, chupando su cigarrillo.

La mujer se había puesto en pie, pero cayó otra vez en el borde de la cama con un breve grito de dolor.

—Debo terminar —dijo—. Cuando terminó mi condena, me propuse conseguir el diario y las cartas que, enviadas al gobierno ruso, conseguirían la libertad de mi amigo. Sabía que mi marido había venido a Inglaterra. Al cabo de varios meses de búsqueda, averigüé dónde estaba. Sabía que tenía todavía mi diario, porque mientras estaba en Siberia recibí una carta suya en la que me hacía recriminaciones y en la que citaba varios pasajes de sus páginas. Pero estaba segura de que, con su carácter vengativo, jamás me lo entregaría por su propia voluntad. Debía conseguirlo por mí misma. Con este objeto, contraté a un agente de una agencia privada de detectives, que entró en casa de mi marido en calidad de secretario... Fue tu segundo secretario, Sergio, el que se marchó de tu casa tan apresuradamente. Descubrió que los documentos estaban en ese armarito, y sacó copia de la llave. No hizo más. Me proporcionó un plano de la casa, y me dijo que por la mañana el estudio estaba siempre vacío, porque el secretario trabajaba arriba. Por fin hice acopio de valor y me vine a conseguir los documentos por mí misma. Los conseguí... ¡pero a qué precio!

»Acababa de hacerme con los documentos y estaba cerrando el armarito cuando ese joven me asió. Yo le había visto ya aquella mañana. Se había cruzado conmigo en el camino, y yo le había preguntado dónde vivía el profesor Coram sin saber que trabajaba para él.

–¡Exacto! ¡Exacto! –dijo Holmes–. El secretario volvió y le habló a su patrono de la mujer con la que se había encontrado. Entonces, con su último aliento, trató de dar el mensaje de que era ella, la «ella» de la que había hablado con él.

–Permítame hablar –dijo la mujer, con tono imperativo y la cara contraída de dolor–. Cuando el joven cayó, yo salí corriendo de la habitación, elegí mal la puerta, y me encontré en la habitación de mi marido. Él habló de delatarme. Yo le hice ver que si lo hacía su vida estaba en mis manos. Si me entregaba a la ley, yo podía entregarle a la Hermandad. No es que yo quisiera vivir por amor a mi propia persona, pero deseaba cumplir mi propósito. Él sabía que yo cumpliría lo que decía, que su suerte estaba ligada a la mía. Por esta razón, sólo por esta razón, me ocultó. Me metió en ese oscuro escondrijo, reliquia de viejos tiempos que solamente él conocía. Comió en su habitación, y de este modo pudo darme parte de su comida. Acordamos que cuando la policía dejara la casa yo escaparía de noche y no volvería. Pero de alguna forma ha sorprendido usted nuestros planes –se sacó del pecho un paquetito–. Éstas son mis últimas palabras –dijo–. Aquí están los papeles que salvarán a Alexis. Los confío a su honor y a su sentido de la justicia. ¡Tómelos! Entréguelos en la embajada rusa. Ahora he cumplido con mi deber, y...

–¡Párenla! –gritó Holmes. Cruzó de un salto la habitación y arrancó un frasquito de manos de la mujer.

–¡Demasiado tarde! –dijo ella, dejándose caer de nuevo en la cama–. ¡Demasiado tarde! Había ingerido el veneno antes de dejar mi escondrijo. ¡Me da vueltas la cabeza! ¡Me muero! Le pido, caballero, que se acuerde de los papeles.

–Un caso sencillo, y, sin embargo, instructivo en varios sentidos –observó Holmes mientras viajábamos de vuelta a Londres–. Desde un comienzo giró en torno a los quevedos. De no haber sido por la afortunada casualidad de que el moribundo los cogiera no estoy seguro de que hubiéramos podido dar con la solución. Yo veía claramente, por el grueso de los cristales de esas gafas, que la persona que las llevaba tenía que ver muy poco y quedar muy desvalida sin ellas. Cuando usted me pidió que creyera que había andado por una estrecha franja de hierba sin hacer ni un solo paso en falso, observé, como recordará, que era ésa una hazaña notable. Mentalmente la consideré una hazaña imposible, salvo que se diera el caso improbable de que dispusiera de unas gafas de repuesto. Me vi obligado, por lo tanto, a tomar en cuenta seriamente la hipótesis de que la mujer se hubiera quedado dentro de la casa. Cuando observé la semejanza de los dos pasillos, me quedó claro que muy fácilmente había podido equivocarse, y, si se había equivocado, era evidente que había entrado en la habitación del profesor. Me mantuve alerta, por lo tanto, ante cualquier cosa que pudiera sustentar esta suposición, y examiné cuidadosamente la habitación buscando algo que se pareciera a un escondrijo. La alfombra parecía estar clavada con firmeza y continuidad, así que descarté la idea de una trampilla. Podía haber espacio detrás de los libros. Como saben, esa clase de montajes son comunes en las viejas bibliotecas. Observé que había libros apilados en el suelo en todas partes, pero que aquel armario biblioteca estaba despejado. Allí, pues, tenía que estar la puerta. No encontré huellas que me guiaran, pero la alfombra era de un color castaño que se prestaba muy bien a examen. Fumé, por lo tanto, una gran cantidad de esos excelentes cigarrillos, y dejé caer la ceniza en el espacio que había delante del armario sospechoso. El truco era simple, pero fue sumamente eficaz. Luego bajé, y averigüé en presencia suya, Watson, sin que usted acabara de entender el carácter de mis observaciones, que el consumo de alimentos por parte del profesor Coram había aumentado... según es natural cuando uno suministra comida a una segunda persona. Luego volvimos a subir juntos la escalera, y entonces, haciendo caer la caja de los cigarrillos, obtuve un excelente panorama del suelo y pude ver con toda claridad, por las huellas en la ceniza de los cigarrillos, que la prisionera había salido de su escondrijo durante nuestra ausencia. Bueno, Hopkins, hemos llegado a la estación de Charing Cross, y le felicito por haber llevado su caso a feliz término. Se dirige usted a su cuartel general, sin duda. Pienso, Watson, que usted y yo tomaremos un coche hasta la embajada rusa.

EL TRES CUARTOS DESAPARECIDO

En Baker Street estábamos muy acostumbrados a recibir telegramas siniestros, pero recuerdo especialmente unó que nos llegó cierta sombría mañana de febrero, hace cosa de siete u ocho años, y que proporcionó al señor Sherlock Holmes un cuarto de hora de desconcierto. Iba dirigido a él, y decía así:

«Por favor espéreme. Terrible desgracia. Tres cuartos ala derecha desaparecido. Indispensable mañana. –Overton.»

–Timbrado en Strand, y despachado a las diez treinta y seis –dijo Holmes, leyéndolo una y otra vez–. El señor Overton estaba evidentemente muy excitado cuando lo envió, y consecuentemente lo redactó con cierta incoherencia: Bueno, bueno, yo diría que llegará justo después de que hayamos podido leer *The Times*, y entonces nos enteraremos de todo. Hasta el problema más insignificante será bienvenido en estos días de estancamiento.

Habíamos tenido, desde luego, muy poco movimiento, y yo había aprendido a temer aquellos períodos de inacción, porque sabía por experiencia que la mente de mi compañero era tan anormalmente activa que era peligroso dejarla sin material sobre el que trabajar. Durante años le había ido apartando gradualmente de aquella drogadicción que en otro tiempo había amenazado con frustrar su notable carrera. Ahora sabía que, en condiciones ordinarias, Holmes ya no sentía necesidad de aquel estímulo artificial; pero sabía perfectamente que el diablo no estaba muerto, sino dormido, y me había dado cuenta de que el sueño era ligero, y el despertar fácil, cuando en períodos de inactividad había visto la expresión tensa del ascético rostro de Holmes y la melancolía de sus ojos profundamente hundidos en las órbitas e inescrutables. Por lo tanto, bendecí al señor Overton, quienquiera que fuese, por haberse presentado con su enigmático mensaje a romper la peligrosa calma que suponía para mi amigo mayor peligro que todos los huracanes de su tormentosa vida.

Tal como esperábamos, el telegrama se vio pronto seguido por su remitente, y la tarjeta del señor Cyril Overton, de Trinity College, Cambridge, anunció la entrada de un joven de enorme tamaño, cien kilos de sólido hueso y músculo, que ocupaba toda la abertura de la puerta con sus anchos hombros y que nos miraba alternativamente a Holmes y a mí con una cara bien formada y tensa de nerviosismo.

–¿El señor Sherlock Holmes?

Mi compañero le saludó con un signo de cabeza.

–Vengo de Scotland Yard, señor Holmes. He hablado con el inspector Stanley Hopkins. Me ha aconsejado que hable con usted. Dice que el caso, según él piensa, está más en su línea, señor Holmes, que en la de la policía.

–Siéntese, por favor, y cuénteme de qué se trata.

–¡Es espantoso, señor Holmes, sencillamente espantoso! Me sorprende que el cabello no se me haya puesto blanco. Godfrey Staunton... ¿habrán oído hablar de él, sin duda? Es, ni más ni menos, el eje alrededor del cual gira todo el equipo. Preferiría formar a dos hombres menos en el equipo con tal de tener a Godfrey en mi línea de tres cuartos. Ya sea en el pase, ya en el blocaje, ya en el regate, no hay nadie que se le pueda comparar. Además, tiene cabeza y sabe conjuntar al equipo. ¿Qué voy a hacer? Esto es lo que le pregunto, señor Holmes. Está Moorhouse, el primer reserva, pero está entrenado para la línea media, y siempre deriva hacia la derecha en vez de mantenerse en la línea de banda. Es un buen pateador, eso es cierto, pero no piensa, y no salta así le maten. ¡Pero si hasta Morton, o Johnson, los delanteros de Oxford, pueden darle esquinazo! Stevenson es bastante rápido, pero no puede llegar con el balón controlado ni hasta la línea de veinticinco, y un tres cuartos que no puede hacer esto ni patear adecuadamente no sirve por mucho que corra. No, señor Holmes, estamos perdidos si usted no me ayuda a encontrar a Godfrey Staunton.

Mi amigo había escuchado con divertida sorpresa este largo discurso, pronunciado con gran vigor y vehemencia, viéndose subrayada cada afirmación con tremendas palmadas de la fuerte mano del orador sobre su rodilla. Cuando nuestro visitante calló, Holmes alargó el brazo y sacó la letra «S» de su libro de referencias comunes. Por una vez escarbó en vano en aquella mina de información varia.

—Tenemos a Arthur H. Staunton, el joven y prometedor falsificador —dijo—, y tuvimos a Henry Staunton, al que contribuimos a que colgaran, pero Godfrey Staunton es nuevo para mí.

Esta vez le tocó el turno de la sorpresa a nuestro visitante.

—Pero, señor Holmes, yo pensaba que usted sabía cosas —dijo—. Supongo, entonces, que si nunca ha oído hablar de Godfrey Staunton, tampoco sabrá quién es Cyril Overton.

Holmes negó con la cabeza, de muy buen humor.

—¡Por todos los infiernos! —gritó el atleta—. Bueno, pues fui primer reserva de Inglaterra contra Gales, y he sido el capitán del equipo de la universidad durante todo este año. Pero esto no es nada. No pensaba que hubiera nadie en toda Inglaterra que no supiera quién es Godfrey Staunton, el mejor de los tres cuartos de Cambridge, de Blackheath, y de cinco partidos internacionales. ¡Dios santo! Señor Holmes, ¿en qué mundo vive?

Holmes se rió ante el ingenuo asombro del joven gigante.

—Usted vive en un mundo distinto al mío, señor Overton, vive en un mundo mucho más agradable y sano que el mío. Mis ramificaciones se extienden hacia muchos sectores de la sociedad, pero me alegra decir que no han entrado en el deporte aficionado, que es lo mejor y lo más sano que tiene Inglaterra. Sin embargo, su inesperada visita de esta mañana me permite ver que incluso en ese mundo de aire libre y juego limpio puedo tener trabajo que hacer. Así que ahora, mi querido señor, le ruego que se siente y que me cuente lenta y tranquilamente, con toda exactitud, lo que ha ocurrido, y cómo desea que yo le ayude.

El rostro del joven Overton adquirió la expresión preocupada del hombre que está más acostumbrado a utilizar sus músculos que su ingenio, pero gradualmente, con numerosas repeticiones y oscuridades que puedo omitir de mi relato, nos expuso esta extraña historia.

—La cosa es ésta, señor Holmes. Como he dicho, soy el capitán del equipo de rugby de la universidad de Cambridge, y Godfrey Staunton es mi mejor hombre. Mañana jugamos contra el Oxford. Llegamos ayer y nos alojamos en el hotel privado de Bentley. A las diez fui a comprobar que todos los muchachos estuvieran en cama, porque yo creo en el entrenamiento estricto y en el mucho dormir para mantener en forma a un equipo. Hablé un poco con Godfrey antes de que se fuera a dormir. Me pareció pálido y preocupado. Le pregunté qué le ocurría. Dijo que no le pasaba nada, que sólo le dolía un poco la cabeza. Le deseé las buenas noches y le dejé. Media hora más tarde, el portero del hotel me dijo que un tipo de aspecto rudo, con barba, había venido a dejar una nota para Godfrey. No se había ido todavía a dormir, y le llevaron la nota a su habitación. Godfrey la leyó y cayó en una silla como si le hubieran dado un mazazo. El portero se asustó tanto que quería llamarme, pero Godfrey le retuvo, bebió un poco de agua, y se recobró. Luego bajó la escalera, le dijo algo al hombre que estaba esperándole en el vestíbulo, y ambos salieron. Lo último que vio de ellos el portero fue que iban casi corriendo calle abajo en dirección al Strand. Esta mañana, la habitación de Godfrey estaba vacía. Godfrey no había dormido en su cama, y sus cosas estaban tal como yo las había visto la noche anterior. Se había ido de improviso con aquel desconocido, y no ha llegado ninguna noticia suya desde entonces. No creo que vuelva nunca. Era un deportista, Godfrey; un deportista hasta la médula, y no hubiera interrumpido su entrenamiento ni dejado en la estacada a su capitán de no ser por algo superior a sus fuerzas. No, intuyo que ha desaparecido, simplemente, y que jamás volveremos a verle.

Sherlock Holmes escuchó con profunda atención la singular historia.

—¿Qué hizo usted? —preguntó.

—Telegrafié a Cambridge para averiguar si allí sabían algo de él. He recibido la respuesta. Nadie le ha visto.

—¿Es posible que haya vuelto a Cambridge?

—Sí, hay un tren tardío... Sale a las once y cuarto.

—Pero, ¿por lo que usted sabe, no lo tomó?

—No, no se le vio.

—¿Qué hizo usted luego?

—Telegrafié a Lord Mount-James.

—¿Por qué a Lord Mount-James?

—Godfrey es huérfano, y Lord Mount-James es su pariente más cercano... Es tío suyo, me parece.

—Ya. Esto arroja nueva luz sobre el asunto. Lord Mount-James es uno de los hombre más ricos de Inglaterra.

—Eso le he oído decir a Godfrey.

—¿Y su amigo le trataba mucho?

—Sí, era su heredero, y el viejo tiene casi ochenta años... Y está hecho un asco con la gota, además. Dicen que podría enyesar los tacos de billar con los nudillos. Jamás en toda su vida le ha dado a Godfrey ni un solo chelín, porque es tremendamente avaro, pero todo acabará en manos de Godfrey.

—¿Ha recibido respuesta de Lord Mount-James?

—No.

—¿Qué motivo podría tener su amigo para ir a ver a Lord Mount-James?

—Bueno, algo le tenía preocupado la noche anterior, y si era algo que tenía que ver con dinero es posible que se dirigiera a su pariente más cercano, que tiene dinero en abundancia, aunque, por lo que tengo entendido, no le hubiera sido fácil sacarle nada. Godfrey no quería al viejo. No iría a verle de poder evitarlo.

—Bueno, esto lo averiguaremos pronto. Suponiendo que su amigo fuera a visitar a su pariente Lord Mount-James, tendrá usted que explicar entonces la visita de ese tipo de aspecto rudo en una hora tan tardía, y el nerviosismo que provocó su llegada.

Cyril Overton se apretó la cabeza entre las manos.

—¡No entiendo nada! –dijo.

—Bueno, bueno, tengo el día libre, y estaré encantado de ver qué se puede hacer –dijo Holmes–. Quisiera aconsejarle vivamente que haga sus preparativos para el partido sin contar con ese caballero. Como usted dice, tiene que haber sido una situación de necesidad abrumadora la que le obligó a marcharse de aquel modo, y es probable que la misma situación de necesidad le mantenga alejado. Vayamos juntos a ese hotel, y veamos si el portero puede arrojar alguna nueva luz en el asunto.

Sherlock Holmes era un auténtico maestro en el arte de hacer que un testigo humilde se sintiera cómodo con él, y, en la soledad de la habitación abandonada por Godfrey Staunton, no tardó en extraerle al portero todo lo que tenía que contar. El visitante de la noche anterior no era un caballero, ni tampoco un obrero. Era, sencillamente, lo que el portero describía como «un tipo de aspecto medio». Era un hombre de cincuenta años, de barba gris, cara pálida y discretamente vestido. Parecía estar nervioso. El portero había observado que le temblaba la mano cuando le entregó la nota. Godfrey Staunton se había embutido la nota en el bolsillo. Staunton no le había estrechado la mano al hombre del vestíbulo. Habían cruzado unas pocas frases, y el portero solamente había distinguido una palabra: «tiempo». Luego se habían marchado apresuradamente del modo descrito. Eran exactamente las diez y media cuando se marcharon, según el reloj del vestíbulo.

—Veamos –dijo Holmes, sentándose en la cama de Staunton–. Usted es el portero de día, ¿no es cierto?

—Sí, señor. Mi turno acaba a las once.

—¿El portero de noche no vio nada, supongo?

—No, señor. Un grupo de gente volvió tarde del teatro. No llegó nadie más.

—¿Estuvo usted ayer de servicio durante todo el día?

—Sí, señor.

—¿Le llevó algún mensaje al señor Staunton?

—Sí, señor. Un telegrama.

—¡Ah! Esto es interesante. ¿A qué hora?

—Hacia las seis.

—¿Dónde estaba el señor Staunton cuando lo recibió?

—Aquí, en su habitación.

—¿Estaba usted presente cuando lo abrió?

—Sí, señor. Esperé a ver si había respuesta.

—Bueno, ¿y la hubo?

—Sí, señor. Escribió una respuesta.

—¿Se la llevó usted?

—No, fue a cursarla él mismo.

—Pero, ¿la escribió delante suyo?

—Sí, señor. Yo estaba junto a la puerta, y él me volvía la espalda en esa mesa. Cuando la hubo escrito, me dijo: «Está bien, portero, la mandaré yo mismo.»

—¿Con qué la escribió?

—Con una pluma, señor.

—El impreso telegráfico, ¿era uno de esos que están encima de la mesa?

—Sí, señor. Era el de arriba.

Holmes se puso en pie. Tomó los impresos, se los llevó junto a la ventana, y examinó cuidadosamente el de más arriba.

—Qué lástima que no escribiera con un lápiz —dijo, dejándolos de nuevo en la mesa mientras se encogía de hombros, decepcionado—. Como sin duda habrá usted observado a menudo, Watson, la impresión de lo escrito suele atrevesar el papel... hecho que ha acabado con más de un matrimonio feliz. Pero aquí no puedo encontrar ninguna señal. Me alegra, sin embargo, constatar que escribió con una pluma de ave de punta ancha, y estoy casi seguro de que encontraremos algo en ese secante. ¡Ah, sí! ¡Indudablemente es esto!

Desgarró un trozo de secante y volvió hacia nosotros el siguiente jeroglífico:

Cyril Overton estaba muy excitado.

—Ponga eso delante de un espejo —gritó.

—No hace falta —dijo Holmes—. El secante es delgado, y su reverso nos dará el mensaje. Aquí está.

Le dió la vuelta, y leímos:

—Así que aquí tenemos el final del telegrama que Godfrey Staunton envió pocas horas antes de su desaparición. Hay al menos seis palabras del mensaje que se nos escapan. Pero lo que tenemos: «Stand by us for God's sake!» («¡No nos abandone, por el amor de Dios!») demuestra que ese joven veía aproximarse un peligro formidable del que alguna otra persona podía protegerle. Dice «nos», fíjense bien. Había otra persona implicada. ¿Quién podía ser sino el hombre pálido y barbudo que parecía tan nervioso? ¿Cuál es, entonces, la relación entre Godfrey Staunton y el hombre barbudo? ¿Y quién es el tercer personaje cuya ayuda buscaban ambos frente a un peligro apremiante? Nuestra investigación ha quedado ya reducida a esto.

—Lo que tenemos que hacer es averiguar a quién estaba dirigido ese telegrama —sugerí.

—Exacto, mi querido Watson. Su reflexión, aunque profunda, ya me había cruzado la mente. Pero yo diría que puede haber entrado en el campo de sus observaciones el hecho de que si entra usted en una oficina de correos y pide que le dejen ver la matriz del mensaje enviado por otra persona puede que descubra una escasa inclinación de los funcionarios a satisfacer sus deseos. ¡Impera tanto formalismo en esas cosas! Sin embargo, no me cabe duda de que con un poco de delicadeza y de sutileza puede alcanzarse el objetivo. Entre tanto, me gustaría, en presencia suya, señor Overton, examinar esos papeles que han quedado encima de la mesa.

Había numerosas cartas, facturas, libretas de notas, que Holmes miró por todos lados y examinó con dedos veloces y nerviosos y mirada viva y penetrante.

—Aquí no hay nada —dijo, finalmente—. A propósito... Supongo que su amigo era un joven saludable... ¿No había nada que marchara mal en él?

—Sano como un caballo.

—¿Le vio enfermo alguna vez?

—Ni un solo día. Una vez le tumbaron de un puntapié en la canilla, y otra vez se le desencajó la rótula, pero no fue nada.

—Quizá no fuera tan fuerte como usted supone. Quizá sufría algún mal secreto. Con su autorización, me guardaré uno o dos de estos papeles, por si tienen que ver con nuestra futura investigación.

—¡Un momento! ¡Un momento! —gritó una voz querellosa, y, alzando la mirada, vimos a un curioso viejecillo que se meneaba y contorsionaba en la puerta. Iba vestido de un negro herrumbroso y llevaba un sombrero de copa de alas muy anchas y una corbata blanca con el nudo flojo. Su aspecto general hacía pensar en un cura muy rústico o en un figurante de cortejo fúnebre. Sin embargo, a pesar de su apariencia desaseada e incluso absurda, su voz tenía un restallido seco, y sus maneras una vibrante intensidad, que imponían la atención.

—¿Quién es usted, señor, y con qué derecho toca los papeles de este caballero? —preguntó.

—Soy detective privado, y estoy tratando de explicar su desaparición.

—¡Oh! ¿Eso es usted, eh? ¿Y quién le mandó a llamar, eh?

—A este caballero, que es amigo del señor Staunton, le recomendaron en Scotland Yard que acudiera a mí.

—¿Quién es usted, señor?

—Me llamo Cyril Overton.

—Entonces, fue usted el que me mandó el telegrama. Yo soy Lord Mount-James. He venido lo más aprisa que ha podido traerme el autobús de Bayswater. ¿Así que ha contratado usted a un detective?

—Sí, señor.

—¿Y está dispuesto a pagar sus honorarios?

—No me cabe duda, señor, que mi amigo Godfrey, cuando le encontremos, estará dispuesto a hacerlo.

—Pero, ¿y si no le encuentra? ¿Eh? ¿Entonces qué?

—En este caso, no dudo que su familia...

—¡Ni hablar de eso, señor! —chilló el hombrecillo—. A mí no venga a pedirme ni un penique... ¡Ni un penique! ¡Que le quede esto muy claro, señor detective! Yo soy la familia entera de ese joven, y le digo que no me hago responsable. Si él tiene algo que heredar, es gracias a que yo jamás he despilfarrado el dinero, y no pienso empezar a hacerlo a estas alturas. En cuanto a estos papeles de los que usted dispone tan libremente, he de decirle que, en el caso de que haya entre ellos algo que tenga valor, tendrá que responder estrictamente de lo que haga con ellos.

—Muy bien, señor —dijo Sherlock Holmes—. ¿Me permite preguntarle, entre tanto, si tiene usted alguna teoría acerca de la desaparición de ese joven?

—No, señor, ninguna. Es lo bastante grandullón y tiene edad suficiente para cuidar de sí mismo, y si es tan estúpido como para perderse por ahí yo me niego categóricamente a aceptar la responsabilidad de darle caza.

—Entiendo perfectamente su posición —dijo Holmes, con un destello malévolo en los ojos—. Quizá usted no acaba de entender la mía. Según parece, Godfrey Staunton es un hombre pobre. Si ha sido secuestrado, no puede haber sido por nada de lo que él posee. La fama de su riqueza está muy extendida, Lord Mount-James, y es perfectamente posible que una banda de ladrones hayan capturado a su sobrino para obtener de él alguna información acerca de su casa, sus costumbres y su riqueza.

El rostro de nuestro diminuto y desagradable visitante se puso tan blanco como su corbata.

—¡Cielos, señor! ¡Vaya idea! ¡Jamás se me habría ocurrido pensar en maldad semejante! ¡Qué bribones tan inhumanos hay en el mundo! Pero Godfrey es un buen muchacho... Un muchacho con entereza. No habrá nada que pueda inducirle a vender a su viejo tío. He trasladado mi metal precioso al banco esta tarde. Pero no ahorre esfuerzos, señor detective. Le ruego que no deje piedra sin mover con tal de traerle de vuelta sano y salvo. En cuanto a dinero, bueno, hasta cinco libras, e incluso hasta diez, podrá siempre contar conmigo.

Ni siquiera desde la perspectiva de su purificada actitud pudo el noble avaro proporcionarnos ninguna información que nos ayudara, ya que no sabía gran cosa de la vida privada de su sobrino. Nuestra única pista era el telegrama incompleto, y con una copia de su contenido en la mano Holmes se dispuso a encontrar un segundo eslabón para su cadena. Nos habíamos liberado de Lord Mount-James, y Overton se había ido a deliberar con los restantes miembros de su equipo acerca de la desgracia que les había sobrevenido. Había un puesto telegráfico a poca distancia del hotel. Nos detuvimos frente a él.

—Merece la pena intentarlo, Watson —dijo Holmes—. Naturalmente, con una orden judicial podríamos exigir que nos enseñaran las matrices, pero no hemos llegado todavía a ese nivel de necesidad. No creo que recuerden las caras en un sitio donde hay tanto trabajo. Arriesguémonos.

»Lamento molestarla —le dijo, con su voz más persuasiva, a la joven que estaba al otro lado de la ventanilla enrejada—. Hay un pequeño error en un telegrama que mandé ayer. No he recibido respuesta, y mucho me temo que me olvidé de poner mi nombre al final. ¿Puede confirmármelo?

La jovencita se volvió hacia un paquete de matrices.

—¿A qué hora lo envió? —preguntó.

—Un poco después de las seis.

—¿A quién iba dirigido?

Holmes se llevó un dedo a los labios y me miró.

—Las últimas palabras eran: «por el amor de Dios» —susurró, confidencialmente–. Estoy esperando impacientemente la respuesta.

La joven separó una de las matrices.

–Aquí está. No lleva firma –dijo, poniéndola sobre el mostrador.

–Entonces, es esto, claro, lo que explica que no haya recibido respuesta –dijo Holmes–. ¡Santo cielo, qué estúpido soy! Adiós, señorita, y muchas gracias por haberme tranquilizado.

Cuando volvimos a encontrarnos en la calle, se rió entre dientes y se frotó las manos.

–¿Qué? –pregunté.

–Progresamos, mi querido Watson, progresamos. Tenía siete planes distintos para poder entrever ese telegrama, pero no me atrevía a esperar que lo conseguiría a la primera.

–¿Y qué ha sacado en claro?

Detuvo un coche de alquiler.

–A la estación de King's Cross –dijo.

–¿Es que vamos a viajar?

–Sí, creo que debemos ir a Cambridge lo antes posible. Todos los indicios parecen apuntar en esa dirección.

–Dígame –pregunté, mientras el coche rodaba por Gray's Inn Road–, ¿tiene usted alguna sospecha acerca de cuál ha sido la causa de la desaparición? No creo que entre todos nuestros casos tengamos otro en el que los motivos fueran más oscuros. ¿No creerá de veras que puede haber sido secuestrado para obtener información en contra de los intereses de su acaudalado tío?

–Confieso, mi querido Watson, que semejante explicación no me parece demasiado probable. Se me ocurrió, sin embargo, que era la que más probablemente podría interesar a ese anciano tan extremadamente desagradable.

–Sin duda le interesó. Pero, ¿qué alternativas tiene?

–Podría mencionar varias. Debe usted admitir que resulta curioso y sugerente el que este incidente haya tenido lugar en vísperas de ese partido tan importante, y que afecte precisamente al único jugador cuya presencia parece esencial para la victoria de su equipo. Puede ser una coincidencia, desde luego, pero es interesante. En el deporte aficionado no se admiten apuestas, pero se hacen muchas apuestas desde fuera, entre el público, y es posible que alguien pensara que merecía la pena atentar contra un jugador del mismo modo que los rufianes de las carreras atentan contra los caballos. Ésta es una explicación. Una segunda, muy obvia, es la de que ese joven es realmente el heredero de una gran fortuna, por modestos que sean actualmente sus recursos, y no es imposible que se haya tramado una conspiración para conseguir un rescate.

–Estas versiones no hacen intervenir al telegrama.

–Absolutamente cierto, Watson. El telegrama sigue siendo el único objeto sólido con el que trabajamos, y no debemos permitir que nuestra atención se aparte de él. Es para obtener alguna luz acerca del objeto de ese telegrama que viajamos ahora a Cambridge. La senda de nuestra investigación está a oscuras por el momento, pero mucho me sorprendería que esta noche no la hubiéramos iluminado, o, por lo menos, no hubiéramos avanzado mucho en ella.

Era ya oscuro cuando llegamos a la vieja ciudad universitaria. Holmes tomó un coche en la estación, y ordenó al cochero que se dirigiera a casa del doctor Leslie Armstrong. Pocos minutos más tarde nos deteníamos ante una gran mansión situada en la avenida más transitada. Nos admitieron en ella, y, después de una larga espera, nos condujeron a la sala de consultas, donde encontramos al doctor sentado ante su mesa.

Es indicativo de hasta qué punto me había alejado de mi profesión el hecho de que el nombre Leslie Armstrong me resultara desconocido. Ahora sé que no sólo es una de las eminencias de la facultad de medicina de la universidad, sino también un pensador de reputación europea en más de una rama de la ciencia. Sin embargo, aun sin conocer su brillante historial, era imposible no sentirse impresionado en seguida por aquel hombre, por aquel rostro cuadrado y macizo, y el moldeado granítico de aquella mandíbula inflexible. Un hombre de fuerte carácter, un hombre de mente viva, un hombre severo, ascético, reservado, formidable; así vi yo al doctor Leslie Armstrong. Tenía en la mano la tarjeta de mi amigo, y la miraba con una expresión no demasiado complacida en sus duras facciones.

—He oído hablar de usted, señor Sherlock Holmes, y sé cuál es su profesión, profesión que no apruebo de ningún modo.

—En este punto, doctor, coincide usted con la opinión de todos los criminales del país —dijo mi amigo, tranquilamente.

—En la medida en que sus esfuerzos se orientan hacia la supresión del crimen, caballero, deben tener el apoyo de todo miembro razonable de la comunidad, aunque no me cabe duda de que la maquinaria oficial se basta y se sobra en este sentido. El aspecto en que su profesión se ve más expuesta a la crítica es aquél que le lleva a inmiscuirse en los secretos de los individuos privados, a hurgar en asuntos familiares que mejor están ocultos, a hacer perder de vez en cuando el tiempo de hombres que están más ocupados que usted. En estos momentos, por ejemplo, estaría escribiendo un tratado en vez de conversar con usted.

—Sin duda, doctor. Sin embargo, la conversación puede resultar más importante que el tratado. Le diré, de paso, que hacemos precisamente lo contrario de eso que usted tan justamente condena, y que tratamos de evitar cualquier cosa del tipo de una aireación pública de asuntos privados, aireación que se produce necesariamente cuando un caso queda en manos de la policía oficial. Puede considerarme como un simple pionero independiente que explora la ruta que seguirá la fuerza regular del país. He venido a preguntarle por el señor Godfrey Staunton.

—¿Qué le ocurre a Godfrey Staunton?

—Usted le conoce, ¿no es cierto?

—Es íntimo amigo mío.

—¿Sabe usted que ha desaparecido?

—¡Ah! ¿De veras?

No se produjo ningún cambio de expresión en las ásperas facciones del doctor.

—Se marchó de su hotel anoche. No se han vuelto a tener noticias suyas.

—Sin duda volverá.

—Mañana se juega el partido de rugby de la universidad.

—No simpatizo con esos juegos infantiles. La suerte de ese joven me interesa profundamente, ya que le conozco y le aprecio. Los partidos de rugby no entran en absoluto dentro de mi panorámica.

—Entonces, pediré su simpatía para mi investigación sobre la suerte del señor Staunton. ¿Sabe usted dónde está?

—Desde luego que no.

—¿No le ha visto desde ayer?

—No, no le he visto.

—¿Era el señor Staunton un hombre sano?

—Absolutamente.

—¿Le ha visto enfermo alguna vez?

—Nunca.

Holmes puso repentinamente una hoja de papel delante del doctor.

—Entonces, quizá pueda explicarnos este recibo por treinta guineas, pagadas por el señor Godfrey Staunton, el mes pasado, al doctor Leslie Armstrong, de Cambridge. Lo encontré en su escritorio entre otros papeles.

El doctor se puso rojo de ira.

—No creo que exista ninguna razón por la que deba darle a usted ninguna explicación, señor Holmes.

Holmes volvió a colocar el recibo en su cuaderno de notas.

—Si prefiere usted una explicación pública, tendrá lugar tarde o temprano —dijo—. Ya le he dicho que yo puedo silenciar lo que otros se ven obligados a hacer público, y realmente obraría usted cuerdamente si confiara por completo en mí.

—No sé nada de esto.

—¿Ha tenido noticias del señor Staunton desde Londres?

—Desde luego que no.

—¡Dios me valga! ¡Dios me valga! ¡Otra vez la oficina de correos! —suspiró Holmes, en tono hastiado—. Ayer por la tarde, a las seis cincuenta, Godfrey Staunton le mandó a usted un telegrama urgentísimo, un telegrama que sin duda está relacionado con su desaparición; y, sin embargo, no le ha llegado. Es imperdonable. No le quepa duda de que iré a esa oficina y elevaré una queja.

El doctor Leslie Armstrong se puso de pie de un salto detrás de su escritorio, y su cara atezada se puso de color rojo vivo por la ira.

—Debo pedirle que salga de mi casa, señor —dijo—. Puede usted decirle a quien le emplea, Lord Mount-James, que no quiero tener ningún trato ni con él ni con ningún agente suyo. ¡No, señor! ¡Ni una palabra más! —hizo sonar furiosamente la campanilla—. John, acompañe a la puerta a estos caballeros.

Un pomposo mayordomo nos guió severamente hasta la puerta, y nos vimos de nuevo en la calle. Holmes se echó a reir.

—El doctor Leslie Armstrong es desde luego un hombre de energía y carácter —dijo—. Nadie como él, si quisiera orientar su talento en ese sentido, podría ocupar el vacío que dejó el ilustre Moriarty. Y ahora, mi pobre Watson, aquí estamos, embarrancados, sin amigos, en esta ciudad inhóspita que no podemos dejar sin con ello abandonar nuestro caso. Esa pequeña hospedería, justo en frente de la casa de Armstrong, es singularmente apropiada para nuestras necesidades. Si alquila usted una habitación en la parte frontal y compra lo necesario para pasar la noche, quizá me dé tiempo a hacer unas pocas indagaciones.

Esas pocas indagaciones resultaron, sin embargo, mucho más lentas en su evolución de lo que Holmes había supuesto, ya que no volvió a la hospedería hasta cerca de las nueve. Estaba pálido y desanimado, cubierto de polvo y exhausto de hambre y cansancio. Una cena fría estaba preparada en la mesa, y cuando hubo satisfecho sus necesidades y encendido la pipa estuvo en condiciones de adoptar ese punto de vista mitad cómico y enteramente filosófico que era natural en él cuando las cosas le salían de través. El ruido de las ruedas de un carruaje le hicieron levantarse y mirar por la ventana. Un coche tirado por un par de caballos grises se detuvo a la luz de una farola de gas delante de la puerta de la casa del doctor.

—Ha estado fuera tres horas —dijo Holmes—. Salió a las seis y media, y vuelve ahora. Esto nos da un radio de diez o doce millas, y recorre el trayecto incluso dos veces al día.

—Esto no es inusual para un médico en ejercicio.

—Pero Armstrong no es en realidad un médico en ejercicio. Es catedrático y médico consultor, pero no se dedica a la práctica de la medicina general, que le distraería de su trabajo literario. Entonces, ¿por qué hace estos largos viajes, que le deben resultar extraordinariamente fastidiosos, y a quién visita?

Su cochero...

—Mi querido Watson, ¿le cabe alguna duda de que fue la primera persona a la que recurrí? No sé si se debió a su depravación innata o a instrucciones de su amo, pero fue desagradable hasta el punto de echar contra mí a un perro. Ni al perro ni al hombre, sin embargo, les gustó el aspecto de mi bastón, y el asunto no pasó a mayores. Las relaciones se pusieron un poco tensas después de eso, y quedó fuera de cuestión el hacer nuevas indagaciones. Todo lo que sé se lo debo a un amable vecino que me he encontrado en el patio de nuestra posada. El fue el que me contó las costumbres del doctor y sus viajes diarios. Mientras hablaba, y para dar más peso a sus palabras, el coche del doctor acudió a la puerta de su casa.

—¿No pudo seguirlo?

—¡Excelente, Watson! Esta noche está usted brillantísimo. Esa idea me cruzó la mente. Como habrá quizá observado, hay una tienda de bicicletas cerca de nuestra posada. Me fui a ella corriendo, alquilé una bicicleta, y pude ponerme en camino antes de que el coche se hubiera perdido de vista. Lo alcancé rapidamente, y luego, manteniéndome a la discreta distancia de cien yardas o algo así, seguí sus luces hasta que estuvimos fuera de la ciudad. El doctor había recorrido ya un buen trecho del camino rural cuando se produjo un incidente un tanto mortificante. El carruaje se detuvo, el doctor se apeó, se vino rápidamente hasta el punto donde también yo me había detenido, y me dijo, con un excelente estilo sardónico, que se temía que el camino fuera demasiado estrecho, y que esperaba que su coche no obstaculizara el paso de mi bicicleta. Su modo de decírmelo fue absolutamente admirable. Acto seguido adelanté al coche, y, manteniéndome en la carretera principal, seguí adelante unas cuantas millas, deteniéndome luego en un sitio conveniente para ver si pasaba el carruaje. No vi ni rastro de él, sin embargo, de modo que era evidente que había girado por alguno de los varios desvíos que yo había observado. Pedaleé, deshaciendo camino, pero seguí sin ver al coche, y ahora, como ve, ha vuelto después de mí. Naturalmente, al principio no tenía ninguna razón particular para relacionar estos viajes con la desaparición de Godfrey Staunton, y me inclinaba a investigarlos partiendo solamente de la base general de que todo lo que se refiere al doctor Armstrong nos interesa por el momento; pero ahora, después de descubrir que el doctor vigila tan atentamente a cualquiera que pueda seguirle en sus excursiones, el asunto parece más importante, y no quedaré satisfecho hasta haber aclarado las cosas.

–Podemos seguirle mañana.

–¿De veras? No es tan fácil como parece usted pensar. No está usted familiarizado con ese paisaje de Cambridgeshire, ¿verdad? No es propicio para ocultarse. Todo el territorio por el que he pasado esta noche es llano y despejado como la palma de su mano, y el hombre al que seguimos no es ningún tonto, como ha demostrado claramente esta noche. He telegrafiado a Overton para que nos notifique en esta dirección cualquier cosa nueva que ocurra en Londres, y, entre tanto, lo único que podemos hacer es concentrar nuestra atención en el doctor Armstrong, cuyo apellido me permitió leer aquella amable jovencita de la oficina de correos en la matriz del telegrama urgente de Staunton. El doctor sabe dónde está ese joven. Podría jurarlo. Y, si lo sabe, entonces será culpa nuestra si no podemos ingeniárnosla para saberlo nosotros también. Por el momento, hay que admitir que las bazas fuertes están en sus manos, y ya sabe usted, Watson, que no es mi costumbre el dejar la partida en estas condiciones.

Sin embargo, el día siguiente no nos acercó a la solución del misterio. Nos entregaron una nota después del desayuno, que Holmes me pasó sonriendo. Decía así:

«Caballero, puedo asegurarle que está perdiendo el tiempo al seguir mis movimientos. Como pudo comprobar anoche, tengo una ventana en la parte trasera de mi coche, y, si desea dar un paseo de veinte millas que no le lleve más que a su punto de partida, lo único que tiene que hacer es seguirme. Entre tanto, puedo informarle de que el espiarme no puede ayudar en nada al señor Godfrey Staunton, y estoy convencido de que el mejor servicio que puede usted prestarle al citado caballero consiste en que vuelva inmediatamente a Londres e informe a la persona que le ha empleado de que no puede usted dar con su pista. En Cambridge, indudablemente, perderá usted el tiempo. Suyo sinceramente,

Leslie Armstrong.»

–El doctor es un antagonista franco y honesto –dijo Holmes–. Bueno, bueno, excita mi curiosidad, y desde luego he de saber algo más antes de dejarle en paz.

–Ahora tiene el coche en su puerta –dije–. Está entrando en él. Le he visto mirar hacia nuestra ventana en el momento de entrar. ¿Y si hago yo un intento en bicicleta?

–¡No, no, mi querido Watson! Con todo el respeto debido a su natural agudeza, no pienso que pueda usted enfrentarse dignamente con el digno doctor. Creo que quizá yo pueda llegar a algún resultado por medio de algunas exploraciones independientes. Me temo que tendré que dejarle para que haga lo que le dicte su ingenio, ya que la aparición de *dos* forasteros haciendo indagaciones en una soñolienta ciudad provinciana podría provocar más comentarios de los que deseo. Sin duda encontrará usted para distraerse algunas cosas que ver en esta ciudad venerable, y espero traerle noticias más propicias antes de que anochezca.

Una vez más, sin embargo, mi amigo estaba destinado a verse decepcionado. Volvió por la noche, cansado y vencido.

—He tenido el día en blanco, Watson. Después de establecer, en términos generales, la dirección que tomaba el doctor, me he pasado el día visitando todos los pueblos de ese lado de Cambridge y cotejando notas de lo que he sacado de los posaderos y otras agencias de noticias locales. He cubierto bastante terreno: he explorado Chesterton, Histon, Waterbeach y Oakington, y he salido de todos estos sitios con las manos vacías. La aparición en pleno día de un coche con dos caballos difícilmente puede pasar desapercibida en esos rincones soñolientos. El doctor se ha apuntado otro tanto. ¿Ha llegado algún telegrama para mí?

—Sí. Lo he abierto. Aquí lo tiene: «Pregunte por Pompey a Jeremy Dixon, Trinity College.» No entiendo.

—Oh, está bastante claro. Es de nuestro amigo Overton, y contesta a una pregunta mía. Voy a mandarle una nota al señor Jeremy Dixon, y no me cabe duda de que luego cambiará nuestra suerte. A propósito, ¿hay noticias del partido de rugby?

—Sí, el periódico vespertino local tiene una reseña muy buena del partido en su última edición. Ganó Oxford por un gol y dos ensayos. Las últimas frases de la reseña dicen: «La derrota de los azul pálidos puede atribuirse enteramente a la desdichada ausencia del gran jugador internacional Godfrey Staunton, ausencia que se sintió en todo momento del partido. La falta de entendimiento en la línea de tres cuartos y su debilidad, tanto en el ataque como en la defensa, han hecho más que neutralizar los esfuerzos de un conjunto combativo y trabajador.»

—Así que los malos presentimientos de nuestro amigo Overton se han visto justificados —dijo Holmes—. Personalmente, coincido con el doctor Armstrong, y el rugby no queda dentro de mis horizontes. A dormir temprano esta noche, Watson, porque preveo que mañana será un día repleto de acontecimientos.

Quedé horrorizado, la mañana siguiente, en cuando vi a Holmes, ya que estaba sentado junto al fuego con su pequeña jeringa hipodérmica. Yo asociaba la jeringa con aquella única debilidad de su modo de ser, y temí lo peor cuando la vi brillar en su mano. Se rió ante mi expresión de desaliento, y la dejó encima de la mesa.

—No no, mi querido amigo, no hay motivo de alarma. En esta ocasión la jeringa no es instrumento del mal, sino que más bien demostrará ser la llave que abrirá las puertas de nuestro misterio. Baso en esta jeringa todas mis esperanzas. Acabo de volver de una pequeña expedición exploratoria, y todo nos es favorable. Desayune bien, Watson, porque me propongo dar hoy con la pista del doctor Armstrong, y una vez sobre ella no me detendré para descansar ni para comer hasta dar con su madriguera.

—En este caso —dije—, lo mejor será que nos llevemos el desayuno, porque se va a poner en camino muy temprano. Tiene su coche en la puerta.

—Tanto da. Que se vaya. Será realmente inteligente si puede ir a un sitio al que yo no pueda seguirle. Cuando termine baje conmigo, y le presentaré a un detective que es un eminentísimo especialista en la clase de trabajo que nos espera.

Cuando bajamos, seguí a Holmes al patio de cuadras, donde abrió la puerta de una caballeriza, sacando de ella a un perro chaparro, de orejas caídas y de color blanco y canela, una especie de punto medio entre el sabueso y el raposero.

—Permítame presentarle a Pompey —dijo Holmes—. Pompey es el orgullo de los perros rastreadores locales. No corre mucho, como se ve por su estructura, pero se pega obstinadamente a su pista. Bueno, Pompey, quizá no seas rápido, pero preveo que serás demasiado veloz para un par de caballeros londinenses de mediana edad, así que me tomaré la libertad de atar esta correa de cuero a tu collar. Ahora, muchacho, adelante, y veamos qué sabes hacer.

Condujo al perro hasta la puerta del doctor. El perro olfateó a su alrededor unos momentos, y desde luego, con un agudo gemido de excitación, se dirigió calle abajo, tirando fuertemente de la correa en sus esfuerzos por ir más aprisa. Al cabo de media hora habíamos salido de la ciudad y avanzábamos apresuradamente por un camino rural.

—¿Qué ha hecho usted, Holmes? —pregunté.

—Se trata de un truco muy gastado y venerable, pero útil de vez en cuando. Esta mañana entré en el patio del doctor y disparé mi jeringa llena de grano de anís contra la rueda posterior. Un perro rastreador puede seguir el olor del grano de anís desde aquí hasta John o'Groats(*), y nuestro amigo Armstrong tendría que cruzar en coche el Cam antes de despistar a Pompey. ¡Ah! ¡Astuto bribón! Así fue cómo me dio esquinazo la otra noche.

El perro se había salido repentinamente de la carretera principal y había entrado en una senda cubierta de hierba. Media milla más adelante, esta senda daba a otro camino ancho, y la pista giraba bruscamente a la derecha en dirección a la ciudad que acabábamos de dejar. La pista serpenteaba hacia el sur de la ciudad, y se prolongaba en dirección opuesta a la inicial.

—Entonces, ¿todo este desvío es en nuestro honor? —dijo Holmes—. No tiene nada de sorprendente que mis indagaciones en esos pueblos no condujeran a nada. El doctor ha jugado su juego a fondo, y me gustaría mucho conocer la razón de tan alambicado engaño. Ese pueblo a nuestra derecha debe ser Trumpington. ¡Diablos! ¡Ahí está el coche, volviendo esa curva! ¡Aprisa, Watson! ¡Aprisa, o estamos fritos!

Cruzando una puerta, se metió en un campo a toda prisa, arrastrando tras él al renuente Pompey. Apenas nos habíamos puesto a cubierto tras el seto cuando pasó el coche frente a nosotros. Entreví al doctor Armstrong en su interior, con los hombros encorvados y la cabeza sepultada entre las manos. Era la imagen misma de la pesadumbre. Me di cuenta, por la gravedad del rostro de mi amigo, que también él le había visto.

—Me temo que nuestra búsqueda tenga un final siniestro —dijo—. Pronto lo sabremos. ¡Adelante, Pompey! Ah, es la casita de ese campo.

No cabía duda de que habíamos llegado al término de nuestro viaje. Pompey corrió de un lado a otro y gimoteó vehementemente frente a la puerta. Las huellas del coche eran todavía visibles. Un sendero nos condujo hasta la solitaria casita. Holmes ató al perro al seto, y avanza-

(*) Es decir, hasta Escocia. (N.d.T.)

mos apresuradamente. Mi amigo llamó a la pequeña puerta rústica, y llamó por segunda vez sin obtener respuesta. Sin embargo, la casita no estaba desierta, ya que llegaba hasta nuestros oídos un sonido sordo, una especie de susurrante lamento de desesperación que resultaba indescriptiblemente deprimente. Holmes se quedó indeciso, y luego miró hacia atrás, hacia el camino que acabábamos de cruzar. Se acercaba un coche, y sus dos caballos grises eran inconfundibles.

–¡Diablos! ¡El doctor está de vuelta! –exclamó Holmes–. La cosa está clara. Tenemos que averiguar qué significa esto antes de que llegue.

Abrió la puerta, y entramos en el vestíbulo. El lamento susurrante sonó con mayor fuerza, hasta convertirse en un largo y sentido llanto de pena. Venía de arriba. Holmes subió corriendo la escalera, y yo le seguí. Abrió una puerta entreabierta, y ambos quedamos anonadados ante lo que se ofrecía a nuestras miradas.

Una mujer joven y hermosa yacía muerta en el lecho. Su cara tranquila y pálida, de ojos azules y empañados todavía abiertos, miraba hacia arriba entre una maraña de cabello rubio. Al pie de la cama, medio sentado y medio arrodillado, con el rostro hundido entre las sábanas, había un hombre joven, con todo el cuerpo convulsionado por los sollozos. Estaba tan ensimismado en su amargo dolor que no alzó la mirada hasta que Holmes le puso la mano sobre el hombro.

–¿Es usted el señor Godfrey Staunton?

–Sí, sí. Yo soy... Pero han llegado demasiado tarde. Ha muerto.

El hombre estaba tan ofuscado que no podía comprender que no éramos médicos enviados en su ayuda. Holmes trataba de decirle unas palabras de consuelo, y de explicarle la inquietud que sentían sus amigos por su repentina desaparición, cuando se oyeron pasos en la escalera; y allí, en la puerta, vimos la expresión dura, severa e interrogativa de la cara del doctor Armstrong.

–De modo, caballeros –dijo–, que han conseguido lo que querían; y, desde luego, han ido a elegir un momento particularmente delicado para su intrusión. No quiero alborotar en presencia de la muerte, pero puedo asegurarles que si yo fuera más joven su monstruosa conducta no quedaría impune.

–Discúlpeme, doctor Armstrong, pero creo que hemos entrado en el juego de los despropósitos –dijo mi amigo, dignamente–. Si accede a acompañarnos abajo, quizá podamos aclararnos recíprocamente respecto a este lamentable asunto.

Al cabo de un minuto, el ceñudo doctor y nosotros nos encontrábamos en la sala de estar de la planta baja.

–¿Y bien, caballero? –dijo el doctor.

–Quiero que sepa, antes de nada, que no he sido empleado por Lord Mount-James, y que mis simpatías en este asunto están por entero en contra de dicho aristócrata. Cuando un hombre desaparece, es mi deber averiguar cuál ha sido su suerte, pero una vez hecho esto termina el asunto en lo que a mí concierne. Y, siempre y cuando no haya elementos delictivos, mi deseo es mucho más el de acallar los escándalos privados que el de darles publicidad. Si, tal como imagino, la ley no ha sido transgredida en este asunto, puede confiar enteramente en mi discreción y en mi cooperación para mantener esto fuera de los periódicos.

El doctor Armstrong avanzó vivamente y asió a mi amigo de la mano.

—Es usted una buena persona —dijo—. Le había juzgado mal. Agradezco al cielo que mi pena por dejar al pobre Staunton solo con su dolor me haya hecho volver, y así haber podido conocerle. Con todo lo que ya sabe, la situación se explica muy fácilmente. Hace un año, Godfrey Staunton se instaló en Londres por un tiempo, y se enamoró apasionadamente de la hija de su casera, casándose con ella. La muchacha era tan buena como hermosa, y tan inteligente como buena. Ningún hombre tendría de qué avergonzarse de una mujer como ella. Pero Godfrey era el heredero de ese viejo aristócrata avinagrado, y era absolutamente seguro que si se enteraba de esa boda se acabaría la herencia. Yo conocía bien al muchacho, y le apreciaba por sus muchas y excelentes cualidades. Hice todo lo que pude para ayudarle a llevar adecuadamente las cosas. Hicimos cuanto pudimos para que nadie se enterara de nada, porque así que se levanta el más leve rumor acerca de una cosa de esta clase no pasa tiempo sin que todo el mundo se haya enterado de todo. Gracias a esta casita solitaria y a su discreción, Godfrey ha conseguido mantener hasta ahora este secreto, que nadie conocía salvo yo mismo y un criado excelente que ahora ha ido a buscar ayuda en Trumpington. Pero por fin cayó un golpe terrible en forma de una peligrosa enfermedad de su mujer. Era tuberculosis, en su variedad más virulenta. El pobre muchacho estaba medio enloquecido de dolor, y, sin embargo, tuvo que ir a Lond que ir a Londres para jugar el partido, ya que no podía excusarse de hacerlo sin entrar en explicaciones que delatarían su secreto. Yo traté de animarle con un telegrama, y él me contestó con otro en el que me imploraba que hiciera cuanto pudiera. Este es el telegrama que, de modo inexplicable, parece que usted ha visto. No le dije lo urgente que era el peligro, porque sabía que con su presencia aquí no ganábamos nada, pero le comuniqué la verdad al padre de la muchacha, que, muy poco juiciosamente, se la transmitió a Godfrey. Resultado de ello fue que se vino inmediatamente, en un estado cercano al frenesí, y que ha permanecido en ese mismo estado, arrodillado al pie de la cama, hasta que esta mañana la muerte ha puesto fin a los sufrimientos de esa mujer. Esto es todo, señor Holmes, y estoy seguro de que puedo confiar en su discreción y en la de su amigo.

Holmes le estrechó la mano al doctor.

—Vamos, Watson —dijo—. Y salimos de aquella casa de dolor a la pálida luz solar de aquel día de invierno.

Cierta mañana de frío cortante y de hielo, durante el invierno del año 97, me vi despertado por una sacudida en el hombro. Era Holmes. La vela que llevaba en la mano iluminaba su rostro inquieto, inclinado hacia mí, comunicándome, al primer vistazo, que algo andaba mal.

–¡Vamos, Watson! ¡Aprisa! –gritó–. La pieza ha sido levantada. ¡Ni una palabra! ¡Vístase y venga!

A los diez minutos, estábamos ambos en un coche de alquiler, rodando por las calles silenciosas en dirección a la estación de Charing Cross. Estaban asomándose los primeros resplandores del amanecer invernal, y veíamos confusamente, de vez en cuando, la indistinta figura de algún obrero madrugador caminando, borroso e indistinto, por la iridiscente bruma londinense. Holmes se arrebujó silenciosamente en su grueso gabán, y yo le imité de buena gana, ya que el aire era cortante, y ni él ni yo habíamos desayunado. No fue sino tras haber ingerido un poco de té caliente en la estación y ocupado nuestros asientos en el tren de Kent cuando nos sentimos lo bastante reanimados, él para hablar, y yo para escuchar. Holmes se sacó una nota del bolsillo y la leyó en voz alta:

«Abbey Grange, Marsham, Kent, 3.30 de la madrugada.

«Estimado señor Holmes. – Me encantaría contar con su inmediata ayuda en un caso que promete resultar notabilísimo. El asunto está plenamente en su línea. Salvo por el hecho de haber dejado libre a la dama, todo está exactamente tal como me lo encontré, y es difícil dejar aquí a Sir Eustace.

«Sinceramente suyo,

«Stanley Hopkins.»

–Hopkins ha recurrido a mí siete veces, y en cada una de esas ocasiones su llamada estaba enteramente justificada –dijo Holmes–. Supongo que por ello todos sus casos han encontrado espacio en su colección, y debo admitir, Watson, que tiene usted cierto talento selectivo que repara en gran medida aquéllo que más deploro en sus relatos. Su desastrosa costumbre de enfocarlo todo desde el de un ejercicio científico ha dejado en nada algo que hubiera podido ser una serie de demostraciones instructiva e incluso clásica. Su menosprecio de los aspectos más sutiles y delicados del trabajo para hacer hincapié en los detalles sensacionales pueden interesar, pero de ningún modo instruir al lector.

–¿Por qué no escribe usted mismo? –dije, con cierta amargura.

–Lo haré, mi querido Watson, lo haré(*). Por ahora, como sabe, estoy muy ocupado, pero tengo la intención de dedicar los años de mi vejez a la elaboración de un libro de texto que abarcará todo el arte de la detección en un solo volumen. Nuestra actual investigación parece ser un caso de asesinato.

–¿Piensa que Sir Eustace está muerto?

–Eso diría. Se nota que Hopkins ha escrito en un estado de nerviosismo, y no es hombre impresionable. Sí, conjeturo que ha habido violen-

(*) Hay, en efecto, varias historias narradas en primera persona por el propio Holmes en *El archivo de Sherlock Holmes,* publicado en esta misma colección. (N.d.E.)

cia, y que el cadáver espera nuestro examen. Un simple suicidio no le hubiera inducido a llamarme. En cuanto a lo de soltar a la dama, se diría que permaneció encerrada en su habitación durante la tragedia. Nos movemos en la alta sociedad, Watson: papel de calidad, el monograma «E.B.», escudo de armas, dirección pintoresca. Pienso que el amigo Hopkins estará a la altura de su reputación, y que tendremos una mañana interesante. El crimen fue cometido antes de la pasada medianoche.

—¿Cómo puede usted saber tal cosa?

—Repasando el horario de los trenes y calculando el tiempo. Tuvieron que llamar a la policía local, la cual tuvo que ponerse en contacto con Scotland Yard; Hopkins tuvo que ir hasta allí, y luego mandó a por mí. Todo esto supone una noche entera de intensa actividad. Bueno, hemos llegado a la estación de Chislehurst, y pronto se habrán disipado nuestras dudas.

Un paseo en coche de un par de millas por estrechos caminos rurales nos llevó hasta las puertas del parque, que nos fueron abiertas por un portero viejo cuya expresión hosca reflejaba el sentimiento de un gran desastre. La avenida, entre hileras de viejos olmos, atravesaba un noble parque y terminaba en una casa baja y extensa, con columnas en la fachada al estilo de Palladio. Su parte central era evidentemente muy antigua y estaba cubierta de hiedra, pero las grandes ventanas permitían ver que se habían realizado cambios modernos, y una de las alas de la casa parecía enteramente nueva. La figura juvenil y la cara impaciente del inspector Stanley Hopkins se nos presentaron en el portal abierto.

—Estoy realmente encantado de que haya venido, señor Holmes. ¡Y también usted, doctor Watson! Pero lo cierto es que si pudiera volver atrás no les hubiera molestado, porque cuando la dama ha vuelto en sí ha dado una explicación tan clara de todo el asunto que no queda ya gran cosa por hacer. ¿Recuerdan esa banda de ladrones de Lewisham?

—¡Cómo! ¿Los tres Randall?

—Eso es. El padre y dos hijos. Ha sido obra suya. No me cabe la menor duda. Dieron un golpe en Sydenham hace dos semanas, y fueron vistos y descritos. Tienen sangre fría, para haber dado otro golpe al cabo de tan poco tiempo y tan cerca del anterior. Pero han sido ellos, sin duda. Esta vez el asunto es de horca.

—Entonces, ¿Sir Eustace ha muerto?

—Sí. Le rompieron la cabeza con su propio atizador.

—Sir Eustace Brackenstall, según me ha dicho el cochero.

—Exacto... Uno de los hombres más ricos de Kent. Lady Brackenstall está en el saloncito de mañana. ¡Pobre mujer! Ha pasado por una experiencia terrible. Parecía medio muerta cuando la vi por primera vez. Creo que lo mejor sería que la vieran y oyeran su exposición de los hechos. Luego examinaremos juntos el comedor.

Lady Brackenstall no era una persona ordinaria. Raras veces he visto una figura tan grácil, un aire tan femenino o una cara tan hermosa. Su cabello era rubio como el oro, tenía los ojos azules, y, sin duda, su tez hubiera tenido la perfección que acompaña esa combinación de no haber sido porque la reciente experiencia la había dejado pálida y ojerosa. Sus sufrimientos eran físicos al mismo tiempo que mentales, ya que por encima de uno de sus ojos había una horrible hinchazón amoratada que su doncella, una mujer alta y rígida, mojaba continuamente con agua y vinagre. La dama estaba tendida de espaldas en un canapé, exhausta, pero su mirada veloz y observadora cuando entramos en la habitación, y la expresión alerta de sus hermosas facciones, demostraban que ni su inteligencia ni su valor se habían visto trastornados por su terrible experiencia. Iba envuelta en una bata suelta azul y plata, pero colgaba del canapé, a su lado, un traje de noche negro con lentejuelas.

—Ya le he contado todo lo que ocurrió, señor Hopkins —dijo, con tono fatigado—. ¿No podría usted repetirlo por mí? Bueno, si lo cree usted necesario, contaré a estos caballeros lo ocurrido. ¿Han estado ya en el comedor?

—Pensé que sería mejor que antes oyeran la historia de boca de su señoría.

—Estaré encantada cuando lo tenga usted todo arreglado. Es horrible pensar que sigue yaciendo allí.

La dama se estremeció, y por un momento ocultó el rostro entre las manos. Al hacerlo, la manga de la bata dejó al descubierto su antebrazo. A Holmes se le escapó una exclamación.

—¡Tiene usted otras heridas, señora! ¿Qué es esto?

Dos manchas de color rojo vivo se destacaban en el brazo blanco y bien torneado. Ella se lo tapó apresuradamente.

—No es nada. No tiene nada que ver con el espantoso asunto de la pasada noche. Si usted y su amigo tienen la amabilidad de sentarse, les contaré todo lo que puedo contar.

»Soy la mujer de Sir Eustace Brackenstall. Hace cosa de un año que nos casamos. Supongo que de nada serviría ocultar el hecho de que nuestro matrimonio no ha sido feliz. Me temo que todos nuestros vecinos podrían decírselo, aunque yo tratara de negarlo. Puede que la culpa fuera mía en parte. Me eduqué en el ambiente más libre, menos convencional, del sur de Australia, y esta vida inglesa, con sus convencionalismos y sus remilgos, no me resulta simpática. Pero la razón principal del fracaso reside en el hecho, que todo el mundo conoce, de que Sir Eustace fuera un borracho impenitente. Es desagradable estar aunque sea una sola hora con un hombre así. ¿Pueden imaginarse lo que significa para una mujer sensible y digna el estar atada a él día y noche? Es un sacrilegio, un crimen, una villanía, el sostener que semejante matrimonio sea vinculante. Afirmo que esas monstruosas leyes suyas atraerán una maldición sobre el país... El cielo no permitirá que subsista una maldad como ésas.

Por un instante se mantuvo incorporada, con las mejillas encendidas, centelleándole los ojos debajo de la terrible contusión que tenía encima de la ceja. Luego la mano fuerte y tranquilizadora de la severa doncella volvió a colocarle la cabeza en el cojín, y su desordenada ira se diluyó en unos sollozos apasionados. Por fin continuó:

—Les contaré lo de anoche. Quizá sepan que en esta casa todos los sirvientes duermen en el ala nueva. Este bloque central incluye la parte destinada a vivienda, y tiene detrás la cocina y arriba nuestro dormitorio. Mi doncella, Theresa, duerme encima de mi habitación. No hay nadie más, y ningún sonido podría alertar a los que están en el ala más alejada. Esto debían saberlo perfectamente los ladrones, porque si no no hubieran actuado como lo hicieron.

»Sir Eustace se retiró hacia las diez y media. Los sirvientes se habían ido ya a sus habitaciones. Sólo seguía levantada mi doncella, y estaba en su habitación, en el piso de arriba, esperando a que yo necesitara sus servicios. Me quedé en esta habitación hasta después de las once, absorta en un libro. Luego di una vuelta para comprobar que todo estuviera en orden antes de subir. Tenía la costumbre de hacer esto personalmente, porque, como he dicho ya, no siempre podía confiarse en Sir Eustace. Fui a la cocina, a la despensa, a la sala de armas, a la sala de billar, a la sala de estar, y, finalmente, al comedor. Cuando me acerqué a la ventana, que está cubierta por gruesas cortinas, sentí de repente que el viento me soplaba en la cara, y comprendí que estaba abierta. Descorrí la cortina, y me encontré cara a cara con un hombre de anchos hombros, ya entrado en años, que acababa de entrar en la habitación. Esta ventana es en realidad una puerta ventana que sirve de puerta de acceso al césped. Conservé en la mano la vela encendida, y, a su luz, detrás de aquel hombre vi a otros dos que estaban entrando. Retrocedí, pero aquel hombre me alcanzó en un instante. Me asió de la muñeca, y luego del cuello. Abrí la boca para gritar, pero me golpeó salvajemente con el puño encima del ojo y me derribó. Debí permanecer inconsciente unos pocos minutos, porque cuando volví en mí me encontré con que habían arrancado la cuerda de la campanilla y que la habían utilizado para atarme fuertemente a la silla de roble que está en la cabecera de la mesa del comedor. Estaba atada tan firmemente que no podía moverme, y un pañuelo me tapaba la boca, impidiéndome emitir ningún sonido. Fue en aquel momento cuando mi infortunado marido entró en la habitación. Sin duda había oído ruidos sospechosos, porque llegaba preparado para una escena como aquélla que se encontró. Iba en mangas de camisa, con su garrote de endrino predilecto en la mano. Se abalanzó contra uno de los ladrones, pero otro (el más viejo) se agachó, tomó el atizador de la chimenea, y le asestó un golpe terrible mientras pasaba. Cayó sin ni siquiera un gemido, y ya no volvió a moverse. Yo me desmayé de nuevo, pero tampoco esta vez debieron pasar demasiados minutos sin que recobrara la conciencia. Cuando abrí los ojos, vi que habían recogido la plata del aparador y que habían bebido de una botella de vino que estaba allí. Cada cual tenía su vaso en la mano. Ya les he dicho, ¿no es cierto? que uno de ellos era ya mayor y llevaba barba, y que los otros eran muchachos, todavía lampiños. Podían haber sido un padre y sus hijos. Hablaban entre sí en susurros. Luego vinieron hacia mí y se aseguraron de que estuviera firmemente atada. Por fin se marcharon, cerrando la ventana detrás suyo. Pasó no menos de un cuarto de hora hasta que tuve libre la boca. Entonces mis gritos hicieron acudir a mi doncella en mi ayuda. Pronto estuvieron alertados los demás sirvientes, y mandamos a buscar a la policía local, que inmediatamente comunicó con Londres. Esto es todo lo que puedo contarles, caballeros, y confío en que no será necesario que tenga que volver a contar esta historia tan penosa.

–¿Tiene preguntas que hacer, señor Holmes? –preguntó Hopkins.

–No seguiré abusando de la paciencia y el tiempo de Lady Brackenstall –dijo Holmes–. Antes de ir al comedor, me gustaría mucho oír cuál fue su experiencia –y miró a la doncella.

–Vi a los hombres antes de que entraran en la casa –dijo ésta–. Estaba sentada junto a la ventana de mi dormitorio, y vi a tres hombres a la luz de la luna, a lo lejos, junto a la puerta de la caseta del portero, pero entonces no le presté importancia a la cosa. Fue más de una hora más tarde cuando oí gritar a mi ama. Corrí abajo, y me la encontré, pobre corderilla, tal como ella dice, y a él tendido en el suelo, con la sangre y los sesos desparramados por la habitación. Aquello era suficiente para enloquecer a cualquier mujer; ¡estar allí sentada, con manchas de aquéllo hasta en el vestido! Pero a la señorita Mary Fraser, de Adelaida, jamás le habían faltado ánimos, y Lady Brackenstall, de Abbey Grange, no ha cambiado de modo de ser. Ya la han interrogado demasiado, caballeros, y ahora se irá a su habitación, con su vieja Theresa, para descansar, que mucho lo necesita.

Aquella mujer flaca, con ternura maternal, sostuvo a su ama rodeándola con un brazo y se la llevó de la habitación.

—Ha estado con ella toda la vida —dijo Hopkins—. La crió de niña, y se vino con ella a Inglaterra cuando se marchó de Australia hace dieciocho meses. Se llama Theresa Wright, y es de esa clase de doncellas que ya no se consiguen hoy en día. Por aquí, señor Holmes, por favor.

Había desaparecido el vivo interés de la expresiva cara de Holmes, y me di cuenta de que se había desvanecido para él, junto con el misterio, todo el interés del caso. Faltaba realizar unas detenciones, pero, ¿acaso aquellos bribones vulgares se merecían que él se ensuciara las manos con ellos? Un profundo y docto especialista que descubre que ha sido llamado para atender un caso de sarampión podría experimentar algo parecido al hastío que yo leía en los ojos de mi amigo. Sin embargo, la escena del comedor de Abbey Grange era lo bastante extraña para atraer su atención y reavivar su menguante interés.

Era una sala muy amplia y muy alta, con techo de roble tallado, artesonado de roble, y con una hermosa colección de cabezas de ciervo y de armas antiguas en las paredes. En el extremo más alejado de la habitación estaba la puerta ventana de la que habíamos oído hablar. Tres ventanas más pequeñas, en el lado derecho, inundaban la sala de fría luz de sol invernal. A la izquierda había una chimenea ancha y profunda rematada por un manto de roble. Al lado de la chimenea había una pesada silla de roble, con brazos y con asiento de travesaños. Pasando una y otra vez por las rendijas de la madera había un cordón trenzado de color rojo, atado a lado y lado de los listoncillos del asiento. Cuando habían soltado a la dama, el cordón había caído al suelo, pero quedaban los nudos con que la habían atado. Estos detalles no atrajeron nuestra atención sino más tarde, ya que nuestros pensamientos estaban absorbidos por el terrible objeto que yacía despatarrado sobre la alfombra de piel de tigre que estaba delante de la chimenea.

Era el cadáver de un hombre alto y bien formado, de unos cuarenta años. Yacía de espaldas, con la cara hacia arriba, mostrando los dientes entre su barba corta y negra. Tenía las manos crispadas por encima de la cabeza, y encima de ellas había un pesado garrote de endrino. Las facciones aguileñas de su rostro moreno y bien parecido estaban convulsionadas en un espasmo de odio vengativo que había dejado fija en su rostro muerto una expresión diabólica. Era evidente que estaba en la cama cuando se había producido la alarma, porque llevaba un camisón holga-

do y con bordados, y de debajo de sus pantalones salían sus pies descal-
zos. Tenía una terrible herida en la cabeza, y en toda la habitación había
testimonios de la salvaje ferocidad del golpe que le había abatido. El atizador estaba a su lado, curvado por el choque con el cráneo. Holmes examinó tanto el atizador como los indescriptibles estragos que había causado.

—Debe ser un hombre muy fuerte, ese Randall padre —observó.

—Sí —dijo Hopkins—. Sé algo de ese tipo, y no es de costumbres delica-
das, que digamos.

—No deberá ser difícil echarle el guante.

—En absoluto. Andábamos buscándolo, y nos habían llegado rumores
de que se había ido a América. Ahora que sabemos que la banda está
aquí no veo cómo podrían escapar. Hemos alertado ya a todos los puer-
tos, y antes de que anochezca se habrá ofrecido la recompensa. Lo que no
entiendo es cómo pudieron hacer una barbaridad semejante, sabiendo
que la dama les describiría y que nosotros no dejaríamos de identificarles
por la descripción.

—Exacto. Parecería lógico que hubieran silenciado también a Lady
Brackenstall.

—Quizá no se dieron cuenta —sugerí— de que había vuelto en sí.

—Esto es bastante probable. Parecería estar sin sentido, y por esto no la
mataron. ¿Qué hay de este pobre tipo, Hopkins? Creo haber oído contar
cosas un tanto raras a su respecto.

—Era un hombre de buen carácter cuando estaba sobrio, pero un perfecto demonio cuando estaba borracho, o, mejor dicho, cuando estaba
medio borracho, porque raras veces llegaba a emborracharse hasta el límite. En esos momentos parecía que se le hubiera metido el diablo en el
cuerpo, y era capaz de cualquier cosa. Por lo que he oído, a pesar de su
enorme riqueza y de su título estuvo una o dos veces a punto de caer dentro de nuestras competencias. Hubo un escándalo acerca de un perro al
que roció de gasolina y prendió fuego... El perro de su mujer, por si fuera
poco... No fue fácil echarle tierra al asunto. Luego, tiró una botella contra esa doncella, Theresa Wright. Hubo jaleo en torno a eso. En términos
generales, y dicho sea entre nosotros, esta casa será más alegre sin su presencia. ¿Qué busca usted ahora?

Holmes se había arrodillado y examinaba muy atentamente los nudos
del cordón rojo con que había sido atada la dama. Luego miró cuidadosamente la punta roja y desigual del cordón en el punto donde había quedado cortado cuando el ladrón lo arrancó.

—Cuando se arrancó esto debió sonar fuertemente la campanilla de la
cocina —observó.

—Nadie podía oírla. La cocina está en la parte posterior de la casa.

—¿Cómo sabía el ladrón que nadie la oiría? ¿Cómo se atrevió a arrancar
el cordón tan temerariamente?

—Exacto, señor Holmes, exacto. Plantea usted la misma pregunta que
me he hecho a mí mismo una y otra vez. No cabe duda de que ese tipo
debía conocer la casa y sus costumbres. Debía saber perfectamente que
todos los sirvientes estarían en cama en aquella hora relativamente tem-
prana, y que nadie podía oír la campanilla de la cocina. Por lo tanto, debía estar estrechamente asociado con alguno de los sirvientes. Esto, sin
duda, es evidente. Pero hay ocho sirvientes, y todos parecen buena gente.

—A igualdad de todas las demás circunstancias —dijo Holmes—, uno se inclinaría a sospechar de la sirvienta contra la que el amo arrojó una botella. Sin embargo, eso supondría traición a su ama, a la que esa mujer parece adorar. Bueno, bueno, ese punto es secundario, y cuando haya capturado usted a Randall probablemente no le será nada difícil capturar a sus cómplices. La historia de la dama parece corroborada, si es que corroboración necesitaba, por todos los detalles que vemos aquí.

Se dirigió a la puerta ventana y la abrió.

—Aquí no hay señales, pero el suelo está duro como el hierro, y difícilmente podría haberlas. Veo que esas velas del manto de la chimenea han sido encendidas.

—Sí, de su luz y de la de la vela de la dama se valieron los ladrones para moverse por aquí.

—¿Y qué se llevaron?

—Bueno, no mucho... Media docena de objetos de plata del aparador. Lady Brackenstall opina que ellos también estaban turbados por la muerte de Sir Eustace, y que por eso no saquearon la casa, como hubieran hecho en otras circunstancias.

—Sin duda es cierto. Sin embargo, tengo entendido de que bebieron algo de vino.

—Para calmarse.

—Exacto. ¿Supongo que nadie habrá tocado esos tres vasos que hay en el aparador?

—Nadie, y la botella sigue allí donde ellos la dejaron.

—Veamos todo eso. ¡Hola, hola! ¿Qué es esto?

Los tres vasos estaban juntos, todos ellos con restos de vino, y uno de ellos con un poco de poso. La botella estaba cerca de los vasos, llena en sus dos terceras partes, y a su lado había un tapón de corcho largo y muy manchado. Su aspecto y el polvo de la botella indicaban que no era ningún vino corriente el que habían paladeado los asesinos.

Se había producido un cambio en la actitud de Holmes. Había desaparecido su expresión ausente, y de nuevo vi resplandores de interés en sus ojos hundidos en las órbitas. Alzó el tapón y lo examinó minuciosamente.

—¿Cómo lo sacaron? —preguntó.

Hopkins señaló un cajón entreabierto. Había en él algo de mantelería y un gran sacacorchos.

—¿Dijo Lady Brackenstall que se hubiera usado este sacacorchos?

—No. Recuerde que estaba sin sentido en el momento en que fue abierta la botella.

—Eso es. De hecho, este sacacorchos *no* fue utilizado. Esta botella fue abierta con un sacacorchos de bolsillo, probablemente el de una navaja de bolsillo, de no más de pulgada y media de largo. Si examina usted la parte superior del tapón, observará que se hundió el sacacorchos tres veces antes de que saliera el tapón. No llegó a atravesar el tapón hasta abajo. Este sacacorchos largo hubiera llegado hasta el fondo del tapón y lo hubiera sacado a la primera. Cuando capture a ese tipo, verá que tiene una de esa navajas de varios usos.

—¡Excelente! —dijo Hopkins.

—Pero estos vasos me desconciertan, lo confieso. Lady Brackenstall *vio* realmente cómo esos hombres bebían, ¿no es cierto?

–Sí. Esto lo afirma claramente.

–Entonces, no se hable más. ¿Qué más puede decirse? Sin embargo, Hopkins, debe usted admitir que estos tres vasos son muy notables. ¡Cómo! ¿Qué no les ve nada notable? Bueno, bueno dejémoslo. Puede que cuando un hombre posee conocimientos y talentos especiales como los míos eso le impulse a buscar explicaciones complejas cuando se tiene a mano una explicación sencilla. Naturalmente, lo de los vasos debe ser una simple casualidad. Bueno, Hopkins, hasta la vista. No creo poder serle de utilidad, ya que parece tener el caso muy claro. Infórmeme cuando detengan a Randall y de todo lo nuevo que pueda suceder. Espero que pronto pueda felicitarle por haber llegado a un resultado positivo. Vamos, Watson, creo que podemos dedicarnos a cosas más útiles en casa.

Durante el viaje de regreso, me di cuenta, por la cara de Holmes, de que estaba muy desconcertado por algo que había observado. De vez en cuando, esforzándose, se sacudía de encima aquella impresión y hablaba como si la cosa estuviera clara, pero luego le volvían las dudas, y su entrecejo fruncido y sus ojos ausentes indicaban que su pensamiento había vuelto una vez más al gran comedor de Abbey Grange en el que había tenido lugar aquella tragedia. Finalmente, con un súbito impulso, en el momento en que nuestro tren se ponía lentamente en marcha en una estación suburbana, saltó al andén, arrastrándome tras él.

–Discúlpeme, mi querido amigo –dijo, mientras veíamos desaparecer por una curva los últimos vagones de nuestro tren–. Lamento convertirle en víctima de algo que puede parecer una simple extravagancia, pero por mi vida, Watson, que, pura y simplemente, *no puedo* dejar este caso en estas condiciones. Todos mis instintos claman en contra de que lo haga. Está mal... Todo está mal... Juro que todo está mal. Y, sin embargo, la historia de la dama era completa, la corroboración de la doncella fue suficiente, los detalles eran absolutamente exactos. ¿Qué tengo que oponer a todo esto? Tres vasos de vino, eso es todo. Pero si no hubiera dado las cosas por sentadas, si lo hubiera examinado todo con la atención que hubiera puesto si hubiera abordado el caso *de novo* y no hubiera tenido una historia completamente formada agarrotándome la mente, ¿no hubiera quizá encontrado algo más definido como punto de partida? Claro que sí. Siéntese en este banco, Watson, hasta que llegue un tren que nos lleve a Chislehurst, y permítame que le exponga los datos, implorándole, antes de nada, que arroje fuera de su mente la idea de que nada de lo que hayan dicho el ama y la doncella haya de ser necesariamente cierto. La encantadora personalidad de la dama no debe permitir que se nos agarrote el buen juicio.

»Indudablemente, hay detalles en su historia que, si los consideramos a sangre fría, suscitarían nuestras sospechas. Esos ladrones dieron un golpe importante en Sydenham hace dos semanas. En los periódicos se habló de ellos y de su aspecto, y, naturalmente, a ellos recurriría alguien que quisiera inventar una historia en la que unos ladrones imaginarios tuvieran que desempeñar algún papel. Lo cierto es que los ladrones, después de dar un buen golpe, por regla general prefieren, y con mucho, disfrutar tranquilamente del botín antes que embarcarse en nuevas empresas peligrosas. Por otra parte, es inusual que unos ladrones operen en horas tan tempranas. Es inusual que unos ladrones golpeen a una dama para que no grite, puesto que lo normal es suponer que ése es el sistema más seguro para que sí grite. Es inusual que asesinen cuando son lo bastante numerosos para dominar a un solo hombre. Es inusual que se contenten con un botín limitado cuando tienen muchas más cosas al alcance de la mano. Y, finalmente, yo diría que es muy inusual que tales hombres dejen una botella a medio vaciar. ¿Qué le parecen todas estas inusualidades, Watson?

—Su efecto acumulativo es ciertamente considerable, y, sin embargo, cada una de estas cosas es en sí misma perfectamente posible. Lo más inusual de todo, me parece a mí, es que ataran a la dama a la silla.

—Bueno, no estoy seguro de esto, Watson, porque es evidente que tenían que matarla o, si no, asegurarse de que no pudiera dar inmediatamente la alarma después de que ellos escaparan. De cualquier modo, he demostrado que hay ciertos elementos de improbabilidad en la historia de la dama, ¿no es cierto? Y ahora, y por encima de todo, tenemos el incidente de los vasos de vino.

—¿Qué ocurre con los vasos de vino?

—¿Puede verlos mentalmente?

—Los veo claramente.

—Nos dicen que tres hombres bebieron con ellos. ¿Le parece esto probable?

—¿Por qué no? Hubo vino en todos ellos.

—Exacto. Pero había poso solamente en uno. Debe haberlo observado. ¿Qué le sugiere el hecho?

—El último vaso que se llenó es probablemente el que tiene poso.

—En absoluto. La botella tenía partículas de poso en suspensión, y es inconcebible que los primeros dos vasos no tuvieran poso y en cambio el tercero tuviera en abundancia. Para ello hay dos explicaciones posibles, y solamente dos. La primera es que después de llenarse el segundo vaso se agitara violentamente la botella, y de este modo el tercero recibiera el poso. Esto no parece probable. No, no. Estoy seguro de que tengo razón.

—Entonces, ¿qué supone?

—Que solamente se usaron dos vasos, y que los restos del contenido de ambos se vertieron en un tercer vaso para producir la falsa impresión de que tres personas habían estado allí. De este modo, todo el poso estaría en el tercer vaso, ¿no es cierto? Sí, estoy convencido de que es así. Pero si he dado con la verdadera explicación de este pequeño fenómeno, entonces, instantáneamente, el caso deja de ser vulgar y se convierte en extremadamente notable, porque eso quiere decir que Lady Brackenstall y su doncella nos han mentido deliberadamente, que no se debe creer ni una sola palabra de su historia, que tienen alguna razón fortísima para encubrir al verdadero criminal, y que debemos enfocar el caso a nuestro modo, sin ayuda de ellas. Esta es la misión que nos aguarda, y aquí, Watson, llega el tren de Chislehurst.

La gente de Abbey Grange se quedó muy sorprendida por nuestro regreso, pero Sherlock Holmes, al saber que Stanley Hopkins se había ido a su cuartel general para informar, tomó posesión del comedor, cerró la puerta por dentro, y se dedicó, durante dos horas, a una de esas investigaciones minuciosas y laboriosas que constituían la base sólida sobre la cual se edificaban sus brillantes construcciones deductivas. Yo, sentado en un rincón como un estudiante atento que presencia la demostración de su profesor, seguí todos los pasos de aquella búsqueda notable. La ventana, las cortinas, la alfombra, la silla, el cordón, todo fue sucesivamente examinado y debidamente valorado. Se habían llevado el cadáver del infortunado aristócrata, pero todo lo demás seguía tal como lo habíamos visto por la mañana. Luego, ante mi asombro, Holmes se subió al macizo manto de la chimenea. Muy arriba, sobre su cabeza, colgaban las pocas pulgadas de cordón rojo que seguían atadas al cable de transmisión. Contempló aquello largo rato, y luego, tratando de acercarse más al cordón, apoyó la rodilla en una repisa de la pared. Aquello le permitió acercar la mano hasta pocas pulgadas del extremo roto del cordón; pero no fue tanto el cordón como la repisa misma el objeto que pareció capturar su atención. Finalmente, saltó al suelo con una exclamación de satisfacción.

—Todo marcha, Watson —dijo—. Tenemos nuestro caso... que será uno de los más notables de nuestra colección. Pero, ¡cielos! ¡Qué torpe he sido, qué lento, y qué a punto he estado de cometer el peor error de toda mi vida! Ahora creo que, aparte de unos pocos eslabones que todavía me faltan, mi cadena está prácticamente completa.

—¿Sabe quiénes son sus hombres?

—Mi hombre, Watson, mi hombre. Solamente uno, pero es un personaje fuera de lo común. Fuerte como un león... Piense en el golpe que le asestó con el atizador. Seis pies y tres pulgadas de estatura, ágil como una ardilla, diestro con los dedos, y, finalmente, notablemente ágil de mente, ya que toda esta ingeniosa historia la ha tramado él. Sí, Watson, nos encontramos ante la obra de un individuo natabilísimo. Y, sin embargo, con ese cordón de la campanilla nos ha proporcionado una pista que no hubiera debido dejarnos ninguna duda.

—¿Dónde estaba la pista?

—Bueno, si usted rompiera un cordón tirando de él, Watson, ¿dónde supone que es más probable que se rompiera? Sin duda, en el punto donde está atado al cable. ¿Por qué habría de romperse tres pulgadas más abajo, como ha ocurrido con éste?

—¿Porque ahí estaba más gastado?

—Exacto. Esta punta, que podemos examinar, está gastada. Fue lo bastante astuto para rascarla con su navaja. Pero la otra punta no está gastada. Desde aquí no puede usted verla, pero si se subiera al manto de la chimenea vería que el corte es limpio, y que allí el cordón no tiene ninguna señal de roce. Puede reconstruir lo ocurrido. El hombre necesitaba el cordón. No quería tirar de él por miedo a dar la alarma con el campanillazo. ¿Qué hizo? Se subió al manto de la chimenea, no llegaba del todo al cordón, puso la rodilla en la repisa (puede verse la señal en el polvo), y se sacó la navaja para cortar la cuerda. A mí me faltaban al menos tres pulgadas para alcanzar el cordón, de donde infiero que ese hombre es al menos tres pulgadas más alto que yo. ¡Fíjese en esa señal en el asiento de la silla de roble! ¿Qué es?

—Sangre.

—Es sangre, indudablemente. Esto, por sí solo, ya pone fuera de combate la historia de la dama. Si hubiera estado sentada en la silla cuando se cometió el crimen, ¿cómo pudo producirse esta mancha? No, no. Ella fue colocada en la silla *después* de la muerte de su marido. Apuesto a que el vestido negro tiene una mancha que se corresponde con ésta. Todavía no hemos tenido nuestro Waterloo, Watson, pero éste es nuestro Marengo, porque empieza siendo una derrota y termina en victoria. Ahora me gustaría conversar un poco con Theresa, el aya. Debemos seguir siendo cautos, si queremos obtener la información que necesitamos.

Aquella nodriza australiana era una persona interesante. Era taciturna, suspicaz, nada amable, y llevó tiempo el que las maneras agradables de Holmes y su franca aceptación de todo lo que ella decía la suavizaran y le hicieran adoptar una actitud correspondientemente amigable. No trató de ocultar su odio por su difunto amo.

—Sí, señor, es cierto que me tiró una botella. Le oí insultar a mi ama, y le dije que no se atrevería a hablarle de aquel modo en presencia del hermano de la señora. Fue entonces cuando me la tiró. Ojalá me hubiera tirado una docena si con ello hubiera dejado en paz a mi pajarito. Pero la maltrataba constantemente, y ella era demasiado orgullosa para quejarse. Ni siquiera a mí me contaba lo que él le hacía. Nunca me habló de esas señales en el brazo que vieron ustedes esta mañana, pero sé perfectamente que él se las hizo con un alfiler de sombrero. Ese diablo astuto... Que el cielo me perdone por hablar de él de este modo ahora que está muerto, pero si alguna vez ha habido un diablo sobre la tierra ése ha sido él. Era todo miel cuando le conocimos, hace dieciocho meses, pero a ambas nos ha parecido como si hubieran pasado dieciocho años. Ella acababa de llegar a Londres. Sí, era su primer viaje... Nunca antes había estado fuera de su hogar. Él la conquistó con su título y su dinero y sus falsas maneras londinenses. Ella cometió un error, pero ha pagado por él como ninguna otra mujer. ¿En qué mes le conocimos? Bueno, como le he dicho fue muy poco después de llegar. Llegamos en junio, así que fue en julio. Se casaron en enero del pasado año. Sí, ella está también ahora en la sala de estar de las mañanas, y no me cabe duda de que les recibirá, pero no deben hacerle demasiadas preguntas, porque ha pasado por todo lo que un ser humano puede pasar.

Lady Brackenstall estaba recostada en el mismo canapé, pero tenía mejor aspecto que antes. La doncella entró con nosotros, y se puso una vez más a cuidar de la magulladura que su ama tenía sobre la ceja.

—Espero —dijo la dama— que no hayan venido a interrogarme de nuevo.

—No —dijo Holmes, con su voz más afable—, no quiero causarle molestias innecesarias, Lady Brackenstall, y todo lo que deseo es ponerle las cosas fáciles, porque estoy convencido de que ha sufrido usted mucho. Si me trata como a un amigo y confía en mí, descubrirá que su confianza está justificada.

—¿Qué quiere que haga?

—Decirme la verdad.

—¡Señor Holmes!

—No, no, Lady Brackenstall, así no vale. Quizá tenga alguna referencia de la modesta reputación que me he ganado. Apuesto toda esta reputación a que su historia es absolutamente inventada.

Ama y sirvienta miraron a Sherlock Holmes fijamente, lívidas y con ojos de miedo.

—¡Es usted un insolente! —gritó Theresa—. ¿Insinúa que mi ama ha dicho una mentira?

Holmes se puso en pie.

—¿No tiene nada que decirme?

—Ya se lo he contado todo.

—Reflexione un poco, Lady Brackenstall. ¿No sería mejor que hablara francamente?

Por un instante hubo vacilación en la expresión de aquel hermoso rostro. Luego, una idea se le impuso y le fijó el rostro como una máscara.

—Le he contado todo lo que sé.

Holmes tomó su sombrero y se encogió de hombros.

—Lo lamento —dijo—. Y, sin añadir nada más, dejamos la habitación y la casa. En el parque había un estanque, y mi amigo fue hasta él. Estaba helado, pero quedaba un agujero en beneficio de un cisne solitario. Holmes miró el agujero, y luego se dirigió a la caseta del portero. Allí redactó una breve nota para Stanley Hopkins y se la dejó al portero.

—Puede que sea un acierto, y puede que un fallo, pero debemos hacer algo por el amigo Hopkins, solamente para justificar esta segunda visita —dijo—. Todavía no le confiaré lo que sé. Pienso que nuestro próximo escenario de operaciones ha de ser la oficina de navegación de la línea Adelaida-Southampton, que está al extremo de Pall Mall, si no recuerdo mal. Hay otra línea de vapores que enlazan el sur de Australia con Inglaterra, pero indaguemos primero en la más importante.

La tarjeta que Holmes hizo entregar al director produjo un efecto instantáneo, y no pasó mucho rato sin que hubiera conseguido toda la información que necesitaba. En junio del 95, uno solo de los buques de su línea había amarrado en puerto inglés. Era el *Rock of Gibraltar,* el mayor y mejor de sus buques. La lectura de la lista de pasajeros mostraba que la señorita Fraser, de Adelaida, y su doncella, habían viajado en él. El buque navegaba ahora hacia Australia, y estaba en algún punto al sur del canal de Suez. Sus oficiales eran los mismos que el año 95, con una sola excepción. El primer oficial, el señor Jack Croker, había ascendido a capitán, e iba a hacerse cargo del mando del nuevo buque de la compañía, el *Bass Rock,* que iba a zarpar de Southampton al cabo de dos días. El capitán vivía en Sydenham, pero era probable que acudiera aquel día a buscar instrucciones, y podíamos esperarle si deseábamos verle.

No, el señor Holmes no deseaba verle, pero estaría encantado de saber más cosas de su historial y su modo de ser.

Su historial era magnífico. No había ningún otro oficial en toda su flota que lo igualara. En cuanto a su modo de ser, podía confiarse en él para el cumplimiento de su deber, pero en el puente de mando era un tipo rudo y violento, irascible y excitable, aunque al mismo tiempo leal, honesto y sensible. Esa fue la médula de la información que Holmes obtuvo de la oficina de la compañía Adelaida-Southampton. De allí se dirigió a Scotland Yard, pero en vez de entrar se quedó sentado en el coche, cejijunto y perdido en profunda meditación. Finalmente fue a la oficina telegráfica de Charing Cross, mandó un telegrama, y por fin nos dirigimos de nuevo a Baker Street.

—No, no puedo hacerlo, Watson —dijo, cuando estuvimos de nuevo en la sala de estar—. Una vez firmada la orden de detención, no habría nada que pudiera salvarle. Una o dos veces en mi carrera he sentido que hacía más daño con mi descubrimiento del criminal que el que él había hecho con su crimen. Ahora he aprendido a ser cauto, y prefiero hacer trampas con la ley inglesa antes que con mi propia conciencia. Sepamos algo más antes de actuar.

Antes del anochecer recibimos la visita del inspector Stanley Hopkins. Las cosas no le iban nada bien.

—A veces creo que es usted un hechicero, señor Holmes. De veras pienso a veces que posee usted poderes que no son humanos. Dígame, ¿cómo demonios pudo saber que la plata robada estaba en el fondo del estanque?

—No lo sabía.

—Pero me dijo que lo examinara.

—Entonces, ¿tiene la plata?

—Sí, la tengo.

—Estoy encantado de haberle sido útil.

—Pero es que no me ha sido útil. Ha hecho que el asunto se ponga mucho más difícil. ¿Qué clase de ladrones son ésos que roban plata y luego la tiran en el primer estanque que se encuentran?

—Ese comportamiento, desde luego, es un tanto excéntrico. Simplemente le di vueltas a la idea de que si la plata había sido robada por gente a la que tanto le diera la plata, que simplemente se la llevara para dejar una falsa pista, y ése fue el caso, lo natural era que estuvieran impacientes por librarse de ella.

—Pero, ¿por qué le cruzó la mente esa idea?

—Bueno, pensé que eso era posible. Cuando salieron por la puerta ventana, allí estaba el estanque, con un tentador agujero en el hielo, justo ante sus narices. ¿Podría haber mejor escondrijo?

—¡Ah! Un escondrijo... ¡Esto ya está mejor! —exclamó Stanley Hopkins—. Sí, sí, ¡ahora lo veo todo! Era temprano, había gente por los caminos, tenían miedo de ser vistos con la plata, así que la tiraron al fondo del estanque, con la idea de volver a por ella cuando no hubieran moros en la costa. Excelente, señor Holmes... Esto es mejor que su idea de una falsa pista.

—Eso es. Ha conseguido usted una teoría admirable. No me cabe duda de que mis propias ideas eran absolutamente descabelladas, pero debe admitir que han conducido al hallazgo de la plata.

—Sí, señor, sí. Ha sido obra suya. Pero he sufrido un revés.

—¿Un revés?

—Sí, señor Holmes. La banda Randall ha sido detenida en Nueva York esta mañana.

—Cielos, Hopkins, esto, desde luego, más bien contradice su teoría de que cometieron un asesinato en Kent la pasada noche.

—Es fatal, señor Holmes, es absolutamente fatal. Pero hay otras bandas de tres aparte de los Randall, o puede haber alguna banda nueva de la que la policía no tenga noticia todavía.

—Eso es. Es perfectamente posible. Pero, ¿se marcha ya?

—Sí, señor Holmes. No podré descansar hasta haber llegado al fondo del asunto. ¿No tendrá alguna sugerencia que ofrecerme?

—Ya le he ofrecido una.

—¿Cuál?

—Bueno, hablé de una falsa pista.

—Pero, ¿por qué, señor Holmes? ¿Por qué?

—Ah, ésa es la cuestión, naturalmente. Pero pongo la idea a su disposición. Quizá descubra que algo hay de válido en ella. ¿No va a quedarse a cenar? Bueno, adiós, y ténganos informados de sus progresos.

Habíamos terminado de cenar, y la mesa estaba ya despejada, cuando Holmes volvió a aludir al asunto. Había encendido su pipa, y se calentaba los pies, tras haberse puesto las zapatillas, al grato calor del fuego. De repente miró su reloj.

—Espero nuevos acontecimientos, Watson.

—¿Cuándo?

—Ahora... Dentro de unos minutos. Supongo que piensa que he actuado bastante mal con Stanley Hopkins hace un rato, ¿no?

—Confío en su criterio.

—Una respuesta muy juiciosa, Watson. Debe ver la cosa de este modo: lo que sé no es oficial; lo que él sabe sí es oficial. Yo tengo derecho a opinar privadamente, y él no lo tiene. El debe darlo a conocer todo, porque si no traiciona su deber. En un caso dudoso, no quiero colocarle en tan penosa posición, así que reservo mi información hasta que yo me haya aclarado con el asunto.

—Pero, ¿cuándo será esto?

—Ha llegado el momento. Va usted a estar presente en la última escena de este pequeño drama tan notable.

Se oyó ruido en las escaleras, y nuestra puerta se abrió, dejando paso al más espléndido ejemplar viril que jamás la hubiera cruzado. Era un hombre joven y muy alto, de bigote rubio, ojos azules, con la tez tostada por los soles tropicales y un paso elástico que revelaba que aquella enorme estructura era tan ágil como fuerte. Cerró la puerta detrás suyo, y luego se detuvo, con los puños cerrados y la respiración jadeante, como conteniendo alguna emoción que le dominara.

—Siéntese, capitán Croker. ¿Recibió mi telegrama?

Nuestro visitante se dejó caer en un sillón y nos miró alternativamente con expresión interrogadora.

—Recibí su telegrama, y he venido a la hora que me indicaba. Me dijeron que había estado en la oficina. No había modo de escapar de usted. Oigamos lo peor. ¿Qué van a hacer conmigo? ¿Detenerme? ¡Diga algo, hombre! No puede quedarse ahí, jugando conmigo como un gato con un ratón.

—Déle un cigarro —dijo Holmes—. Fume, capitán Croker, y no permita que le traicionen los nervios. No estaría aquí sentado, fumando con usted, si creyera que es usted un criminal común, puede estar seguro. Sea sincero conmigo, y quizá podamos hacer algo. Trate de jugar conmigo, y le aplastaré.

—¿Qué quiere que haga?

—Que me explique la verdad de todo lo que ocurrió anoche en Abbey Grange... *La verdad*, fíjese bien, sin añadir ni quitar nada. Ya sé tanto que si se desvía así sea una sola pulgada iré a la ventana, haré sonar este silbato para llamar a la policía, y el asunto saldrá para siempre de mis manos.

El marino reflexionó. Luego se dio un golpe en el muslo con su manaza tostada.

—Correré el riesgo —exclamó—. Me parece usted un hombre de palabra, un hombre limpio, y se lo contaré todo. Pero antes debo decir una cosa.

En lo que me concierne, no lamento nada y no temo nada, y lo volvería a hacer y me sentiría orgulloso de haberlo vuelto a hacer. Esa maldita bestia... ¡aunque tuviera tantas vidas como un gato, me las debería todas! Pero está la dama... Mary... Mary Fraser... Nunca la llamaré con ese apellido maldito. Cuando pienso que puedo ponerla en problemas, yo, que daría mi vida sólo por ver una sonrisa en su querida cara, se me deshace el alma. Y sin embargo... Sin embargo... ¿Qué menos podía hacer? Les contaré mi historia, caballeros, y luego les preguntaré, de hombre a hombre, qué menos podía hacer.

»Debo volver un poco atrás en el tiempo. Parecen saberlo todo, así que supongo que sabrán que la conocí cuando ella era pasajera y yo primer oficial en el *Rock of Gibraltar*. Desde el día que la conocí supe que para mí no había otra mujer. Cada nuevo día de viaje la amé más, y muchas veces desde entonces me he puesto de rodillas en la oscuridad de la noche y he besado la cubierta de aquel buque porque sabía que la había pisado sus queridos pies. Nunca estuvo comprometida conmigo. Me trató más noblemente de lo que jamás ninguna mujer haya tratado a ningún hombre. No tengo nada de qué quejarme. Todo el amor estaba de mi lado, y toda la buena camaradería y amistad del suyo. Cuando nos separamos era una mujer libre, pero yo ya no pude volver a ser un hombre libre.

»La siguiente vez que desembarqué en Inglaterra supe que se había casado. Bueno, ¿por qué no había de casarse con quien quisiera? Título y dinero... ¿Quién merecía estas cosas más que ella? Ella había nacido para todo lo que es hermoso y refinado. No me lamenté de su casamiento. No era un perro tan egoísta como para eso. Simplemente me alegré de que la buena suerte se hubiera cruzado en su camino y de que no se hubiera entregado a un marino que no tenía ni un penique. Así amaba yo a Mary Fraser.

»Bueno, yo pensaba que nunca volvería a verla. Pero en el último viaje me ascendieron, y el nuevo buque no había sido botado todavía, así que tenía que esperar un par de meses con mi familia, en Sydenham. Cierto día, en un camino rural, me encontré con Theresa Wright, su vieja doncella. Me lo contó todo, sobre ella, sobre él, sobre todo. Les digo, caballeros, que casi me volví loco. ¡Aquel perro borracho se atrevía a alzar su mano contra ella, contra ella, cuando no era digno ni de lamerle la punta de los zapatos! Volví a ver a Theresa. Luego vi a la misma Mary... y volví a verla. Luego no quiso volver a verme. Pero el otro día supe que tendría que iniciar mi viaje al cabo de una semana, y decidí verla una vez más antes de marcharme. Theresa seguía siendo amiga mía, porque quería a Mary y odiaba a ese miserable casi tanto como yo. Por ella supe las costumbres de la casa. Mary solía quedarse leyendo en su saloncito privado. Me deslicé hasta allí aquella noche y di unos golpecitos en la ventana. Primero ella no quería abrirme, pero sé que en su corazón sabe que ahora sí me ama, y no podía dejarme allí fuera en aquella noche helada. Me susurró que fuera hasta la ventana grande de la parte frontal, y me la encontré abierta para que yo pudiera entrar en el comedor. De nuevo oí de sus propios labios cosas que me hacían hervir la sangre, y de nuevo maldije a aquel bruto que maltrataba a la mujer que yo amaba. Bueno, caballeros, estaba con ella junto a la ventana, con absoluta inocencia, como sabe el cielo, cuando él se abalanzó como un loco dentro de la habitación, la insultó con la peor palabra que un hombre puede dirigirle a una mujer, y la golpeó en la cara con el bastón que llevaba en la mano. Yo salté, tomé el atizador, y hubo una lucha limpia entre nosotros. Vean en mi brazo la señal de su primer golpe. Luego fue mi turno, y le destrocé la cabeza como si hubiera sido una calabaza podrida. ¿Suponen que lo sentí? ¡Pues no! Era su vida o la mía. Pero era más que eso: era su vida o la de Mary, porque, ¿cómo iba yo a dejarla a merced de aquel demente? Así fue cómo le maté. ¿Obré mal? Bueno, si obré mal, díganme, caballeros, ¿qué hubieran hecho ustedes en mi situación?

»Ella había gritado cuando él la golpeó, y su grito hizo bajar a la vieja Theresa de su habitación en el último piso. Había una botella de vino en el aparador, la descorché y vertí un poco de vino entre los labios de Mary, porque estaba medio muerta del susto. Luego yo también tomé un trago. Theresa estaba fría como el hielo, y lo tramamos todo entre ella y yo. Debíamos hacer que pareciera que aquello era obra de ladrones. Theresa le explicó nuestra historia a su ama mientras yo subía a cortar el cordón de la campanilla. Luego la até en su silla, y rasqué la punta del cordón para darle una apariencia natural, de modo que nadie tuviera que preguntarse cómo un ladrón había subido a cortarlo. Luego tomé unas cuantas bandejas y vasos de plata, para apuntalar la idea del robo, y las dejé, con órdenes de que dieran la alarma cuando hiciera un cuarto de hora que yo me hubiera marchado. Tiré la plata en el estanque y me fui a Sydenham, sintiendo que por una vez en mi vida había llevado a cabo un trabajo nocturno realmente bueno. Esta es la verdad, toda la verdad, señor Holmes, aunque me cueste la horca.

Holmes fumó un rato en silencio. Luego cruzó la habitación y le estrechó la mano a nuestro visitante.

—Esto es lo que pienso —dijo—. Sé que cada palabra es cierta, porque prácticamente no ha dicho nada que yo no supiera ya. Nadie más que un acróbata o un marino podía haber alcanzado aquel cordón de la campanilla desde la repisa, y nadie más que un marinero podía haber hecho los nudos con que el cordón estaba sujeto en la silla. Sólo en una ocasión había estado la dama en contacto con marinos: en su viaje, y se trataba de alguien de su misma clase de vida, puesto que trataba por todos los medios de protegerle, demostrando con ello que le amaba. Ya ve lo fácil que me resultó dar con usted una vez estuve en la buena pista.

—No pensé que la policía pudiera descubrir nuestro montaje.

—La policía no lo ha descubierto, ni lo descubrirá, pienso yo. Ahora mire, capitán Croker, este asunto es muy serio, pero estoy dispuesto a admitir que actuó usted reaccionando ante la provocación más extrema a la que puede verse sometido un hombre. No sé si la defensa de su propia vida se consideraría o no legítima en un juicio. Pero eso se debe decidirlo un jurado inglés. Sin embargo, me inspira usted tanta simpatía que, si decide desaparecer antes de veinticuatro horas, le prometo que nadie le delatará.

—¿Y luego se sabría todo?

—Desde luego, se sabría todo.

El marino enrojeció de ira.

—¿Qué clase de propuesta es ésa para un hombre? Conozco la ley lo suficiente para saber que Mary sería considerada cómplice. ¿Se imagina que voy a dejarla enfrentarse sola con todo mientras yo huyo? No, señor, que lo peor caiga sobre mí, pero, por el amor del cielo, señor Holmes, encuentre algún medio de apartar a mi pobre Mary de los tribunales.

Por segunda vez Homes le estrechó la mano al marino.

—Sólo le estaba poniendo a prueba, y da usted la nota exacta cada vez que se le pulsa. Bueno, asumo con ello una gran responsabilidad, pero le he dado a Hopkins una excelente indicación, y si no sabe aprovecharla no es culpa mía. Mire, capitán Croker, haremos la cosa en la debida forma legal. Watson, usted es un jurado inglés, y jamás me he encontrado con nadie más apto para representar ese papel. Yo soy el juez. Ahora, señores del jurado, conocen todas las pruebas. ¿Consideran al acusado culpable o inocente?

—Inocente, señoría —dije yo.

—*Vox populi, vox Dei.* Queda usted absuelto, capitán Croker. Siempre y cuando la ley no incrimine a otra persona por lo que usted ha hecho, está a salvo por mi parte. Vuelva junto a esa dama dentro de un año, y quizá el futuro de ambos justifique la sentencia que he dictado esta noche.

LA SEGUNDA MANCHA

Mi idea era que la aventura de Abbey Grange fuera la última de las proezas de mi amigo, el señor Sherlock Holmes, que yo diera a conocer al público. Esta decisión mía no respondía a falta de material, ya que tengo anotaciones de varios cientos de casos de los que nunca he hablado, ni tampoco a mengua de interés por parte de mis lectores hacia la singular personalidad y los métodos únicos de ese hombre notable. La auténtica razón residía en la renuncia que el señor Sherlock Holmes había mostrado ante la continua publicación de sus experiencias. Mientras ejerció activamente su profesión, la publicidad de sus éxitos tenía para él cierto valor práctico; pero desde que definitivamente ha abandonado Londres y se ha entregado al estudio y al cuidado de las abejas en la costa de Sussex, la notoriedad le resulta odiosa, y me ha pedido perentoriamente que sus deseos en este sentido sean estrictamente respetados. No fue sino después de argüirle que yo había hecho la promesa de que la aventura de la «segunda mancha» se haría pública cuando la ocasión para ello estuviera madura, y de señalarle que era muy adecuado que esta larga serie de episodios culminara con el caso internacional más importante que jamás tuvo entre manos, que conseguí por fin obtener su consentimiento para que fuera ofrecido al público un relato cauto y cuidadoso del incidente. Si al contar la historia parezco un tanto inconcreto en ciertos detalles, el público entenderá fácilmente que hay excelentes razones para mi reserva.

Fue, pues, la mañana de un martes de otoño de un año, e incluso una década, que no mencionaré cuando tuvimos a dos visitantes de fama europea entre las paredes de nuestra humilde sala de estar de Baker Street. Uno de ellos, un hombre austero, arrogante, de ojos de águila y aire dominador, no era otro que el ilustre Lord Bellinger, dos veces primer ministro de Gran Bretaña. El otro, un hombre moreno, delgado, elegante, que apenas si había entrado en la mediana edad, y que estaba dotado de todas las virtudes del cuerpo y el espíritu, era el Muy Honorable Trelawney Hope, secretario de Estado para asuntos europeos, y el estadista más prometedor del país. Se habían sentado el uno al lado del otro en nuestro canapé cubierto de papeles, y era fácil darse cuenta, por la expresión cansada e inquieta de sus caras, que el asunto que les había traído era de la más apremiante importancia. Las manos delgadas, surcadas por venas azules, del primer ministro se cerraban fuertemente sobre el puño de marfil de su paraguas, y su rostro seco y ascético se volvía alternativamente, con aire sombrío, hacia Holmes y hacia mí. El secretario de Estado se daba nerviosos tironcillos en el bigote y jugueteaba con los sellos de su cadena de reloj.

—Cuando descubrí lo que había perdido, señor Holmes, y lo descubrí a las ocho de esta mañana, informé de inmediato al primer ministro. Fue idea suya el venir a verle.

—¿Han informado a la policía?

—No, caballero —dijo el primer ministro, con su célebre modo de hablar rápido y resuelto—. No lo hemos hecho, ni podemos hacerlo. Informar a la policía equivale, a largo plazo, a informar al público. Esto es lo que deseamos especialmente evitar.

—¿Y por qué, caballero?

—Porque el documento en cuestión tiene una importancia tan inmensa que su publicación podría muy fácilmente... Estoy casi por decir que muy probablemente... a complicaciones europeas de la mayor gravedad. No es exagerado decir que la paz o la guerra pueden depender de ello. A menos que consigamos recuperarlo con el mayor secreto, lo mismo dará que lo recuperemos o no, ya que todo lo que pretenden los que lo han robado es que su contenido sea universalmente conocido.

—Comprendo. Ahora, señor Trelawney Hope, le agradecería que me contara exactamente en qué circunstancias desapareció ese documento.

—Puedo hacerlo en pocas palabras, señor Holmes. La carta... ya que se trata de una carta de un potentado extranjero... llegó hace seis días. Era tan importante que no la dejé nunca en mi caja fuerte, sino que me la llevé cada noche a mi casa, en Whitehall Terrace, y la dejaba en mi dormitorio, en un maletín cerrado con llave. Allí estaba anoche. De esto estoy seguro. Abrí el maletín mientras me vestía para la cena, y vi el documento en su interior. Esta mañana había desaparecido. El maletín estuvo toda la noche al lado del espejo de mi tocador. Tengo el sueño ligero, y también mi mujer. Ambos estamos dispuestos a jurar que nadie pudo entrar en la habitación durante la noche. Y, sin embargo, lo repito, el documento ha desaparecido.

—¿A qué hora cena usted?

—A las siete y media.

—¿Cuánto tiempo pasó hasta que se fue a dormir?

Mi mujer había ido al teatro. La esperé levantado. Eran más de las once y media cuando nos retiramos al dormitorio.

—Entonces, ¿el maletín estuvo sin vigilancia durante cuatro horas?

—No se permite entrar a nadie en esa habitación, salvo a la criada de mano por la mañana, y a mi ayuda de cámara y la doncella de mi mujer durante el día. Uno y otra son sirvientes de confianza que hace tiempo que están con nosotros. Además, ninguno de ellos podía saber que había en mi maletín nada más valioso que los documentos ordinarios de mi departamento.

¿Quién conocía la existencia de esa carta?

—Nadie de mi casa.

—¿Su mujer sí, sin duda?

—No, caballero. No le dije nada a mi mujer hasta esta mañana, cuando eché en falta el documento.

El primer ministro asintió con la cabeza.

—Hace tiempo, caballero, que sé de su alto sentido de los deberes públicos —dijo—. Estoy convencido de que situaría un secreto de esta importancia por encima de todos los lazos domésticos.

El secretario de Estado le dirigió una inclinación de cabeza.

—Diciendo esto, caballero, no me hace más que justicia. Hasta esta mañana no le he dicho a mi mujer ni media palabra del asunto.

—¿Pudo adivinar algo su mujer?

—No, señor Holmes, no pudo adivinar nada... Nadie pudo adivinar nada.

—¿Había usted perdido documentos anteriormente?

—No, señor.

—¿Quién conocía en Inglaterra la existencia de esa carta?

—Todos los miembros del gabinete fueron informados ayer, pero la promesa de secreto que pesa sobre todas las reuniones del gabinete se vio fortalecida por la solemne advertencia hecha por el primer ministro. ¡Santo cielo! ¡Y pensar que al cabo de unas pocas horas yo mismo lo había perdido!

Un espasmo de desesperación convulsionó su bien parecido rostro, y se mesó los cabellos. Por un momento entrevimos al hombre, al individuo: impulsivo, ardoroso, vivamente sensible. Al cabo de un instante, la máscara aristocrática volvía a estar en su sitio, y volvió a sonar su voz mesurada.

—Aparte de los miembros del gabinete hay dos, tal vez tres, funcionarios de mi departamento que sabían de la carta. Nadie más en toda Inglaterra, señor Holmes, se lo aseguro.

—¿Y fuera de Inglaterra?

—Pienso que nadie fuera de Inglaterra la ha visto, salvo el hombre que la escribió. Estoy absolutamente convencido de que sus ministros... de que los canales oficiales habituales no fueron utilizados.

Holmes reflexionó un rato.

—Ahora, caballero, debo preguntarle más concretamente qué es ese documento, y por qué su desaparición puede tener consecuencias tan desastrosas.

Los dos estadistas cambiaron una breve mirada, y las hirsutas cejas del primer ministro se contrajeron en el ceño.

—Señor Holmes, el sobre es largo, delgado y de color azul pálido. El sello es de cera roja con la imagen de un león acostado. La letra del sobre es grande, de trazo resuelto...

—Me temo —dijo Holmes— que, por interesantes e incluso esenciales que sean esos detalles, mis indagaciones deben llegar hasta más cerca de la raíz de las cosas. ¿*Qué era* la carta?

—Es un secreto de Estado de la más alta importancia, y me temo que no puedo decírselo, ni veo que sea necesario. Si, gracias a los talentos que se dice que usted posee, puede encontrar un sobre como el que describo, así como su contenido, se habrá hecho usted acreedor al agradecimiento de su país, y se habrá ganado todas las recompensas que esté en nuestra mano conceder.

Sherlock Holmes se puso en pie, sonriendo.

—Ustedes están entre los hombres más ocupados de este país —dijo, y también yo, en mi pequeña escala, tengo muchas cosas que hacer. Lamento enormemente no poder ayudarles en este asunto, y continuar con esta entrevista sería una pérdida de tiempo.

El primer ministro se puso en pie como movido por un resorte, disparándose de sus ojos muy hundidos en sus órbitas aquella mirada centelleante y feroz ante la que todo un gabinete se había acobardado.

—No estoy acostumbrado... —empezó— pero dominó su ira y volvió a sentarse. Durante un minuto, o quizá más, permanecimos todos sentados en silencio. Luego el viejo estadista se encogió de hombros.

—Tenemos que aceptar sus condiciones, señor Holmes. Sin duda tiene usted razón, y es absurdo por nuestra parte el esperar que usted entre en acción sin contar con nuestra entera confianza.

—Estoy de acuerdo con usted, señor —dijo el estadista más joven.

—Entonces se lo contaré, fiándome enteramente de su honor y el de su colega, el doctor Watson. También puedo invocar su patriotismo, ya que no puedo imaginar ningún infortunio mayor para el país que el de que este asunto salga a la luz pública.

—Puede confiar en nosotros.

—Bien. La carta es de cierto poderoso personaje extranjero que se ha sentido ofendido por ciertos acontecimientos coloniales de nuestro país. La carta está escrita apresuradamente y bajo su única responsabilidad. Las indagaciones indican que sus ministros no saben nada del asunto. Por otra parte, la carta está escrita en términos tan desafortunados, y algunas de sus frases tienen un carácter tan provocativo, que su publicación provocaría sin duda alguna un peligroso estado de ánimo colectivo en nuestro país. Esa carta sería un fermento tal, caballero, que no dudo en decir que menos de una semana después de su publicación este país se vería envuelto en una guerra importante.

Holmes escribió un apellido en un trocito de papel y se lo tendió al primer ministro.

—Exacto. Él ha sido. Y es esa carta... Esa carta que puede muy bien significar un gasto de mil millones de libras y la pérdida de cien mil vidas humanas... la que se ha perdido de ese modo inexplicable.

—¿Han informado a su remitente?

—Sí, caballero, se le ha mandado un telegrama cifrado.

—Puede que él desee la publicación de la carta.

—No, caballero, tenemos serias razones para suponer que ya ha comprendido que actuó de un modo indiscreto y atolondrado. Él y su país sufrirían un golpe peor que el nuestro si esa carta llegara a conocerse.

—Siendo así, ¿a quién interesa que esa carta se haga pública? ¿Por qué habría de querer nadie robarla o darle publicidad?

—Ahí, señor Holmes, me hace entrar en el terreno de la alta política internacional. Pero si piensa usted en la situación europea no tendrá dificultad en comprender el motivo. Toda Europa es un campo en armas. Hay una doble alianza que significa un equilibrio de poderío militar. Gran Bretaña controla la fiel de la balanza. Si Gran Bretaña se viera arrastrada a la guerra contra una de las confederaciones, eso le proporcionaría la supremacía a la otra confederación, se mezclara o no en la guerra. ¿Me sigue?

—Perfectamente. Entonces, ¿es interés de los enemigos de ese personaje poderoso el conseguir y darle publicidad a esa carta, con objeto de abrir un abismo entre su país y el nuestro?

—Sí, caballero.

—¿Y a quién sería enviado ese documento si cayera en manos del enemigo?

—A cualquiera de las grandes cancillerías de Europa. Probablemente lleva ese camino en estos mismos momentos, lo más aprisa que puede transportarlo un vapor.

El señor Trelawny Hope dejó caer su mentón sobre su pecho y gimió audiblemente. El primer ministro le puso afablemente la mano en el hombro.

—Ha sido mala suerte, mi querido amigo. Nadie puede censurarle. No ha negligido usted ninguna precaución. Ahora, señor Holmes, conoce usted todos los hechos. ¿Que vía de acción recomienda usted?

Holmes sacudió la cabeza con tristeza.

—¿Piensa usted, señor, que si ese documento no se recupera habrá guerra?

—Lo considero muy probable.

—Entonces, señor, prepárese para la guerra.

—Esto que dice es muy duro, señor Holmes.

—Reflexione sobre los hechos, señor. Es inconcebible que se lo llevaran después de las once y media de anoche, ya que, según entiendo, el señor Hope y su mujer estuvieron en la habitación a partir de esa hora, hasta que se descubrió la desaparición del documento. Se lo llevaron, pues, anoche entre las siete y media y las once y media, probablemente más cerca de la primera que de la segunda de esas horas, ya que, quien fuera que se lo llevó, sabía evidentemente que allí estaba, y, naturalmente, desearía hacerse con él lo antes posible. Ahora, señor, dígame: si un documento de esa importancia fue robado a esa hora, ¿dónde puede estar ahora? Nadie tiene ninguna razón para conservarlo. Ha sido remitido rápidamente a aquéllos que lo necesitan. ¿Qué posibilidad tenemos ahora de interceptarlo, o tan siquiera de seguirle el rastro? Está fuera de nuestro alcance.

El primer ministro se levantó del canapé.

—Lo que dice es perfectamente lógico, señor Holmes. Me doy cuenta de que el asunto ha escapado realmente de nuestras manos.

—Supongamos, sólo por suponer, que el documento fuera robado por la doncella o el ayuda de cámara...

—Ambos nos sirven desde hace tiempo, y son de fidelidad comprobada.

—Según me ha parecido entender, su habitación está en el primer piso, no hay entrada desde fuera de la casa, y dentro de ella nadie puede entrar en la habitación sin ser visto. Ha de ser, por lo tanto, alguien de la casa quien se lo haya llevado. ¿A quién se lo entregaría el ladrón? A alguno de los varios espías internacionales o agentes secretos cuyos nombres y apellidos me resultan pasablemente familiares. Hay tres que pueden ser considerados como los reyes de su profesión. Empezaré mi investigación averiguando si todos ellos están en sus puestos. Si alguno de ellos está ausente, sobre todo si lo está desde anoche, tendremos alguna indicación acerca de adónde ha ido el documento.

—¿Por qué ha de estar ausente? —preguntó el secretario de Estado—. Es tan probable eso como que haya entregado la carta en alguna embajada en Londres.

—No lo creo. Esos agentes operan independientemente, y sus relaciones con las embajadas son a menudo tensas.

El primer ministro asintió con la cabeza.

—Creo que tiene usted razón, señor Holmes. Un botín tan valioso lo llevaría él mismo a los cuarteles generales con sus propias manos. Creo que su plan de acción es excelente. Entre tanto, señor Hope, no podemos abandonar nuestros demás deberes por este solo infortunio. Si hubiera nuevos acontecimientos en el curso del día, me comunicaría con usted, y, claro, usted manténganos informados de los resultados de sus indagaciones.

Los dos estadistas saludaron con inclinación de cabeza y salieron gravemente de la habitación.

Cuando nuestros ilustres visitantes se hubieron marchado, Holmes encendió su pipa en silencio, y se quedó un rato sentado, perdido en profunda meditación. Yo había abierto el periódico matutino y estaba inmerso en un crimen sensacional que había tenido lugar en Londres la noche anterior cuando mi amigo profirió una exclamación y dejó su pipa en el manto de la chimenea.

—Claro —dijo—, no hay mejor modo de abordar el asunto. La situación es gravísima, pero no desesperada. Incluso ahora, si pudiéramos estar seguros de quién lo robó, es posible que no haya pasado todavía a otras manos. Después de todo, con esos tipos todo es asunto de dinero, y a mí me apoya el Tesoro inglés. Si está en el mercado, lo compraré... aunque signifique otro penique en el impuesto sobre la renta. Es concebible que el tipo lo conserve hasta ver qué ofertas le caen de este lado antes de probar suerte en el otro. Solamente hay tres hombres capaces de jugar a un juego tan atrevido: Oberstein, La Rothière y Eduardo Lucas. Les veré a los tres.

Yo miré mi periódico.

—Ese Eduardo Lucas, ¿vive en Godolphin Street?

—Sí.

—Entonces, no le verá.

—¿Por qué no?

—Fue asesinado anoche en su casa.

Mi amigo me había asombrado tantas veces en el curso de nuestras aventuras que tuve una sensación de triunfo cuando comprendí lo completamente que le había asombrado yo esta vez. Me miró, atónito, y luego me arrebató el periódico de las manos. Este era el párrafo que yo estaba leyendo cuando él se había levantado de su asiento:

«ASESINATO EN WESTMINSTER»

«Anoche fue cometido un misterioso crimen en el número 16 de Godolphin Street, una de esas solitarias calles de anticuadas casas del siglo dieciocho. La calle se encuentra entre el río y la Abadía, casi a la sombra de la gran torre del Parlamento. Esta mansión, pequeña pero elegante, la ocupaba desde hacía algunos años el señor Eduardo Lucas, muy conocido en los círculos sociales tanto por su seductora personalidad como por su bien merecida reputación de ser uno de los mejores tenores aficionados del país. El señor Lucas era soltero, tenía treinta y cuatro años, y su domesticidad estaba formada por la señora Pringle, el ama de llaves, señora ya mayor, y por Mitton, su ayuda de cámara. La primera se retira temprano a dormir, y su habitación está en la parte superior de la casa. El ayuda de cámara estaba ausente por toda la noche, visitando a unos amigos en Hammersmith. A partir de las diez, el señor Lucas se quedó solo en la casa. Lo que ocurrió a partir de entonces no se conoce todavía, pero a las doce menos cuarto el agente Barrett, que pasaba por Godolphin Street, observó que la puerta del número 16 estaba entreabierta. Llamó, pero no recibió respuesta. Entonces empujó la puerta y entró. La sala estaba en el más extremado estado de desorden: todo el mobiliario había sido apartado a un lado, y había una silla tumbada en el centro de la habitación. Al lado de la silla, asido todavía a una de sus patas, yacía el infortunado inquilino de la casa. Había recibido una puñalada en el corazón, y debió morir instantáneamente. El cuchillo con que se había cometido el crimen era una daga india curva, sacada de una panoplia de armas orientales que adornaban una de las paredes. No parece que el robo haya sido el motivo del crimen, ya que nadie había tratado de llevarse los objetos de valor que había en la sala. El señor Eduardo Lucas era tan conocido y popular que su suerte violenta y mesteriosa despertará un apenado interés y una intensa simpatía en el amplio círculo de sus amigos.»

–Bueno, Watson, ¿qué le parece esto? –me preguntó Holmes, después de una larga pausa.

–Es una coincidencia asombrosa.

–¡Coincidencia! Es uno de los tres hombres que hemos considerado como posibles actores de este drama, y sufre una muerte violenta en el curso de las mismas horas en que sabemos que el drama se desarrolló. Las probabilidades están abrumadoramente en contra de que sea una coincidencia. No hay cifras que traduzcan la proporción de estas probabilidades. No, mi querido Watson, estos dos acontecimientos están relacionados... *Tienen* que estar relacionados. El encontrar su conexión es asunto nuestro.

–Pero ahora la policía oficial debe saberlo todo.

–En absoluto. Saben todo lo que ven en Godolphin Street. No saben nada, ni sabrán nada, de Whitehall Terrace. Sólo *nosotros* conocemos ambos acontecimientos y podemos rastrear la relación entre ellos. Hay un punto obvio que, de cualquier modo, hubiera orientado mis sospechas hacia Lucas. Godolphin Street, en Westminster, está solamente a pocos minutos a pie de Whitehall Tarrace. Los otros agentes secretos que he nombrado viven en el otro extremo del West End. Le era más fácil, por lo tanto, a Lucas que a los demás establecer una relación o recibir un mensaje de alguien de la casa del secretario de Estado... Es un pequeño detalle, pero cuando los acontecimientos se concentran en un espacio de pocas horas puede resultar esencial. ¡Hola! ¿Qué tenemos aquí?

Había entrado la señora Hudson, con la tarjeta de una dama en la bandeja. Holmes miró la tarjeta, enarcó las cejas, y me la tendió.

–Dígale a Lady Hilda Trelawney Hope si quiere tener la amabilidad de subir –dijo.

A los pocos momentos, nuestra modesta sala de estar, que se había visto ya tan distinguida aquella mañana, se vio adicionalmente honrada por la entrada de la mujer más encantadora de Londres. Yo había oído hablar con frecuencia de la belleza de la hija menor del duque de Belminster, pero ninguna descripción, como tampoco la contemplación de fotografías en blanco y negro, me habían preparado para el encanto sutil y delicado y el hermoso colorido de aquella cabeza exquisita. Sin embargo, tal como nosotros la vimos aquella mañana de otoño, no era su belleza lo primero que podía causar impresión en el que la mirara. Sus mejillas eran encantadoras, pero estaban pálidas de angustia. Sus ojos eran brillantes, pero su brillo era el de la fiebre. Aquella boca sensitiva estaba tensa y contraída por un esfuerzo de autocontrol. Era el terror, no la belleza, lo primero que saltaba a la vista en el momento en que nuestra hermosa visitante se detuvo unos momentos en la entrada.

—¿Ha estado aquí mi marido, señor Holmes?

—Sí, señor, ha estado aquí.

—Señor Holmes, le suplico que no le diga que he venido a verle.

Holmes se inclinó fríamente e hizo ademán a la dama de que se sentara.

—Su señoría me coloca en una posición delicada. Le ruego que se siente y me diga qué desea; pero me temo que no puedo hacerle ninguna promesa incondicional.

La dama cruzó rápidamente la habitación y se sentó dándole la espalda a la ventana. Su aspecto era regio: era alta, grácil e intensamente femenina.

—Señor Holmes —dijo, y mientras hablaba sus manos enguantadas se enlazaban y desenlazaban—, le hablaré francamente con la esperanza de inducirle a hablarme a su vez francamente. Entre mi marido y yo existe una plena confianza en todos los terrenos menos uno. Esta excepción es la política. Con la política, sus labios están sellados. No me cuenta nada. Ahora bien, me doy cuenta de que en nuestra casa ha ocurrido esta noche una cosa realmente deplorable. Sé que ha desaparecido un documento. Pero como el asunto es político mi marido no quiere ponerme enteramente al corriente. Y es esencial, repito, esencial, que lo comprenda todo a fondo. Usted es la única persona, aparte de esos políticos, que conoce lo verdaderamente ocurrido. Le ruego, pues, señor Holmes, que me cuente exactamente cuáles son los hechos y adónde conducen. Cuéntemelo todo, señor Holmes. Que ninguna preocupación por los intereses de su cliente le impida hablar, porque le aseguro que sus intereses, si él fuera capaz de darse cuenta, se verían mucho mejor servidos si confiara por completo en mí. ¿Qué era ese documento robado?

—Señora, lo que me pide es realmente imposible.

La dama gimió y sepultó la cara entre las manos.

—Debe usted darse cuenta de que es imposible, señora. Si su marido considera conveniente mantenerla a usted a oscuras acerca de este asunto, ¿voy a ser yo, que no he conocido los verdaderos hechos sino al amparo del secreto profesional, el que le cuente lo que él ha mantenido callado? No está bien pedírmelo. Debe pedírselo a él.

—Se lo he pedido. Acudo a usted como último recurso. Pero aunque no me diga usted nada concreto, señor Holmes, puede hacerme un gran favor aclarándome un solo punto.

—¿De qué se trata, señora?

—¿Puede la carrera política de mi marido verse afectada por este incidente?

—Bueno, señora, a menos que pueda remediarse, desde luego puede tener un efecto muy negativo.

—¡Ah! —exhaló aire bruscamente, como si se le hubieran resuelto las dudas.

—Una pregunta más, señor Holmes. Por algo que se le escapó decir a mi marido bajo los efectos de la primera impresión del desastre, creo entender que de la pérdida de ese documento pueden derivarse consecuencias públicas terribles.

—Si él lo dijo, desde luego yo no lo negaré.

—¿De qué naturaleza son esas consecuencias?

—No, señora, de nuevo me pregunta más de lo que puedo responder.

—Entonces no le quitaré a usted más tiempo. No puedo censurarle, señor Holmes, por haberse negado a hablar más libremente, y por su parte, estoy segura, no puede haberse formado mala opinión sobre mí por haber deseado, aun en contra de su voluntad, compartir las angustias de mi marido. Una vez más le ruego que no diga nada de mi visita.

Se volvió en la puerta para mirarnos, y capté una última impresión de aquella hermosa cara atormentada, aquellos ojos asustados y aquella boca tensa. Luego se marchó.

—Bueno, Watson, el bello sexo es su especialidad —dijo Holmes, sonriendo, cuando el susurro de la falda de la dama se extinguió al cerrarse la puerta—. ¿Jugaba limpio esa dama? ¿Qué quería en realidad?

—Yo creo que lo que ha dicho es claro y su inquietud es muy natural.

—¡Hum! Piense en su aspecto, Watson, en su modo de moverse, en su excitación contenida, en su desasosiego, en la tenacidad de sus preguntas. Recuerde que procede de una casta que no exterioriza sus emociones a la ligera.

—Desde luego, estaba muy angustiada.

—Recuerde también la curiosa vehemencia con que nos aseguró que era por el bien de su marido que debía enterarse de todo. ¿Qué pretendía con eso? Y habrá usted observado, Watson, cómo maniobró para darle la espalda a la luz. No quería que leyéramos en su expresión.

—Sí, eligió la silla adecuada para eso.

—Sin embargo, los motivos de las mujeres son tan inescrutables... Debe usted recordar a aquella mujer de Margate de la que sospechamos por esa misma razón. No se había empolvado la nariz, y ésa resultó ser la solución correcta. ¿Cómo puede uno construir sobre semejantes arenas movedizas? Sus actos más triviales pueden tener una trascendencia incalculable, y sus conductas más extravagantes pueden tener que ver con un alfiler del peinado o con unas pinzas de rizar. Adiós, Watson.

—¿Va a salir?

—Sí. Pasaré la mañana en Godolphin Street con nuestros amigos del cuerpo regular. La solución de nuestro problema está en Eduardo Lucas, aunque debo admitir que no tengo ni el menor atisbo sobre qué forma va a adoptar esa solución. Es un error capital teorizar con antelación a los hechos. Quédese aquí de guardia, mi buen Watson, y reciba a las visitas. Comeré con usted si puedo.

Todo aquel día, y todo el siguiente, Holmes estuvo de un humor que sus amigos llamarían taciturno, y otros llamarían arisco. Salía, volvía, fumaba sin parar, le sacaba tonadas a su violín, se sumía en ensueños, engullía bocadillos a horas insólitas, y apenas si respondía a las preguntas que yo le hacía. Me resultaba evidente que las cosas no le iban bien en sus indagaciones. No mencionaba para nada el caso, y fue gracias a los periódicos que me enteré de los detalles de la investigación y de la detención y posterior puesta en libertad de John Mitton, el ayuda de cámara del difunto. El jurado de la instrucción emitió el obvio veredicto de «asesinato voluntario», pero sus autores siguieron siendo tan desconocidos como siempre. No se sugería ningún móvil. La habitación estaba repleta de objetos valiosos, y no se habían llevado ni uno solo. Los documentos del difunto estaban intactos. Fueron cuidadosamente examinados, y revelaron que el difunto había sido estudioso entusiasta de la política internacional, un chismoso infatigable, un lingüista notable, y un incasable escritor de cartas. Había tenido estrecha relación con los principales políticos de varios países. Pero no se descubrió nada sensacional entre los documentos que llenaban sus cajones. En cuanto a sus relaciones con las mujeres, parecían haber sido abundantes pero superficiales. Conocía a muchas, pero tenía amistad con pocas, y no amaba a ninguna. Sus costumbres eran regulares, su conducta inofensiva. Su muerte era un absoluto misterio; y era probable que siguiera siéndolo.

En cuanto a la detención de John Mitton, el ayuda de cámara, fue algo aconsejado por la desesperación como alternativa a la inacción absoluta. Pero las acusaciones en su contra no tenían ni el menor respaldo. Aquella noche había estado en casa de unos amigos suyos en Hammersmith. Su coartada era completa. Cierto que se había puesto en camino hacia casa en una hora que le hubiera podido situar en Westminster antes del momento en que se descubrió el crimen, pero su explicación de que había hecho a pie parte del recorrido parecía muy plausible teniendo en cuenta lo hermosa que había sido aquella noche. En realidad, había llegado a las doce, y había parecido abrumado por la inesperada tragedia. Siempre se había llevado bien con su amo. Varios objetos de su amo, en especial un estuche de navajas de afeitar, fueron encontrados en las maletas del ayuda de cámara, pero explicó que todo aquello se lo había regalado el difunto, y el ama de llaves corroboraba esta afirmación. Mitton había estado tres años al servicio de Lucas. Era digno de tomarse en cuenta el hecho de que Lucas no se llevara a Mitton consigo en sus viajes al continente. A veces permanecía en París tres meses seguidos, pero Mitton se quedaba a cuidar la casa de Godolphin Street. En cuanto al ama de llaves, no había oído nada la noche del crimen. Si alguien había ido a visitar a su amo, él mismo debió abrirle.

Así siguió el misterio durante tres días, por lo que pude ver en los periódicos. Si Holmes sabía algo más, se lo tenía bien callado, pero, como me había dicho que el inspector Lestrade le había admitido en los secretos del caso, yo sabía que estaba al tanto de todo lo que ocurría. El cuarto día se hizo público un telegrama procedente de París que parecía resolver todo el asunto. El *Daily Telegraph* decía:

«La policía parisien acaba de realizar un descubrimiento que alza el velo que pendía en torno a la trágica muerte del señor Eduardo Lucas, que perdió la vida violentamente el pasado lunes por la noche en Godolphin Street, en Westminster. Como recordarán nuestros lectores, el difunto caballero fue encontrado apuñalado en su sala de estar, y algunas sospechas recayeron en su ayuda de cámara, pero las acusaciones en su contra se estrellaron contra una coartada. Ayer, una dama conocida bajo el nombre de Madame Henri Fournaye, que ocupaba una casita con jardín en la Rue d'Austerlitz, fue denunciada como loca por sus criados. La investigación demostró que, efectivamente, era presa de una peligrosa manía en una forma muy desarrollada y permanente. Las indagaciones de la policía demuestran que Madame Henri Fournaye volvió de un viaje a Londres el pasado martes, y hay pruebas que la relacionan con el crimen de Westminster. Una comparación de fotografías demuestra concluyentemente que Monsieur Henri Fournaye y Eduardo Lucas eran la misma persona, y que, por alguna razón, el difunto había llevado una doble vida en Londres y en París. Mme. Fournaye, de origen criollo, tiene un temperamento enormemente excitable, y en el pasado había sufrido ataques de celos que llegaban al grado de frenesí. Se conjetura que fue en el curso de uno de tales ataques que cometió el terrible crimen que tanta sensación ha causado en Londres. Todavía no se conocen sus movimientos del lunes por la noche, pero está fuera de duda el que una mujer que respondía a su descripción atrajo mucho la atención, en la estación de Charing Cross, el martes por la mañana, por su aire de desvarío y la violencia de sus ademanes. Es probable, por lo tanto, que cometiera el crimen en un estado de demencia, o que el efecto inmediato del crimen fuera el de desquiciar la razón de la desdichada mujer. Por el momento, es incapaz de proporcionar ninguna explicación coherente del pasado, y los médicos no albergan esperanzas en cuanto al restablecimiento de su cordura. Se sabe que una mujer, que pudo haber sido Mme. Fournaye, fue vista durante algunas horas, el lunes por la noche, vigilando la casa de Godolphin Street.»

—¿Qué piensa de esto, Holmes?

Yo le había leído la reseña en voz alta mientras él terminaba de desayunar.

—Mi querido Watson —dijo él, levantándose y poniéndose a pasear de un lado a otro de la habitación—, tiene usted mucha paciencia, pero no le he contado nada en los últimos tres días porque no había nada que contar. Ni siquiera esta información de París nos ayuda en mucho.

—Indudablemente, es definitiva en lo que se refiere a la muerte de ese hombre.

—Esa muerte es un mero incidente, un episodio trivial comparado con nuestra auténtica tarea, que consiste en seguirle la pista a ese documento y evitar una catástrofe europea. En el curso de los pasados tres días ha ocurrido una sola cosa importante, y ésa es que no ha ocurrido nada. Recibo información del gobierno casi cada hora, y es seguro que en ninguna parte de Europa hay ninguna señal de alboroto. Ahora bien, si esta carta anduviera suelta... No, no *puede* andar suelta... Pero, si no es así, ¿dónde puede estar? ¿Quién la tiene? ¿Por qué la conserva? Esa es la pregunta que me golpea el cerebro como un martillo. ¿No sería, a pesar de todo, una coincidencia el que Lucas encontrara la muerte la misma noche que desapareció la carta? ¿Llegó a tener la carta en sus manos? De ser así, ¿por qué no estaba entre sus papeles? ¿Acaso se la llevó esa mujer suya demente? De ser así, ¿está la carta en su casa, en París? ¿Cómo podría yo buscarla allí sin despertar las sospechas de la policía francesa? Es éste un caso, mi querido Watson, en el que la ley es para nosotros tan peligrosa como los criminales. Todo el mundo tiene la mano alzada contra nosotros, pero los intereses en juego son colosales. Si llevara el caso a una solución positiva, eso representaría indudablemente el título de gloria culminante de mi carrera. ¡Ah! ¡Aquí llega el último parte del frente de combate! —leyó apresuradamente la nota que le habían entregado—. ¡Hola! Lestrade parece haber observado algo interesante. Póngase el sombrero, Watson, y vayamos juntos a Westminster.

Era mi primera visita al escenario del crimen, una casa alta, oscura, de fachada estrecha y aire relamido, formal y sólido, como el siglo que la vio nacer. Las facciones de bulldog de Lestrade se asomaron por la ventana frontal, y se nos acogió calurosamente cuando un corpulento agente nos hubo abierto la puerta y dejado entrar. La habitación a la que se nos condujo era aquélla en la que se había cometido el crimen, pero no quedaba de él ningún rastro, salvo una mancha fea e irregular en la alfombra. Esa alfombra era cuadrada, de droguete, y estaba en el centro de la habitación, rodeada por una amplia superficie de hermoso suelo a la antigua de bloques de madera cuadrados y perfectamente pulidos. Sobre la chimenea había un magnífico trofeo de armas, una de las cuales había sido utilizada aquella noche trágica. Junto a la ventana había un suntuoso escritorio, y todos los detalles de la sala, cuadros, tapetes, tapices, revelaban un gusto sibarítico casi hasta el borde del afeminamiento.

—¿Han visto las noticias de París? —preguntó Lestrade.

Holmes asintió con la cabeza.

—Nuestros amigos franceses parecen haber dado en la diana esta vez. Sin duda la cosa es como ellos dicen. Esa mujer llamó a la puerta... Visita sorpresa, supongo, porque él tenía montada su vida en compartimentos estancos. Él la dejó entrar... No podía dejarla en la calle. Ella le contó cómo había dado con su paradero, le hizo reproches, la cosa fue pasando a mayores, y luego, con esa daga tan a mano, no tardó en llegar el desenlace. No fue cosa de un mero instante, sin embargo, porque todas estas sillas estaban desparramadas por todos lados, y él tenía una sujeta con la mano, como si hubiera tratado de defenderse con ella. Todo esto lo sabemos con tanta seguridad como si lo hubiéramos presenciado.

Holmes enarcó las cejas.

—¿Y a pesar de esto ha mandado a buscarme?

—Ah, sí, hay otra cosa... Una insignificancia, pero es la clase de cosa que a usted le interesa... Curiosa, ¿sabe? Eso que usted llamaría extravagante. No tiene nada que ver con el hecho principal... No puede tener nada que ver, según las apariencias.

—¿De qué se trata?

—Bueno, ya sabe usted que después de un crimen de esta clase tenemos mucho cuidado de mantener los objetos en su posición. No se tocó nada. Ha habido día y noche algún agente de guardia. Esta mañana, como el hombre ha sido enterrado y la investigación está terminada, al menos en lo que a esta habitación se refiere, pensamos que podíamos poner un poco de orden. Mire esta alfombra. Como ve, no está sujeta al suelo. Sólo puesta ahí. En un momento dado la levantamos, y encontramos...

—¿Sí? Encontraron...

La cara de Holmes se puso tensa de impaciencia.

—Bueno, estoy seguro de que ni en cien años adivinaría lo que encontramos. ¿Ve esa mancha en la alfombra? Bueno, mucha sangre tuvo que traspasar la alfombra, ¿no es cierto?

—Sí, indudablemente.

—Bueno, le sorprenderá saber que no hay en la madera blanca del suelo ninguna mancha que se corresponda con ésta.

—¡Que no hay mancha! Pero debería...

—Sí, eso es lo que uno supondría. Pero es un hecho que no hay mancha.

Cogió un borde de la alfombra, y levantándolo, nos mostró que la cosa era tal como él decía.

–Pero si el revés de la alfombra está tan manchado como la parte superior... Tuvo que dejar señal.

Lestrade se rió entre dientes, encantado de haber desconcertado al célebre experto.

–Ahora le mostraré la explicación. Hay una segunda mancha, pero no se corresponde con la otra. Véala con sus propios ojos.

Mientras hablaba, levantó otra porción de la alfombra, y allí, desde luego, había una gran mancha roja en la blanca superficie de la madera del suelo.

–¿Cómo interpreta esto, señor Holmes?

–Bueno, es muy sencillo. Las dos manchas sí se correspondían, pero se ha cambiado de posición la alfombra. Como es cuadrada y no estaba fija, era fácil que ocurriera.

–La policía oficial no le necesita a usted, señor Holmes, para saber que la alfombra fue girada. Esto está muy claro, ya que las manchas se superponen si se pone la alfombra de este otro modo. Pero lo que me gustaría saber es: ¿quién movió la alfombra, y por qué?

Me di cuenta, por la rigidez de su cara, que Holmes vibraba de excitación en su interior.

–¡Oiga, Lestrade! –dijo–. Ese agente del pasillo, ¿ha estado aquí de guardia todo el tiempo?

–Sí, ha estado.

–Bueno, siga mi consejo. Interróguele cuidadosamente. No lo haga delante de nosotros. Nosotros esparemos aquí. Lléveselo a la habitación de atrás. Es más probable que consiga una confesión suya si están solos. Pregúntele cómo se atrevió a dejar entrar a gente y a dejar a esa gente sola en esta habitación. No le pregunte si lo ha hecho. Dé por supuesto que sí lo ha hecho. Dígale que usted *conoce* a alguien que ha estado aquí. Acósele. Dígale que una plena confesión es su única posibilidad de obtener perdón. ¡Haga exactamente lo que le digo!

–¡Diablos! ¡Si lo sabe, se lo haré decir! –gritó Lestrade–. Se abalanzó al vestíbulo, y a los pocos momentos su voz amedrentadora en la habitación trasera.

–¡Ahora, Watson! ¡Ahora! –gritó Holmes, con frenética vehemencia. Toda la fuerza demoníaca de aquel hombre, enmascarada habitualmente por su actitud de indiferencia, estalló en un paroxismo de energía. Apartó brutalmente la alfombra, y al cabo de un instante estaba a gatas, atacando a zarpazos los bloques de madera del suelo. Uno de ellos giró lateralmente cuando Holmes le hundió las uñas en el borde. Se movió como la tapa de una caja. Debajo suyo se abrió una pequeña cavidad negra. Holmes metió en ella su mano ansiosa, y la sacó profiriendo un amargo gruñido de ira y decepción. Estaba vacía.

–¡Aprisa, Watson! ¡Aprisa! ¡Vuelva a poner eso en su sitio!

La tapa de madera estaba otra vez en su sitio, y apenas habíamos tenido tiempo de volver a poner la alfombra como estaba, cuando se oyó en el pasillo la voz de Lestrade. Encontró a Holmes apoyado lánguidamente contra el manto de la chimenea, resignado y paciente, tratando de ocultar sus incontenibles bostezos.

–Siento haberle hecho esperar tanto rato, señor Holmes. Ya veo que este asunto le aburre mortalmente. Bueno, ha confesado. Entre, Mac

Pherson. Que estos caballeros se enteren de su conducta absolutamente inexcusable.

El agente corpulento, muy sonrojado y contrito, se deslizó en la habitación.

—No hubo mala intención, señor, créame. Esa joven llamó a la puerta la pasada noche... Se equivocó de casa, se equivocó. Y luego charlamos. Se siente uno solo, después de haber estado de servicio todo el día.

—Bueno, ¿qué ocurrió luego?

—Quiso ver dónde se había cometido el crimen... Lo había leído en los periódicos, me dijo. Era una joven muy respetable, muy bien hablada, señor, y no vi nada malo en dejarle echar un vistazo. Cuando vió esa mancha en la alfombra, se cayó al suelo, y se quedó como muerta. Yo corrí a la parte trasera de la casa y traje agua, pero no pude hacer que volviera en sí. Entonces fui hasta la esquina, al «Ivy Plant», a por un poco de brandy, y cuando volví la joven se había recobrado y se había marchado... Avergonzada de sí misma, diría yo. No se atrevió a volver a verme.

—¿Qué me dice de esa alfombra que se ha movido?

—Bueno, señor, estaba un poco desviada, desde luego, cuando volví. Ella se cayó en la alfombra, ¿sabe? Y la alfombra está en un suelo liso, sin nada que la sujete. Yo la puse bien.

—Esto le servirá de lección, agente Mac Pherson, para saber que no puede usted engañarme —dijo Lestrade, dignamente—. Sin duda pensó que su incumplimiento de deber pasaría desapercibido, pero un solo vistazo a esta alfombra bastó para convencerme de que se había dejado entrar a alguien en la habitación. Tiene usted la suerte de que no falta nada, porque de otro modo se vería usted en problemas. Siento haberle hecho venir por un asunto tan insignificante, señor Holmes, pero pensé que eso de que la segunda mancha no se correspondiera con la primera le interesaría.

—Desde luego, ha sido muy interesante. Esa mujer, agente ¿ha estado aquí una sola vez?

—Sí, señor, una sola.

—¿Quién era?

—No sé cómo se llama, señor. Respondía a un anuncio que pedía una mecanógrafa, y se equivocó de número... Era una mujer joven, muy agradable y simpática, señor.

—¿Alta? ¿Guapa?

—Sí, señor. Era una joven bastante alta. Supongo que podría decirse que era guapa. Puede que algunos dirían que muy guapa. «¡Oh, agente! ¡Déjeme echar un vistazo!» va y me dice. Tenía una manera de hacer que era muy gentil, muy engatusadora, podría decirse, y yo pensé que no había nada de malo en dejar que se asomara por la puerta.

—¿Cómo iba vestida?

—Sencillamente, señor... Una capa que le llegaba hasta los pies.

—¿A qué hora vino?

—Estaba justo anocheciendo. Encendían las farolas cuando yo volvía con el brandy.

—Muy bien —dijo Holmes—. Vamos, Watson, creo que nos espera un trabajo más importante en otra parte.

Cuando salimos, Lestrade se quedó en la habitación frontal mientras el arrepentido agente nos abría la puerta. Holmes se volvió en el peldaño de entrada y alzó algo en la mano. El agente miró aquello muy atentamente.

—¡Santo Dios, señor! —exclamó, con el mayor asombro pintado en el rostro. Holmes se llevó un dedo a los labios, volvió a meterse la mano en el bolsillo del pecho, y rompió a reír así que dimos vuelta a la esquina.

—¡Excelente! —dijo—. Vamos, Watson, la cortina se levanta para el último acto. Le aliviará saber que no habrá guerra, que el Muy Honorable Trelawney Hope no sufrirá ningún percance en su brillante carrera, que el indiscreto soberano no se verá castigado por su indiscreción, que el primer ministro no tendrá que enfrentarse a complicaciones europeas, y que, con un poco de tacto y buen hacer por nuestra parte, nadie saldrá perjudicado en absoluto por algo que hubiera podido ser un feísimo accidente.

Mi espíritu se llenó de admiración por aquel hombre extraordinario.

—¡Lo ha resuelto! —exclamé.

—No del todo, Watson. Hay algunos puntos que siguen tan oscuros como siempre. Pero hemos conseguido ya tanto que será culpa nuestra si no podemos hacernos con lo que falta. Iremos directamente a Whitehall Terrace y remataremos el asunto.

Cuando llegamos a la residencia del secretario de Estado para asuntos europeos, fue por Lady Hilda Trelawney Hope que preguntó Sherlock Holmes. Nos hicieron pasar al saloncito de las mañanas.

—¡Señor Holmes! —dijo la dama, con la cara sonrosada de indignación—. Esto es muy poco amable y generoso de su parte. Como le expliqué, deseaba mantener en secreto la visita que le hice, para que mi marido no pensara que me entrometía en sus cosas. Y usted me compromete viniendo aquí y delatando con ello que hay una relación de negocios entre usted y yo.

—Desgraciadamente, señora, no tenía alternativa. Tengo el encargo de recuperar ese documento inmensamente importante. Debo pedirle, por lo tanto, señora, que me lo entregue.

La dama se puso en pie de un salto. Todo color desapareció instantáneamente de su hermoso rostro. Se le pusieron vidriosos los ojos, se tambaleó. Pensé que iba a desmayarse. Pero con un enorme esfuerzo se recuperó de la impresión, y un asombro y una indignación supremos borraron de sus facciones toda otra expresión.

—Usted.. usted me insulta, señor Holmes.

—Vamos, vamos, señora, no perdamos el tiempo. Déme la carta.

La dama corrió hacia la campanilla.

—El mayordomo les acompañará a la puerta.

—No llame, Lady Hilda. Si lo hace, todos mis esfuerzos para evitar el escándalo habrán sido inútiles. Entrégueme la carta, y todo irá bien. Si acepta colaborar conmigo, puedo arreglarlo todo. Si se me enfrenta, tendré que exponerla a la mirada pública.

La dama estaba inmóvil, en actitud de digno desafío, con un aire regio, con la mirada clavada en Holmes como si quisiera leer hasta en el fondo de su alma. Tenía la mano en la campanilla, pero se había abstenido de hacerla sonar.

—Intenta asustarme. No es demasiado propio de un hombre, señor Holmes, el venir aquí e intimidar a una mujer. ¿Qué es lo que sabe?

—Por favor, señora siéntese. Se hará daño si se cae. No hablaré hasta que esté sentada. Gracias.

—Le concedo cinco minutos, señor Holmes.

—Me basta con uno, Lady Hilda. Conozco su visita a Eduardo Lucas, y sé que le entregó ese documento. Sé de su ingeniosa vuelta de anoche, y sé de qué modo sacó la carta de su escondrijo de debajo de la alfombra.

Ella le miró, con la cara lívida, y tragó saliva dos veces antes de poder hablar.

—¡Está usted loco, señor Holmes! ¡Loco! —gritó, por fin.

Holmes se sacó del bolsillo un trocito de cartón. Era una cara de mujer recortada de un retrato.

—He traído esto porque pensé que podría ser útil —dijo—. El agente de policía le ha reconocido.

La dama emitió un sonido entrecortado, y dejó caer la cabeza contra el respaldo de su silla.

—Vamos, Lady Hilda. Usted tiene la carta. El asunto puede todavía arreglarse. No deseo crearle problemas. Mi deber termina en el momento en que le entregue a su marido la carta perdida. Siga mi consejo, sea sincera conmigo. Es su única oportunidad.

El valor de la dama era admirable. Ni siquiera entonces se dio por vencida.

—Le repito, señor Holmes, que es usted víctima de una fantasía absurda.

Holmes se puso en pie.

—Lo siento por usted, Lady Hilda. He hecho por usted cuanto he podido. Ya veo que ha sido en vano.

Holmes hizo sonar la campanilla. Entró el mayordomo.

—¿Está en la casa el señor Trelawney Hope?

—Estará de vuelta a casa a las doce y cuarto, señor.

Holmes miró su reloj.

—Falta un cuarto de hora —dijo—. Muy bien, esperaré.

Apenas el mayordomo hubo cerrado la puerta detrás suyo cuando Lady Hilda estaba ya arrodillada a los pies de Holmes, tendiéndole las manos, volviendo hacia él su hermoso rostro cubierto de lágrimas.

—¡Oh! ¡Perdón, señor Holmes! ¡Perdón! —suplicaba, frenéticamente—. ¡Por el amor del cielo, no se lo diga! ¡Le quiero tanto! No quisiera arrojar ni una sola sombra en su vida, y sé que esto rompería su noble corazón.

Holmes hizo que se levantara.

—Menos mal, señora, que ha recobrado el buen juicio, aunque haya sido en el último momento. No tenemos ni un instante que perder. ¿Dónde está la carta?

La dama se abalanzó hacia un escritorio, abrió con llave un cajón, y sacó de él un largo sobre azul.

—Aquí está, señor Holmes. ¡Quisiera Dios que nunca la hubiera visto!

—¿Cómo podemos devolverla? —musitó Holmes—. ¡Aprisa, aprisa! Hemos de imaginar algún sistema. ¿Dónde está el maletín?

—Sigue en su dormitorio.

—¡Qué suerte hemos tenido! Aprisa, señora, tráigalo.

A los pocos momentos reapareció la dama con un maletín rojo en la mano.

—¿Cómo lo abrió usted? ¿Tiene una copia de la llave? Claro que la tiene. ¡Ábralo!

Lady Hilda se sacó del pecho una pequeña llave. El maletín quedó abierto. Estaba atestado de papeles. Holmes embutió el sobre azul entre ellos, profundamente, colocándolo entre las hojas de otro documento. El maletín fue cerrado con llave y devuelto al dormitorio.

–Ahora estamos preparados –dijo Holmes–. Tenemos todavía diez minutos, he ido muy lejos para protegerla, Lady Hilda. En justa correspondencia, empleará usted ese tiempo explicándome sinceramente el verdadero significado de este asunto extraordinario.

–Señor Holmes, se lo contaré todo –gritó la dama–. ¡Oh, señor Holmes! ¡Antes me cortaría la mano derecha que darle a él un solo instante de pena! No hay en Londres mujer que quiera como yo a su marido, pero si él supiera cómo he actuado... cómo me he visto obligada a actuar... jamás me perdonaría. Porque tiene en tanto a su honor que no podría olvidar ni perdonar la caída de otra persona. ¡Ayúdeme, señor Holmes! ¡Mi felicidad, su felicidad, hasta nuestras vidas están en juego!

–Aprisa, señora. El tiempo va pasando.

–Fue una carta mía, señor Holmes, una carta indiscreta escrita antes de mi boda... Una carta atolondrada, una carta escrita por una muchacha impulsiva y enamorada. No tenía importancia, pero él la hubiera considerado criminal. Si la hubiera leído, su confianza en mí hubiera quedado destruida para siempre. Han pasado muchos años desde que la escribí. Pensé que el asunto había caído en el olvido. Pero me enteré por ese hombre, Lucas, que la carta había llegado a sus manos, y que iba a mostrársela a mi marido. Le imploré misericordia. Dijo que me devolvería la carta si yo a mi vez le devolvía a él cierto documento que mi marido tenía en su maletín. Lucas tenía algún espía en la oficina que le había hablado de su existencia. Me aseguró que a mi marido no le pasaría nada. ¡Póngase en mi lugar, señor Holmes! ¿Qué podía hacer?

–Confiar en su marido.

–¡No podía, señor Holmes, no podía! Por un lado veía un desastre seguro; por el otro, por terrible que me pareciera quitarle documentos a mi marido, lo cierto es que en cuanto a política no estaba en condiciones de entender las consecuencias, mientras que en cuanto a amor y confianza las percibía claramente. ¡Y lo hice, señor Holmes! Saqué un molde de la llave. Ese hombre, Lucas, hizo una copia. Abrí el maletín, tomé el documento, y lo llevé a Godolphin Street.

–¿Qué ocurrió allí, señora?

–Llamé a la puerta del modo convenido. Lucas abrió. Le seguí a la sala, dejando la puerta entreabierta detrás mío, porque me daba miedo quedarme sola con aquel hombre. Recuerdo que cuando entramos había una mujer en la calle. Nuestro negocio concluyó rápidamente. Él tenía mi carta en su escritorio. Yo le entregué el documento, y él me dio la carta. En aquel momento se oyó un ruido en la puerta. Hubo pasos en el corredor. Lucas apartó apresuradamente la alfombra, metió el documento en su escondrijo del suelo, y volvió a poner la alfombra donde estaba.

»Lo que luego ocurrió es como una espantosa pesadilla. Recuerdo una cara sombría y demente, una voz de mujer que gritaba en francés: «¡No he esperado en vano! ¡Por fin, por fin te sorprendo con ella!» Hubo una pelea salvaje. Le vi a él con una silla en la mano, y vi brillar un cuchillo en la mano de la mujer. Huí corriendo de la horrible escena, salí de la casa, y no fue sino el día siguiente que me enteré por los periódicos del espantoso desenlace. Aquella noche fui feliz, porque tenía mi carta y no había presenciado todavía lo que el futuro iba a traer.

»Fue la mañana siguiente cuando comprendí que había cambiado un problema por otro. La angustia de mi marido ante la pérdida del documento me destrozó el corazón. Me costó contenerme para no arrodillarme allí mismo, inmediatamente, y contarle lo que había hecho. Pero aquello hubiera significado una confesión de mi pasado. Aquella misma mañana acudí a usted para valorar mi delito en toda su atrocidad. En el instante en que comprendí lo que había hecho, todos mis pensamientos se orientaron hacia el solo deseo de recuperar el documento de mi marido. Debía seguir allí donde Lucas lo había dejado, porque había quedado escondido antes de que aquella horrible mujer entrara en la habitación. De no haber sido por su entrada, yo no hubiera sabido dónde estaba el escondrijo. ¿Cómo iba a poder entrar en aquella habitación? Vigilé la casa durante dos días, pero no se dejaron la puerta abierta ni un momento. Anoche hice un último intento. Lo que hice y lo que conseguí ya lo saben. Volví con el documento, y pensé en destruirlo, ya que no veía el modo de devolverlo sin confesarle a mi marido mi culpabilidad. ¡Cielos! ¡Oigo sus pasos en la escalera!

El secretario de Estado irrumpió excitadamente en la habitación.

–¿Hay noticias, señor Holmes? ¿Hay noticias? –gritó.

–Tengo alguna esperanza.

–¡Ah! ¡Gracias a Dios! –se le puso la cara ardiente–. El primer ministro come conmigo. ¿Puede él compartir su esperanza? Tiene nervios de acero, pero sé que prácticamente no ha dormido desde ese terrible acontecimiento. Jacobs, ¿quiere pedirle al primer ministro que suba? En cuanto a ti, querida, me temo que éste es un asunto de política. Nos reuniremos contigo en el comedor dentro de unos minutos.

El primer ministro se controlaba, pero me di cuenta, por el brillo de sus ojos y los inquietos movimientos de sus manos huesudas, que compartía la excitación de su joven colega.

–Tengo entendido que tiene usted algo que informarnos, señor Holmes.

–Solamente en negativo todavía –respondió mi amigo–. He hecho indagaciones en todas partes donde podría estar, y estoy seguro de que no hay ningún peligro que temer.

–Pero esto no es suficiente, señor Holmes. No podemos vivir siempre sobre semejante volcán. Necesitamos algo concreto.

–Tengo esperanzas de conseguirlo. Por esto estoy aquí. Cuanto más pienso en el asunto, tanto más me convenzo de que la carta no ha llegado a salir de esta casa.

–¡Señor Holmes!

–Si hubiera salido, sin duda a estas horas se le hubiera dado publicidad.

–¿Por qué habría de llevársela nadie para dejarla en esta casa?

–No estoy convencido de que nadie se la llevara.

–Entonces, ¿cómo pudo desaparecer del maletín?

–No estoy convencido de que desapareciera del maletín.

–Señor Holmes, esta broma es muy intempestiva. Tiene usted mi afirmación de que desapareció del maletín.

—¿Ha vuelto a mirar el maletín después del martes por la mañana?

—No. No era necesario.

—Es concebible que simplemente no la viera.

—Imposible, le digo.

—Pero yo no estoy convencido. He visto ocurrir cosas parecidas. Supongo que allí hay otros papeles. Puede haberse mezclado con ellos.

—Estaba encima de todo.

—Puede que alguien sacudiera el maletín y la desplazara.

—No, no. Lo saqué todo.

—¡Esto se resuelve fácilmente, Hope! —dijo el primer ministro—. Que nos traigan el maletín.

El secretario de Estado hizo sonar la campanilla.

—Jacobs, baje mi maletín. Esto es una grotesca pérdida de tiempo, pero si no hay nada más que pueda convencerle, adelante. Gracias, Jacobs. Déjelo aquí. Siempre llevo la llave en la cadena del reloj. Aquí están los documentos, como ve. Carta de Lord Merrow, informe de Sir Charles Hardy, memorándum de Belgrado, nota sobre los aranceles trigueros ruso-alemanes, carta de Madrid, nota de Lord Flowers... ¡Santo cielo! ¿Qué es esto? ¡Lord Bellinger! ¡Lord Bellinger!

El primer ministro le arrebató el sobre azul de las manos.

—Sí, es esto... Y la carta está intacta. Hope, ¡reciba mi felicitación!

—¡Gracias! ¡Gracias! ¡Qué peso me quita de encima! ¡Pero esto es inconcebible... imposible! ¡Señor Holmes, es usted un mago, un hechicero! ¿Cómo supo que estaba aquí?

—Porque sabía que no estaba en ninguna otra parte.

—¡No puedo creer a mis ojos! —corrió como un loco hacia la puerta—. ¿Dónde está mi mujer? He de decirle que todo está arreglado. ¡Hilda! ¡Hilda!

Oímos su voz en las escaleras. El primer ministro miró a Holmes pestañeando.

—Vamos, caballero —dijo—. En esto hay más de lo que ven los ojos. ¿Cómo volvió la carta al maletín?

Holmes eludió, sonriendo, el penetrante escrutinio de aquellos ojos asombrosos.

—También nosotros tenemos nuestros secretos diplomáticos —dijo—. Tomó su sombrero y se volvió hacia la puerta.

INDICE